Né aux États-Unis en 1955, Linwood Barclay émigre à Toronto au Canada avec sa famille alors qu'il a à peine quatre ans.

Tout en suivant des études, il exerce divers petits boulots avant d'entamer une carrière de journaliste en 1977, aussitôt son diplôme de littérature anglaise obtenu.

Il commence dans un petit journal local, passe ensuite quelque temps au *Oakville Journal Record* et finit par entrer en 1981 au *Toronto Star*, le quotidien le plus distribué au Canada. Il passe par tous les postes, gravit tous les échelons avant de devenir, en 1993, le chroniqueur le plus populaire de la page "Vie quotidienne". Il se retire du journalisme en 2008.

Il se lance dans l'écriture en 1995 et publie quatre ouvrages humoristiques de 1996 à 2000 ainsi que quatre thrillers de la série "Zack Walker" de 2004 à 2007. Après le succès de *Cette nuit-là*, *Les voisins d'à côté*, son deuxième roman, est couronné par le *Arthur Ellis Award* au Canada. Suivront une vingtaine de romans, dont *Contre toute attente*, adapté en mini-série sous le titre *L'accident*, avec Bruno Solo dans le rôle principal ; *Fenêtre sur crime*, sélectionné pour le Grand prix des lectrices de ELLE en 2015 ; ou encore *La fille dans le rétroviseur* qui a obtenu le Prix Saint-Maur en poche catégorie Coup de cœur de la Griffe noire en 2015 également. En France, tous ses titres sont disponibles en poche aux Éditions J'ai lu.

Régulièrement en tête des ventes en Angleterre, traduit dans une dizaine de langues, Linwood Barclay s'affirme comme un auteur majeur du polar. Il vit à Burlington, dans l'Ontario, avec son épouse et ses deux enfants.

DU MÊME AUTEUR

Cette nuit-là, Belfond, 2009 ; J'ai lu, 2011

Les voisins d'à côté, Belfond, 2010 ; J'ai lu, 2012

Ne la quitte pas des yeux, Belfond, 2011 ; J'ai lu, 2012

Crains le pire, Belfond, 2012 ; J'ai lu, 2013

Mauvais pas, Belfond, 2012 ; J'ai lu, 2013

Contre toute attente, Belfond, 2013 ; J'ai lu, 2014

Mauvais garçons, Belfond, 2013 ; J'ai lu, 2014

Fenêtre sur crime, Belfond, 2014 ; J'ai lu, 2015

Mauvaise compagnie, Belfond, 2014 ; J'ai lu, 2015

Celle qui en savait trop, Belfond, 2015 ; J'ai lu, 2016

Mauvaise influence, Belfond, 2015 ; J'ai lu, 2016

La fille dans le rétroviseur, Belfond, 2016 ; J'ai lu, 2017

En lieux sûrs, Belfond, 2017 ; J'ai lu, 2018

Fausses promesses, Belfond, 2018 ; J'ai lu, 2019

Faux amis, Belfond, 2018 ; J'ai lu, 2020

Vraie folie, Belfond, 2019 ; J'ai lu, 2020

Champ de tir, Belfond, 2020 ; J'ai lu, 2021

Du bruit dans la nuit, Belfond, 2021 ; J'ai lu, 2022

Le vertige de la peur, Belfond, 2022 ; J'ai lu, 2023

Vous pouvez consulter le site de l'auteur à l'adresse suivante :
www.linwoodbarclay.com

D'origine inconnue

LINWOOD BARCLAY

D'origine inconnue

Traduit de l'anglais (Canada)
par Renaud Morin

Ce livre est une œuvre de fiction. Les personnages, les faits et les dialogues sont issus de l'imagination de l'auteur. Toute ressemblance avec des événements, des lieux ou des personnes réelles, vivantes ou mortes, serait purement fortuite.

TITRE ORIGINAL
Find you first

ÉDITEUR ORIGINAL
HQ, une marque de HarperCollins Publishers Ltd, Londres

© NJSB Entertainment Inc., 2021. Tous droits réservés.

POUR LA TRADUCTION FRANÇAISE
© Belfond, un département place des éditeurs, 2023

Pour Neetha

Prologue

Banlieue de Springfield, Massachusetts

Todd écouta le téléphone sonner, attendit que quelqu'un décroche. Deux sonneries, trois. Il fallait laisser le temps à ces vieux d'arriver jusqu'à l'appareil. Ils devaient parfois s'aider d'un déambulateur, quand ils ne se déplaçaient pas en fauteuil roulant. Même s'ils avaient un téléphone sans fil à côté d'eux, celui-ci disparaissait très souvent dans les plis de leur fauteuil inclinable et, lorsqu'il se mettait à sonner, ils n'avaient aucune idée de ce que c'était.

— Allô ?

Bon, très bien. Une femme, et qui avait l'air âgée. Il fallait faire attention. Parfois, leurs enfants étaient en visite à la maison de retraite et, si c'était l'un d'eux qui répondait, la meilleure chose à faire était de raccrocher. Ils auraient immédiatement soupçonné quelque chose.

— Grand-mère ?

C'était toujours au petit bonheur la chance. Avait-elle seulement des petits-enfants ? Et si c'était le cas, y avait-il des garçons dans le lot ?

— Eddy ? répondit la vieille dame.

Bingo.

— Oui, oui, c'est moi, Eddy, dit Todd. Oh, grand-mère, je suis si content de t'avoir au téléphone !

— Comment vas-tu ? Attends, attends, laisse-moi baisser le son de *Jeopardy !*. Ça fait si longtemps que je n'ai pas eu de tes nouvelles. Ton père devait passer l'autre jour, et je l'ai attendu encore et encore, mais…

— Grand-mère, j'ai des ennuis.

— Quoi ?

— J'ai des ennuis et tu es la seule à pouvoir m'aider.

— Qu'est-ce qu'il y a ? demanda-t-elle avec une voix empathique. Qu'est-ce qui s'est passé ?

— J'ai été arrêté.

La vieille dame hoqueta.

— Oh non ! Eddy, où es-tu ?

— Au poste de police, dit-il – ce qui, bien sûr, n'était pas vrai.

Todd était assis à la table de cuisine de son mobil-home. Devant lui, un ordinateur portable flanqué d'une canette de Bud light et d'une part de pizza entamée.

— Qu'est-ce que tu as fait ?

— Ce n'est pas ma faute. On m'a fait une queue de poisson et j'ai fait un écart. J'ai voulu éviter cette dame qui avait une poussette. Tu vois ? Avec un bébé dedans.

— Oh ! mon Dieu…

— J'ai percuté un arbre, mais les flics ont trouvé des trucs dans la voiture, des trucs qui n'étaient absolument pas à moi, qu'un de mes copains avait laissés là, et il n'y avait que quelques grammes, mais comme c'était dans ma voiture…

ils me gardent en détention préventive, sauf si je paye la caution. Je ne sais pas ce que je vais faire.

— Eh bien, tu dois appeler ton père. Il va...

— Non, je... je ne peux pas. Il me tuerait. Il va me falloir du temps pour expliquer ce qui s'est passé, et tu sais comment il est. Il serait capable de me laisser ici, histoire que ça me serve de leçon, ce qui ne serait pas juste, parce que, honnêtement, ce n'était pas ma faute, et en attendant je dois payer cette caution et...

— Il y en a pour combien ?

Todd se sourit à lui-même. Il avait ferré sa proie. Il ne lui restait plus qu'à la hisser sur le bateau.

— Deux mille cinq cents, dit-il. Je n'ai pas cette somme... et ça me fait mal de demander, mais...

— Si tu ne payes pas, combien de temps te garderont-ils en prison ? demanda-t-elle d'une voix de plus en plus inquiète.

— J'en sais rien. Quelques jours, je suppose. Ils vont me coller avec les autres. Il y en a certains, je t'assure... Ils sont balaises et vraiment méchants et probablement... J'espère juste que personne n'essaiera de... je veux dire, tu sais ce qui peut arriver à un petit jeune en prison.

Est-ce qu'il n'en faisait pas trop ? On pouvait parfois se laisser aller à en rajouter. Les premières fois qu'il avait joué à ce petit jeu, il était allé un peu trop loin, en laissant entendre qu'il risquait d'être violé par un gang de la Fraternité aryenne. Mieux valait laisser la cible faire jouer un peu son imagination.

Ce qu'il y avait de bien, c'est que la plupart des vieux utilisaient encore des lignes fixes. Vous obteniez l'adresse d'une résidence pour personnes âgées en fouinant sur le Net et, avec un annuaire inversé, vous aviez le nom de tous les résidents, soit une longue liste de cibles potentielles. Si elles avaient toutes possédé un portable, cela aurait été beaucoup plus difficile. Todd, bien entendu, se servait de portables. Il utilisait toujours des jetables quand il faisait ça. Il en changeait chaque semaine. Il veillait à ce qu'on ne puisse pas tracer ses appels, quand mamie finissait par demander discrètement à un membre de la famille si le pauvre petit Eddy, Timmy ou Walter avait réglé ses démêlés avec la police, donnant lieu à la question : « Oh non, combien d'argent as-tu envoyé ? »

Todd demandait invariablement deux mille cinq cents dollars. Un beau chiffre, rond et crédible. Il ne fallait pas taper trop haut, pour ne pas effaroucher le vieux, ni trop bas, pour que ça reste intéressant.

Il s'était dit que ce serait peut-être son dernier coup. Il gagnait bien sa vie au magasin d'informatique. C'était un temps partiel, mais il allait sans doute passer de trois à quatre jours par semaine. Et depuis qu'il avait rencontré Chloé – établir le contact avec une demi-sœur dont il ne soupçonnait pas l'existence avait été une expérience hallucinante –, il avait un peu honte de la manière dont il arrondissait ses fins de mois. Alors, ouais, c'était peut-être le dernier coup.

Peut-être.

Ce serait bien de lui dire, la prochaine fois qu'elle monterait le voir de Providence dans son antique Pacer, qu'il ne ferait plus ça. Bien sûr, il faudrait commencer par admettre la chose.

C'était bizarre, ce besoin qu'il ressentait de s'épancher avec elle. Elle avait cette influence sur lui. Elle le soupçonnait de faire un truc pas légal. Elle passait beaucoup de temps avec des personnes âgées – son grand-père vivait dans une maison de retraite et elle lui rendait souvent visite – et n'apprécierait pas des masses qu'il abuse de petits vieux.

— Je... je pourrais te donner l'argent, proposa la vieille dame à l'autre bout du fil.

Todd avait la bouche de plus en plus sèche. Il but une gorgée de bière.

— Grand-mère, si tu fais ça, tu me sauves la vie.

— Est-ce que j'apporte l'argent au poste de police ? Je pourrais demander à un membre du personnel de m'emmener. Par exemple, Sylvia. Elle est très gentille et...

— Non, non ! dit rapidement Todd. Pas la peine. La police a dit qu'il suffisait d'appeler Western Union. Tu peux valider le transfert par téléphone. Dès qu'ils ont l'argent, ils le donnent à la police et on me laisse sortir. Tu as un papier et un crayon ? Je peux te donner toutes les infos.

— Ne quitte pas.

Todd l'entendit poser le récepteur, remuer des papiers. Sa voix, distante :

— Je crois que le stylo a glissé entre les coussins. Oh, attends, je crois...

Bon sang, ce qu'ils pouvaient être pitoyables ! Todd soulageait sa conscience en se disant que ces gens n'en avaient plus pour très longtemps, de toute façon. Être escroqué de quelques dollars, est-ce que ça allait vraiment bouleverser leur vie ? S'ils se retrouvaient un peu à court pendant un mois, ils pouvaient toujours demander à leurs propres enfants de…

Quelqu'un frappa si fort à la porte du mobil-home que cela le fit sursauter. Trois fois. *BANG BANG BANG*.

— Monsieur Cox ! Todd Cox !

Un homme, qui criait. C'était quoi, ça ? Surtout à cette heure-ci. Il était plus de 21 heures. Todd ne recevait pas beaucoup de visiteurs. Son mobil-home se trouvait juste en retrait de la route, dissimulé derrière une rangée d'arbres. C'était assez calme, hormis le hurlement des sirènes de la caserne voisine qui lui parvenait de temps à autre.

Todd jeta un coup d'œil par la fenêtre, plissa les yeux. Il y avait deux personnes sur les marches qu'il avait bricolées avec des parpaings, faiblement éclairées par la lumière extérieure. Un homme et une femme, entre trente-cinq et quarante-cinq ans. Qu'est-ce qui était clipsé à la ceinture de leurs jeans ? Des insignes ? Des putains d'insignes ?

— Todd Cox, vous êtes là ? insista l'homme.

— Qui est-ce ? répondit-il, comme s'il ne le savait pas déjà.

— Police.

Merde merde merde merde merde.

— J'ai du papier et un crayon ! annonça la grand-mère d'une voix à présent parfaitement distincte.

Todd referma le portable jetable qu'il avait acheté en ligne pour vingt dollars. À côté de l'ordinateur, il y avait des listes imprimées de maisons de retraite de tout le pays, ainsi qu'une facture Visa impayée et un relevé Verizon pour son iPhone personnel. Il ramassa les sorties d'imprimante et les fourra dans le tiroir de la cuisine avant d'aller ouvrir la porte.

Comment savaient-ils ? Comment l'avaient-ils trouvé ? Il s'était montré on ne peut plus prudent. Des nouveaux téléphones tout le temps, des comptes Western Union différents, toujours à couvrir ses traces. Todd se dit que, puisqu'ils ne portaient pas l'uniforme, ce devait être des inspecteurs. Ça ne sentait pas bon. Pas bon du tout.

— Monsieur Cox, ouvrez la porte, s'il vous plaît.

C'était la femme flic, cette fois. Le genre casse-couilles. La voix grave, autoritaire.

Où aller, bordel ? L'autre porte du mobil-home étant du même côté que la principale, impossible de filer en douce. Alors il s'approcha, prit une inspiration, s'efforça de se composer l'air le plus blasé possible et ouvrit. Il aperçut un fourgon tôlé de couleur sombre garé à côté de sa Hyundai vieille de dix ans.

Ils produisirent rapidement leurs insignes.

— Inspectrice Kendra Collins, dit la femme.

— Inspecteur Rhys Mills, dit l'homme.

— Y a un problème ? demanda Todd.

— On aimerait entrer pour vous parler, dit Mills.

— À quel sujet ?

— On vous le dira quand on sera à l'intérieur.

Todd se dandina nerveusement d'un pied sur l'autre.

— Vous avez un mandat ?

— Pourquoi aurions-nous besoin d'un mandat, monsieur Cox ? demanda Kendra Collins en fronçant les sourcils. Vous avez quelque chose à vous reprocher ?

— Non, non, pas du tout, s'empressa-t-il de répondre avec un sourire forcé. Je pensais juste que c'était le truc à dire quand des flics veulent s'incruster chez vous.

Todd s'écarta de la porte pour les laisser entrer. Une fois qu'ils eurent franchi le seuil et se retrouvèrent debout dans le coin cuisine, ils regardèrent autour d'eux d'un air désapprobateur. Il y avait d'un côté un petit salon, si on pouvait l'appeler ainsi, et de l'autre un couloir étroit qui distribuait deux chambres et une salle de bains. L'évier était plein de vaisselle sale, et le plan de travail disparaissait sous les canettes de bière et les emballages vides de plats à emporter.

— Écoutez, dit Todd, je ne sais pas ce que vous faites ici, mais je suis clean. Au cas où vous chercheriez de la drogue ou quoi, je n'ai rien. Je ne donne pas là-dedans. Sérieux.

Rhys Mills examina le désordre dans la cuisine.

— Vous êtes bien Todd Cox ? Vingt et un ans, né à New Haven le 10 septembre 2001 ?

— C'est ça, la veille du jour où tout est parti en live.

Kendra, debout derrière lui, demanda :

— Votre mère est Madeline Cox ?

— C'est exact, dit-il en tournant le dos à l'inspecteur Mills pour lui répondre. Ça a quelque chose à voir avec elle ?

Kendra sortit son téléphone et ouvrit l'application photos.

— Il y a quelque chose que j'aimerais vous montrer.

Elle baissa le bras, si bien que Todd dut se pencher pour regarder l'écran.

— Je ne vois pas grand-chose…

— Regardez bien.

Todd se pencha un peu plus, en plissant les yeux. Ce fut alors que Rhys s'approcha par-derrière et lui planta l'aiguille dans le cou.

— Qu'est-ce que...

Le jeune homme se retourna brusquement en se giflant la nuque comme s'il venait d'être piqué par une guêpe. Mais Rhys avait été rapide : il avait non seulement terminé l'injection mais aussi retiré la seringue avant que Todd puisse le frapper.

Presque aussitôt, Todd flageola sur ses jambes.

— Bon sang... qu'est-ce que...

Il regarda Rhys avec perplexité. Celui-ci se tenait là, un sourire figé sur son visage dur.

— Désolé pour ça, monsieur Cox.

— Je reviens dans une seconde, Rhys, annonça Kendra avant de sortir du mobil-home.

— Elle fa où, vot' collègue... ? balbutia Todd en levant une main pour s'appuyer à la cloison.

— Ça ne devrait pas être long, et vous ne devriez rien sentir, expliqua Rhys avec un soupçon de compassion dans la voix. Tout sera bientôt fini.

Il enfila les gants en latex qu'il avait sortis de sa poche, les fit claquer en les remontant sur ses poignets.

Todd commença à s'affaisser lentement le long du mur. Quand ses fesses touchèrent le plancher, il appuya sa tête contre le mur et regarda la pièce tournoyer.

La porte s'ouvrit sur Kendra, elle aussi gantée et munie de deux grands sacs en toile. Elle les laissa tomber par terre, ouvrit le premier et en sortit quelque chose de brillant et de noir qui avait été plié plusieurs fois. Elle défit sa fermeture Éclair et l'ouvrit en grand.

Une housse mortuaire.

— Il vaut mieux le mettre là-dedans avant qu'il se chie dessus, dit-elle. Je n'ai pas envie de nettoyer plus que nécessaire.

Rhys approuva d'un hochement de tête. Todd n'était pas encore mort, mais il n'y avait plus assez de vie en lui pour qu'il leur facilite la tâche. Rhys passa les mains sous les bras du jeune homme et le traîna sur le dessus du sac, releva les côtés et les rabattit sur lui, puis entreprit de zipper le sac, en commençant par les pieds.

Il marqua un temps d'arrêt avant de fermer le sac sur le visage de Todd et observa son expression hébétée à l'approche de la mort.

— C'est toujours la partie intéressante, fit-il remarquer. Le moment du décès.

Il ferma le sac. De l'intérieur parvint un mot étouffé de Todd : « Noir ».

— Combien de temps encore ? demanda Kendra.

— Une minute max, répondit Rhys avec un haussement d'épaules.

Pendant quelques secondes, un léger bruissement se fit entendre en provenance du sac, puis plus rien. Kendra s'assura un moment de l'immobilité de la housse avant d'ouvrir l'autre sac et d'en sortir des bouteilles de déboucheur pour canalisations, des brosses à récurer, des flacons de Javel en spray, des chiffons de nettoyage, des serviettes en papier, des sacs-poubelle.

— La salle de bains est tout à toi, dit Rhys.

Kendra fronça les sourcils.

— Arrête.

Rhys secoua la tête d'un air résolu.

— Tu sais que je ne supporte pas ça. Si la salle de bains n'est qu'à moitié aussi cradingue que cette cuisine, ça va être comme des latrines en territoire ennemi.

Rhys et sa phobie des microbes, je vous jure, songea Kendra. Il était capable de tuer un type, mais à deux doigts de vomir son quatre-heures si on lui demandait de récurer des toilettes.

— Qu'est-ce qu'il trafiquait, à ton avis ? demanda-t-elle. Il avait une trouille bleue d'avoir affaire à de vrais flics.

Mills regarda le téléphone posé sur l'ordinateur portable.

— Un jetable. Drogue, peut-être… Peu importe.

— Ce serait beaucoup plus facile si on pouvait foutre le feu comme la dernière fois.

— S'il n'y avait pas une putain de caserne de pompiers derrière ces arbres, je dirais oui. Mais ils seraient là en quelques secondes. L'endroit n'aurait jamais le temps de brûler.

Ils procédèrent avec méthode. Kendra, se pliant à la sensibilité de son partenaire, trouva le chemin de l'arrière du mobil-home et s'attaqua à la salle de bains. Elle récura le lavabo et la douche, puis versa du déboucheur dans les canalisations pour s'assurer que tout ce qui se trouvait dans les siphons serait dissous. Après quoi, elle pulvérisa de l'eau de Javel sur toutes les surfaces pour les nettoyer à fond. La cuvette des toilettes, les parois de la douche, jusqu'à l'intérieur des tiroirs et des placards.

Dans un sac-poubelle, elle jeta la brosse à cheveux de Todd, son rasoir, sa brosse à dents, quelques savons partiellement utilisés, tous les articles de toilette dont il aurait pu se servir. Elle ne se contenta pas de vider la petite poubelle.

Elle la mit également dans un sac. Ainsi que les serviettes et les gants de toilette.

— Comment ça se passe de ton côté ? cria-t-elle.

Au bout du couloir, Rhys répondit :

— J'ai presque terminé.

Kendra avait besoin d'une pause. Elle longea l'étroit couloir jusqu'à la cuisine. Les plans de travail étaient débarrassés et propres, l'évier en inox étincelait, vide, et on ne distinguait aucune trace de doigt sur la façade du frigo.

Elle siffla, admirative.

— Si ce n'était pas un putain de mobil-home, on aurait presque envie de poser ses valises.

Ils s'activèrent pendant près de quatre heures. Pour finir, ils allèrent chercher un aspirateur puissant dans le fourgon pour un dernier nettoyage. Près de la porte étaient rassemblés la housse mortuaire et dix sacs-poubelle pleins qui contenaient, entre autres, tous les vêtements du placard et des tiroirs de la chambre de Todd, l'ordinateur portable, les factures, une liste d'établissements pour personnes âgées trouvée dans le tiroir à couverts, tous les couverts eux-mêmes, la poubelle sous l'évier, la part de pizza entamée.

— Tu as regardé sous le lit ? demanda Rhys.

— Je ne suis pas débile, dit Kendra. Bien m'en a pris d'ailleurs. J'ai trouvé une canette de bière vide. Je vais faire un tour dehors, au cas où il en aurait jeté d'autres.

Rhys fit tourner un jeu de clés de voiture autour de son index.

— Je vais prendre la Hyundai. Chargeons le plus de choses possible dans la voiture. Ce qui ne rentre pas, on le balance dans le fourgon. On va d'abord au funérarium, ensuite à la casse.

Elle jeta un coup d'œil à sa montre.

— Il est presque 2 heures.

— Avec un peu de chance, on aura tout fini au lever du jour. Je vais dormir toute la journée.

— Tu peux toujours rêver.

Ils prirent chacun une extrémité de la housse mortuaire et la jetèrent dans le coffre de la Hyundai. Ils réussirent à y mettre aussi plusieurs sacs, puis remplirent la banquette arrière. Les sacs restants rejoignirent l'arrière du fourgon.

— Je pue l'eau de Javel, dit Kendra quand ils s'arrêtèrent un moment pour reprendre leur souffle. Quand on nous appelle les « nettoyeurs », c'est censé être une image.

— Tu préfères me suivre ou tu veux partir devant ?

— Je vais te suivre. Je ne suis pas sûre de me souvenir de l'endroit où il faut tourner.

— Merde. Le téléphone.

— Je l'ai mis dans un sac. Il était à côté du portable.

— Non, ça, c'était un jetable. Un portable à clapet bon marché. Il devait avoir un téléphone à lui. Il y avait une facture Verizon près de l'ordi.

— Il est probablement sur lui, dans sa poche, dans la housse.

— OK, on le cherchera tout à l'heure.

Ils restèrent silencieux un moment. Rhys inclina la tête en arrière et contempla les étoiles, la main droite en visière sur son front.

Puis il baissa la main, poussa un long soupir et déclara :

— Deux de moins. Plus que sept.

TROIS SEMAINES PLUS TÔT

1

New Haven, Connecticut

— Vous êtes mourant.

La Dre Alexandra Nyman s'attendait à ce que l'annonce de son diagnostic fasse réagir Miles Cookson, mais ce dernier était trop occupé à regarder son téléphone.

— Vous avez entendu ? Je sais que c'est brutal, mais vous m'avez toujours demandé d'être franche avec vous. Il n'y a pas moyen d'édulcorer ça.

Elle avait contourné son bureau pour venir s'asseoir dans un fauteuil en cuir, légèrement tourné vers celui de Miles, de sorte que son genou droit était à quelques centimètres du genou gauche de son patient. Elle tenait un dossier épais renfermant un certain nombre de documents.

— Je me renseigne, dit Miles qui, les yeux toujours rivés sur son téléphone, pianotait avec ses deux pouces.

— Vous n'avez pas à vous renseigner. Je suis là, devant vous. Demandez-moi tout ce que vous voulez.

Il lui décocha un coup d'œil.

— Vous vous trompez, Alex. Je ne peux pas être mourant. J'ai quarante-deux ans, bordel ! C'est autre chose. Forcément. Non, mais regardez-moi, bon sang.

Miles avait effectivement l'air en pleine forme. Un mètre quatre-vingts pour soixante-douze kilos. Elle savait qu'il avait couru des marathons à la trentaine, et qu'il continuait à faire son jogging plusieurs fois par semaine. Il était pratiquement chauve, mais son look à la Patrick Stewart était plutôt à son avantage.

— Miles, on a fait les analyses et…

— J'emmerde les analyses, s'emporta-t-il en posant son téléphone et en la fixant droit dans les yeux. Mes prétendus symptômes, on peut tous les mettre sur le compte du stress. Vous êtes en train de me dire que vous n'avez jamais été soupe au lait, ou agitée, ou que vous n'avez jamais oublié des trucs de temps à autre ? Et oui, j'avoue, il m'arrive d'être un peu empoté. De trébucher en marchant. Mais ça ne peut pas être ce que vous dites.

Elle garda le silence, préférant le laisser vider son sac.

— Bon sang, murmura Miles. Comment pourrais-je… C'est la tension, le stress, tout simplement. Vous, les toubibs, vous êtes toujours à chercher des problèmes là où il n'y en a pas. Histoire de justifier toutes les années que vous avez passées à la fac.

Alexandra fronça les sourcils, mais pas de manière réprobatrice. Elle comprenait sa colère.

— Désolé, dit Miles. C'était un coup bas.

— Ce n'est pas grave.

— C'est… ça fait beaucoup de choses à encaisser.

— Je sais.

— Ce n'est pas le stress, n'est-ce pas ?

— Si vous ne manifestiez qu'un peu d'agitation, d'étourderie, voire quelques sautes d'humeur, je vous donnerais raison. Mais le stress n'explique pas les mouvements corporels involontaires, les soubresauts, les tics que vous avez...

— Merde. Merde, merde et remerde.

— Et je dois clarifier ce que j'ai dit, concernant votre état. Il n'existe aucun traitement, il n'y a rien qu'on puisse faire. Je peux vous prescrire de la tétrabénazine pour soulager vos symptômes quand ils deviendront plus prononcés, mais ce n'est pas un remède.

Miles éclata d'un rire sardonique.

— Ça n'aurait pas pu être un cancer ? Il y a des trucs qu'on peut faire contre le cancer. Le retirer, le bombarder avec de la chimio. Mais ça ?

— On est impuissants, dit Alexandra. La maladie de Huntington... c'est comme si on prenait Alzheimer, Charcot et Parkinson et qu'on les mettait dans un mixer. Vos symptômes se rapprochent beaucoup de ces trois-là.

— En pire.

Elle ne réagit pas.

— L'autre jour, je voulais mettre un pied devant l'autre, tout simplement, et c'était comme si mon cerveau me disait : « Désolé, ça va pas être possible. » Et puis, une seconde plus tard, ça s'est débloqué. Dorian, mon assistante, m'avait donné tous les détails d'une réunion qu'elle avait organisée. Cinq minutes plus tard, je ne me rappelais presque plus rien.

— Je sais.

— J'ai des phases où je ne tiens pas en place, j'ai des fourmis dans les jambes, il faut que je fasse quelque chose. Je n'arrive pas à me détendre... À quoi je dois m'attendre ? demanda-t-il après un temps d'arrêt.

— C'est une maladie cérébrale, répondit le médecin avec détachement. Vous allez progressivement perdre le contrôle moteur. À la différence de la maladie de Charcot, qui préserve l'acuité intellectuelle pendant que la faculté motrice se dégrade, la maladie de Huntington va affecter vos facultés cognitives.

— La démence.

Elle hocha la tête.

— Viendra un moment où vous aurez besoin de soins constants. Il n'existe pas de traitement, même si cela fait un moment qu'on y travaille. Ils finiront un jour par trouver.

— Mais pas assez tôt pour moi.

Alexandra ne le contredit pas.

— Qui mène les recherches ? De combien d'argent ont-ils besoin ? Je vais leur signer un chèque pour qu'ils se bougent le cul et fassent quelque chose ! Combien il leur faut ? Un million ? Dix millions ? Dites-moi. Je fais un chèque demain.

Le médecin se recula dans son fauteuil et croisa les bras.

— Ce n'est pas une chose à laquelle on échappe avec de l'argent, Miles. Pas cette fois. Tout l'argent du monde ne fera pas apparaître un traitement du jour au lendemain. Des gens tout à fait dévoués y travaillent, et pourtant...

Miles tourna la tête, regarda par la fenêtre pendant qu'il digérait l'information.

— Combien de temps ?

— C'est bien le problème. Que ce soit pour un Huntington, un cancer ou votre cœur, prédire l'espérance de vie est un jeu de dupes. Regardez Stephen Hawking. Au moment du diagnostic de sa SLA, l'autre nom de la maladie de Charcot, on lui donnait deux ans. Il a vécu plusieurs dizaines d'années. Il y a quelques mois, j'ai reçu quelqu'un en consultation pour un check-up. Je l'ai trouvé en parfaite santé. Deux jours plus tard, il tombait raide mort. Crise cardiaque.

— Ça ne m'aide pas beaucoup.

— Je sais. Pour vous, ça pourrait être quatre ou cinq ans, peut-être moins, ou alors vous avez peut-être encore vingt ans devant vous. Quand on a fait votre analyse génétique, on recherchait des répétitions de nucléotides élevées. En dessous de trente-six, la probabilité d'un Huntington est bien moindre, mais quand vous arrivez autour de trente-neuf, là, vous êtes…

— Je ne sais pas de quoi vous parlez. Les applis, je comprends. Les histoires d'ADN, beaucoup moins.

Alexandra eut un hochement de tête compréhensif.

— Désolée. Trop technique. Écoutez, on va devoir effectuer des bilans réguliers, voir comment ça évolue. Cela nous permettra de mieux cerner votre pronostic à long terme.

— Je vais peut-être vivre longtemps, mais ça pourrait être l'enfer, c'est ça ?

— Oui. L'important, c'est que vous savez ce que vous avez. S'il y a des choses que vous voulez accomplir, des choses que vous voulez vous faire pardonner, c'est le moment ou jamais. Peut-être qu'il vous restera beaucoup de temps à vivre après ça. N'empêche, ce genre de diagnostic aide à y voir plus clair, à établir ses priorités. Je suis navrée, Miles, ajouta-t-elle avec un soupir. Je serai là, avec vous, à toutes les étapes du chemin. (Elle marqua un temps d'arrêt.) Il y a autre chose dont on devrait discuter.

— Mon Dieu, encore des mauvaises nouvelles ?

— Non, mais pourriez-vous me rappeler vos antécédents familiaux ? Est-ce que l'un ou l'autre de vos parents a eu un Huntington ?

— Non. Enfin, pas que je sache. Je suppose que l'un des deux aurait pu, mais la maladie n'a pas eu le temps de se manifester. Ils sont morts dans un accident de voiture quand ils avaient la quarantaine. Mon père était un ivrogne. Il a emplâtré leur Ford Explorer dans un pont sur le Merritt Parkway.

— Vous avez un frère, non ?

Miles fit un signe de tête affirmatif.

— Gilbert.

— Huntington est une maladie largement héréditaire. Elle vous a peut-être été transmise par l'un de vos parents. Si l'un des deux est atteint par la maladie, il y a cinquante pour cent de risques que ses enfants la contractent également.

— Ça fait beaucoup.

— C'est vrai. Il existe donc une forte probabilité que votre frère l'ait aussi. Il devrait se faire tester. (Elle hésita.) Vous êtes proches ?

— Il travaille pour moi, répondit Miles.

— Ce n'est pas ce que j'ai demandé.

— Nous sommes... relativement proches. Nos relations se sont un peu tendues après son mariage avec Cruella d'Enfer.

— Je vous demande pardon ?

— Caroline. Je ne suis pas... fan. Gilbert et moi ne sommes pas exactement de grands copains, mais je lui parlerai. Je lui conseillerai de se faire tester. Ou alors...

— Ou alors quoi ?

— Rien.

Alexandra attendit, dans l'espoir que cela l'inciterait à se montrer plus coopératif.

Face à son mutisme, elle eut un sourire forcé.

— Au moins, il y a une bonne nouvelle...

— Ce n'est pas comme cette blague où le médecin dit : « J'ai une bonne et une mauvaise nouvelle. La mauvaise, c'est que vous allez mourir, la bonne, c'est que je couche avec Brad Pitt » ?

— Non, rien à voir, dit Alexandra.

— Très bien. Je vous écoute.

— Eh bien, vous n'êtes pas marié et n'avez pas d'enfants. Si c'était le cas, ce serait dévastateur pour eux. En plus des effets terribles de l'annonce de votre maladie, ils devraient affronter l'éventualité de l'avoir aussi. Une chance sur deux. À mon avis, ce serait pour vous une charge émotionnelle supplémentaire dont vous n'avez pas vraiment besoin en ce moment.

Miles la regarda fixement, le visage fermé.

— Miles ?

— Désolé. J'ai juste eu une absence.

— Vous *avez* des enfants ? demanda Alexandra, inquiète.

Et Miles se dit : *C'est justement la question à un million de dollars.*

2

Providence, Rhode Island

Chloé Swanson avait installé le mini-trépied et était prête à tourner.

Pour cela, elle n'utilisait rien de plus sophistiqué que son iPhone. Ce projet ne réclamait pas plus. Après tout, Steven Soderbergh avait bien réalisé tout un film avec un iPhone. Alors, pourquoi pas elle ? Comme elle voulait quand même éviter que l'appareil tremblote pendant l'interview, elle avait apporté un mini-trépied. Elle l'avait acheté d'occasion dans un magasin de photo de Providence, pour un tiers du prix du neuf.

Elle avait posé le téléphone portable sur une pile de livres, sur une table d'appoint qu'elle avait déplacée devant le fauteuil roulant de son grand-père de façon à ce que la caméra pointe vers lui, à hauteur des yeux. Elle ne voulait pas que le lit entre dans le cadre, en arrière-plan. Pas évident dans une pièce si exiguë.

Au départ, Chloé devait filmer dans une des salles communes de la maison de retraite, mais son grand-père n'y tenait plus. Il avait eu un béguin pour une des résidentes, une octogénaire, mais ils s'étaient récemment brouillés. Chloé avait essayé de comprendre ce qui s'était passé et, éton-namment, du moins pour elle, cette brouille sem-blait être de nature sexuelle. La vieille dame était intéressée, mais le grand-père de la jeune femme, pas vraiment.

De toute façon, le bruit de fond dans la salle commune l'aurait gênée. Il y avait ce type, qui devait approcher les quatre-vingt-dix ans et qui produisait sans cesse d'incroyables raclements de gorge, comme s'il essayait de cracher quelque chose qui se trouvait au fond de ses chaussures. Chloé n'était pas insensible. Elle éprouvait de la compassion pour beaucoup de résidents de la Providence Valley Home, institution que sa mère appelait très souvent la Providence des Vieux Toqués.

Chloé n'aimait pas que sa mère se moque des personnes âgées. Qu'y avait-il de drôle à perdre l'équilibre, à tomber, à devoir porter des couches, à ne pas reconnaître ses proches ? Qu'est-ce qui était risible là-dedans ? Bien sûr, Chloé n'avait que vingt-deux ans et encore beaucoup de temps devant elle avant de s'inquiéter de sa propre vieil-lesse, mais ce n'était pas pour autant qu'elle ne devait pas se sentir concernée. Elle était venue suffisamment souvent rendre visite à son grand-père pour se lier d'amitié avec plusieurs pension-naires, et elle avait commencé à réfléchir à un projet plus ambitieux qui consisterait à interroger un certain nombre d'entre eux, et pas seulement le père de sa mère.

Tout le monde avait une histoire à raconter.

Et Chloé espérait que cet entretien avec son grand-père comblerait certaines lacunes dans sa propre histoire. Pas toutes, évidemment. Il y avait un énorme chapitre manquant dans sa vie, sur lequel il était peu probable qu'elle apprenne un jour quoi que ce soit. Un peu comme un puzzle de cinq cents pièces avec une pièce manquante. Le problème étant que la pièce en question occupait la moitié du motif.

Chloé voulait savoir qui elle était.

Son grand-père était maigre, voûté, et ses dernières mèches de cheveux ne parvenaient pas à dissimuler sa collection de taches de vieillesse. La plupart du temps, Chloé le trouvait assis, en pyjama et en peignoir, mais ce jour-là il avait mis un veston, une chemise blanche et une cravate. Chloé aurait pu passer le poing entre le col et le cou plissé et tanné du vieil homme.

— C'est vraiment une caméra ? demanda-t-il tout bas.

— C'est mon téléphone, répondit-elle. Tu l'as déjà vu, mon téléphone. Il fait toutes sortes de choses.

Il humecta ses lèvres sèches.

— Mais où est la pellicule ?

— C'est numérique. Tu es prêt ?

— Vas-y. Je n'aurai pas besoin de mon avocat, au moins ?

Il sourit, découvrant son dentier.

— Je ne pense pas. À moins que tu avoues avoir fait une chose horrible dans le passé. Tu étais tueur à gages ou quelque chose comme ça ? Tu travaillais pour la mafia ?

Il secoua la tête.

— Non, juste pour Sears.

— Je vais reprendre là où on s'est arrêtés la dernière fois. Ça te va ?

Il acquiesça.

— Ne fixe pas l'appareil. Regarde-moi. On est juste en train de bavarder. D'accord ?

— J'ai compris, dit-il faiblement.

Chloé tapota l'écran du téléphone, s'installa dans son fauteuil en face de son grand-père et demanda :

— Alors, comment tu as géré ça, quand maman est sortie du placard ?

— Ah bon, elle est sortie d'un placard ? répondit-il avec un sourire en coin.

Chloé eut un petit rire.

— Quand elle t'a annoncé qu'elle était lesbienne.

— Oh, ça ! Eh bien, ça ne s'est pas fait d'un seul coup, tu sais. C'était plus des allusions. Les indices étaient devant nos yeux. Ta grand-mère, Lisa – Dieu la bénisse –, et moi, on ne pouvait que voir les signes, mais parfois, même quand c'est là, juste sous votre nez, on fait comme si on ne voyait rien. Ça ne durait jamais longtemps avec ses différents petits amis. Je crois l'avoir mieux pris que Lisa, à dire vrai. Je pense que ta grand-mère rêvait de voir Gillian faire un grand mariage avec un jeune homme idéal. Tu comprends ?

— Oui, bien sûr.

— Il y a vingt-cinq, trente ans, on ne disait pas : « J'existe, je suis homo, je me fiche de ce que vous pensez. » Aujourd'hui, c'est différent.

— Peut-être pas autant que tu le crois. Dis-m'en plus sur la façon dont mamie a vécu ça.

Le vieil homme se rembrunit.

— Ça a été difficile pour elle. Les gens demandaient : « Hé, Lisa, quand est-ce que Gillian va se caser ? » Elle répondait toujours que ta mère n'avait pas encore trouvé le bon gars, ou qu'elle se consacrait à sa carrière, ce genre de chose.

Mais Gillian vivait déjà avec Annette à cette époque. Lisa disait à ceux qui lui posaient la question qu'elles n'étaient que colocataires, qu'elles partageaient le même logement pour faire des économies.

— J'aimais bien Annette, dit Chloé. C'était une bonne mère.

— Ça me semble toujours bizarre. Cette époque où tu en avais deux. C'était quand ? Je perds la notion du temps, dernièrement.

— J'avais dix ans, répondit Chloé.

— Ouah !

— Bref, est-ce qu'il y a eu un moment où mamie l'a accepté ?

— Je suppose. Il fallait bien qu'elle vive avec son époque.

— Comment a-t-elle réagi quand maman vous a annoncé qu'elle était enceinte ?

Son grand-père laissa échapper un petit hululement.

— Mazette, quelle histoire ! Ça l'a totalement chamboulée. Mais pas bien longtemps. Elle s'est dit que ta mère avait enfin commencé à jouer dans la bonne équipe. Qu'elle avait une liaison hétéro-sexuelle dans le dos d'Annette. Ç'aurait bien été la première fois qu'elle aurait approuvé l'adultère. Pendant un certain temps, elle ne se doutait pas qu'il n'y avait en fait aucune – je dois surveiller mon vocabulaire – partie de jambes en l'air. Que tout se passait dans le cabinet d'un médecin.

— Un centre de procréation médicalement assistée, précisa Chloé.

— Ouais, c'est ça, un de ces trucs. On n'en savait pas grand-chose. Un enfant a besoin d'un père, répétait ta grand-mère. Une mère *et* un père.

Deux mères, ce n'était pas naturel. Quand elle a découvert que ce n'était pas une liaison, elle a été déçue. (Le vieil homme baissa les yeux, incapable de regarder sa petite-fille en face.) Je ne vais pas te mentir. C'est un peu le sentiment que j'ai eu moi aussi, au début. Il m'a fallu du temps pour comprendre que tu étais aimée, et que c'était la seule chose qui comptait.

— Tu as parlé avec maman pendant cette période ? De son choix d'avoir un enfant de cette manière ?

— Tu pourrais lui demander directement.

— Elle n'aime pas en parler.

Il sourit malicieusement.

— Alors, je suis en train de faire des révélations que je ne devrais pas faire ?

— Peut-être un peu.

— Oui, on en a parlé. Je lui ai demandé qui était le père. Elle m'a répondu qu'elle ne le savait pas. Je lui ai demandé comment c'était possible, et elle a dit qu'elle savait des choses *sur* lui, mais pas qui il était vraiment. Par exemple, à quoi il ressemblait, ce qu'il faisait dans la vie, quels étaient ses centres d'intérêt. Elle avait un… Comment on appelle ça ?

— Un profil ?

— Voilà, un profil.

— Et qu'est-ce qu'elle disait à propos de ce profil ?

Le vieil homme leva les yeux au ciel.

— Honnêtement, je ne me rappelle pas bien.

— Fais un effort, insista Chloé. Tout ce qu'elle aurait pu te dire, n'importe quoi.

— Elle ne t'a rien raconté, à toi ?

— Elle prétend que ça n'a pas d'importance. C'est comme s'il n'existait pas, qu'il n'avait jamais existé et qu'elle avait vécu une sorte d'immaculée conception. Ça peut être Bill Gates ou Robert De Niro, si je le décide. Comme si c'était le genre de personne à faire des dons de sperme...

Son grand-père grimaça.

— Quoi ?

— C'est juste... ce mot.

Chloé tapota son genou noueux et sourit.

— Donc, tu ne te souviens pas de ce qu'elle a dit sur le donneur ?

— Juste qu'il était... Quel était le mot ? Acceptable. C'est tout. Un donneur acceptable. Oh, et intelligent.

— Intelligent ?

Il fit oui de la tête.

— Il était censé être très intelligent. C'était dans le profil. Je suppose qu'il a dû fournir des informations sur ses études, ses diplômes, ce genre de choses... Quelle heure est-il ?

— Euh, presque 15 heures. Tu es fatigué, grand-père ?

— Un peu.

— Je pense que ça suffira pour aujourd'hui. (Chloé tapa sur l'écran.) J'allais arrêter de toute façon. Je prends mon service à 17 heures et je vais d'abord rentrer à la maison pour me changer.

— Je veux aller manger là-bas un de ces jours. Là où tu travailles.

Chloé éclata de rire.

— Grand-père, même si tu penses que la nourriture ici est infecte, elle est meilleure que là où je travaille. Si je n'y étais pas serveuse, je n'y mettrais jamais les pieds.

La jeune femme retira le téléphone de son support, replia le trépied, rangea son matériel et embrassa son grand-père sur la tête.

— On se voit ce week-end, dit-elle.

— Dacodac.

— On pourra parler d'autres choses. De ton expérience au Vietnam, par exemple. Tu dois avoir des tas de souvenirs de cette époque.

— Pas beaucoup que j'aie envie de raconter. Mais oui, bien sûr, on pourra faire ça.

Elle mit son sac en bandoulière et sortit dans le couloir. Au moment où elle passait devant l'accueil de la maison de retraite, elle entendit le signal de réception d'un e-mail sur son téléphone.

Elle s'arrêta, sortit le téléphone de son sac, afficha l'écran d'accueil avec son pouce, ouvrit l'application du courrier.

Et s'arrêta de respirer.

C'était un e-mail de WhatsMyStory. La société à laquelle elle avait envoyé un échantillon d'ADN pour analyse, plusieurs semaines auparavant. Celle qui assurait qu'on la mettrait en relation avec d'autres personnes avec qui elle aurait un lien de parenté, si elles acceptaient d'être contactées.

Le téléphone tremblait dans sa main. Elle prit une profonde inspiration, stabilisa son pouce et tapota l'écran.

3

Merrit Parkway,
au nord de Norwalk, Connecticut

Miles Cookson repéra le gyrophare dans son rétroviseur avant d'entendre la sirène. Il jeta un coup d'œil au tableau de bord, vérifia le compteur. Cent quarante kilomètres-heure. D'accord, c'était bien au-dessus de la limite autorisée, mais dans une Porsche Turbo, c'était juste un cran au-dessus du ralenti.

Il avait réglé l'autoradio satellite Sirius sur la station consacrée aux Beatles, qui passait des morceaux de l'*Album blanc*, et lorsque « Back in the USSR » était sorti des haut-parleurs, Miles avait tapoté le bouton de réglage du volume sur le volant jusqu'à ce que la musique étouffe les rugissements du moteur, ce qui n'était pas un mince exploit quand on savait qu'il était propulsé par un boxer six-cylindres turbocompressé de trois litres huit, développant cinq cent quarante chevaux.

Heureusement que Miles avait vu le gyrophare, parce qu'il n'aurait jamais entendu la sirène.

Il était certain de pouvoir distancer la police, même s'il s'agissait d'une de ces voitures de flics suralimentées. Peu importe quelle puissance vous mettiez sous le capot d'une Ford ou d'une Chevrolet de série, ou d'une de ces nouvelles et puissantes Dodge Charger. Bien sûr, elles pouvaient se montrer rapides en ligne droite, mais si Miles décidait de prendre la prochaine sortie, il pourrait négocier le virage à cent ou cent dix. Un de ces véhicules de patrouille qui tenterait de s'engager sur la bretelle à cette vitesse s'envolerait dans les airs comme dans *Les Blues Brothers*.

Mais Miles n'avait pas l'intention d'entamer une course-poursuite. Il ne voulait pas que quelqu'un soit tué. Ni un représentant de la loi, ni un innocent qui se traînerait dans une Prius. La réaction la plus intelligente et responsable consistait à se ranger sur le côté et à assumer les conséquences.

Il retira donc son pied de l'accélérateur, mit son clignotant et dirigea la voiture sur le bas-côté, les graviers soulevés crépitant bruyamment sous les roues. Le véhicule de police s'arrêta derrière lui, gyrophare toujours allumé. Le flic n'en descendit pas tout de suite. Il était probablement en train d'entrer l'immatriculation de Miles dans un ordinateur, pour savoir si la voiture était volée et si des précautions particulières devaient être prises avec le conducteur.

Je suis inoffensif, pensa Miles. *Je ne suis un danger que pour moi-même.*

Il attendit patiemment sur son siège baquet en cuir. Il coupa le contact pour que le policier ne le pense pas prêt à s'enfuir.

Celui-ci descendit de sa voiture et s'avança d'un pas décidé vers la Porsche, s'arrêtant à la fenêtre du conducteur. Que Miles avait déjà baissée.

— Bonjour, monsieur l'agent.

— Vous avez une idée de la vitesse à laquelle vous rouliez ?

— Je crois que vous m'avez flashé au moment où je devais faire du cent quarante environ.

— Permis et carte grise.

Miles avait déjà sorti la carte grise de la pochette en cuir qui se trouvait dans la boîte à gants. Il avait posé son portefeuille sur le siège passager après en avoir retiré son permis. Il remit le tout à l'agent.

— Attendez ici, dit celui-ci après avoir examiné les deux documents.

Il retourna à sa voiture et monta à bord.

Miles ralluma la radio. « While My Guitar Gently Weeps » jaillit des haut-parleurs. Cela avait toujours été une de ses préférées. Il pencha la tête en arrière et ferma les yeux, se laissant envelopper par la musique. La chanson était parasitée par le souffle persistant des voitures et des camions qui passaient à vive allure sur l'autoroute.

Le morceau se terminait lorsque Miles entendit le gravier craquer sous les bottes du policier.

— Monsieur Cookson, dit l'agent avec gravité.

— Oui, monsieur ?

— Vous devez lever le pied, dit-il en lui tendant une contravention.

— Oui, monsieur.

Miles offrit un sourire respectueux tandis que le policier retournait à sa voiture. Il se pencha en avant et rouvrit la boîte à gants. Le PV alla rejoindre les trois autres qu'il avait reçus depuis que son médecin lui avait appris la nouvelle, quelques jours auparavant.

Et merde ! se dit-il en claquant le couvercle de la boîte à gants. On allait bientôt lui retirer son permis. D'ici là, il serait probablement obligé d'arrêter de conduire de toute façon. En fait, plus tôt dans la journée, au moment d'appuyer sur le frein à l'approche d'un feu rouge, son pied droit avait été pris de tremblements bizarres, comme s'il avait une vie propre. Cela n'avait été qu'une hésitation momentanée, mais conduire en toute sécurité était une question de temps de réaction, de décisions instantanées. Quand une petite fille traverse la rue en courant après un ballon, vous ne pouvez pas envoyer un message à votre pied par courrier recommandé pour qu'il appuie sur cette foutue pédale.

Il s'était fait peur.

Et cela avait suffi à le convaincre que ses jours de conducteur étaient comptés.

Alors, autant rouler comme un fou furieux tant qu'il le pouvait encore. Voir ce que la Porsche avait dans le ventre avant de devoir y renoncer. Cela ne faisait même pas un an qu'il l'avait. Il y avait laissé presque deux cent mille dollars. Il avait pris toutes les options possibles.

Quand on gagne quelques millions par an, il faut bien trouver une façon de les dépenser.

L'attitude téméraire et totalement je-m'en-foutiste qu'affichait Miles ces derniers jours ne se limitait pas à la conduite. Il buvait à l'excès tous les soirs. Ce n'était pas vivre dangereusement que de s'accorder quelques verres, mais Miles avait pratiquement renoncé à l'alcool plus de dix ans auparavant. Il était passé par toutes les conneries du genre « mon corps est un temple ». Il buvait huit verres d'eau par jour. Il suivait même Gwyneth Paltrow sur Twitter, sans toutefois adhérer entièrement à sa philosophie de vie.

Au cours de la semaine écoulée, il avait renoué avec la vodka Absolut. Et il avait constaté qu'elle accompagnait parfaitement les Cheetos. Putain, les Cheetos... Il était passé au drive-in du McDo deux fois et s'était gavé de Big Mac et de frites. Ces cochonneries étaient si savoureuses qu'il n'en revenait pas. Un soir, il était rentré chez lui avec une pizza Domino's. Et l'avait mangée en entier, tout seul. Il s'était réveillé à minuit avec les pires brûlures d'estomac de sa vie. Il s'était brièvement demandé – l'espérant même, dans une certaine mesure – s'il s'agissait d'une crise cardiaque et si sa dernière heure avait sonné.

Rouler trop vite et manger de la merde n'étaient pas les seules conduites à risque qu'il avait adoptées.

L'avant-veille, il était allé faire un saut en parachute. Ce n'était pas la première fois, mais il n'avait plus pratiqué cette activité depuis ses vingt ans. Au moment de tirer sur le câble d'ouverture du parachute, il s'était demandé si cela en valait la peine. Quelle façon parfaite de tirer sa révérence... Bien sûr, le toubib lui disait qu'il pouvait espérer quelques années de sursis, mais cette vie-là vaudrait-elle d'être vécue ? Peut-être que c'était comme ça qu'il fallait en finir. S'écraser au sol dans un gros *floc*, et terminé. On évite le moment où quelqu'un doit vous aider à aller aux toilettes et vous torcher. On évite le moment où aller de la chambre à coucher à la cuisine prend une heure et demie parce que vos bras et vos jambes sont tout tordus. On évite le moment où il vous faut cinq minutes pour passer commande au serveur parce que vous êtes incapable de former les mots et de les faire sortir de votre bouche.

Il avait pourtant tiré sur ce câble. Le parachute s'était déployé. Miles avait retrouvé le plancher des vaches sain et sauf.

Il avait passé une grande partie de la semaine à repasser dans sa tête le film « Pourquoi moi ? ». Pourquoi lui ? Pourquoi fallait-il que ça lui tombe dessus ? Qu'avait-il fait pour offenser les dieux au point qu'on lui inflige cela ?

C'était carrément injuste, en fait. Bien sûr, d'autres que lui avaient des problèmes, des maladies graves, et ils étaient des millions à vivre dans la pauvreté, à fuir les cartels de la drogue mexicains, ou à mourir de faim et de déshydratation en Afrique, mais Miles n'en avait rien à foutre de tous ceux-là. Il se moquait de la montée du niveau des océans ou du changement climatique, ou de la surconsommation de viande de bœuf, cause de rejets massifs de méthane dans l'atmosphère. Il se moquait de la montée de l'extrémisme de droite ou du fait que tous les pays du monde semblaient déterminés à porter au pouvoir les politiciens les plus bas du front qu'ils pouvaient trouver.

Et pourtant, bien qu'il fût obnubilé par sa propre situation, son propre avenir, quelque chose d'autre le taraudait. Le sentiment qu'il ne s'agissait pas seulement de lui.

Au moins, il y a une bonne nouvelle... Vous n'avez pas d'enfants. Si c'était le cas, ce serait dévastateur pour eux.

— Vous allez me dire de quoi il s'agit ?

Miles était à son bureau, les yeux rivés sur son écran d'ordinateur. Devant lui s'étalaient les présentations détaillées de plusieurs nouvelles applications que sa société était en train de développer, mais il n'en voyait aucune. Il n'arrivait pas à lire. Ce n'était pas un problème de vision. Il était incapable de se concentrer.

Il mit même un certain temps à s'apercevoir de la présence de son assistante personnelle, Dorian.

— Ohé ? insista cette dernière, une canette de Coca à la main. C'est ça que vous vouliez ?

Il se tourna, avisa la canette et demanda :

— Vous avez fait bien attention à ne pas toucher le dessus ?

— Oui.

— Mettez-la dans un sac en plastique et fermez-le.

— C'est vous le patron, je le sais bien, et bien souvent vous me demandez de faire des choses que je ne comprends pas, mais là, on dépasse les bornes.

Dorian, trente-huit ans, travaillait aux côtés de Miles depuis près de dix ans, et il y avait rarement eu de secrets entre eux. Fluette, cinquante kilos toute mouillée, avec des cheveux noirs coupés court et des lunettes à très grosse monture noire, Dorian cultivait le look androgyne avec style. Au bureau, elle portait toujours une chemise noire à col boutonné, un jean noir et des baskets noires à semelles de caoutchouc blanc. Les visiteurs les moins politiquement corrects demandaient souvent à Miles si Dorian était un assistant ou une assistante. Et il leur faisait invariablement la même réponse : « Est-ce que cela change quelque chose ? »

Pendant tout le temps où elle avait travaillé pour lui, Dorian avait fourni très peu d'informations sur sa vie privée, et Miles avait appris à ne pas lui en demander.

Examinant la canette de soda, il dit :

— C'est personnel.

— Sans blague ! Vous me demandez de suivre votre frère et de prendre quelque chose qu'il a touché, quelque chose qu'il a porté à sa bouche, pour vous le rapporter. Vous avez raison, c'est très personnel, et vous m'avez impliquée. Je ne vois qu'une seule explication : vous voulez un échantillon de son ADN. La question que je me pose, c'est pour quoi faire ?

— Dorian, je vous demande juste...

— Vous pensez qu'il n'est pas vraiment votre frère ? Ou alors, quelqu'un s'est introduit chez vous pour chier sur le tapis du salon et vous vous demandez si c'est lui qui a fait le coup ?

— Pourquoi est-ce que vous tenez...

— Pour le plaisir de spéculer, répondit Dorian, qui haussa les épaules avant de lui décocher un regard froid comme l'acier. Et puisqu'il est question de comportements étranges, qu'est-ce qui vous prend en ce moment ? Vous êtes absent la moitié du temps, vous faites de la chute libre, vous buvez. Vous croyez que je ne remarque pas ces choses ?

Miles hocha lentement la tête, conscient que sa nuque s'inclinait d'une manière bizarre. Les premiers signes de la chorée de Huntington. Il voyait l'expression troublée sur le visage de Dorian. Il était difficile de lui dissimuler quoi que ce soit.

— Vous avez raison pour l'ADN. Je veux que vous envoyiez ça au labo avec lequel on a déjà travaillé. À faire de toute urgence. Je sais qu'ils en seront capables si on leur file suffisamment d'argent.

Dorian hocha la tête avec une certaine satisfaction.

— Que doivent-ils chercher ?

— Huntington, répondit Miles, la gorge serrée.

Cette réponse effaça le petit air suffisant sur le visage de son assistante.

— Bon sang. Votre frère pense avoir la maladie de Huntington ? Non, attendez, si vous faites ça à son insu, *vous* pensez qu'il a Huntington ? Qu'est-ce qui vous fait croire qu'il est malade ?

Miles la dévisagea, attendant qu'elle comprenne.

— Oh, merde, lâcha Dorian, qui se laissa choir dans un des deux sièges en cuir Eames face au bureau de son patron. Depuis combien de temps êtes-vous au courant ?

— Une semaine.

— Oh, Miles ! Je suis vraiment désolée. Mais pourquoi… Vous ne l'avez pas encore dit à Gilbert.

— Non.

— Vous attendez le résultat de son test génétique. Pour savoir s'il l'a.

— Oui.

— Est-ce que c'est éthique ?

— Probablement pas, mais je pense que c'est le mieux à faire. Étant donné qu'on m'a diagnostiqué la maladie, il y a de fortes probabilités qu'il l'ait aussi. Quand je lui annoncerai la nouvelle, il ne tardera pas à envisager les conséquences pour lui-même. Et pour sa fille. À ce moment-là, je veux être en mesure de lui dire s'il a des raisons de s'inquiéter.

Dorian se fondit dans son fauteuil, bouleversée.

— Oh, bon sang ! Je suis vraiment navrée. C'est tellement… injuste. (Elle secoua lentement la tête.) Je vais m'occuper du test ADN. De quoi d'autre avez-vous besoin ?

Il ignora la question et resta silencieux plusieurs secondes.

— Vous vous rappelez le groupe qui est passé ici avant-hier ? Du nouveau service de streaming ?

— Oui ?

— J'ai eu l'occasion de discuter avec l'un d'entre eux. Il s'appelait Oscar. Il était aveugle.

— Oui. Un Noir, avec des lunettes de soleil.

— Il est devenu aveugle pour ainsi dire du jour au lendemain. Il avait à peine trente ans. Décollement de la rétine dans les deux yeux. Très rare. On s'est mis à bavarder, et il m'a dit qu'il regrettait de ne pas l'avoir su à l'avance. Il y avait toutes ces choses qu'il aurait voulu voir un jour. Le Taj Mahal. La Grande Muraille. Les chutes Victoria. (Miles dut s'interrompre une seconde.) Son fils.

— Je comprends. Vous pensez aux choses que vous voulez faire… tant que vous le pouvez encore.

Miles regarda Dorian avec un air de reproche, comme si elle n'avait absolument rien compris.

— Non, ce n'est pas du tout ce à quoi je pensais.

— D'accord. À quoi, alors ?

— Peu importe, dit Miles. Faites juste analyser l'ADN de mon frère.

4

Providence, Rhode Island

Chloé Swanson trouva sa mère à genoux devant sa voiture, manifestement en train de chercher quelque chose. Les deux portières de la Camry étaient ouvertes côté conducteur et Gillian furetait sous le siège avant.

— Maman ? appela Chloé.

— Elle doit bien être quelque part, dit Gillian.

Elle souleva le tapis de sol arrière et passa la main sur la moquette.

— Qu'est-ce que tu cherches ? lui demanda sa fille.

— Ma foutue carte Visa. Je m'en suis servie pour sortir de ce parking. Tu l'insères en entrant et en sortant, et...

Elle avait tellement avancé la main sous le siège du conducteur que Chloé voyait ses doigts remuer de l'autre côté.

— Et quoi ?

— Je sors la carte, la barrière se lève et je veux prendre une seconde pour remettre la carte dans mon portefeuille, mais il y a un connard derrière moi qui klaxonne pour me faire avancer, alors j'avance, je pose la carte sur le siège passager, et tu sais comment c'est, il y a cette rampe à monter pour sortir, comme un escalier en colimaçon ou un tire-bouchon ou un truc du genre, et quand je suis arrivée à la maison, la carte n'était plus sur le siège. Elle avait glissé. Pourquoi est-ce qu'il n'y a plus de gardiens de parking, comme avant ? Quelqu'un dans une cabine.

Chloé fit le tour de la voiture et ouvrit la portière du passager.

— Je vais chercher de ce côté.

Pendant qu'elles farfouillaient dans les replis et sous les tapis de sol, Chloé annonça :

— Je vais m'absenter quelques jours.

— Quoi ?

— Je vais dans le Massachusetts. Du côté de Springfield.

Gillian avança le siège conducteur et explora l'espace étroit entre le siège et la console centrale.

— Tiens, j'ai trouvé une paille et deux pièces de 25 *cents*. Tu as dit quelques jours ?

— Ouais.

— Tu as pu t'arranger au travail ?

— Je suis en repos mardi et mercredi. Je partirai mardi matin, à la première heure.

— Qu'est-ce qu'il y a, à Springfield ?

— J'y vais pour rencontrer quelqu'un.

Gillian releva la tête, observa Chloé entre les deux sièges avant.

— Pour rencontrer quelqu'un ? Pour la première fois ou quelqu'un que tu connais déjà ?

— Quelqu'un que je n'ai jamais vu. Je l'ai rencontré en ligne.

Gillian s'extirpa de la voiture et se redressa. Elle regardait sa fille par-dessus le toit quand celle-ci leva la main. Elle tenait une carte de crédit.

— Je l'ai trouvée. Elle a dû tomber du siège et se coincer près de la portière.

Elle la fit glisser sur le toit, et sa mère la rattrapa en plaquant la main dessus avant qu'elle dévale la pente de la lunette arrière. Si Chloé s'attendait à un remerciement, elle en fut pour ses frais.

— Quelqu'un que tu as rencontré sur Internet ? Bon Dieu, ça ne va pas, la tête ? Internet ! Le refuge des pervers, des malades et des prédateurs !

— Rien à voir.

— C'était sur un site de rencontre ? Tu ne te fais pas déjà suffisamment draguer dans ton restaurant ?

— Ouais, c'est l'élite, maman. Merci de limiter mes perspectives à cette bande de tarés.

— Donc, c'était bien un site de rencontre ? Tu sais, les gens mentent sur eux-mêmes sur Internet. Tu crois avoir rendez-vous avec George Clooney et tu te retrouves avec Danny DeVito.

— Ce n'est pas un site de rencontre. (Chloé se mordit la lèvre et détourna brièvement le regard, avant de faire face à sa mère.) Tu dois promettre de ne pas te mettre en colère.

— En colère à propos de quoi ?

— Rien qu'à ta tête, je sens que tu vas monter dans les tours.

Gillian fit un effort pour se calmer. Elle posa les mains à plat sur le toit, puis leva tous les doigts pendant une seconde, invitant sa fille à poursuivre.

— J'ai commandé un de ces tests, dit lentement Chloé en cherchant son téléphone dans sa poche.

Gillian pâlit.

— Quel... test ?

— Je suis sûre que tu devines, dit-elle en brandissant son téléphone, avant d'ouvrir l'appareil photo et d'activer la fonction vidéo.

— Bon sang, Chloé, tu sais...

— Tu as promis.

Gillian prit sur elle pour se maîtriser.

— Tu sais ce que j'en pense. Et bon Dieu, arrête de filmer !

— Je réalise un documentaire.

— Arrête ça !

La jeune femme baissa son téléphone et reprit :

— J'ai le *droit*...

— Quel droit ? Montre-moi où il est écrit que...

Chloé explosa.

— J'ai le droit de savoir qui je suis !

Sa mère recula d'un pas, comme sous l'effet d'une bourrasque. Lorsqu'elle prit la parole, sa voix n'était qu'un murmure.

— Quand as-tu...

— J'ai fait envoyer les résultats à la maison de retraite, à grand-père. Je savais que s'ils arrivaient ici, tu flipperais. Ou que, s'ils arrivaient quand je n'étais pas là, tu les jetterais à la poubelle sans même me le dire.

Gillian n'objecta pas. Elle savait que c'était vrai.

— J'ai craché dans ce petit tube et je l'ai envoyé par la poste. D'abord, j'ai reçu un e-mail concernant mon héritage génétique. Genre, je suis à trente pour cent écossaise et à vingt pour cent autre chose, mais ce n'est pas ce qui m'intéresse. Il y a aussi des tests pour savoir si on est porteur de certaines maladies, mais j'ai pensé qu'à mon âge on s'en foutait, non ? Et puis ça disait que si d'autres personnes ayant fait le test avaient une correspondance partielle d'ADN avec moi, et qu'elles étaient d'accord, ils pouvaient nous mettre en contact.

Gillian fut à peine capable de prononcer les mots suivants.

— Tu as découvert qui était ton père. Chloé, même moi, je ne le sais pas.

— Non, dit-elle énergiquement. Je n'ai rien découvert. Je n'en sais toujours strictement rien. Si c'est ça qui t'inquiète, tu peux dormir tranquille.

On lisait presque de la déception dans le regard de Gillian.

— J'y crois pas ! s'exclama Chloé. Une partie de toi-même aurait voulu savoir, en fait.

— Je ne vais pas mentir. Je me suis posé la question. Mais je te l'ai dit, et je te le répète maintenant, certaines choses ne valent pas la peine d'être connues. Un homme qui entre dans une petite pièce avec une revue porno et laisse un échantillon dans un gobelet, ce n'est pas un père. Ce n'est pas un *parent*. Imagine qu'à un moment de ta vie tu aies reçu une transfusion sanguine. Après un accident, mettons. Et que ce sang t'ait sauvée. Est-ce que tu parcourrais le monde pour tenter de retrouver le donneur ?

— C'est différent et tu le sais, rétorqua Chloé. Un don de sang est difficilement comparable à un don de sperme.

— Alors, si ce n'est pas ton père que tu as retrouvé...

— C'est comme un frère, dit-elle doucement. Un demi-frère. Quelqu'un qui a été conçu avec le même sperme.

Gillian se couvrit la bouche.

— Chloé...

— Il a donné ses coordonnées à WhatsMyStory et j'ai pris contact avec lui. Je lui ai d'abord envoyé un e-mail, et puis on s'est parlé au téléphone. (Les larmes lui montèrent aux yeux.) Il y avait quelque chose dans sa voix... Je ne sais pas comment le décrire, mais j'avais l'impression de m'écouter. Je veux dire, ce n'était pas la même voix, mais sa façon de s'interrompre, de réfléchir à ce qu'il allait dire, ça m'a fait penser à... moi.

Gillian avait l'air bouleversée.

— Alors je vais le voir. Je vais rouler jusqu'au Massachusetts pour rencontrer mon frère. Je ne sais pas comment ça va se passer. Peut-être que ce sera une cata.

— Ne fais pas ça, murmura Gillian. On est bien, toi et moi. On est bien. On n'a besoin de personne d'autre. On n'a pas besoin d'une autre famille. Tu ne sais rien de lui. Ce n'est pas parce qu'il a un vague lien de parenté...

— Ce n'est pas un vague lien de parenté, maman. C'est mon frère, répéta Chloé en dévisageant sa mère avec compassion. Je comprends pourquoi tu as peur. C'est nouveau. C'est effrayant. *Je* suis effrayée. Pourtant... je dois le faire.

Gillian sortit un mouchoir en papier de sa poche, se tamponna le coin de l'œil.

— Comment s'appelle-t-il ? demanda-t-elle.

— Todd, répondit Chloé. Todd Cox.

5

New Haven, Connecticut

Depuis qu'il était adulte, Miles avait toujours vécu seul. Non seulement il ne s'était jamais marié, mais il n'avait jamais cohabité avec aucune de ses petites amies. Bien entendu, de nombreuses femmes étaient restées dormir au fil des ans, mais rarement plus de deux nuits d'affilée. Miles n'encourageait pas ce genre de choses. Il n'avait jamais donné à aucune le temps de prendre ses aises sous son toit. Il faisait grand cas de son intimité. Mener une existence solitaire lui convenait.

Pourtant, depuis le diagnostic, quelque chose avait changé.

Il se sentait seul.

Il se surprenait à tenir des conversations à voix haute avec lui-même, juste pour entendre la voix de quelqu'un. Sauf quand la femme de ménage était là, bien sûr. Inutile de lui donner à penser qu'il perdait la boule.

À moins que ce ne soit le cas.

Non et non, il ne devenait pas fou. Il en avait la certitude. Quels que soient les problèmes cognitifs qui l'attendaient, ils ne s'étaient pas encore manifestés. Peut-être que cela aurait été préférable. Peut-être qu'il serait moins tourmenté qu'à présent.

— Qu'est-ce que tu comptes faire pour eux ? dit-il tout haut, debout dans la cuisine, où il se préparait une autre vodka soda. Qu'est-ce que tu *devrais* faire pour eux ? (Il but son verre d'un trait.) Ce n'est pas ma responsabilité. Ce n'est pas ma faute. Je n'avais aucun moyen de savoir. C'est la vie, non ? Un coup de dés.

Ce qui était différent ce soir-là, c'était que cette conversation avec lui-même dégénérait en dispute.

— Comment ça, tu n'as aucune responsabilité ? Si tu n'étais pas au courant, d'accord, mais tu l'*es*. Tu as fait ce qu'il fallait pour ton frère, en testant son ADN, mais tu te fous des autres ?

Il balança alors son verre sur la porte en inox de son frigo Sub-Zero, assez fort pour y laisser un creux. Le verre se brisa sur le sol.

Miles tourna le dos au désordre et se dirigea vers sa chambre, sans prendre la peine de couper les lumières au passage, s'appuyant fréquemment au mur du couloir pour garder l'équilibre. Il se déshabilla et s'effondra en caleçon sur le lit, au-dessus des couvertures. Il roula sur le dos et, avant de s'endormir, fixa brièvement le ventilateur qui tournait lentement au plafond.

Après quelques minutes, il perçut une présence dans la pièce. Miles ouvrit les yeux et sentit son cœur se retourner dans sa poitrine. Il n'était pas seul dans la chambre.

Il y avait une *foule*, en fait.

Ils étaient peut-être vingt ou trente, debout tout autour du lit, les bras ballants, à le regarder fixement, rigides comme des statues. Il y avait à peu près autant d'hommes que de femmes, et la plupart semblaient avoir une vingtaine d'années. Les visages étaient indistincts, comme si Miles les observait à travers du verre dépoli.

— Qui êtes-vous, bordel ? demanda-t-il.

— Tu ne le sais pas ? répondit une jeune femme.

— On le reconnaît bien là, commenta un des jeunes hommes.

— Si tu te sens vraiment concerné, fais quelque chose, dit une autre femme. Sinon, arrête de penser à nous.

Dans un même mouvement, ils levèrent les bras au plafond et les agitèrent frénétiquement, comme ces bonshommes gonflables que l'on trouve devant les marchands de voitures d'occasion. Leurs bras ondulants se transformèrent alors en flammes, et leurs corps se mirent à brûler.

Un chœur de cris jaillit de leurs bouches tordues.

Miles se réveilla.

— Bon Dieu, murmura-t-il.

Il n'était pas du genre à accorder trop de signification aux cauchemars. Il ne prenait aucune décision importante quant au cours de sa vie en se fondant sur l'avis de spectres nés dans son subconscient. Les personnages de son rêve avaient néanmoins accompli une chose : ils lui avaient donné un mal de tête carabiné. À moins que ce ne soit la gueule de bois.

Il se leva et alla pieds nus dans la cuisine. Il fit couler de l'eau dans un verre, fouilla dans un des placards à la recherche d'un flacon de Tylenol et, quand il se retourna, ils étaient là.

Sa mère et son père. Ils l'observaient, perchés sur des tabourets de l'autre côté de l'îlot.

Il savait que c'était eux, même si de gros lambeaux de chair pendaient de leurs visages. La peau qui n'avait pas été arrachée était piquée d'éclats de verre de pare-brise. Leurs vêtements étaient trempés de sang.

Le père de Miles tenait une bouteille de vodka vide à la main, qu'il soulevait vers la lumière pour voir si elle ne contenait pas une dernière goutte.

— Salut, fiston, dit-il.

La mère de Miles le regarda et lui sourit.

— Si nous avions su, nous te l'aurions dit.

Miles se mit à crier. Puis il se réveilla, pour de bon cette fois.

Le lendemain matin, il demanda à Dorian de sortir faire un tour avec lui.

— Je n'ai pas encore les résultats du test ADN, dit-elle une fois qu'ils furent à l'extérieur des bureaux.

— Ce n'est pas de ça que je veux vous parler.

— D'accord.

— Vous savez qu'il n'y a pas beaucoup de personnes à qui je peux parler. Gilbert, bien sûr, parce que c'est mon frère, mais il fait partie du problème.

— D'accord, répéta son assistante.

— Je veux savoir s'il a la maladie parce qu'il existe une forte probabilité. Le taux de transmission est de cinquante pour cent. Donc, si l'un de nos parents l'avait, il a autant de risques de l'avoir que moi.

— Je sais, j'ai regardé sur Google.

Ils avaient rejoint un petit parc que bordait un ruisseau. Miles les guida vers la pelouse et se dirigea vers un banc.

— Mon frère n'est pas la seule personne à laquelle j'ai pensé, dit-il.

Ils s'assirent sur le banc. Dorian dévisagea son patron et hocha lentement la tête. Miles vit presque l'ampoule s'allumer au-dessus de sa tête.

— Vous avez un enfant, dit-elle. Vous n'en avez jamais parlé, mais… Vous venez de l'apprendre ? D'une très ancienne petite copine ?

— Non, ça ne s'est pas passé comme ça, dit Miles. Et il n'y en a pas qu'un.

— Vous avez *deux* enfants, conjectura Dorian, incapable de retenir un sourire ironique.

— Le fait est que je ne sais absolument pas combien ils peuvent être.

Dorian cligna des yeux.

— Je vous demande pardon ?

Miles lui raconta tout. Près de vingt-quatre ans auparavant, parce qu'il avait urgemment besoin d'argent, il s'était rendu dans un centre de procréation médicalement assistée.

— Ils ne payaient pas une fortune pour les dons, quelques centaines de dollars. Mais à l'époque, j'étais fauché et cela représentait beaucoup d'argent. On devait satisfaire toutes sortes de critères. Être non-fumeur, avoir une bonne hygiène de vie, avoir suivi des études supérieures. On ne pouvait pas simplement pousser la porte, s'enfermer dans un box et…

— J'ai compris, dit Dorian. Il pourrait donc y avoir une centaine de petits Miles ou Millies aujourd'hui ?

La clinique avait dit à Miles qu'ils n'utiliseraient pas son sperme plus d'une douzaine de fois. Mais avaient-ils tenu parole ? Et même s'ils avaient respecté leur engagement, il était possible que des jumeaux soient nés de ce don, voire des triplés.

Miles n'avait donc aucune idée du nombre d'enfants biologiques qu'il avait pu engendrer.

Il confia aussi à son assistante que, ce matin-là, en patientant au feu rouge, il avait observé les piétons qui traversaient devant sa voiture. Un jeune homme d'une vingtaine d'années était passé, avec un sweat-shirt du Boston College et un sac à dos sur l'épaule. *Et si c'était mon fils ?* Une jeune femme faisait son jogging en écoutant de la musique. *Et elle ?*

Il n'avait pourtant jamais beaucoup réfléchi à ce genre de chose auparavant. Au cours des deux dernières décennies, l'idée que des jeunes gens puissent porter la moitié de son patrimoine génétique lui avait à peine traversé l'esprit.

— Mais maintenant, je ne peux pas m'empêcher de penser à eux. Et à ce que je leur dois.

À la place d'un de ses enfants biologiques, voudrait-il savoir qu'il avait cinquante pour cent de risques d'abriter le gène qui pourrait le tuer ?

S'il avait su ce que l'avenir lui réservait, il ne serait jamais allé dans cette clinique. Il aurait trouvé un autre moyen d'obtenir l'argent dont il avait besoin pour ce nouvel ordinateur.

Mais bon, raisonna Miles, tout le monde finissait par tomber malade, non ? Il fallait bien mourir de quelque chose, tôt ou tard. Ce n'était pas sa faute, n'est-ce pas ? Il n'aurait jamais pu savoir. Existait-il même à l'époque un test qui aurait pu indiquer qu'il avait la maladie de Huntington ?

— C'est vrai, dit Dorian. Vous ne pouviez pas savoir. Personne ne pouvait savoir. Je veux dire, même si *maintenant*, *aujourd'hui*, on peut tester quelqu'un qui fait un don dans ce genre de clinique, ce n'était pas le cas à l'époque.

S'il avait su, à l'âge de vingt ans, ce qui l'attendait, aurait-il vécu sa vie différemment ? Aurait-il consacré ces deux années à parcourir l'Europe sac au dos, ou serait-il resté chez lui et aurait-il pris sa carrière au sérieux plus tôt ? Il n'aurait en tout cas pas passé une grande partie de sa vingt et unième année à faire la fête. Peut-être que s'il avait connu l'avenir, il aurait redoublé d'efforts pour parvenir au sommet du monde de la tech. Il aurait peut-être gagné son premier million en concevant des applications dix à douze ans auparavant au lieu de cinq.

Ou bien aurait-il pensé : *À quoi bon ? Pourquoi ne pas passer le reste de ma vie à voyager, à boire et à fréquenter des prostituées ?*

— Si ç'avait été possible, auriez-vous *voulu* savoir ? demanda Dorian.

— Toute la question est là, en effet.

— Peut-être la question est-elle de savoir si vous auriez voulu au moins *pouvoir* faire ce choix ?

Miles fut incapable de répondre sur-le-champ.

— Vous savez quelle appli on aurait dû inventer ? finit-il par demander. Celle qui me permettrait de remonter dans le temps et de ne jamais entrer dans cette foutue clinique.

— Écoutez, dit Dorian en posant la main sur la sienne, vous ne pouvez pas changer le passé. Vous devez faire face au présent. Arrêtez de faire n'importe quoi. Le parachutisme, l'alcool… Ensuite, décidez de ce que vous voulez *vraiment* faire. De ce que vous êtes capable de faire avec les ressources dont vous disposez.

— Ce que j'ai, c'est de l'argent.

— Je... je le sais.

— Je n'arriverai jamais à tout dépenser.

— Oui, dit Dorian en souriant. Si on pouvait tous avoir ce genre de problème...

Il avait rédigé un testament. Il n'était pas idiot. Ses conseillers juridiques avaient insisté : quelqu'un qui possédait une entreprise technologique prospère et un portefeuille d'actions personnel important devait se préparer à l'imprévisible. Avant même qu'on diagnostique sa maladie, il était prêt à admettre qu'un jour ou l'autre il pouvait traverser devant un bus en regardant son téléphone. Il avait sélectionné quelques organisations et fondations caritatives à qui léguer son argent. Il allait probablement vouloir revenir sur ces choix, et peut-être léguer une grosse part de son patrimoine à la recherche sur la maladie de Huntington.

Mais, en l'état, son testament ne bénéficiait à personne en particulier.

Il n'y avait pas de conjoint. Miles avait bien eu des petites amies à l'université du Connecticut, plusieurs idylles juste après la fac et, ces dix dernières années, quelques aventures insignifiantes. Mais s'il devait être honnête, Miles admettait qu'il n'avait jamais eu qu'un seul véritable amour : les ordinateurs. Certaines femmes auraient pourtant été disposées à partager sa vie, mais il avait vu par lui-même jusqu'où un mariage pouvait sombrer. La seule chose qui avait tenu ses parents ensemble, au moins jusqu'à ce qu'ils percutent cette culée de pont, était la haine réciproque qu'ils se portaient. C'était cette sorte d'énergie malsaine, perverse, qui les avait liés. Miles s'était toujours demandé si son père n'avait pas foncé délibérément dans ce pont, ou si sa mère ne s'était pas emparée du volant pour provoquer l'accident.

Comment grandir dans ce genre d'environnement familial et vouloir le reproduire pour soi-même ? Très peu pour Miles. Son frère, Gilbert, avait cru pouvoir déjouer les pronostics, mais la femme qu'il avait trouvée et auprès de laquelle il s'était engagé – celle que Miles comparait à Cruella mais dont le véritable nom était Caroline – avait autant de problèmes que leur mère, sinon plus. C'était une femme autoritaire et narcissique. Elle pouvait être tout sourire quand elle en avait besoin, vous faire son grand numéro de charme, et vous planter un couteau dans le dos tout de suite après !

Pour ce que Miles en savait, la fille de Gilbert, Samantha, était tombée sous la coupe de la mère, ou du moins se laissait-elle intimider par ses sautes d'humeur. Elle s'était mise au diapason, comme on dit. Peut-être Gilbert supportait-il la tension et l'anxiété quotidiennes parce qu'il ignorait qu'il pouvait en être autrement. Quand vous aviez grandi dans une famille dysfonction-nelle, vous pensiez que toutes les familles étaient pareilles. Vous pouviez quitter la vôtre et tomber sur une autre, encore plus détraquée. Miles suppo-sait que c'était ainsi que Gilbert voyait le monde, en se disant que ça pourrait être encore pire.

Il avait été réticent à léguer à son frère une grande partie de son patrimoine, de crainte que Caroline ne mette la main dessus. Et il en avait éprouvé un fort sentiment de culpabilité. Gil-bert avait quarante-cinq ans, soit trois de plus que lui. Il avait veillé sur Miles quand ils étaient plus jeunes. Il s'interposait et le protégeait des explosions de colère de leurs parents. Comme la fois où Miles, trop jeune pour avoir le permis de conduire, était parti en virée avec l'Oldsmobile paternelle et avait embouti une bouche d'incendie en reculant, faisant tomber le pare-chocs et projetant un geyser d'eau dans le ciel. Prévoyant une réaction violente de la part de leur père, Gilbert avait endossé le forfait. À quinze ans, il mesurait plus d'un mètre quatre-vingts et il était suffisamment costaud pour que leur père n'ose plus le frapper à coups de ceinture, comme il avait pu le faire auparavant. Il subit pourtant la colère paternelle, qui était considérable.

Il était intéressant de constater que Gilbert parvenait mieux à tenir tête à leur père à l'époque qu'à sa femme aujourd'hui.

Miles avait créé un fidéicommis à l'insu de son frère, afin que celui-ci touche vingt mille dollars par mois après son décès. Compte tenu de sa fortune, c'était une somme symbolique et, une fois mort, il ne pourrait rien faire pour éviter que Gilbert cède l'argent à sa femme, mais au moins Caroline ne mettrait-elle pas la main sur un énorme héritage.

À présent, il y avait d'autres personnes à prendre en considération.

— Je dois régler certaines choses, dit-il à Dorian, tant que j'en suis capable.

— Continuez.

— Cette maladie ne va pas me tuer du jour au lendemain. Elle peut être longue, interminable même, et particulièrement horrible. Si je veux laisser de l'argent à mes enfants, quels qu'ils soient, je dois le faire maintenant. Tant qu'ils peuvent encore en profiter.

— C'est donc cela, dit Dorian, qui souhaitait éclaircir les choses. Vous souhaitez distribuer votre fortune… maintenant… à ces enfants biologiques, qu'importe qui ils sont et où ils se trouvent.

Il confirma d'un hochement de tête.

— Je vois. Vous pensez également à d'autres personnes ?

— Je donnerai quand même une partie à des associations caritatives.

L'expression de Dorian indiquait qu'elle avait espéré une réponse différente.

— Il faut que je sache qui ils sont. Mes enfants. Combien il y en a. Leurs noms, leurs adresses.

— Bon sang, Miles, réfléchissez un peu. Et s'ils ne se doutent pas qu'ils doivent leur existence à une clinique de fertilité ? Que leur père n'est pas leur vrai père ? Vous allez leur envoyer un e-mail avec « Surprise ! » en objet ? Les appeler et leur dire : « Salut, je suis ton père. J'ai fait un don de sperme dans une clinique il y a plus de vingt ans, ta mère l'a reçu, et te voilà ! *Et* tu es sur le point de devenir multimillionnaire ! Tu veux qu'on aille se boire une bière ? Ah, au fait, j'ai une maladie génétique incurable, et il y a une possibilité – pas de quoi s'alarmer – que tu la développes aussi. Alors, cette bière, ça te dit ? » Miles, il y a beaucoup d'éléments à prendre en considération.

Il ferma les yeux.

— Merde, dit-il.

— Exactement.

Il rouvrit les yeux.

— Ils ont le droit de savoir.

6

New York

La police avait barré la 70ᵉ Rue au niveau de Park Avenue. Un énorme camion-grue bouchait la chaussée, à peu près à mi-chemin entre Park et Lexington. Au cours des prochaines heures, aucune voiture, aucun taxi, pas même un cycliste ne serait autorisé à passer.

Un camping-car Winnebago Brave, datant du milieu des années 1970, était stationné juste derrière le camion-grue. Six mètres de long, aussi aérodynamique qu'un wagon de chemin de fer, avec le W caractéristique peint sur le flanc. Le camping-car était bardé de sangles et de courroies, et l'homme dans la petite cabine vitrée déplaçait le crochet de la grue pour l'amener à l'aplomb du véhicule.

Le trottoir avait été bloqué devant trois *brownstones*, et le deuxième étage de la maison de droite montrait un trou béant de plus de six mètres de large et près de quatre mètres de haut. Les grandes vitres qui combleraient cet espace étaient retenues de part et d'autre de l'ouverture par des sangles fixées au toit.

Un attroupement important s'était formé dans la rue pour observer la scène. Ce n'était pas tous les jours qu'on voyait un camping-car être déposé au deuxième étage d'une *brownstone* new-yorkaise. Mais tout le monde savait que c'était l'adresse de Jeremy Pritkin, et si Jeremy Pritkin voulait un Winnebago au dernier étage de sa résidence, c'était exactement ce qu'il allait obtenir.

Plusieurs équipes de journalistes couvraient l'événement, et une reporter de NY1 avait réussi à arracher Pritkin à la supervision du projet pour lui poser quelques questions. Un mètre quatre-vingts, mince, Pritkin paraissait bien dix ans de moins que ses soixante-cinq ans. Il s'était éloigné de la grue pour l'interview et avait retiré son casque de chantier jaune, révélant des cheveux courts poivre et sel. Le reste de sa tenue n'était pas adapté à son rôle de conducteur de travaux. Il portait son habituel costume bleu nuit, une chemise blanche et une cravate bleu foncé ornée de centaines de minuscules symboles du dollar dorés.

— Angie Warren, ici sur la 70ᵉ Est, commença la journaliste. Je suis avec l'éminent New-Yorkais Jeremy Pritkin pour parler d'un projet de décoration quelque peu loufoque. Vous installez réellement un Winnebago dans votre intérieur ?

Pritkin sourit, révélant une rangée de dents d'une perfection hollywoodienne.

— Il va rejoindre mon bureau, au deuxième étage.

— C'est la pièce où vous laissez libre cours à vos excentricités ?

— Eh bien, je ne sais pas. Nous avons tous notre idiosyncrasie, n'est-ce pas ?

— Pourquoi un Winnebago ?

— Tout d'abord, parce que c'est un véhicule au design emblématique, un symbole de l'exploration. Des milliers d'Américains se sont lancés à l'aventure dans ces camping-cars, un peu comme les premiers colons qui ont traversé le pays vers l'ouest. Ce sont de belles machines, ou disons plutôt qu'elles sont magnifiquement laides.

— Vous avez un lien personnel avec ces camping-cars ?

Pritkin acquiesça de la tête.

— Quand j'étais adolescent, mes parents en ont acheté un, un modèle un peu plus long, et quand mon père prenait ses congés d'été, on taillait la route. J'ai tout vu, des chutes du Niagara au Grand Canyon. Je pense que ce sont ces voyages qui ont vraiment éveillé mon intérêt pour les infrastructures nationales, les autoroutes, les ponts, etc.

— Et qui vous ont finalement incité à créer une entreprise de construction pesant plusieurs milliards de dollars.

— Je l'ai vendue il y a quinze ans, ce qui m'autorise ce genre de petits caprices, dit Pritkin avec un grand sourire. Le Winnebago sera un mini-bureau à l'intérieur de ma vaste pièce de travail. Un petit refuge, si vous voulez, ajouta-t-il en montrant du doigt l'espace ouvert en façade du bâtiment. Avec un peu de chance, d'ici quelques heures, il sera à sa place et les baies vitrées reposées, à temps pour la réception de ce soir.

— Vous ferez visiter votre nouvelle extension ?

Pritkin secoua la tête.

— Le deuxième étage est mon sanctuaire.

— Je profite de l'occasion, monsieur Pritkin, pour revenir sur la tribune très critique que vous avez signée dans le *Times* d'hier, au sujet des coupes budgétaires du maire. Vous insinuez qu'il ne sait absolument pas ce qu'il fait.

Pritkin haussa les épaules.

— Je n'en suis pas certain, en effet, mais j'imagine que nos différends ne l'empêcheront pas de venir à ma soirée.

La reporter eut un petit sourire en coin.

— Vous avez tellement de cordes à votre arc ! Industriel, auteur, chroniqueur, philanthrope, financier... peut-on maintenant ajouter décorateur d'intérieur ?

— Oui, je suis sûr que ça va lancer une tendance. Tout le monde va vouloir un camping-car dans son salon. J'en verrais bien un dans la Maison sur la cascade de Frank Lloyd Wright, dit-il en gloussant de nouveau.

Pritkin s'aperçut que la grue venait de crocheter le Winnebago et que l'ascension du véhicule débutait, ses pneus se détachant de la chaussée.

— Je dois arrêter là, dit-il.

Il remit son casque et retourna se poster sur le chantier, presque sous le véhicule qui s'élevait au-dessus de la rue. Pritkin fut rejoint par un autre homme portant un casque orange et un gilet de sécurité assorti. Sur le badge accroché à son gilet, on lisait : BERT/CONTREMAÎTRE.

— J'entends comme un clapotis, dit Bert. Il y a encore de l'essence dans le réservoir ?

— On le siphonnera plus tard, répondit Pritkin. Il n'y a pas de quoi s'inquiéter.

— J'ai déménagé quelques pianos à queue dans ma jeunesse, mais rien de comparable. Je n'arrive pas à croire que la mairie vous ait laissé faire ça.

Pritkin se tourna vers lui et lui fit un clin d'œil.

— Ça aide d'avoir des relations.

Il regardait avec émerveillement le véhicule qui continuait de s'élever. En quelques minutes, les roues avaient atteint le niveau de l'ouverture du deuxième étage. Une demi-douzaine d'ouvriers se tenaient au bord, prêts à guider l'engin et à le positionner à l'intérieur du bâtiment.

— J'aimerais vraiment continuer à regarder, mais je dois me préparer pour une soirée, fit savoir Pritkin, puis il gratifia Bert d'une tape sur l'épaule et disparut à l'intérieur de la maison.

Il se trouva que le maire ne vint pas. Jeremy Pritkin en déduisit qu'il devait se sentir vexé, ce gros fragile. La liste des invités qui se présentèrent ce soir-là n'en était pas moins impressionnante. Tous les gens qui comptaient étaient là, vagabondant d'un étage à l'autre, buvant, riant, dansant, se mélangeant, grignotant. Et les plaisirs ne se limitaient pas à ceux-là. Si des toilettes restaient fermées un long moment, ce n'était pas parce que quelqu'un souffrait d'indigestion.

Jeremy appréciait que ses invités passent du bon temps.

S'il y avait une adresse où faire la fête, c'était bien chez lui. Cela pouvait se comprendre, s'agissant d'un bien évalué à soixante millions de dollars quand il l'avait acheté, quatre ans auparavant. S'y côtoyaient des stars de cinéma, des lauréats des Grammy Awards, des candidats malheureux à la présidence, un ancien gouverneur, un avocat célèbre qui dispensait son expertise sur CNN, Fox ou MSNBC, presque chaque soir, un compositeur qu'on invitait encore dans les dîners en ville grâce au Tony Award qu'il avait remporté quinze ans auparavant, et même un cheikh d'un des Émirats, vêtu non pas de sa traditionnelle gandoura blanche, mais d'un jean à mille dollars et d'une chemise en soie dont les trois premiers boutons étaient défaits.

Au fil des années, Jeremy s'était constitué un gros carnet d'adresses d'amis et de connaissances intéressants. Lorsque vous étiez un homme aux talents multiples, que vous aviez touché à plus de domaines qu'il n'y avait de parfums dans une boîte de chocolats, vous aviez de fortes chances de connaître quelqu'un qui pouvait vous aider en cas de problème.

Peu importe la gravité dudit problème.

Parmi la foule, on croisait également quelques visages parfaitement anonymes, dont la beauté compensait le manque de notoriété. Des femmes magnifiques, certaines bien plus jeunes que d'autres. Starlettes en herbe, mannequins, hôtesses de l'air, danseuses, dont beaucoup cherchaient à se faire un peu d'argent en attendant que leur carrière à Broadway décolle. Jeremy aimait en avoir au moins une demi-douzaine pour servir les boissons, s'occuper du vestiaire, répondre aux besoins des invités.

Parmi ces derniers, certains étaient plus nécessiteux que d'autres.

Jeremy parcourait la foule. Embrassades et remerciements à la pelle.

Une septuagénaire à la chevelure argentée, vêtue d'une robe longue scintillante, s'approcha et lui prit le bras.

— Au nom du conseil d'administration du Met, je tiens à vous remercier pour votre généreux soutien, lui glissa-t-elle à l'oreille.

— Ce n'était rien, dit-il avec modestie. Ça m'a fait plaisir.

— Deux millions, ce n'est pas rien. Je voulais juste vous exprimer ma gratitude.

Il sourit malicieusement.

— Mais Gretchen, votre mari est juste là.

— Vous êtes incroyable ! dit-elle en accompagnant son rire d'une petite tape sur le bras de son hôte, puis elle ajouta, chuchotant à nouveau : Si je pensais pouvoir m'en tirer impunément, et si seulement vous aviez un faible pour les femmes âgées…

Ce fut à son tour d'éclater de rire. Il lui serra la main et s'enfonça dans la foule.

— Merci pour le tuyau ! lui lança quelqu'un qu'il ne vit pas. Le cours de l'action a doublé !

Jeremy leva le pouce et poursuivit son chemin. Il avait les yeux rivés sur un homme aux épaules voûtées qui devait aller sur ses quatre-vingts ans, et qui guignait de son côté la robe d'une des jeunes femmes engagées comme extra.

— Juge Corliss, dit Jeremy pour attirer son attention. Comment allons-nous, ce soir ?

Le vieil homme releva brusquement la tête en avisant son hôte, avant de lui tendre la main.

— Très belle réception, dit-il. Vous fêtez quelque chose en particulier ?

Jeremy secoua la tête.

— A-t-on besoin d'un prétexte pour se réunir entre amis ?

— Bien sûr que non.

— J'ai cru comprendre que vous alliez statuer sur notre affaire. Je viens de l'apprendre, en fait.

— Avant ou après que vous avez envoyé mon invitation ? demanda le juge en riant à sa propre plaisanterie.

— Après. Écoutez, je sais que vous devez être objectif. Et je sais que vous serez impartial.

— Sans aucun doute, répondit le juge sans changer d'expression, bien qu'un œil expert aurait pu voir passer entre eux à cet instant quelque chose d'infime. Un regard. Une connivence.

Jeremy lui serra de nouveau la main et il s'apprêtait à engager la conversation avec le présentateur de la matinale d'un des trois grands *networks* et un réalisateur nommé pour un oscar trois ans auparavant – Jeremy ne comprenait absolument pas ce choix, le film était un vrai navet – quand quelqu'un lui donna une tape dans le dos.

Il se retourna et se retrouva nez à nez avec son assistante personnelle, Roberta Bennington. Cinquante ans, bien faite, grande, avec des cheveux noir de jais qu'elle rejetait constamment sur son épaule droite. Elle le regardait droit dans les yeux, juchée sur les talons aiguilles de dix centimètres qui ne la quittaient jamais. Jeremy interdisait à ses employées de porter des chaussures plates. Ce n'était pas par fétichisme, se défendait-il, même si les femmes qui travaillaient pour lui n'en pensaient pas moins.

— Elle vous attend dans votre bureau, annonça Roberta.

Jeremy lui répondit par un signe de tête, se retourna et quitta la réception.

Il gravit les deux larges volées de marches. Comme sa maison était constituée de trois *brownstones* jumelées, certaines zones du deuxième étage étaient accessibles aux curieux mais, pour pénétrer dans le long et large couloir qui conduisait à son bureau, il fallait saisir un code à quatre chiffres qui commandait une double porte.

Il tapa la combinaison et pénétra dans un couloir, bordé d'un côté d'immenses vitres sans tain qui donnaient sur la 70e Est et, de l'autre, de grandes photographies en noir et blanc encadrées.

Ces images contrastaient avec les Picasso, les Pollock ou les Pissarro que l'on pouvait trouver ailleurs dans sa vaste demeure. Ces photos n'étaient ni des abstractions ni des clichés de paysages. Il s'agissait d'œuvres de Helmut Newton et Robert Mapplethorpe, entre autres. Des photographies érotiques. Des hommes avec des femmes, des hommes avec des hommes, des femmes avec des femmes. Hommes seuls, femmes seules. Accouplements imaginatifs et plaisirs solitaires, et de nombreux gros plans d'organes génitaux.

À l'extrémité de cette galerie, il arriva devant une autre double porte, sans pavé numérique de commande cette fois-ci. Il poussa les battants et pénétra dans la pièce.

Elle était à peine moins grande qu'un court de tennis. Un des murs, occupé par la baie vitrée démontée et remise en place plus tôt dans la journée, offrait une vue panoramique sur la 70e Rue Est, mais quiconque levait les yeux depuis le trottoir ou espérait avoir un aperçu de l'univers de Jeremy Pritkin depuis la *brownstone* d'en face en était pour ses frais. Le vitrage, comme celui du couloir, était sans tain. Depuis la rue, cette vitre avait l'apparence d'un immense miroir.

Le Winnebago aux formes anguleuses occupait le fond de la pièce, l'avant pointé vers la rue. Des étagères garnies de livres d'art tapissaient un autre mur, et d'autres œuvres, de nature explicitement sexuelle, étaient exposées derrière le large bureau, le clou de la pièce.

Du moins, *avant* l'arrivée du camping-car.

Alors que Jeremy refermait les portes, il entendit les pleurs de la fille, avant de la voir.

Dans les bras du grand fauteuil en cuir où elle était assise, avec ses accoudoirs surdimensionnés et son imposant dossier, elle paraissait minuscule, comme ces meubles géants de fête foraine qu'on escaladait pour s'y faire prendre en photo.

La jeune fille n'attendait pas de se faire prendre en photo.

Vêtue d'un jean à la mode, dûment déchiré, et d'un sweat-shirt portant les lettres NYPD, elle avait ramené les genoux contre sa poitrine et les serrait entre ses bras maigres. Ses cheveux, blonds avec des mèches roses, lui tombaient sur les yeux, masquant en partie les larmes qui coulaient sur ses joues. Au moment où Jeremy entra, elle se recroquevilla un peu plus, resserrant sa prise sur ses genoux.

Elle n'avait pas l'air d'avoir plus de quinze ans.

— Oh, Nicky, Nicky, Nicky, dit doucement Jeremy. Nicky Bondurant. Regarde-toi un peu.

Il prit place dans le fauteuil en cuir assorti placé à côté de la jeune femme et se tourna vers elle, avant de sortir un mouchoir en soie de la pochette de sa veste pour le lui tendre.

— Sèche ces yeux, chérie.

Elle prit le mouchoir d'un geste hésitant, tamponna ses larmes et se moucha. Jeremy leva la main quand elle voulut le lui rendre.

— Garde-le.

Il attendit, se demandant si elle allait parler et, comme elle ne disait rien, il déclara :

— Tu me fais de la peine, Nicky.

Elle ne réagit pas.

— Après tout ce que j'ai fait pour toi, c'est comme ça que tu me remercies ?

Nicky renifla. Elle examinait une déchirure effilochée sur son jean qui dévoilait son genou.

— Est-ce que je t'ai déjà refusé quelque chose ? Quand tu as eu besoin d'un nouveau téléphone, qui te l'a offert ? Des billets pour *Hamilton* ? Pas de problème. Qui t'a fait entrer dans le studio de *Saturday Night Live* ? Tu as même pu rencontrer certains des acteurs, après. Tu te rappelles ?

— Oui, dit Nicky, qui décrochait son premier mot.

— Tu te souviens de ton arrivée à New York ? À quel point tu avais du mal à t'en sortir ?

— Je sais.

— Qui s'est le plus intéressé à ton bien-être ? Moi, ou ta mère à Norfolk qui se fichait complètement de te voir quitter la maison ?

Nicky renifla.

— Toi.

— Et qui t'a installée dans ton propre petit appartement pour que tu ne sois plus obligée de vivre avec cette famille à Brooklyn ?

— Toi.

— Je comprends à quel point cela peut être dur pour une jeune fille seule. Les défis, les problèmes, tous les obstacles. Je t'ai prise sous mon aile, et quel genre de remerciements je reçois ?

— Je suis vraiment désolée, dit-elle tout bas. Je n'allais rien faire.

— Tu n'es pas comme les autres, tu sais. Tu es spéciale. Bien que tu viennes d'un milieu difficile, dans lequel on t'a négligée et dépréciée, tu as de la compassion. De l'empathie. Tu aurais pu te retrouver à la rue, à fouiller les poubelles pour manger, à faire la manche. Mais tu vaux mieux que ça. Je vois des choses en toi. Je t'ai toujours imaginé un avenir avec moi, au sein de mon organisation, dans un certain nombre de fonctions.

Nicky ne dit rien.

— Je vous ai aidées volontiers, toi et les autres filles. Mais dernièrement, ce sont elles qui ont montré le plus de gratitude, de loyauté.

Nicky se força à regarder Jeremy en face.

— Ce n'est pas… normal.

— Qu'est-ce qui n'est pas normal, Nicky ? D'avoir subvenu à tes besoins ? D'avoir pris soin de toi ? Je vais te dire ce qui n'est pas normal. C'est d'envisager, ne serait-ce qu'un instant, d'aller parler à des étrangers dans mon dos, de choses qui ne regardent personne.

— Est-ce que tes amis savent… quel âge j'ai ? Est-ce qu'ils se sont même posé la question ?

Jeremy fronça les sourcils.

— L'âge n'est qu'un nombre, Nicky. Une construction artificielle. Tu es une jeune femme très mûre. Sinon, pourquoi me serais-je intéressé à toi ? Mais j'ai été consterné quand une des filles est venue me voir pour me faire part de tes intentions. C'est pour cela que je voulais profiter de cette occasion pour te parler, avant que tu fasses une bêtise. Non pas dans mon intérêt, mais dans le tien.

— Qu'est-ce que tu veux dire ? demanda Nicky tout bas.

— Tu sais qui est ici, en ce moment même ? À ma soirée ? demanda Jeremy en souriant.

La fille haussa les épaules.

— Des tas de gens, je suppose.

— Oui, des tas de gens. Des gens importants. Des avocats. Des politiciens. Des juges. Des procureurs. Des stars de cinéma. Et tu sais ce que tous ces gens ont en commun, Nicky ?

Elle fit non de la tête.

— Ils mènent le monde. Ils font les règles. Le père Noël peut aller se faire foutre. Ils savent qui a été vilain et qui a été gentil. Et tu sais quelle autre chose importante ils ont en commun ?

Nicky attendit la réponse.

— Ce sont tous mes *amis*. Non, plus que des amis. Un grand nombre d'entre eux me sont redevables. Ils ont une dette envers moi. J'ai fait la fortune de beaucoup. J'ai volé au secours de leurs bonnes œuvres et de leurs fondations. Il y a une aile d'hôpital qui porte mon nom dans le Queens. Tu savais ça ? J'ai réalisé les rêves d'un nombre incalculable de gens… dit-il avant de marquer un temps d'arrêt. Toutes sortes de rêves.

Il sourit.

— Alors à qui, exactement, crois-tu pouvoir aller raconter des histoires à dormir debout sur ce qui s'est passé ici ? Peut-être ce procureur qu'on voit tout le temps sur MSNBC et qui adore que Leanne lui donne une bonne fessée ? Ou ce juge qui aime pontifier sur Fox News et qui réclame toujours Sheena parce qu'il apprécie sa façon de faire les nœuds ? Ce serait l'un d'eux que tu voudrais aller voir ?

Lentement, Nicky secoua la tête.

— Ce que tu dois comprendre, et je te le dis en toute amitié, c'est que tu n'es *rien*. (Jeremy laissa cette vérité faire son chemin. Les larmes montèrent à nouveau aux yeux de l'adolescente.) Tu es aussi insignifiante qu'une fourmi. Tu es un insecte au fond d'une chaussure. Tu es une capote usagée, ma chère. Personne ne t'écoutera jamais, personne ne te prêtera la moindre attention. Tu seras balayée. Oh, il se pourrait que quelqu'un hoche la tête avec bienveillance, dise qu'il va se pencher sur la question. Mais ta déclaration ira à la poubelle et tu n'auras plus aucune nouvelle de personne.

Il sourit, lui effleura la joue, rattrapa une larme du bout de son index.

— Si je te dis ça, c'est pour t'éviter de souffrir. T'épargner la honte et la gêne. Tu comprends ?

Nicky hocha la tête.

— C'est bien. C'est très bien, Nicky. Tu es une bonne fille. Vraiment. Même si j'ai été blessé par ce que tu envisageais de faire, je sais que tu peux trouver un moyen de te racheter.

— Oui ? murmura-t-elle.

Il fit un signe de tête en direction du Winnebago.

— Tu peux être la première à essayer la nouvelle salle de jeux.

Nicky relâcha ses genoux, posa les pieds par terre et se leva. Elle se dirigea vers la porte du Winnebago.

— J'arrive tout de suite, dit Jeremy.

Elle l'ouvrit, entra et referma derrière elle. Jeremy soupira. Les problèmes de personnel étaient toujours les plus éprouvants.

Il se leva de son fauteuil, jeta un coup d'œil à sa montre. Il supposa qu'il pourrait rejoindre la réception d'ici cinq minutes. Il avait fait un pas en direction du camping-car quand le téléphone sonna sur son bureau.

Sa ligne privée. Très peu de personnes possédaient ce numéro.

Avant de décrocher, il vit que l'appel provenait de sa sœur aînée, Marissa, qui vivait à Seattle. Que pouvait-elle lui vouloir ? Cela faisait des mois qu'ils ne s'étaient pas parlé. Une urgence familiale, peut-être ? La dernière fois qu'il avait eu de ses nouvelles, c'était quand leur mère était morte d'une crise cardiaque. Il avait vu sa sœur pour la dernière fois à l'enterrement.

Jeremy se saisit du combiné et le colla à son oreille.

— Marissa.

— Salut, Jer.

Elle était la seule à l'appeler comme ça. Il détestait ce surnom.

— Qu'est-ce qui s'est passé ?

— Pourquoi se serait-il passé quelque chose ?

— En général, tu n'appelles pas juste pour dire bonjour.

— Il ne s'est rien passé. Je veux dire, personne n'est mort ou quoi que ce soit, cette fois.

— Walter va bien ?

— Il a eu des palpitations il y a quelques semaines, mais ce n'était rien. Du moins, c'est ce que nous pensons.

— C'est rassurant. Écoute, Marissa, si tu appelles pour papoter et rattraper le temps perdu – et, dans ce cas, je serais vraiment ravi d'avoir de tes nouvelles –, tu tombes mal. (Il jeta un coup d'œil au camping-car.) Je donne une réception.

— Quand est-ce que tu ne donnes pas de réception ?

— Très juste. Mais pourquoi je ne te rappelle-rais pas demain ? Est-ce que ça...

— Il y a que j'ai découvert quelque chose qui n'a absolument aucun sens, et j'ai pensé que tu pourrais m'éclairer.

— De quoi s'agit-il ?

— Est-il possible que nous n'ayons jamais entendu parler de certains membres de la famille ?

— Quoi ?

— Il est revenu avec une correspondance de vingt-cinq pour cent, dit Marissa. Je crois que c'est ce qu'on obtient entre oncles, tantes, nièces et neveux.

— *Il* ?

Jeremy se laissa tomber dans le fauteuil derrière son bureau. Nicky allait devoir attendre.

7

New Rochelle, État de New York

Miles arriva avec dix minutes d'avance à son rendez-vous à la ReproGold Clinic. Comme il avait eu peu de mouvements musculaires involontaires, il avait décidé de prendre la Porsche. Chaque fois qu'il s'installait au volant, il se disait que c'était peut-être la dernière. Autant s'amuser un peu tant qu'il le pouvait. Ce trajet lui vaudrait d'ailleurs sûrement une nouvelle contravention pour excès de vitesse.

Comme s'il en avait quelque chose à foutre.

Lorsqu'il entra dans la salle d'attente, il se retrouva en compagnie de deux jeunes femmes assises ensemble d'un côté de la pièce et, de l'autre, d'un homme et d'une femme auxquels il donna entre trente-cinq et quarante ans. La femme, qui semblait avoir pleuré, déchiquetait en silence un mouchoir en papier.

Alors que Miles s'approchait du comptoir d'accueil, il entendit l'homme lui chuchoter : « Cette fois, ça va marcher. Je le sais. La troisième fois est toujours la bonne. »

La secrétaire, qui portait un badge au nom de « Julie », était au téléphone.

— Comment ça, ce n'est pas couvert par l'assurance ? disait-elle à voix basse. Regardez à nouveau dans vos fichiers. C'est Harkin. Julie Harkin. Quel est l'intérêt de payer une assurance si elle ne vous couvre pas quand vous en avez besoin ? Où est-ce que je suis censée trouver dix mille dollars pour réparer ce genre de dégât des eaux ? Comment...

À ce moment-là, elle remarqua la présence de Miles. Elle leva l'index pour lui signifier qu'elle n'en avait plus pour longtemps et reprit sa conversation.

— On ne va pas en rester là. Vous n'avez pas fini d'en entendre parler, conclut-elle avant de raccrocher et de regarder Miles d'un air confus. Désolée.

— Je vous en prie. J'espère que ça va s'arranger.

— Les compagnies d'assurances... dit-elle en secouant la tête.

— Vous êtes entre de bonnes mains, commença Miles en mettant ses mains en coupe, comme si elles étaient pleines d'eau, puis il les ouvrit : Jusqu'à ce que vous ne le soyez plus.

— À qui le dites-vous ! Que puis-je faire pour vous ?

— Miles Cookson. J'ai rendez-vous.

Elle consulta son planning.

— En effet. Vous n'êtes pas envoyé par votre médecin ?

— Non. Il s'agit d'autre chose.

Elle lui lança un bref regard interrogateur, puis l'invita à s'asseoir.

Miles s'exécuta. Les deux couples furent reçus et, après presque quarante-cinq minutes, on appela son nom. On le conduisit au bout d'un petit couloir, jusqu'à une porte, sur laquelle on lisait : DR MARTIN GOLD. Elle était entrouverte. Miles la poussa et entra.

Un homme chauve dans la soixantaine était assis derrière un bureau. Il retira ses lunettes de lecture, les posa et leva les yeux.

— Monsieur Cookson ?

— C'est ça.

— Veuillez vous asseoir.

Debout, Gold ne devait pas mesurer plus d'un mètre soixante-cinq. Son visage et ses mains semblaient mous et pâteux.

Les murs du bureau n'accueillaient pas les habituels diplômes encadrés, mais une demi-douzaine de photos de ponts. Miles reconnut seulement le Golden Gate et le pont de Sydney. Gold balaya du regard le dessus de son bureau et fronça les sourcils.

— J'ai bien peur que vous me preniez de court. D'ordinaire, j'ai quelque chose qui ressemble à un dossier, parfois seulement un courrier d'un médecin de famille, mais dans votre cas je ne dispose d'aucun document. Je suppose donc que je pars de zéro. Que puis-je faire pour vous ? Laissez-moi deviner : vous êtes marié, et vous et votre femme essayez depuis un certain temps d'avoir un enfant, sans succès ?

— Non, répondit Miles. Rien à voir. Je ne m'attendais pas à ce que vous vous souveniez de moi. Et il y a de fortes chances pour que les fichiers que vous aviez sur moi soient antérieurs à votre passage à l'informatique. Ils sont probablement archivés dans un carton quelque part. C'était il y a longtemps.

— D'accord. Continuez.

— Il y a plus de vingt ans, je suis venu dans cette clinique. En tant que donneur, dit-il, puis, comme si une clarification s'imposait, il ajouta : Donneur de sperme.

— Ah, je vois, répondit le médecin en souriant. C'était l'époque où l'on offrait un grille-pain pour chaque nouveau dépôt ? (Il éclata de rire.) Désolé. Une vieille blague.

Miles esquissa un sourire en coin.

— Il n'y a pas eu de grille-pain, mais la somme attribuée aux donneurs m'a permis d'optimiser mon ordinateur. J'avais désespérément besoin d'une machine plus puissante, et vous avez rendu ça possible.

— Ravi d'avoir pu vous aider.

— En fait, continua Miles, cet ordinateur m'a permis de faire un bond en avant. Il m'a mis sur la bonne voie. Je suis dans la tech. Je conçois des applis. Vous avez peut-être entendu parler de ma société. Cookson ?

Gold secoua la tête.

— Désolé. Mais je suis heureux que nous ayons pu vous donner ce coup de pouce financier au bon moment. J'espère que vous me pardonnerez, mais je n'ai pas le souvenir de votre première visite chez nous. Comme vous pouvez l'imaginer, beaucoup de gens passent par ici. Nous nous efforçons de tous les accompagner au mieux, et nous sommes reconnaissants aux hommes comme vous, qui rendent notre travail possible.

— Bien sûr. Je ne pense pas que nous nous soyons rencontrés, de toute façon. J'ai eu affaire à quelqu'un d'autre à l'époque. C'est quel pont, ça ? demanda-t-il en montrant une des photographies.

— Le pont de la Confédération. Pas particuliè-rement spectaculaire, et pourtant remarquable. Il relie l'Île-du-Prince-Édouard au continent. Il a été inauguré en 1997. Les ponts, c'est un peu mon dada, dit-il en souriant.

Miles hocha la tête, s'éclaircit la gorge.

— Enfin, je vais vous expliquer la raison de ma présence. C'est une longue histoire, mais je vais essayer de faire court. (Il marqua un temps d'arrêt.) Il se trouve qu'on m'a diagnostiqué un Huntington.

Le visage de Gold s'allongea brusquement.

— Je suis navré. C'est... c'est un coup terrible.

— Ouais. Je me retrouve à devoir prendre de grandes décisions.

— Je n'en doute pas.

— J'ai réfléchi, entre autres choses, aux enfants qui sont peut-être dans la nature quelque part. Je ne dirais pas « mes » enfants, parce que ce n'est pas approprié, mais les enfants que j'ai permis de concevoir. Ces enfants qui existent, qui vivent et respirent dans ce monde, grâce au don que j'ai fait dans cette clinique il y a de nombreuses années.

Gold hocha la tête d'un air songeur.

— J'estime que ces personnes, aujourd'hui adultes, ont le droit de savoir ce que l'avenir peut leur réserver. Comme vous le savez peut-être, il y a cinquante pour cent de risques qu'un enfant développe la maladie de Huntington si un de ses parents en est atteint.

— Oui, dit Gold. Je suis au courant.

— J'ai... j'ai très bien réussi dans mon domaine et je possède un patrimoine important, que j'aime-rais commencer à disperser le plus tôt possible.

Après mûre réflexion, et un sérieux examen de conscience, j'ai décidé de léguer une grande partie de ma... fortune... à ces enfants devenus adultes. S'ils devaient un jour développer la maladie, ils auront les ressources nécessaires pour se prendre en charge et, en attendant, cela leur donnera les moyens de faire des choses qu'ils n'auraient pas pu se permettre autrement. Voyager, acheter une maison en Espagne. Ou ne rien faire de cet argent. Le transmettre à leurs propres enfants, s'ils en ont. Ce serait à eux de décider.

— Et s'il s'avère qu'ils n'ont pas la maladie ? demanda Gold.

— Ils toucheront quand même l'argent.

Le médecin joignit les doigts en pyramide et se pencha en arrière sur son siège.

— Je vois. Vous êtes certainement bien intentionné, et je comprends votre position, mais je dois vous signaler que vous n'avez aucune responsabilité légale à assumer. Ce n'est pas très scientifique, ce que je vais vous dire, mais la vie est un coup de dés. Les gènes de n'importe quel donneur sont potentiellement porteurs de conséquences négatives. N'importe quel couple ayant un enfant est confronté aux mêmes problèmes, y compris ceux qui n'ont pas recours à nos services. Chacun apporte son bagage génétique. C'est la vie.

— N'empêche.

— D'ailleurs, on parle un peu dans le vide, fit remarquer le médecin. Vous ne savez pas qui sont ces enfants.

— Mais vous, si.

— Je vous demande pardon ?

— Le nom des femmes fécondées par mon sperme. Vous devez avoir cette information.

Gold secoua la tête et sourit d'un air navré.

— Je crains que ce soit impossible. Nos dossiers sont totalement confidentiels. Ce n'est pas négociable.

— Il doit bien exister un moyen. Si vous preniez contact avec ces femmes pour les inciter à entrer en relation avec moi ?

Gold secouait la tête.

— Non, c'est hors de question. Monsieur Cookson, je compatis. Vous avez une route difficile devant vous. Et vos intentions sont nobles. Généreuses. Mais vous êtes venu ici, il y a des années, en sachant que vous ne connaîtriez jamais l'usage qui serait fait de votre don, et les receveuses sont venues en sachant que leur vie privée ne serait pas violée. J'ai les mains liées.

Miles resta assis là, serrant les poings de frustration.

— Je pense qu'ils – ces enfants – voudraient savoir.

— C'est bien possible. Si c'est vraiment le cas, il existe certaines démarches qu'ils peuvent entreprendre, et qu'ils ont peut-être déjà entreprises. Le monde a changé. Parmi les personnes que vous espérez retrouver, certaines ont peut-être profité de services désormais disponibles. Elles fournissent un échantillon d'ADN, découvrent leur ascendance et sont mises en relation avec une famille dont elles ignoraient l'existence. Vous pourriez emprunter le même chemin. Qui sait où cela pourrait vous mener ?

— Cela revient à s'en remettre totalement au hasard, répondit Miles. Il y a trop de variables. Je pourrais mourir avant d'avoir établi le moindre contact.

Gold haussa imperceptiblement les épaules.

— Je ne sais pas quoi vous dire.

Il se leva, indiquant que l'entretien était terminé, et tendit une main que Miles serra avec peu d'enthousiasme.

— Bonne chance, dit le médecin.

Miles sortit sans un mot. En passant devant l'accueil, il jeta un regard à Julie, qui parlait à nouveau au téléphone. Elle avait la tête baissée et tournée sur le côté, et elle couvrait le combiné avec sa main pour qu'on ne l'entende pas.

Miles saisit néanmoins une partie de sa conversation.

— Je ne sais pas, mon ange. Quand faut-il payer les frais de scolarité, déjà ? Bon sang, tu ne peux pas obtenir un délai ?

En rentrant chez lui, Miles prit un autre PV.

8

Springfield, Massachusetts

— Oh, purée, tu as vu ce que tu viens de faire, là ? demanda Todd Cox.

— Quoi ? répondit Chloé. De quoi tu parles ?

— Cette façon de mettre ta main sur ton front. (Il l'imita, se frappant la tête avec la paume de la main, doigts écartés.) Je fais ça tout le temps.

— N'importe quoi. Tu dis ça juste pour trouver des trucs. Je t'assure.

— Non, je déconne pas. Je fais ça tout le temps, assura-t-il en secouant la tête. C'est pas croyable. J'ai une sœur pour de vrai.

— Demi.

— Hein ?

— Demi-sœur.

— C'est toujours mieux que pas de sœur du tout.

Ils étaient assis dans un McDonald's, à côté du comptoir des commandes, à quelques pas des toilettes. Le rush du déjeuner étant passé, ils s'étaient dit qu'ils pourraient rester là un moment sans que personne leur demande de partir. Ils avaient déjà terminé leurs hamburgers et leurs frites, et Todd buvait les dernières gouttes de son milk-shake à la vanille. Chloé sirotait un café.

— Qu'est-ce qui t'a poussé à le faire, à envoyer un échantillon ? demanda-t-elle.

— Ben, ce n'était pas mon idée. Ça ne m'intéressait pas plus que ça. Je ne me suis jamais vraiment demandé qui pouvait être mon père biologique ou si j'avais des demi-frères ou des demi-sœurs. Je suppose que je ne suis pas ce qu'on pourrait appeler un intello. Je vis dans l'instant présent, tu comprends ? Alors, ce qui est arrivé dans le passé, je m'en fous un peu. Je suis ici, maintenant. Et y a que ça que je dois vraiment gérer. Mais...

— Attends, dit Chloé. Je devrais enregistrer ça.

— Hein ?

La jeune femme posa son smartphone sur la table.

— Je fais une sorte de journal vidéo. Sur ma famille. Je reconstitue le puzzle. En rassemblant des témoignages.

— Ah, d'accord.

— Ça te dérange ?

— Non, c'est cool, dit-il en se passant la main dans les cheveux. Ça va, je suis bien, là ?

— Tu es très bien.

— J'ai toujours eu un épi, avec les cheveux qui rebiquent.

— Ça ne fait rien.

— C'est un bon endroit pour filmer, un McDo ?

— C'est authentique. Je veux te filmer quand tu racontes cette histoire pour la première fois. (Elle leva le téléphone, cadra Todd sur l'écran.) OK, donc, tu n'avais pas l'intention d'envoyer ton ADN, mais tu l'as fait. Comment c'est arrivé ?

— Comme je disais, l'idée n'est pas venue de moi, mais de ma mère. Ça l'intéresse vraiment, ce genre de trucs, et je pense que ça la travaillait de savoir de qui venait le don qui l'a fait tomber enceinte.

— Alors, elle t'a tout raconté. Ça n'a jamais été un secret.

— Elle a attendu que j'aie dix ans. Vers cet âge-là, je crois. J'avais un père. Comme elle était déjà mariée, j'avais toujours supposé que mon père était mon père. Et puis, quand j'avais genre neuf ans, il est mort dans un accident. Il était arboriste.

— Il était quoi ?

— Arboriste. Les types qui coupent les arbres et tout ça. Un jour, il était là à scier un arbre énorme à la tronçonneuse, mais il s'est un peu planté en calculant de quel côté le tronc allait tomber. Il n'a pas pu l'esquiver à temps et il est mort écrasé.

— Ouch, je suis désolée.

Todd haussa les épaules.

— Après ça, ma mère a voulu que je sache que, s'il restait quand même mon père, il y avait quelque chose qu'elle ne m'avait jamais dit. Ils avaient essayé d'avoir un enfant, mais ça n'avait pas marché. Mon père... avait une numération basse, ou peu importe comment ils appellent ça. Alors ils sont allés dans cette clinique en dehors de New York et ils ont fait ce qu'on fait dans ces endroits, et je suis arrivé et nous avons tous vécu heureux jusqu'à ce qu'il se fasse écraser.

Chloé ayant déjà dit qu'elle était désolée, elle garda le silence.

— On n'est pas nombreux dans la famille. Mon père n'avait ni frère ni sœur, et c'est plus ou moins pareil du côté de ma mère. Ça l'embêtait que je n'aie pas une grande famille, et elle savait que je devais avoir des parents quelque part, alors elle a commandé deux tests. Un pour elle et un pour moi. La dernière fois que je suis passé chez elle, elle me l'a collé sous le nez. « Crache là-dedans », elle me fait, raconta-t-il en hochant la tête. C'était pas la mer à boire, alors je l'ai fait. Et elle voulait que je dise que j'acceptais d'être contacté. Ce que *tu* as fait, dit-il avec un nouveau mouvement de tête. Je n'en reviens toujours pas.

— Ma mère, ça a été tout le contraire. Elle ne voulait pas que je fasse le test. Elle pense que je n'ai pas besoin de savoir.

— Chacun réagit à sa façon, je suppose.

Chloé tapota sur le téléphone pour stopper l'enregistrement.

— C'était bien.

— À mon tour de te poser des questions. Qu'est-ce que tu fais dans la vie ?

— Oh, j'ai une magnifique carrière. Je suis serveuse dans un *diner* pourri. J'étudiais le photojournalisme à la fac, mais je n'avais pas suffisamment d'argent pour les frais de scolarité. Ma mère a participé comme elle a pu, mais elle ne roule pas vraiment sur l'or. Si j'avais du fric, tu crois que je roulerais dans une Pacer de 1977 ?

Todd jeta un coup d'œil à la voiture de Chloé sur le parking, qui ressemblait davantage à un aquarium rouillé qu'à une machine que quelqu'un était susceptible de faire avancer.

— Quand j'ai le temps, dit-elle, je vais à la maison de retraite où vit mon grand-père.

Cette remarque retint l'attention du jeune homme.

— Ah bon ? Genre, pour lui rendre visite ?

— Ouais, et pour l'interviewer, aussi. Sur sa vie, comme je viens de le faire avec toi. Il y a ce... je ne sais pas, ce vide, qui tient à ce que je ne sais pas qui je suis vraiment. Alors j'essaye d'en apprendre le plus possible sur les choses que *je* suis en mesure de découvrir. Tu comprends ce que je veux dire ?

— Bien sûr.

— Tu ne te poses pas de questions sur ton père biologique ? WhatsMyStory a pu nous mettre en relation, mais maintenant on partage ce mystère : qui est notre père ?

Cela fit rire Todd.

— Qui est ton papa ? scanda-t-il, comme des paroles de rap. Qui est mon papa ? Tout le monde veut savoir, qui est ton papa ?

— Non, sérieux, tu ne veux pas savoir ?

— Si je le savais, ça changerait quoi ?

— Ça ne change rien que tu m'aies rencontrée, moi ?

— Si, mais tu as à peu près mon âge. Mon père, qui qu'il soit, ce sera juste un vieux mec.

Chloé se frappa le front.

— Sans déc'. Les parents sont toujours plus vieux, gros malin !

Il montra du doigt la tête de la jeune femme.

— Tu l'as refait. Bon, dis-m'en plus sur ton grand-père.

— C'est un ancien combattant. Il a fait le Vietnam. Il a écrit un livre sur son séjour là-bas qu'il a publié à compte d'auteur. C'est vraiment bien. Enfin, je ne suis pas critique littéraire, mais j'ai trouvé ça formidable. Et il a vu des trucs horribles, tu sais ? Il en est revenu et il a trouvé un boulot chez Sears, où il a passé le reste de sa vie professionnelle. Le fait de parler avec lui, d'apprendre son histoire, m'a donné envie de parler aux autres pensionnaires. Ils ont tous des histoires à raconter. On pense que ce sont juste des vieux qui attendent de mourir, mais ils ont fait des choses. Ils ont *vu* des choses. Il faut prêter attention.

— *Prêter* attention ?

— « Il faut prêter attention ». C'est tiré de *Mort d'un commis voyageur*.

Todd la regarda d'un air ahuri.

— La pièce, *Mort d'un commis voyageur*, tu vois ?

— Je vais pas souvent au théâtre. Aux concerts, ça m'arrive. J'ai vu Metallica une fois. Ils étaient géniaux.

— Je n'ai pas vu la pièce non plus, dit Chloé. Mais je l'ai lue. Au lycée. Et elle a été adaptée au cinéma plusieurs fois.

— J'aime la série des *Avengers*. Tous les Marvel.

Une brève expression de déception passa sur le visage de Chloé. Ce n'était pas parce qu'on avait un lien de parenté avec quelqu'un qu'on partageait forcément des centres d'intérêt. Mais ce n'était pas ça qui allait l'empêcher de chercher un terrain d'entente.

— Tu as toujours tes grands-parents ?

— Ils sont décédés. Je ne les ai jamais vraiment connus. Ils sont tous morts avant mes cinq ans. Ma mère a une vieille tante à qui on rendait visite tous les ans, et elle continue à le faire, mais en grandissant j'ai trouvé des excuses pour me défiler. Et maintenant, eh bien, j'ai déménagé depuis deux ans. Je vis dans un mobil-home. Ça peut sembler un peu merdique sur le papier, mais c'est sympa. J'apprécie d'avoir mon chez-moi, dit-il en souriant. Et je suis juste à côté de la caserne des pompiers, donc si ça explose ou quoi, ils seront là en un rien de temps.

— Tu vis dans un de ces parcs de mobil-homes, avec une bande de retraités ?

— Non, le mien est posé sur un terrain indépendant. Il n'y a que moi. Pas de petits vieux.

— Oh.

Todd devina une certaine désapprobation dans le ton de Chloé, alors il ajouta :

— Mais je parle souvent au téléphone avec eux.

— Qui ?

— Des vieux, dit-il avec un sourire forcé. C'est un peu comme du démarchage téléphonique. Je leur parle beaucoup.

9

Seattle, État de Washington

Marissa Pritkin pensait que son frère serait ravi par la nouvelle. Au lieu de quoi, il avait perdu son sang-froid.

Après tout, ce n'était pas tous les jours qu'on se découvrait de nouveaux parents. N'était-ce pas quelque chose dont il fallait se réjouir ? Ou, à tout le moins, qui méritait un semblant de curiosité ? Il ne lui demanda même pas avec qui elle était entrée en relation.

Peut-être l'avait-elle surpris à un mauvais moment. Il lui avait bien dit qu'il recevait du monde, mais son frère organisait constamment un événement ou un autre. Un gala de bienfaisance avec Bill Gates pour combattre la malaria, la soirée d'après-première d'un spectacle de Broadway dans lequel il avait investi, ou une collecte de fonds pour la candidature d'un politique – peu importe le parti ; son frère cherchait toujours à se faire des amis dans tous les camps. Jeremy avait toujours une actualité. Elle cherchait son nom sur Google une fois par semaine environ, pour savoir ce qu'il avait fait, à quelle émission de télévision il avait participé, quelle tribune il avait signée dans le *Times* ou le *Post*.

Marissa et Jeremy ne se voyaient pas très souvent, mais ils restaient en contact. S'il passait à Seattle pour affaires et que son emploi du temps le permettait, Jeremy les invitait, elle et son mari, Walter, à un dîner coûteux. C'est lui qui monopolisait la conversation, balançant des noms connus comme les oies leurs fientes. Il n'y avait pas un président, un Premier ministre, un roi, une reine ou un artiste célèbre que Jeremy n'avait pas croisé à un moment ou à un autre.

Marissa passait le dîner à se demander s'il allait poser ne serait-ce qu'une seule question sur *leurs* vies. Comment allez-*vous* ? Où êtes-*vous* partis en vacances l'année dernière ? Quelle série avez-*vous* dévorée dernièrement ?

La chose la plus intime que Jeremy pouvait leur demander, c'était des nouvelles de leur portefeuille d'actions. Et c'était en réalité parce que cela le concernait, car il leur avait communiqué certains tuyaux.

Bien entendu, ceux-ci s'avéraient presque toujours payants. Souvent, le retour sur investissement avait été faramineux. Marissa devait admettre que, sans certaines informations refilées par Jeremy, Walter et elle ne vivraient pas dans leur maison actuelle, dans le quartier de North Beach à Seattle, avec une vue à couper le souffle sur le Puget Sound. Pour être honnête, il avait été plus que généreux avec eux. Ils s'en sortaient pourtant convenablement. Marissa dirigeait une société de courtage en assurances et Walter était orthodontiste. Mais les centres d'intérêt de vos enfants pouvaient parfois coûter plus que prévu, même si vous aviez de bons revenus, ce qui avait été leur cas quand Zachary avait développé une obsession pour tout ce qui touchait aux chevaux.

Il se trouvait que Jeremy, lui aussi, avait toujours aimé les chevaux, alors qu'avait-il fait ? Il avait acheté un cheval à Zachary, payé sa pension dans une écurie et même couvert les frais de toutes les leçons d'équitation. Inutile de demander à Zachary qui était son oncle préféré.

C'est pour cela que, lorsqu'elle avait reçu les résultats de WhatsMyStory, Marissa avait estimé qu'elle devait réserver à son frère la primeur de la nouvelle.

« D'après le test, avait-elle expliqué, je partage environ vingt-cinq pour cent de mon ADN avec cette personne, ce qui indique qu'il s'agit d'une nièce ou d'un neveu. Maintenant, elle et moi devons simplement accepter de divulguer nos identités pour pouvoir entrer en contact. Une nièce ou un neveu ! Comment est-ce possible ? »

Naturellement, Marissa avait déjà envisagé la possibilité que Jeremy ait pu mettre une femme enceinte des années auparavant, et que cette femme ait gardé ça pour elle. Raison de plus pour le lui dire, raisonnait-elle, et pour penser que sa curiosité serait piquée.

Mais Jeremy l'avait mal pris.

Il l'avait accusée de se mêler de ses affaires. Comment avait-elle pu faire une chose pareille sans le consulter au préalable ?

Il avait conclu en disant qu'il ne pouvait pas en discuter plus longtemps, qu'il la rappellerait plus tard. Plus tard s'avéra être le lendemain soir. Walter était rentré du travail et, installés sur la terrasse, dans leurs fauteuils confortables, chacun avec un verre de vin, ils contemplaient le détroit quand le portable de Marissa sonna.

Avant que Jeremy ait terminé de pousser son coup de gueule, Marissa activa le haut-parleur pour que Walter puisse entendre à quel point son frère était remonté.

— Qu'est-ce qui t'a pris ? lui demanda-t-il.

— Je ne sais pas ce que tu veux dire, répondit-elle en gardant une voix égale et maîtrisée. Des tas de gens ont fait ça. Des *millions* de personnes.

— Eh bien, te voilà aussi stupide que les autres.

— Je ne vois pas ce qu'il y a de stupide à vouloir savoir d'où l'on vient, qui l'on est, quels autres membres de la famille on pourrait...

— Bon sang, Marissa, la famille que l'on a déjà ne nous donne-t-elle pas assez de soucis ? Pourquoi en demander plus ?

Walter se décida à intervenir. Il n'aimait pas beaucoup la façon dont son beau-frère parlait à sa femme.

— Jeremy, c'est Walter.

Silence prolongé à l'autre bout de la ligne.

— Bonjour, Walter.

— Tu ne crois pas que tu exagères un peu ? Marissa ne pensait pas à mal.

Cette fois, Jeremy demeura silencieux si longtemps qu'ils crurent que la connexion avait été interrompue.

— Jer ? appela Marissa. Est-ce qu'on t'a perdu ?

— Je suis là, dit-il froidement. Walter, je pourrais te parler une seconde, haut-parleur coupé ?

Walter jeta un coup d'œil à sa femme, comme pour demander sa permission. C'était *son* frère, après tout. Elle haussa les épaules et Walter prit le téléphone, appuya sur la touche qui coupait le haut-parleur et porta l'appareil à son oreille.

— Je suis là, Jeremy.

Il se leva de son fauteuil pour se tenir devant le garde-corps, au moment où ce qui ressemblait à une baleine brisait la surface de l'eau.

— Bien. Walter, écoute attentivement, et essaie de ne rien trahir en ayant l'air choqué ou surpris.

— Quoi ? De quoi parles-tu...

— Tu vois ? Tu as déjà l'air choqué et surpris. Prends un air impassible et écoute ce que j'ai à dire.

— C'est bon, assura Walter après un moment.

— Je sais où va l'argent.

Walter sentit soudain un frisson parcourir sa colonne vertébrale, et il faillit laisser échapper un « Quoi ?! », mais il réussit à garder son calme et dit lentement :

— Continue.

— Tu fais peut-être de ton mieux pour le cacher à ma sœur, mais je suis au courant de ton addiction.

— Je suis désolé, je ne...

— Walter, s'il te plaît, ne m'interromps pas. Tu as un problème. Tu devrais parler à quelqu'un. Les Joueurs Anonymes, peut-être. La seule raison pour laquelle Marissa n'a pas remarqué vos problèmes de trésorerie, c'est parce que je vous renfloue quand je le peux. Mais les jeux d'argent en ligne, les casinos... Il faut que tu t'occupes de ça.

— Oui, oui, c'est très intéressant.

Marissa regarda son mari et articula silencieusement : *Qu'est-ce qu'il dit ?* Walter leva son index.

— Tu te demandes probablement comment je peux être au courant, poursuivit Jeremy.

Comment ai-je pu apprendre que mon beau-frère jetait son argent par les fenêtres ? C'est mon boulot de savoir des choses, Walter. L'information est ma monnaie d'échange, qu'il s'agisse de toi, de Marissa, de la Bourse de New York ou du roi du Siam. Alors voilà ce qui va se passer. Tu vas dire à Marissa d'arrêter ses recherches sur son arbre généalogique. Je ne vais pas entrer dans les détails, mais tu peux lui expliquer qu'à cause de ses démarches je pourrais être harcelé par des inconnus, faire l'objet de réclamations. Je suis dans le collimateur du public et vulnérable à toutes sortes de charlatans. Qu'est-ce que tu en dis ?

— Ça me paraît bien.

— Si je te demande à toi de la persuader, c'est que je ne suis que son crétin de frère et qu'il n'y a aucune chance pour qu'elle m'écoute, vu qu'elle ne l'a jamais fait avant. Qu'en penses-tu ?

— Absolument, dit Walter.

— Alors, on est d'accord. Tu vas faire en sorte qu'elle renonce à son nouveau petit hobby, ou je lui parle du tien.

— Je comprends. Je comprends tout à fait ce que tu veux dire.

— Maintenant, repasse-moi Marissa pour que je lui dise au revoir.

Walter décolla lentement le téléphone de son oreille et le tendit à sa femme.

— Il... il veut te dire au revoir.

Marissa se saisit de l'appareil.

— Jeremy ?

— Prends soin de toi. Préviens-moi la prochaine fois que vous venez à New York, on ira tous voir un spectacle. Dis-moi juste ce qui te fait envie, je peux avoir des billets pour n'importe quoi.

— D'accord, mais…

— Je dois y aller, dit-il, et il mit fin à l'appel.

Marissa posa le téléphone et demanda :

— Qu'est-ce qu'il a bien pu te raconter ?

Walter avait préparé une réponse.

— Eh bien, il s'est excusé pour son emportement. Je pense qu'il regrette sincèrement la façon dont il t'a parlé. Ensuite, il s'est calmé. Certains détails m'ont échappé mais, en gros, il y a tellement de gens qui essaient d'intenter des poursuites contre lui que n'importe quel lien de parenté, même vague, pourrait conduire à toutes sortes d'imbroglios juridiques.

Marissa arbora une expression qui signifiait *Oh, je n'avais jamais pensé à ça*.

— Mince, dit-elle. Il a probablement raison.

— Il espère donc que tu vas laisser tomber. Bien sûr, c'est totalement à toi de décider. C'est ta vie. Mais… (Il s'avança pour l'enlacer.) Je ne pense pas que ça nous tuerait de respecter ses souhaits. Regardons les choses en face. Il a été tellement bon avec nous.

— D'accord, dit-elle en lui rendant son étreinte. Je pense qu'il dramatise, mais si c'est ce qu'il veut, alors très bien. Je n'irai pas plus loin.

— C'est probablement mieux comme ça.

— Je suis toujours furax, dit Marissa, mais tu as raison. Pendant toutes ces années, il aura veillé sur nous.

Jusqu'à présent, j'étais loin de me douter à quel point, songea Walter.

10

New Rochelle, État de New York

Même dans les jours fastes, Julie Harkin n'avait pas assez d'argent pour déjeuner dehors. Chaque matin, avant de quitter son domicile pour aller prendre son poste de réceptionniste à la clinique ReproGold, elle se préparait quelque chose. Un simple sandwich, ou une salade. Quelques crackers et du cheddar en tranches. Un peu de raisin. Elle faisait attention au montant de ses courses, achetait des articles en solde, allait parfois d'une épicerie à l'autre pour profiter des promotions de la semaine. Son déjeuner fait maison devait probablement lui coûter moins de deux dollars par jour – un sandwich au beurre de cacahuète ne représentait que quelques *cents* –, alors que le moins cher des menus de fast-food valait cinq ou six dollars. Et elle n'achetait jamais d'eau en bouteille. Il fallait être idiot pour payer quelque chose qui sortait gratuitement du robinet.

Julie avait toujours pris garde à ses dépenses, surtout après son divorce, dix ans auparavant. Elle n'avait eu aucune nouvelle de son ex depuis leur séparation, et cela ne valait pas la peine de chercher sa trace et d'essayer de lui soutirer trois sous pour qu'il l'aide à élever leur fille, Sophie. De toute façon, il y avait de fortes probabilités qu'il soit sans travail ou qu'il dépense le peu qu'il gagnait à creuser des fossés ou à poser du placo dans les bars de son quartier. Même si elle devait tirer le diable par la queue, elle était mieux sans lui.

Sophie suivait sa deuxième année de cours à Monroe et elles étaient sur la corde raide. Dieu merci, l'université était suffisamment proche pour que la jeune fille continue de vivre à la maison. Julie aurait été absolument incapable de lui payer un logement quelque part. Et, Dieu la bénisse, Sophie faisait de son mieux pour lui faciliter la vie. Elle avait passé l'été à travailler tous les soirs dans les cuisines d'un restaurant italien, rapportant souvent à la maison des lasagnes, des tortellinis et de la salade que le gérant aurait jetés à la fin de la journée. Sophie absorbait toutes les informations qu'elle pouvait sur le fonctionnement de ce genre d'établissement. Cela cadrait parfaitement avec le diplôme en restauration qu'elle visait. Tout ce qu'elle gagnait, elle le consacrait à son année universitaire. Mais ça n'y suffisait pas. Julie devait piocher dans ses économies pour joindre les deux bouts.

Et puis l'inondation avait frappé.

Une de ces pluies diluviennes, de celles que les météorologues appellent « tempête centennale », mais qui s'avéraient de plus en plus fréquentes. Des nuages noirs, chargés d'humidité, étaient restés suspendus au-dessus du quartier pendant des heures, saturant les collecteurs d'eaux pluviales. L'eau avait débordé sur les trottoirs, puis la pelouse du modeste pavillon s'était retrouvée engloutie.

Les fenêtres des soupiraux, qui laissaient entrer un peu de lumière dans le sous-sol, avaient cédé et l'eau s'était engouffrée en cascade à l'intérieur de la maison.

Ç'avait été une catastrophe. Les meubles du sous-sol flottaient jusqu'à toucher le plafond. Le disjoncteur était noyé. Une fois la tempête terminée, la décrue amorcée et le sous-sol pompé, on avait pu mesurer l'étendue du désastre. Entre vingt et trente mille dollars de dégâts, selon la compagnie d'assurances. *Dommage que vous ne soyez pas couverte pour ce genre de sinistre. Allez-y, regardez votre police. Lisez les petits caractères. Oh, vous ne l'aviez pas fait ? Est-ce que c'est* notre *faute ?*

La situation avait beau être désespérée, ce jour-là, Julie sortit déjeuner. *Foutue pour foutue...* Elle était dans un trou si profond qu'elle n'en sortirait jamais.

Elle n'avait pas les moyens de réparer sa maison. Il faudrait peut-être la vendre, à perte, et aller vivre dans un appartement bon marché.

Sophie devait rembourser l'université qui avait avancé ses frais de scolarité, et elle avait vidé son compte en banque jusqu'au dernier *cent*. Julie ne savait pas comment elle allait combler la différence.

Elle s'était ouverte au Dr Gold de ses difficultés. Julie était trop fière pour lui demander explicitement de l'aider, mais s'il le lui proposait, eh bien, ce serait différent. Elle espérait éveiller ses plus nobles instincts, et le voir sortir son chéquier du tiroir de son bureau lorsqu'il aurait entendu le récit de ses malheurs. Elle le rembourserait, lui dirait-elle. Il pourrait retrancher ça sur sa paie, une petite somme chaque semaine jusqu'à ce que l'emprunt soit totalement remboursé. Juste de quoi l'aider à traverser cette période difficile.

Le Dr Gold l'avait écoutée en hochant la tête avec bienveillance.

Et il avait déclaré :

« C'est tout simplement affreux, Julie. J'espère que vous pourrez vous arranger avec la compagnie d'assurances. »

Après quoi, il était retourné à son écran d'ordinateur.

Le sournois.

Alors, ce jour-là, Julie avait décidé de se faire plaisir. Au Winslow Diner, à un pâté de maisons de la clinique ReproGold. Elle avait commandé un sandwich œuf-salade et un café. Sept dollars et trente-cinq *cents*, sans compter le pourboire.

Un délice.

Mais elle fut incapable d'en profiter. Elle se sentait coupable. Elle aurait pu apporter son propre déjeuner et économiser cinq dollars. Vers la quatrième bouchée, elle sentit qu'elle était sur le point de fondre en larmes.

Ne craque pas.

Elle posa son sandwich, se tapota le coin des yeux avec sa serviette en papier et prit une gorgée de café dans le gros mug en céramique. Il n'y avait qu'une demi-douzaine de clients dans le restaurant, qui pouvait probablement en accueillir une trentaine. Julie avait choisi d'y venir peu après 11 heures, avant qu'il y ait trop de monde, et à un moment où aucun rendez-vous n'était programmé à la clinique. Plutôt que de s'installer sur un tabouret au comptoir, elle avait pris une table pour deux et s'était assise de manière à pouvoir regarder les gens passer dans la rue.

Une femme entra dans le restaurant.

La cinquantaine, estima Julie. Pas très bien fagotée, empâtée, des cheveux gris attachés en queue de cheval, ce qui lui donnait une allure de hippie vieillissante. Elle portait une veste aux bordures effilochées et serrait contre elle une besace tout éraflée, assez grande pour contenir un sac de couchage. Elle avait un regard un peu perdu, comme si elle ne savait pas vraiment pourquoi elle avait poussé la porte.

Mais alors, elle scruta le restaurant, et son regard sembla s'arrêter sur Julie. Lentement, elle se faufila entre les tables jusqu'à atteindre la sienne. Sourit et demanda :

— Je peux me joindre à vous ?

Il y avait plein de places libres, pensa Julie. Elle ne pouvait pas s'asseoir à une autre table ou au comptoir ?

— Hum, je m'en vais dans une minute.

— D'accord, dit la femme, qui s'affala sur la chaise en face d'elle.

Elle poussa un grand soupir exagéré, arrangea son manteau pour qu'il ne se froisse pas sous elle, puis tira son gros sac sur ses genoux. Elle jeta un coup d'œil à la ronde, comme si elle cherchait un serveur, puis demanda :

— Comment est le café, ici ?

— Euh… ça va.

— Il a l'air bon, ce sandwich. Œuf-salade ?

Julie acquiesça d'un signe de tête. Cette femme était-elle sans abri ? Devait-elle lui proposer le reste de son déjeuner ?

— Vous êtes Julie Harkin, dit l'inconnue en souriant.

En une fraction de seconde, Julie prit conscience qu'il ne s'agissait pas d'une rencontre fortuite. Cette femme l'avait cherchée.

— Oui. Est-ce qu'on… Est-ce que je vous connais ?

La femme sourit.

— Non. Je m'appelle Heather.

— Heather… ?

— Le nom de famille est sans importance.

Julie lança des regards nerveux autour d'elle. Tout cela n'était pas normal. Devait-elle se lever et partir ?

— Rassurez-vous, dit Heather. Je ne suis pas venue vous annoncer de mauvaises nouvelles. Je suis ici pour vous faire une proposition.

— Une proposition ?

— Oui. Je représente quelqu'un qui est sensible à votre situation actuelle.

— Ma situation actuelle ? répéta Julie en se penchant plus près. Comment ça, vous représentez quelqu'un ?

— Mon client pense que vous pouvez l'aider. Il est prêt à vous récompenser pour vos efforts.

— Je n'ai aucune idée de ce dont vous parlez.

— Vous gagnez trente-trois mille dollars par an. Votre maison a subi des dommages dont le montant dépasse ce salaire annuel, et votre compagnie d'assurances refuse de vous couvrir. Vous avez une fille à l'université qui a besoin d'une aide financière. Votre voiture, une Civic de 1998, n'a pas été révisée depuis trois ans et a trois pneus lisses sur quatre. Ce n'est pas prudent. Vous devriez faire quelque chose.

— Qui êtes-vous, bon sang ?

— Laissez-moi vous montrer quelque chose, dit Heather.

Elle fouilla dans son sac et en sortit une enveloppe au format lettre ordinaire. Elle la posa sur la table, mais la recouvrit avec son avant-bras pour qu'elle soit à peine visible. Julie eut le temps de remarquer qu'elle était très épaisse, et cachetée.

— Cette enveloppe contient cinquante mille dollars. Ils sont pour vous.

Julie était sans voix. Elle n'était même pas certaine de la réalité de cette scène. Elle ne pouvait pas détacher les yeux de l'enveloppe.

— Cinquante mille dollars vous aideraient de manière substantielle à résoudre vos difficultés actuelles. Vous pourriez faire réparer votre maison, couvrir les frais universitaires de votre fille, et il vous restera même de quoi faire changer vos pneus, déclara Heather en souriant. Personnellement, j'ai une préférence pour les Michelin, mais libre à vous. J'ai cru comprendre que votre fille se destinait à une carrière dans la restauration. C'est merveilleux. Vous devez être très fière.

— Je ne comprends pas, parvint à articuler Julie.

— Je tiens à vous dire très clairement qu'il n'y a aucune menace. Si vous ne souhaitez pas aider mon client, je partirai en emportant cette enveloppe. Vous n'entendrez plus parler de moi. Ça s'arrêtera là. Mais si vous souhaitez aider mon client, cette somme représente un remerciement. C'est aussi simple que ça.

— Votre client... qu'est-ce qu'il veut ?

— Des informations.

— Que veut-il savoir ?

Heather le lui expliqua en détail.

11

New Haven, Connecticut

Miles pensait que le moment était venu de mettre son frère dans la confidence. Il lui devait bien ça. En plus, il avait un petit quelque chose pour lui.

Il n'avait pas à aller loin pour trouver Gilbert.

Celui-ci travaillait au bout du couloir, au service comptable de Cookson Tech. Miles avait racheté ce bâtiment industriel d'un étage cinq ans auparavant. À une lointaine époque, on y fabriquait des biscuits pour chiens. Après la faillite de l'entreprise, le bâtiment était resté vacant pendant près de deux décennies et s'était délabré. Les squatteurs se battaient avec les rats et les ratons laveurs pour le contrôle du territoire.

Miles avait acquis le bâtiment, et le terrain autour, à l'occasion d'une vente aux enchères municipales. Une aubaine. Il avait tout de même investi vingt millions de dollars supplémentaires pour le rendre utilisable. S'inspirant d'autres entreprises technologiques, il avait fait de son mieux pour rendre ce lieu de travail *fun*. Bureaux en open space, tables de billard, baby-foot, espaces où prendre un café et discuter. Un petit théâtre.

Il y avait même des flippers au service comptable, qui fonctionnaient sans pièces.

Gilbert faisait justement une pause sur l'un d'eux. Il appuyait furieusement sur les boutons de commande. Il manqua un amorti, et la bille disparut à l'intérieur de la machine.

— Merde, lâcha-t-il.

Son frère aîné n'avait jamais été très doué pour les jeux vidéo, songea Miles. Au début des années 1990, il pouvait le battre à plate couture à n'importe quel jeu Nintendo.

— Au moins, tu n'as pas perdu vingt-cinq *cents*, ironisa Miles.

— Salut. Qu'est-ce qu'il y a ?

— Quand tu auras fini ta partie.

— Il me reste une bille, dit Gilbert.

Il réussit à la garder en jeu une minute de plus avant qu'elle ne se faufile entre les flippers, mettant fin à la partie.

— Bien joué, dit Miles.

Gilbert leva les yeux au ciel.

— Oh, ça va !

— Tu as une minute ?

Le visage de Gilbert s'allongea.

— Il y a un problème ?

— Aucun problème.

— Parce que j'avais besoin de te parler, en fait.

— À propos de ?

— Des factures d'Excel Point Enterprises. Je ne me rappelle pas avoir vu le nom de cette boîte avant.

Miles haussa les épaules.

— Ça a probablement un rapport avec les reds – le surnom qu'il donnait aux gens de la recherche et du développement. Ne t'inquiète pas pour ça. Allons prendre l'air.

Ils descendirent une volée de marches en plexiglas et sortirent du bâtiment. Le quartier était sur le déclin quand Miles avait acheté l'immeuble, mais Cookson Tech avait revitalisé la zone. Il y avait d'autres sièges d'entreprises technologiques, des cafés, un restaurant thaï. La Porsche de Miles était garée le long du trottoir.

Miles chercha dans sa poche le porte-clés en forme de voiture, mais, pendant quelques instants, il eut du mal à le saisir avec ses doigts. Une fois le porte-clés dans sa paume, il le tendit à Gilbert.

— Tiens.

— Sérieusement ? Tu me laisses conduire ton précieux joujou ?

— Pourquoi pas ? Allons faire un tour.

Gilbert, bouche bée, restait sceptique.

— Je n'y crois pas.

— Bon sang, monte dans la voiture.

Le visage de Gilbert s'éclaira d'un sourire. Celui d'un enfant qui fait du poney pour la première fois. Miles laissa tomber la clé dans sa main.

— Tu n'en as pas besoin, en fait, indiqua Miles. Du moment que l'un de nous a la clé sur lui, la voiture démarrera. Mais symboliquement, c'est toi qui dois la tenir si tu prends le volant.

Gilbert referma son poing sur la clé, fit le tour de la voiture et monta. Miles s'assit côté passager.

Gilbert scrutait le tableau de bord à la recherche d'un bouton de démarrage.

— La commande est à gauche du volant, indiqua Miles.

Gilbert la trouva, mit le pied sur le frein et l'actionna. Le moteur vrombit.

— Ouah ! dit-il, franchement intimidé, passant les mains sur le volant pour s'habituer à la sensation. Où est-ce qu'on va ?

— Où tu voudras, dit Miles. Pourquoi tu ne l'emmènerais pas sur l'autoroute ?

Gilbert mit la main sur le pommeau.

— Je m'attendais à un levier de vitesse standard.

— Pratiquement toutes les Porsche sont proposées avec une boîte PDK.

— Une quoi ?

— Peu importe. Allons-y.

Gilbert enclencha la position Drive et déboîta dans la rue.

— On sent qu'il y en a sous le pied, dit-il. (Il effleura la pédale d'accélérateur et la voiture bondit en avant.) Bon sang, il n'en faut pas beaucoup.

Miles hocha la tête.

— Ouais, il vaut mieux garder le pied léger jusqu'à ce que tu l'aies bien en main.

— Eh bien, ce n'est peut-être pas cette petite balade qui va faire de moi un expert, dit-il en jetant un coup d'œil à son frère. Alors, qu'est-ce qui me vaut le privilège de m'asseoir au volant de ton jouet ?

— Prends ça comme un essai de conduite.

— Quoi ?

— Personne n'achète une nouvelle voiture sans l'avoir essayée.

— Qu'est-ce que tu racontes ? demanda Gilbert en jetant un regard à Miles.

— Elle est à toi.

— Ça veut dire quoi, « elle est à toi » ? Qu'est-ce que tu me chantes ? demanda Gilbert, éberlué.

— Ça veut dire que, quand tu descendras, tu garderas cette clé dans ta poche. La voiture est à toi. Je te la donne. Je n'en ai plus besoin.

Gilbert cligna des yeux.

— Tu me fais marcher.

— Je te la cède légalement. Je veux que tu l'aies. Il y a quelques PV pour excès de vitesse dans la boîte à gants. Plus que quelques-uns, en fait. Je m'en occuperai.

— C'est… Je ne sais pas quoi dire. (Gilbert eut un rire forcé.) Je ne comprends pas. Soit tu as acheté un engin encore plus rapide, soit tu es mourant.

— Ouais, l'un ou l'autre.

Le visage de Gilbert devint sérieux.

— Dis-moi que c'est la première possibilité.

Miles secoua lentement la tête, puis pointa le doigt devant lui, invitant son frère à garder les yeux sur la route.

— Parle-moi, dit Gilbert doucement.

— Oui, je suis mourant. Ce n'est pas pour tout de suite. Enfin, probablement pas pour tout de suite. Ça peut prendre quelques années, mais c'est inéluctable. Je renonce à la voiture. Je pourrais sans doute continuer à conduire encore un peu, mais dans ces conditions, autant abandonner maintenant. J'ai quelques problèmes de contrôle musculaire. Tu as sûrement remarqué.

— Pas… vraiment.

— Mes mouvements désordonnés, par moments. Ma tête qui roule sur mes épaules.

— Je croyais que tu faisais juste des étirements… D'accord, j'avais remarqué. Mais je pensais que ça n'avait vraiment rien de grave, et ce n'était pas mes affaires, de toute façon, dit-il en secouant la tête. Je ne peux pas conduire et avoir cette conversation. Il faut que je m'arrête.

— Bien sûr.

Gilbert aperçut un large accotement devant lui, actionna son clignotant, dirigea la voiture sur le gravier, mit la voiture en position Parking et coupa le moteur.

— Bon, dit-il. Depuis le début.

Miles lui raconta. Ses difficultés de concentration. Son incapacité à se rappeler les choses qui venaient de se passer. Son irritabilité croissante, ses accès de colère.

— Ça, tu ne l'as sans doute pas noté, dit Miles, vu que j'ai toujours été un abruti soupe au lait.

Ce qui l'avait vraiment alarmé, c'était sa maladresse. Faire tomber des objets. Trébucher en marchant.

— Je savais que quelque chose n'allait pas, alors je suis allé voir Alexandra. Elle m'a fait passer un tas d'examens.

— Parkinson ? interrogea Gilbert.

Miles secoua la tête.

— Ça aurait été une bonne nouvelle, commença-t-il, puis il prit une inspiration et annonça : Huntington.

Gilbert le dévisageait, l'air hagard, comme en état de choc.

— Mon Dieu, Miles, je suis désolé.

Puis un changement s'opéra dans le regard de son frère, et Miles lut dans ses pensées.

— C'est bon, dit-il.

— Quoi donc ?

— Tu connais sûrement déjà les probabilités, alors laisse-moi te rassurer. Tu penses : « S'il l'a, je l'ai peut-être aussi. Et dans ce cas, est-ce que Samantha l'aura ? »

Gilbert ne dit rien mais regardait son frère comme s'il s'attendait à recevoir une condamnation à mort.

— Tu vas très bien, assura Miles. Tu ne l'as pas.

— Comment peux-tu le savoir… ?

Miles leva la main.

— Ne me saute pas dessus, mais j'ai fait analyser ton ADN.

— Quand as-tu…

— Dorian a pris ta canette de Coca. Je ne voulais pas que tu aies à attendre de connaître ta propre situation quand je t'apprendrais la nouvelle à mon sujet. Tu es hors de danger.

Gilbert avait l'air au bord des larmes.

— Je me sens un peu submergé.

— Je comprends.

Gilbert eut alors un geste auquel Miles ne s'attendait pas. Il se pencha, du mieux qu'il put, dans l'habitacle exigu de la Porsche, et prit son frère dans ses bras, enfonçant le visage dans son cou.

— Je suis vraiment désolé, dit-il. C'est tellement injuste, putain.

Il s'accrocha à Miles pendant près de quinze secondes.

— Ça va aller, dit Miles en commençant à se dégager. Ça va aller.

Gilbert reprit sa place derrière le volant, secouant lentement la tête tandis qu'une larme roulait sur sa joue.

— Si tu as besoin de quoi que ce soit, s'il y a quelque chose que je peux faire, tu n'as qu'à demander.

Miles sourit et tapota le tableau de bord.

— Prends soin de mon bébé.

Gilbert soupira.

— Je me fous de la voiture.

— Très bien, si tu n'en veux pas, alors…

— Ce n'est pas ce que j'ai dit.

Ce qui les fit rire aux larmes tous les deux.

— Je n'avais pas ri comme ça depuis que j'ai appris la nouvelle, dit Miles.

— Oh, bon sang !

Quand ils se furent calmés, Miles déclara :

— Il y a autre chose.

— Autre chose ? Mon Dieu, tu m'as déjà infligé une crise cardiaque. Tu veux que j'en fasse une deuxième ?

— Cet aveu pourrait être encore plus difficile.

Gilbert ne dit rien, se prépara.

— Tu es tonton.

— Je suis… quoi ?

— Tu es tonton, répéta Miles. Plusieurs fois.

— Je ne comprends pas de quoi tu parles.

Au moment où il allait reprendre la parole, Miles écarquilla les yeux et se mit à dodeliner de la tête.

— Miles, est-ce que ça va ?

— Je… je me suis juste senti un peu vaseux pendant une seconde, mais ça va. Donc, il y a plus de vingt ans, je cherchais à me faire un peu de cash. J'ai gagné de l'argent d'une manière peu conventionnelle.

Miles lui parla de la clinique ReproGold, du don de sperme. Son frère l'écouta attentivement, bouche bée, faisant de son mieux pour assimiler ces péripéties familiales.

— Par conséquent, dit Gilbert, laissant ces informations faire leur chemin dans son esprit, tu pourrais avoir des gamins un peu partout.

— Il se trouve qu'il n'y en a que neuf. (Miles mit la main dans une poche intérieure de son veston et en sortit une feuille de papier pliée.) Que voici.

Avec un certain sens dramatique, il déplia la feuille et la tendit à son frère.

Gilbert examina la page. Une liste de noms, accompagnés d'adresses et de brefs détails biographiques.

Nina Allman, Todd Cox, Katie Gleave, Jason Hamlin, Dixon Hawley, Colin Neaseman, Barbara Redmond, Chloé Swanson, Travis Roben.

Aucun de ces noms ne lui évoquait quoi que ce soit.

— Je croyais... dit-il lentement. Je ne pensais pas... Comment as-tu obtenu ces noms ? Je pensais que ces informations étaient confidentielles.

— Elles le sont. Mais une personne ayant accès aux dossiers concernés rencontrait des problèmes financiers. Comme dirait le Parrain, j'ai demandé à quelqu'un de lui faire une offre qu'elle ne pouvait pas refuser.

— Bon sang, j'espère qu'elle n'avait pas de cheval.

Miles sourit.

— Rien de tel. J'ai envoyé Heather, tu sais, celle qui s'occupe de notre sécurité, des investigations. Elle est vraiment remarquable. Elle soutient que personne ne passe plus inaperçu qu'une femme entre deux âges. Elle en joue à son avantage. Bref, ses efforts ont certainement accéléré l'identification de mes enfants biologiques.

Gilbert, qui regardait toujours la liste, secoua la tête.

— C'est incroyable. Pourquoi ?

— Pourquoi quoi ?

— Pourquoi t'es-tu donné tout ce mal pour savoir qui ils étaient ?

— Réfléchis. Pense à ce qu'ils ont besoin de savoir.

— Oh ! mon Dieu, bien sûr. Il y a une forte probabilité que... oh, merde. Vous vous êtes parlé ? Ils sont tous au courant ?

— Non. Pas encore. Aucun ne sait. Je réfléchis à la façon d'établir le contact. Il est possible que certains ne soient même pas conscients qu'ils n'ont pas été conçus selon la bonne vieille méthode. Je vais devoir le leur dire. Ils le méritent.

La sensation d'étourdissement se fit sentir de nouveau et Miles ferma brièvement les yeux, prit quelques inspirations.

— Ça va, dit-il sans qu'on lui ait posé la question.

— Pourquoi ? répéta Gilbert en plissant le front. Pourquoi doivent-ils savoir ? Je veux dire... tu es arrivé à ce stade de la vie sans savoir. Les choses arrivent quand elles arrivent. Pourquoi te sens-tu obligé de le leur dire ? Qu'est-ce qui motive tout ça ? D'accord, je sais que tu es malade. Tu m'as expliqué. Il ne te reste plus beaucoup de temps. Mais pourquoi bouleverser leur vie de cette façon ?

— J'imagine que certains voudraient en savoir davantage sur eux, sur ce à quoi ils pourraient être confrontés à l'avenir.

Gilbert ne semblait pas convaincu.

— Je dois aborder un autre sujet, continua Miles. J'ai prévu quelque chose pour toi, pour quand je ne serai plus là. Une fiducie.

— Comment ça, une fiducie ? Ce n'est pas un truc qu'on met en place pour les enfants mineurs ?

— Dans beaucoup de cas, oui. Mais ça ne sert pas qu'à ça. Tu toucheras vingt mille dollars par mois, soit presque un quart de million par an. Et cette voiture, bien sûr, que tu pourras vendre si tu le souhaites. C'est à toi de décider.

— Bon sang, Miles, c'est... généreux de ta part, mais pourquoi... pourquoi répartir ça de cette manière ? Je suis ton frère. Tu pèses... des millions. Tu ne me penses pas capable de gérer... je veux dire, vu que je suis... ta seule vraie famille.

Miles n'arrivait pas à le regarder en face. Il jeta un bref coup d'œil par la fenêtre, puis baissa les yeux sur ses genoux.

— Oh, fit Gilbert. J'ai pigé.

— Gilbert, tu dois bien comprendre que...

— C'est Caroline. Tout ça, c'est à cause de Caroline.

Miles croisa brièvement son regard.

— Oui, c'est à cause de Caroline.

— Bon sang, Miles. Je ne sais pas qui doit se sentir le plus insulté, elle ou moi.

— Mon intention n'est pas de t'insulter, mais je dois être franc, Gil. Je te connais, et je connais Caroline. J'ai observé la... dynamique de votre relation depuis le commencement. Tout ce que je te léguerais, je le léguerais en fait à Caroline. Elle se jetterait sur cette manne comme un rat sur une pizza abandonnée.

— Ce n'est pas… ce n'est pas juste. Et ton analogie est vraiment répugnante.

Miles hésita, ne sachant pas trop s'il devait continuer.

— Je ne t'ai jamais raconté cette histoire. Je l'ai gardée pour moi parce que je me sentais coupable. Il faut rendre justice à Caroline : elle est pleine d'initiatives. Tu te souviens de la réception organisée ici pour l'équipe de Google ?

Gilbert acquiesça de la tête.

— C'était un grand événement. Avec le barnum monté chez toi, à boire et à manger en quantité… Tu avais même réussi à faire venir le groupe Chicago.

— Exact. Et Caroline était là. Elle a pris quelques contacts. Plus tard, elle a approché un membre de l'équipe et lui a fait une proposition pour une appli. Quelque chose qui permettrait à n'importe qui, gratuitement et facilement, de vérifier instantanément le casier judiciaire d'une personne, son dossier d'endettement, tout. L'outil parfait pour se renseigner avant un recrutement ou sur un type que tu viens de rencontrer. Ce n'est pas la pire idée du monde, en fait.

— Où veux-tu en venir ?

Miles leva la main pour lui demander d'attendre.

— Elle demandait cent mille dollars pour mettre l'idée en développement.

— Caroline n'a aucune expérience en technologie. C'est n'importe quoi. Elle ne m'en a jamais dit un mot. Enfin, elle travaille pour la justice, alors je comprends qu'elle ait pu avoir ce genre d'idée, mais elle n'a aucune compétence pour la réaliser.

La main se leva à nouveau.

— C'est pourquoi elle a raconté au représentant de Google que le projet avait mon aval. Que j'y avais déjà investi cent mille dollars. Elle lui a montré une lettre, signée par moi, appuyant le projet.

Gilbert avait l'air sur le point de faire une attaque.

— Miles, je jure que je n'ai jamais été au courant de rien. J'ignore totalement ce qu'elle a fait avec cet argent.

— Elle n'en a jamais vu la couleur.

— Quoi ?

— Avant de lui faire un chèque, le type de Google m'a appelé pour clarifier un ou deux points. J'ai été pris au dépourvu pendant un moment. Je ne voulais pas révéler ce qu'elle avait fait, pas à lui, alors j'ai dit que j'avais retiré mon soutien au projet en me fondant sur ma propre évaluation. À cause des questions de protection de la vie privée qu'aurait posées l'accès à des millions de dossiers judiciaires. Il s'est donc retiré. Ensuite, j'ai appelé Caroline. Un coup de fil tout simple. J'ai dit : « Je sais ce que tu as fait, ne recommence jamais. » Elle s'est excusée et m'a demandé de ne pas te le dire. Je ne lui ai jamais rien promis.

— Je ne... Qu'est-ce qui lui a pris ? Comment croyait-elle s'en tirer ? Elle pensait sincèrement que tu ne t'apercevrais de rien ? Comment diable allait-elle inventer quelque chose dont elle n'avait pas la moindre idée ?

Miles réfléchit à la question.

— Je ne suis pas sûr que Caroline voie aussi loin. Elle imagine un plan qui génère un profit immédiat, mais elle n'anticipe pas les conséquences.

— Ce qu'elle a fait... c'est une déclaration frauduleuse ou une escroquerie, ou les deux.

Miles n'exprima ni accord ni désaccord.

— Il faut pourtant rendre à César ce qui est à César. C'était une idée plutôt audacieuse. En tout état de cause, c'est pour cette raison que je ne te lègue pas la plus grande partie de mes biens, Gilbert. Je n'ai pas confiance en Caroline, et je ne suis pas certain que tu sois en mesure de l'empêcher de te déposséder. Je suis désolé. Récemment encore, je ne savais pas vraiment qui hériterait de ma fortune. Mais maintenant, j'ai un plan.

Il ne fallut qu'un instant à Gilbert pour comprendre.

— Tu lègues ta fortune à tes neuf enfants.

— Oui. Mais je ne vais pas les faire attendre. Je veux commencer à partager mon argent dès maintenant. Au début, je voulais les identifier et les coucher sur mon testament. Mais imaginons que je tienne encore le coup dix ou quinze ans. Ça va faire long avant qu'ils touchent l'argent. Ils pourraient en avoir besoin bien avant.

— Tu y as beaucoup réfléchi, fit remarquer Gilbert.

— En effet.

Gilbert ne dit plus rien.

— Tu te sens trahi, dit Miles.

— Je suis ton frère, rétorqua Gilbert, la bouche sèche.

— Je sais.

— Si je comprends bien, tu vas partager ta fortune avec tous les membres de la famille que tu ne connais pas vraiment, et laisser de côté le seul que tu connais.

— Je suppose que moi aussi, à ta place, je serais en colère.

— Écoute, je ne peux pas excuser ce que Caroline a fait. Je suis profondément désolé, mais… (Il se mit à secouer la tête avec colère.) Si tu n'étais pas mourant, je te casserais la gueule.

— Il ne faudrait pas que ça t'en empêche.

Gilbert jeta la feuille de papier sur les genoux de son frère et se cramponna au volant, si fort que ses phalanges blanchirent.

— J'ai toujours veillé sur toi.

— C'est vrai. Pourquoi crois-tu que je t'ai fait entrer dans la boîte ?

— Je me suis posé la question. Caroline aussi, d'ailleurs. Tu ne m'as pas engagé par loyauté fraternelle. Non, tu l'as fait pour pouvoir me montrer, jour après jour, à quel point tu avais mieux réussi que moi. Je travaille *pour* toi. C'est le message.

— Ce n'est pas vrai. Cela ne l'a jamais été.

— Et maintenant tu voles à la rescousse d'une bande de gamins sortis de nulle part. Il ne s'agit pas de les aider. Il s'agit de te donner le beau rôle. De partir en beauté.

— Non, rétorqua Miles. Apprendre qu'on n'en a plus pour longtemps, ça vous change, dit-il en battant des paupières. Je crois que je vais être malade. J'ai besoin d'air.

Il posa la liste de noms sur le tableau de bord, ouvrit la portière et descendit. Un coup de vent emporta la feuille qui tomba sur le plancher côté passager.

Miles fit quelques pas dans les hautes herbes derrière l'accotement et se pencha, les mains sur les genoux, attendant de voir s'il allait vomir.

Gilbert baissa les yeux sur la feuille de papier. Se pencha pour la prendre.

Regarda fixement les neuf noms.

Puis il sortit son téléphone de sa poche, ouvrit l'application de l'appareil photo, l'éloigna de la page jusqu'à ce que l'image soit nette et prit plusieurs clichés.

Après quoi, il la laissa retomber par terre.

Miles revint et reprit place dans la voiture.

— Je suis prêt à rentrer, dit-il, puis il tendit le bras pour ramasser la feuille, la plia et la glissa dans sa veste.

12

Springfield, Massachusetts

Pour leur deuxième rendez-vous, dix jours après leur rencontre, Chloé se rendit chez Todd. Elle voulait le filmer dans son milieu familial, et voir si sa mère accepterait de répondre à quelques questions pour son mini-documentaire.

Elle entra l'adresse dans l'application GPS du téléphone. Sa Pacer, sans surprise, n'était pas équipée d'un système de navigation. Ni d'ailleurs de la climatisation, d'une radio en état de marche ou d'un pare-brise sans énorme fissure. Todd habitait juste à côté d'une caserne de pompiers, derrière une rangée d'arbres. La boîte aux lettres ne mentionnait pas son nom mais, d'après les indications données par le jeune homme, elle devait en chercher une intégralement rouillée. Il s'avéra qu'il y en avait plusieurs, elle finit cependant par trouver la bonne.

Chloé tourna dans la première allée après avoir repéré la caserne de pompiers et, très vite, les arbres s'espacèrent, révélant un mobil-home. Une petite Hyundai et une Volkswagen Golf étaient garées devant. Tandis qu'elle approchait, la porte d'entrée du mobil-home s'ouvrit – il y en avait deux, et celle-ci était la plus proche de l'attelage – et Todd sortit en lui faisant un signe de la main. Derrière lui, une femme d'une cinquantaine d'années.

— Salut ! lança Todd en descendant d'un bond les marches en parpaings, avant de se précipiter pour prendre Chloé dans ses bras.

Elle fut un peu décontenancée par ce geste, mais elle lui rendit la pareille, l'enlaçant et le serrant contre elle.

Todd désigna la femme qui s'approchait en boitant, un sourire aux lèvres.

— Chloé, je te présente ma maman. Maman, je te présente Chloé.

— Je m'appelle Madeline, dit-elle, et, les larmes aux yeux, elle gratifia Chloé d'une nouvelle accolade. Je n'arrive pas à y croire. C'est un miracle. Je suis si heureuse de te rencontrer !

— Oui, c'est assez excitant.

— Excuse mon boitillement, dit Madeline. Je me suis fait mal à la cheville, mais ça va.

— Rentrons, proposa Todd. Tu veux une bière, quelque chose ?

— Oui, volontiers.

Todd retourna au mobil-home en courant. Chloé prit son temps pour pouvoir marcher à côté de Madeline, qui ne se déplaçait pas aussi vite.

— Il est tellement enthousiaste, dit celle-ci. Moi aussi, d'ailleurs. Tu as fait bonne route ?

— Oui, très bonne.

Madeline eut du mal à gravir les marches conduisant à la porte, mais elle le fit sans se plaindre. Une fois à l'intérieur, Chloé regarda autour d'elle. De la vaisselle sale dans l'évier, des emballages de nourriture à emporter éparpillés partout. *Il ne fallait pas vous donner tout ce mal*, pensa-t-elle avec ironie, mais elle garda ses sarcasmes pour elle.

Todd avait sorti trois canettes de bière du frigo. Il en tendit d'abord une à sa mère, puis une à Chloé.

— On va s'asseoir, proposa Madeline. Cette cheville me tue.

— Qu'est-ce qui vous est arrivé ? s'enquit Chloé.

— Je sortais de la baignoire et... je ne sais pas ce que j'ai fabriqué. Mon pied est parti dans le mauvais sens. Va savoir ! dit-elle en gloussant. Quand on arrive à un certain âge, on peut se faire un tour de reins rien qu'en se torchant le cul.

— Maman, enfin ! dit Todd, qui ouvrit sa canette et but une bonne gorgée.

Ils s'assirent tous à la petite table de la cuisine. Chloé se laissa tomber sur une chaise près d'un ordinateur portable ouvert et de deux téléphones, dont un modèle à clapet très bon marché qu'elle n'avait pas vu depuis une décennie. Quand son coude heurta la table, l'écran de l'ordinateur s'anima. Il afficha une page web répertoriant divers établissements pour personnes âgées dans le New Hampshire.

— Laisse-moi te débarrasser de ça, dit Todd, qui rabattit l'écran et repoussa l'ordinateur en bout de table. Qui l'eût cru ? On est comme une famille.

Madeline tendit le bras et pressa la main de Chloé.

— Je pense déjà à toi comme à la fille que je n'ai jamais eue.

— Mmm, marmonna Chloé.

— J'ai vraiment hâte qu'on apprenne à se connaître.

La jeune femme sourit d'un air gêné.

— Moi aussi. Todd vous a dit que je voulais vous poser quelques questions, en vous filmant ? Je suis en train de réaliser mon propre petit documentaire sur le sujet... Je n'ai pas encore de titre. Peut-être *Voyage à la découverte de soi* ? Je ne sais pas si quelqu'un le verra un jour, mais je sens que je dois le faire.

— Oh, oui, bien sûr, dit Madeline en passant les doigts dans sa chevelure négligée, qui faisait penser à un très grand nid d'oiseau. De quoi j'ai l'air ?

— Vous êtes très bien.

Chloé sortit son téléphone. Elle avait décidé de tout filmer à la main, sans utiliser son mini-trépied.

— L'éclairage, ça va ? demanda Todd.

Une ampoule solitaire pendait au-dessus de la table.

— Parfait, dit-elle.

Madeline sourit, se préparant pour son gros plan.

— Je suppose que tu n'as pas besoin de moi pour cette partie, dit Todd.

— Pas vraiment, répondit Chloé.

Le jeune homme se leva, ramassa l'ordinateur portable et les deux téléphones, et disparut dans le couloir qui menait à l'arrière du mobil-home. Madeline et Chloé entendirent une porte se fermer.

— Je peux te confier quelque chose ? demanda Madeline en se penchant plus près et en chuchotant. Je veux dire, avant que tu commences à filmer.

Chloé baissa le téléphone.

— Pas de problème.

— Je me fais du souci pour lui.

— Oh !

— Il ne m'écoute pas. Mais toi, il t'écoutera peut-être. Il fait des choses qu'il ne devrait pas.

— Comme quoi ?

— Je n'en suis pas sûre, mais tu devrais lui demander où il trouve l'argent pour vivre comme ça. Dans un endroit à lui.

Chloé jeta un œil à la cuisine jonchée de débris.

— D'accord.

— Il a un travail dans un magasin d'informatique, mais je sais qu'il n'est pas beaucoup payé. Je sais qu'il trafique quelque chose.

Chloé repensa à ce qu'elle avait vu sur l'ordinateur.

— Pour quelle raison Todd se renseignerait sur les maisons de retraite ? Il m'a dit que ses grands-parents étaient tous décédés.

Madeline confirma d'un hochement de tête.

— Ouais. Tous. Pourquoi tu demandes ça ?

— C'était sur son ordinateur.

Madeline réfléchit.

— Je suppose que tu devrais lui poser la question.

— Moi ?

— Tu es sa sœur.

— Je ne suis sa sœur que depuis quelques semaines.

— Ce n'est pas vrai. Tu as toujours été sa sœur. Tu ne l'as découvert que récemment. C'est différent.

— N'empêche que vous le connaissez bien mieux que moi. Si quelqu'un doit lui parler, ça devrait…

— Non, non, je pense que tu n'es pas entrée dans notre vie par hasard. (Son regard sembla dériver vers le ciel pendant une seconde.) Je pense que tu as débarqué pour aider Todd à trouver sa voie. Il n'arrête pas de parler de toi, dit-elle en riant. Si tu n'étais pas sa sœur, je pense qu'il s'intéresserait à toi d'une *autre* manière.

Chloé frissonna.

— Ouais, eh bien, merci pour ça. Moi aussi, je suis très contente d'avoir établi le contact avec Todd. Si jamais il a besoin de quelqu'un à qui parler…

— C'est merveilleux. Je suis si heureuse que tu penses ça ! Bon, faisons ton petit film, conclut-elle, puis elle se cala au fond de son siège et offrit à Chloé un sourire hollywoodien.

Madeline était assise sur le canapé, en train de regarder *Family Feud* sur la télévision de Todd, la jambe droite posée sur une caisse de lait en plastique, une poche de glace sous la cheville, quand vint le moment de prendre congé.

— Tu ne m'en voudras pas si je ne me lève pas ?

— Bien sûr que non, lui répondit Chloé, debout à la porte.

— Fais-moi un bisou avant de partir.

Chloé se pencha pour l'embrasser sur la joue, mais Madeline l'attira pour la serrer dans ses bras.

— Donne des nouvelles, et n'oublie pas ce que je t'ai demandé.

— Bien sûr.

— Je te raccompagne à ta voiture, proposa Todd.

Une fois dehors, il lui dit :

— Elle en fait un peu trop, des fois, mais elle était vraiment heureuse de te rencontrer. Elle t'a donné une bonne interview ?

— Oui... répondit Chloé avant de marquer une pause, hésitant à aborder le sujet. Elle s'inquiète pour toi.

— Ce n'est pas nouveau.

— Elle dit que tu fais des trucs louches, mais elle ne sait pas exactement quoi.

— Elle se fait des films.

— Pourquoi tu avais une liste de maisons de retraite sur ton ordinateur ?

— Hein ?

— Je l'ai vue. Avant que tu fermes ton portable. Pourquoi tu faisais des recherches sur ce genre d'endroits ?

— J'ai peut-être atterri sur la page par erreur.

— Pourquoi as-tu deux téléphones ?

Todd cligna des yeux.

— Qui a dit que j'avais deux téléphones ?

— Ils étaient posés juste à côté.

Il haussa les épaules.

— C'est juste par sécurité. Au cas où l'un des deux me lâcherait.

Ils avaient rejoint la Pacer de Chloé.

— Laisse-moi te raconter une histoire, dit la jeune femme. Je vais très souvent voir mon grand-père.

— Ouais, tu me l'as dit.

— Une fois, j'étais là, assise dans le réfectoire, et il y avait cette vieille dame en fauteuil roulant qui n'arrêtait pas de pleurer. Des fois, tu les entends gémir et tout parce qu'ils sont vieux et qu'ils ont des douleurs. Mais elle, elle pleurait non-stop. J'ai pensé que quelqu'un était peut-être mort. Alors, j'ai demandé à mon grand-père s'il savait ce qui était arrivé à cette femme.

— Je t'écoute.

— Il m'a dit que ce jour-là, c'était l'anniversaire de son fils. Ses quarante ou cinquante ans. Il allait venir lui rendre visite, mais elle n'avait rien à lui offrir. Habituellement, elle demandait à un membre du personnel d'aller acheter une carte-cadeau au Burger King, parce que son fils adorait les Whoppers – et pour l'avoir croisé une fois je veux bien le croire. Elle lui offrait une carte créditée de cinquante dollars. Mais cette fois-là, elle n'avait pas pu parce qu'elle n'avait plus un sou. Elle avait presque tout perdu. Pas une fortune, disons dans les trois mille... Encore que si j'avais autant d'argent sur mon compte, j'aurais l'impression d'être la personne la plus riche du monde. Enfin, elle avait tout cet argent, mais elle s'était fait arnaquer.

— Arnaquer ?

— Ouais. Je ne connais pas tous les détails, mais, un jour, elle a reçu un coup de téléphone de quelqu'un qui se faisait passer pour un membre de la famille, il avait des ennuis et un urgent besoin d'argent. Genre, pour une opération ou une caution. Elle est tombée dans le panneau et a transféré tout son argent à un inconnu. Et elle n'en a plus jamais revu la couleur.

— Eh bien... dit Todd, puis il demanda : C'est quoi, le nom de cette maison pour vieux ?

— Providence Valley.

— Oh.

— Tu en as entendu parler ?

Il fit non de la tête.

— En tout cas, c'était les pleurs les plus tristes que j'ai jamais entendus, dit Chloé. Quel genre de personne ferait une chose pareille ?

— J'en sais rien. Quelqu'un d'assez dégueulasse, je suppose.

— Ouais. Quelqu'un d'assez dégueulasse.

13

New Haven, Connecticut

— Ce n'est pas vrai, affirma Caroline Cookson d'une voix égale. Rien de tout cela n'est vrai. Je n'ai jamais parlé d'une quelconque application à personne de chez Google, Apple ou Netflix, ni à qui que ce soit.

— Tu n'as rien dit à l'un des représentants de Google qui aurait pu être interprété comme une demande d'argent, ni que tu avais la bénédiction de Miles ? demanda Gilbert à sa femme alors qu'ils se préparaient à se mettre au lit.

Caroline éclata de rire.

— Ouah ! C'est juste... je ne sais pas quoi dire. Tu crois qu'une chose pareille me serait sortie de la tête ?

Gilbert avait été prudent, veillant à adopter un ton pas trop accusateur, comme s'il espérait plutôt dissiper un malentendu en lui accordant le bénéfice du doute. Peut-être y avait-il une explication toute simple à ce que Miles lui avait révélé. Avec Caroline, on devait parfois marcher sur des œufs, car elle pouvait très vite se mettre sur la défensive, et là, gare à vous.

Or cette fois, alors qu'elle venait d'apprendre la situation de Miles, elle demeurait relativement calme. À la surprise de Gilbert, elle se montrait presque compatissante.

Elle cligna ses yeux bleus et secoua lentement la tête.

— Je me sens tellement mal pour ton frère... Quelle épreuve pour lui ! Et pour toi. Tu dois être dévasté. Mais, franchement, ce qu'il t'a raconté n'est tout simplement jamais arrivé.

— Pourquoi mentirait-il à ce sujet ?

Caroline, tout en rassemblant ses longs cheveux blonds derrière sa tête pour les attacher avec un élastique, comme elle le faisait chaque soir avant de se mettre au lit, réfléchit à la question.

— Peut-être qu'il ne ment pas, dit-elle.

— Quoi ?

— Peut-être qu'il croit ce qu'il dit. Quand tu es rentré à la maison, tu m'as parlé de la maladie de Miles et tu es monté annoncer la nouvelle à Samantha. J'en ai profité pour faire quelques recherches en ligne. Tu sais que la maladie de Huntington va affecter ses capacités intel-lectuelles, il va avoir des épisodes de démence. Peut-être qu'il a l'esprit confus, qu'il comprend de travers, qu'il s'embrouille dans ses souvenirs et croit vraiment que certains événements se sont produits. Pour une raison ou une autre, il est convaincu que je lui ai joué ce sale tour, alors que la vérité, c'est que je ne l'ai pas fait.

Gilbert envisagea cette possibilité. Miles lui avait paru parfaitement lucide. Il devait admettre que les dénégations de Caroline étaient convain-cantes, mais elle était douée pour ce genre de chose.

— Oui, admit-elle. J'ai effectivement parlé à des gens de Google à cette soirée. Mais ça n'a rien à voir avec ce que Miles a raconté. Laisse-moi te poser une question.

— Quoi ?

— Est-ce qu'il t'a montré des preuves ?

— Des preuves ?

— Des documents, des e-mails, des enregistrements de mes conversations avec quelqu'un de chez Google. Quelque chose de ce genre.

— Non.

Caroline hocha la tête avec satisfaction.

— Eh bien, voilà. Tu ne penses pas que s'il avait eu une preuve, il te l'aurait montrée ?

— Je… ne sais pas. Peut-être.

— Ces choses que Miles prétend, ce sont carrément des actes délictueux. Pourquoi n'a-t-il pas appelé la police ?

— Eh bien, pour commencer, parce que tu es sa belle-sœur.

— Oh, je t'en prie ! Tu penses vraiment que ça l'aurait arrêté ? Tu sais bien qu'il ne m'a jamais portée dans son cœur. Sérieusement, comment aurais-je pu croire que j'arriverais à m'en sortir en toute impunité ?

Il y avait pourtant bien quelque chose au fond de ses yeux. Gilbert le sentait.

Le fait est que Caroline avait une connaissance approfondie des gens qui vivaient dans l'illégalité. Elle travaillait pour l'administration judiciaire en tant que sténographe – on disait aussi greffière. Elle assistait aux procès et aux dépositions, écoutait et consignait des milliers d'heures de témoignages.

Elle ne revenait jamais à la maison sans une histoire à raconter. Une histoire de meurtre, de fraude fiscale, de kidnapping. Une de ses préférées était celle du tueur à gages, jugé pour avoir tué la femme d'un homme, qui s'en était tiré parce que le témoin clé ne s'était pas présenté. Pas seulement pour son audition devant le tribunal : il ne s'était plus jamais présenté nulle part.

« L'accusé m'a regardée et m'a envoyé un clin d'œil, avait dit Caroline. Comme s'il me faisait du plat en plein procès. » Quand elle racontait cette histoire, elle frissonnait, même si Gilbert ne savait jamais si c'était de peur ou d'excitation. Cependant, la plupart de ses anecdotes concernaient des gens qui ne s'en tiraient pas. « Tu sais pourquoi autant de criminels se font prendre ? C'est parce qu'ils sont stupides », concluait-elle.

Il y avait quelques exemples qu'elle reprenait souvent. Le type qui exposait fièrement sur Facebook les marchandises qu'il avait volées. L'homme qui, après avoir poignardé sa petite amie à mort, avait essuyé le sang sur le couteau en en oubliant la plus grosse partie, et qui n'avait pas pris la peine d'effacer ses empreintes sur le manche. Le braqueur de banque pris d'une frénésie d'achats. La femme qui prétendait ne pas avoir pu tuer son mari parce qu'elle rendait visite à une tante à Cleveland, sauf qu'elle n'avait pas de tante à Cleveland.

Gilbert pensait parfois que sa femme était un exemple typique de ces gens capables de repérer les défauts des autres sans jamais voir les leurs. Illustration : la fois où elle avait embouti une voiture en faisant marche arrière chez J.C. Penney, puis quitté le parking et prétendu qu'elle n'y était jamais venue. Elle avait même persuadé Samantha de corroborer sa version, de dire qu'elles étaient ensemble dans un autre centre commercial, à l'autre bout de la ville. Lorsque le propriétaire de la voiture avait réussi à obtenir, grâce aux caméras de sécurité, une vidéo montrant des images parfaitement nettes de Caroline provoquant l'accrochage, elle avait continué à nier malgré tout.

C'était la raison pour laquelle Gilbert ne croyait pas une seule seconde à ses démentis concernant sa rencontre avec les gens de Google.

Mais s'il lui en avait parlé, ce n'était pas pour rien. Il voulait l'aider à mieux comprendre la décision de Miles de répartir sa fortune entre ses enfants biologiques, une fois qu'il aurait pris contact avec eux.

La discussion à ce sujet avait eu lieu plus tôt, après que Gilbert était rentré au volant de la Porsche.

Il lui avait expliqué pourquoi il roulait avec cette voiture et lui avait appris l'existence des neuf enfants venus au monde parce que Miles avait poussé la porte d'un centre de PMA plus de vingt ans auparavant. Il lui avait montré la photo de la liste de noms sur son téléphone, et elle n'avait pas bien réagi.

« Cette voiture est censée être un dédommagement ? Tu aurais pu en acheter un millier avec ce qu'il devait te laisser à sa mort. Après tout ce que tu as fait pour lui ! »

Gilbert se sentait tiraillé. Jusqu'à un certain point, il était d'accord avec sa femme. En même temps, il voulait défendre son frère, ce qui l'avait amené à raconter l'histoire avec Google. Pendant une seconde à peine, l'expression apparue sur le visage de Caroline l'avait persuadé que Miles n'avait pas menti. Avant de se reprendre, elle avait eu cette lueur dans le regard qui signifiait : *Je me suis fait pincer.*

Le fait est qu'il avait trouvé la version de Miles convaincante, et les dénégations de Caroline beaucoup moins, parce qu'elles correspondaient à un modèle comportemental. Combien de fois, au fil des années, s'était-elle plainte qu'il n'ait pas réussi aussi bien que son frère ? Oh, bien sûr, il occupait un bon poste au service comptable, relativement bien payé, mais ce n'était pas comme si l'entreprise lui *appartenait*. Ce n'était pas comme s'il était *aux commandes*. Gilbert pouvait très bien imaginer un scénario dans lequel Caroline essayerait de faire les poches de son beau-frère, histoire d'égaliser le score, ne serait-ce qu'à la marge.

C'était une illustration de l'adage qui veut qu'on récolte ce que l'on sème, se disait-il. *Tu as essayé de profiter de la réputation de mon frère, et maintenant ça te retombe sur le coin de la figure.*

Peut-être que ça lui servirait de leçon. Gilbert espérait que sa réaction modérée à tous ces faits nouveaux était la preuve d'une certaine remise en question.

Il n'était néanmoins pas stupide au point d'y croire totalement.

Il y avait des moments où il songeait à trouver une échappatoire à ce mariage. Il savait au fond de lui que, même s'il prétendait le contraire, il n'était pas un homme heureux. Il s'efforçait d'aimer cette femme, sans être du tout certain qu'elle l'aimait en retour. Et puis il fallait penser à Samantha. Elle approchait de la fin de l'adolescence. Ce ne serait pas comme s'ils se séparaient alors qu'elle portait encore des couches.

Mais Gilbert ne se jugeait pas capable de faire face au traumatisme d'un divorce. L'aigreur, les scènes affreuses... Vendre la maison, chercher un nouvel endroit où vivre. Et il savait que Caroline trouverait le moyen de persuader Samantha qu'il était fautif. Elle la monterait contre lui. Samantha avait désespérément besoin du respect de sa mère et cherchait constamment à lui plaire, même s'il fallait pour cela exclure son père de sa vie.

Peut-être que c'était ça, le mariage, songeait-il. Un malheur continuel, mais qui vous donnait au moins quelqu'un à qui parler.

Il ruminait toutes ces pensées alors que Caroline et lui éteignaient leurs lampes de chevet. Elle chercha sa main sous les couvertures, la serra et murmura :

— Je suis désolée pour ton frère. Sincèrement.

Il s'était presque endormi quand trois mots lui vinrent soudainement à l'esprit.

Excel Point Enterprises.

Ces factures émanant d'une société qui ne lui disait rien.

Non, se dit-il. *Elle n'oserait pas*.

Très rapidement, il repoussa cette idée et s'assoupit.

Quand Caroline entendit sa respiration s'approfondir et fut certaine qu'il était endormi, elle se leva sans bruit, contourna le lit et prit le téléphone mis à charger sur la table de chevet.

Elle connaissait le mot de passe à quatre chiffres et, quelques secondes plus tard, elle avait ouvert l'application photo. Elle afficha la liste de noms, se l'envoya par mail, reposa le téléphone et sortit de la chambre.

Elle descendit à la cuisine, où un ordinateur et une imprimante étaient placés sur un petit bureau, dans un coin. Elle s'assit, ouvrit sa messagerie et imprima l'image, certaine que le grincement de l'imprimante ne réveillerait pas son mari à l'étage.

Il se trouva que Samantha entra dans la cuisine à ce moment-là. Elle se couchait toujours plus tard que ses parents et ne s'endormait que deux heures après eux, au moins. Elle ouvrit le frigo pour en sortir une canette de Coca light et aperçut sa mère.

— Salut, qu'est-ce que tu fais ? demanda l'adolescente.

— Viens t'asseoir, dit Caroline.

14

New Haven, Connecticut

D'accord, je suis peut-être mourant, mais j'ai toujours une boîte à faire tourner, songeait Miles.

Sa pensée suivante était souvent : *Ouais, mais pour combien de temps ?*

La maladie ne le rendrait pas invalide du jour au lendemain, mais il devait penser à l'avenir de Cookson Tech. Il lui était arrivé de se demander, depuis l'annonce du diagnostic, s'il avait encore envie de la diriger. Il avait gagné des millions et laissé son empreinte dans cet univers. Les applis Cookson Tech équipaient près d'un milliard de téléphones. Que lui restait-il à prouver ?

Si la rumeur d'un projet de vente se diffusait, toutes les entreprises technologiques du monde, du moins celles qui disposaient de gros moyens, viendraient frapper à sa porte dans la minute.

Il n'avait pas à se décider immédiatement, mais ça valait la peine d'y réfléchir. Il était peut-être temps d'opérer un changement. Écrire un livre. S'impliquer dans la recherche d'un traitement contre la maladie de Huntington. Donner un gros paquet d'argent, et essayer d'en récolter davantage.

Ou aller se défoncer à Hawaï.

Tant de possibilités. Et qui pouvait dire qu'il ne les embrasserait pas toutes ?

Pendant qu'il réfléchissait aux options qui s'offraient à lui, Cookson Tech devait continuer à aller de l'avant, développer des produits nouveaux et innovants sur un marché hautement concurrentiel. S'il ne vendait pas, il devait mettre en place un plan de succession. Qui allait reprendre les rênes de l'entreprise ?

En son for intérieur, il aurait souhaité tout céder à Gilbert. Mais tant que Caroline était là, c'était hors de question.

D'ici peu, Miles devrait réunir le conseil d'administration pour l'informer de son état de santé. Ses mouvements occasionnels involontaires allaient devenir plus prononcés avec le temps. Les gens se douteraient de quelque chose. On commencerait à parler dans son dos. Miles allait devoir mettre le service des relations publiques dans la confidence pour qu'il puisse commencer à élaborer une stratégie lorsque la gravité de son état serait connue. Ils lui conseilleraient peut-être de prendre les devants, convoquer une conférence de presse, organiser une interview pour *60 minutes*, se faire inviter dans une matinale. Raconter son histoire à Gayle King ou Wolf Blitzer, qu'il avait déjà rencontrés.

Il était sans doute préférable de mettre tout ça en attente jusqu'à ce qu'il ait établi le contact avec ses enfants biologiques, les Neuf, comme il en était venu à les considérer. Il essayait toujours de trouver la meilleure façon de les approcher. Quelques jours auparavant, il avait fait venir Dorian dans son bureau.

« Avec l'aide de Heather, vous allez devoir rassembler...

— Les profils des Neuf, oui. Elle est déjà sur le coup.

— OK, bien. Mais il va nous falloir plus que des informations de base. On aura besoin...

— D'infos sur les antécédents familiaux et le bagage éducatif.

— C'est ça. L'important, c'est que ces enquêtes devront être...

— Discrètes. Sous le radar. J'avais compris. »

Miles s'était laissé aller contre le dossier de sa chaise et il avait souri.

« Où serais-je sans vous, Dorian ?

— Nulle part. »

Il avait hoché la tête avec résignation et perplexité.

« Bon, quand ces informations commenceront à nous parvenir...

— On les a », avait déclaré Dorian.

Miles avait levé les mains au ciel.

« Bon, je me tais. Allez-y, envoyez. »

Dorian avait saisi son iPad et fait défiler l'écran.

« Comme on pouvait s'y attendre, ils sont éparpillés un peu partout. Il y en a un dans le Massachusetts, un autre en fac dans le Maine, un autre en vacances prolongées à Paris. Un à Fort Wayne, un autre à Scottsdale. Le plus proche habite à Providence. »

Une sorte d'excitation était montée brusquement en lui.

« Qu'est-ce... qu'est-ce qu'ils font ? »

Il avait pensé que, si le talent était dans les gènes, l'un d'entre eux développait peut-être des logiciels ou travaillait dans l'univers de la tech.

« Nous avons un employé dans une galerie d'art, une serveuse qui ambitionne de devenir documentariste – celle qui vit à Providence –, un type qui travaille à temps partiel dans un magasin d'informatique.

— Hmm, avait fait Miles.

— C'est juste trois profils. Je peux vous envoyer le dossier complet. Ce n'est pas bien difficile de trouver des infos, mais ce n'est pas moi qui vais vous apprendre ça. Il y a tellement de gens qui exposent leur vie sur les réseaux sociaux ! Et Heather a plus d'un tour dans son sac quand il s'agit d'aller au-delà des évidences. Oh, et il y a une bonne surprise : ils ont tous une ou plusieurs applis Cookson sur leur téléphone. »

Cela avait arraché un ricanement à Miles, mais il avait vite repris un air anxieux.

« Maintenant, tout est dans l'approche. »

À quoi Dorian, pince-sans-rire, avait répondu :

« On pourrait leur envoyer un de ces e-mails annonçant que quelques millions de dollars les attendent et qu'ils n'ont qu'à fournir leurs coordonnées bancaires pour le transfert.

— Il faudrait me créer une fausse adresse électronique, avait rétorqué Miles en souriant.

— Ça peut se faire.

— Sérieusement… Pas d'e-mail, donc, mais une bonne vieille méthode. Une lettre personnelle ? En recommandé ? »

Dorian avait aussitôt secoué la tête.

« Supposons qu'on n'ait pas le bon destinataire, ou que la lettre arrive à la bonne adresse mais qu'elle soit *ouverte* par la mauvaise personne ? Imaginons : vous pensez être le père d'un enfant et cette lettre vous apprend que c'est quelqu'un d'autre. Votre femme ne vous l'a jamais dit. Le cauchemar. »

Dorian avait mis l'iPad de côté, puis elle s'était assise et penchée en avant.

« Vous savez ce qu'il vous reste à faire…

— Charger quelqu'un de les approcher en personne, en mon nom.

— Vous brûlez.

— Quoi ? avait demandé Miles en fronçant les sourcils.

— Ça devrait être vous.

— Moi ?

— Je sais que vous avez l'habitude de déléguer à peu près tout, mais il y a certaines choses que vous ne pouvez pas refiler à quelqu'un d'autre. Si quelqu'un sortait de nulle part pour me dire qu'il est mon vrai père, eh bien, je pense que ça devrait être mon putain de vrai père.

— Ouais, avait fait Miles, l'air songeur.

— Ouais ?

— Vous avez raison. Je ne peux pas confier ça à quelqu'un d'autre. »

Dorian avait approuvé d'un hochement de tête.

« Bien. Parce que si vous comptiez sur moi, j'aurais dit non.

— Pour refuser, il faudrait que vous gagniez un meilleur salaire », avait noté Miles en laissant échapper un petit rire.

Dorian n'avait pas réagi.

« De toutes les façons, si je dois aller les voir en personne, je ne suis pas certain que les approcher à leur domicile soit la meilleure solution. Il pourrait y avoir d'autres membres de la famille sur place. Alors, peut-être au travail, ou pendant la pause déjeuner ?

— Je pense que vous allez devoir improviser avec chacun. Et voyager un peu. Pour celle qui vit à Paris, je peux affréter un jet privé.

— Bien sûr.

— Quant aux plus proches, je peux demander à Charise, vu que vous avez donné la Porsche à Gilbert.

— Il vous l'a dit ?

— Je l'ai vu venir au bureau avec. Si vous en avez d'autres, je veux bien vous débarrasser.

— D'accord, contactez Charise. Et, bien sûr, vous avez des photos d'eux tous ? »

Dorian l'avait regardé comme si sa question était stupide.

« À votre place, je commencerais par Chloé Swanson, celle qui vit à Providence. C'est un bon moyen de vous lancer. Si l'approche personnelle tourne mal, vous ajusterez votre stratégie avant de passer au suivant.

— Chloé Swanson, avait répété Miles, plus pour lui-même que pour Dorian. J'ai une surprise pour toi. »

15

New Haven, Connecticut

Le plus drôle, c'était que Caroline avait un jour croisé le présumé tueur à gages, plusieurs mois après son acquittement et quelques semaines avant d'apprendre la maladie de Miles.

Elle venait de payer son *latte* au caramel dans un Starbucks quand elle était tombée nez à nez avec un homme qui attendait son chocolat chaud. Il était grand, avec des cheveux bruns coupés court, des pommettes hautes et une mâchoire carrée. Il portait un long manteau en cachemire et une paire de gants en cuir brun foncé. Au premier coup d'œil, on aurait pu le croire tout droit sorti d'une pub Hugo Boss.

— Désolée, dit-elle. Mon Dieu, j'ai failli vous renverser de la mousse dessus.

— C'est bon, dit-il en se penchant en arrière pour examiner son manteau. Il n'y a pas de mal.

Il passa la main derrière elle pour prendre son chocolat et Caroline remarqua le prénom, Pete, écrit sur le côté du gobelet en carton.

Pete était sur le point de se diriger vers la porte quand il se retourna pour dévisager Caroline.

— On s'est déjà rencontrés ?

— Je ne pense pas, non, répondit-elle avant de le regarder plus attentivement. Attendez une minute. Je crois que… (À cet instant, son visage se fendit d'un sourire crispé.) Oh là, ça me revient.

Il lui adressa un sourire malicieux.

— Vous devriez m'expliquer ça.

Elle secoua la tête, comme si elle se rendait soudain compte qu'elle se trompait.

— Non, non, c'est une méprise, dit-elle. Nous ne nous sommes jamais rencontrés.

— Peut-être pas officiellement, mais je vous reconnais.

— Non, je vous assure, je…

Il claqua des doigts.

— Ça y est, je sais, déclara-t-il en souriant. À mon procès. Vous êtes la sténographe.

Caroline déglutit péniblement.

— Euh… c'est bien possible. Je crois que je me souviens de vous, effectivement, ajouta-t-elle avec un rire nerveux.

Elle se rappelait *tout* de lui. Surtout le moment où, en pleine audition, il lui avait lancé un clin d'œil. Le petit frisson électrique que cela lui avait procuré.

Mais ce n'était pas vraiment ce que Caroline éprouvait à présent. À cet instant précis, elle avait plutôt l'impression qu'elle allait perdre le contrôle de sa vessie.

Cet homme était un tueur.

— Je suis désolé, dit-il comme s'il lisait dans ses pensées. Je vous ai mise mal à l'aise. Ce n'était pas mon intention.

— Ça ne fait rien. Ce n'est pas tous les jours qu'on rencontre…

Elle s'interrompit.

L'homme sourit.

— Un tueur à gages ? Vous vous rappelez que j'ai été acquitté, n'est-ce pas ?

— Bien sûr, oui. Je suppose que je devrais vous féliciter, même si... c'est un peu tard, mais cela n'aurait vraiment pas été approprié sur le moment.

— Il y a un vide à combler pour les fabricants de cartes de vœux. « Félicitations pour votre acquittement ! » ou, dans votre cas, « Félicitations tardives ».

Les yeux de Caroline étaient rivés aux siens. Ils produisaient un effet presque hypnotique. Non, c'était exagéré. Mais l'homme possédait un charme certain. Comment faisait-on la conversation avec quelqu'un qu'on avait accusé d'avoir tué la femme d'un autre homme ?

Il y avait eu un non-lieu, bien sûr. Ne devait-elle pas lui accorder le bénéfice du doute ? Mais que penser de ce témoin clé qui ne s'était jamais présenté ? Pete avait-il un collègue, quelque part, qui l'avait fait disparaître ?

D'ailleurs, dans son souvenir, il ne s'appelait pas Pete. Était-ce Paul ? Patrick ? Non, une minute, c'était un nom totalement différent. Quelque chose de français ou d'italien ? Non, son prénom n'était pas étranger, mais plus long que l'ordinaire. Un nom aux sonorités dures. Quelque chose comme...

Broderick !

Elle en était sûre. Alors pourquoi avait-il donné le nom de Pete à la barista du Starbucks ?

Perdue dans ses pensées, elle ne trouvait rien à dire, mais Pete/Broderick la tira d'embarras.

— Voulez-vous vous asseoir ? lui proposa-t-il.

— Quoi ?

— Voulez-vous vous joindre à moi ?

Avant de pouvoir trouver un motif de refus, elle avait répondu :

— Bien sûr, pourquoi pas ?

Il leur trouva une table vide dans un coin, débarrassa très délicatement quelques gobelets sales et, avec une serviette en papier, balaya quelques miettes de muffin.

En s'asseyant, Caroline sentit son cœur s'emballer. *Mais qu'est-ce que je fais ? Ce n'est pas une bonne idée.*

— Ça me rend fou quand les gens laissent la table en désordre, dit-il. (Il essuyait à présent un peu de café renversé avec une serviette en papier.) Voilà qui est mieux.

Il froissa la serviette en boule et la jeta dans une poubelle voisine, puis s'assit en face d'elle et sourit.

— C'est un plaisir de vous revoir.

— Dans mon souvenir, vous ne vous appelez pas Pete, mais Broderick.

Il sourit, pointa son index sur elle.

— Bravo. Surtout quand on pense à tous les noms que vous devez entendre chaque semaine.

— Alors pourquoi…

Elle montra le gobelet.

— Oh, dit Broderick en souriant. Vous me prêtez de mauvaises intentions. Vous vous dites que je me balade sous une fausse identité. Mais vous n'imaginez pas à quel point les baristas ont du mal à écrire Broderick sur un gobelet en carton ! D'abord, elles ne sont pas sûres d'avoir bien entendu et vous demandent de répéter ou d'épeler.

Ou alors elles griffonnent « Broad Bricks » ou, une fois, « Broad Dick ». Je le jure.

Caroline se surprit à rire sottement.

— Et puis ces gobelets sont trop petits pour écrire mon vrai nom. D'où Pete.

Caroline hocha la tête, satisfaite.

— C'est tout à fait logique.

— Vous travaillez toujours au tribunal, j'imagine ? À noter tout ce que racontent le juge, les avocats et les méchants ?

— Oui, répondit-elle d'une toute petite voix.

— Un travail intéressant, je parie.

— Certaines affaires le sont plus que d'autres, dit-elle, puis elle marqua une pause et reprit : Comme la vôtre.

— La mienne était intéressante ?

— Euh, oui. Certainement plus que celle du type poursuivi pour avoir vendu un revêtement de façade défectueux.

Il hocha la tête d'un air entendu.

— Je suppose que le meurtre est un peu plus émoustillant.

— Ce n'est pas ce que j'ai voulu dire.

En était-elle bien sûre ?

Broderick se pencha vers elle et murmura :

— Si jamais vous deviez être inculpée de meurtre, je vous recommande chaudement mon avocat.

Il lui pressa légèrement le bras.

Le cœur de Caroline battait à tout rompre. Était-ce l'excitation, ou la peur ? Elle prit son gobelet et déclara :

— Il faut vraiment que j'y aille.

Broderick la retint en posant de nouveau la main sur son bras.

— Je suis désolé. Restez, s'il vous plaît. Je vous présente mes excuses. Je plaisante parfois sur ce dont on m'a accusé, alors qu'il n'y a rien de drôle là-dedans. C'est terrible d'être accusé d'un crime aussi horrible.

— Je suppose que c'est une chance que ce témoin… ait renoncé à témoigner, fit-elle remarquer avec hésitation.

— Effectivement. J'imagine qu'il a eu des scrupules à mentir à la barre. Le parjure est un délit grave.

La question de savoir ce qui était advenu de ce témoin lui brûlait la langue, mais elle décida de ne pas la poser. Au lieu de quoi, elle demanda :

— Alors, que… que faites-vous maintenant ? (Elle gloussa nerveusement.) Je ne veux pas dire, là, tout de suite, mais plutôt… Quel est votre domaine d'activité ?

— Je résous les problèmes, répondit Broderick.

— Qu'est-ce que ça signifie ?

— Exactement ce que j'ai dit. Si vous venez me voir avec un problème, je ferai de mon mieux pour le résoudre.

Caroline passa son index sur le bord de son gobelet.

— Un peu comme Denzel Washington dans *Equalizer* ?

Broderick sourit, balaya la question d'un geste de la main et demanda :

— Vous n'avez jamais de problèmes ?

— Bien sûr que si.

— Nommez-en un.

Elle dut réfléchir. Commença par un : « Euh, eh bien », puis se mit à rire.

— C'est trop bête.

— Allez-y.

— Le concessionnaire refuse de réparer ma voiture, alors qu'elle est sous garantie. Le moteur fait un drôle de bruit, et il cale la moitié du temps. D'après lui, j'aurais dû faire réaliser un entretien il y a cent cinquante kilomètres, et donc, si la voiture a un souci, c'est moi que ça regarde. Ce n'est pas sa faute.

— Où avez-vous acheté votre voiture ?

Elle le lui indiqua et ajouta :

— Ce n'est probablement pas de ce genre de problème que vous parlez, n'est-ce pas ? Donnez-moi un exemple d'un problème que vous résoudriez.

Broderick réfléchit un moment, but une gorgée de chocolat chaud.

— J'ai facilité une négociation collective, une fois. Chez un fabricant de meubles, tous les ouvriers cherchaient à se syndiquer et l'employeur estimait que sa dernière offre avait été très généreuse, mais les dirigeants syndicaux ne voulaient pas en entendre parler. On s'acheminait vers une grève, qui aurait été très handicapante pour l'entreprise. Les ouvriers en auraient aussi fait les frais. L'entreprise m'a demandé d'intervenir, et tout est rentré dans l'ordre.

— Comment avez-vous fait ? demanda Caroline.

Broderick sourit.

— J'ai simplement parlé aux parties concernées. Je trouve que les gens sont en fait assez raisonnables si on leur présente des solutions réalistes. Si vous faites *ceci*, voici ce qui se produira. Si vous faites *cela*, voilà ce qui se produira. Cela facilite le processus lorsque l'un de ces choix s'accompagne d'un certain niveau de... désagrément.

Et si cela ne fonctionne pas, j'emploie d'autres stratégies.

Caroline allait l'interroger, puis se ravisa. Il y avait certaines choses qu'il valait mieux ne pas savoir.

Broderick avait baissé les yeux sur sa main plus d'une fois.

— Je vois que vous êtes mariée. Que fait votre mari ?

— Il est comptable, dit-elle, sans pouvoir cacher la déception dans sa voix. Dans l'entreprise technologique de son frère.

— Oh ! Ça a l'air intéressant.

— Pas particulièrement. Dites-moi, vous êtes nombreux à faire ce genre de travail ?

— J'en connais d'autres. Nous avons notre propre réseau. Nous faisons parfois équipe si le travail est difficile.

Caroline repensa au témoin disparu.

— Sur quoi travaillez-vous en ce moment ?

— Il se trouve que je suis en recherche d'emploi.

Deux jours plus tard, le responsable de l'atelier de la concession où Caroline avait acheté sa voiture téléphonait pour annoncer le remplacement de tout le moteur, sans frais. Ils lui offraient en plus un nettoyage mensuel complet pendant les deux prochaines années. C'était aussi la première fois qu'un concessionnaire automobile lui envoyait des fleurs.

16

New York

Jeremy Pritkin ne rejoignit pas Nicky Bondurant dans le Winnebago ce soir-là. Elle lui avait obéi et elle était montée dans le camping-car, supposant qu'il la rejoindrait vite pour faire ce qu'ils faisaient toujours, ça ou une variante quelconque. Mais il avait reçu ce coup de fil et l'avait totalement oubliée.

Comme les fenêtres du camping-car étaient ouvertes, elle avait pu surprendre la conversation, même si elle n'avait aucune idée de ce dont il s'agissait. Il était néanmoins clair que Jeremy était contrarié, et elle avait eu l'impression qu'il parlait à une sœur ou à un frère. Elle avait cru entendre le prénom Marissa.

Une fois l'appel terminé, Pritkin avait quitté le bureau, probablement pour retourner à la réception.

Nicky se dit que le mieux était d'attendre, au moins un petit moment, au cas où il reviendrait. Elle ne voulait surtout pas le décevoir encore plus.

Ce n'était jamais une bonne idée de décevoir M. Pritkin.

Elle attendit pratiquement une demi-heure avant de décider qu'elle pouvait partir sans crainte, ce qui lui donna amplement le temps d'explorer la nouvelle extension du QG de Jeremy. C'était vraiment un truc de dingue d'avoir installé un camping-car dans son bureau au deuxième étage. En public, l'homme donnait l'impression d'être un type plutôt normal. Enfin, si on définissait la *normalité* comme le fait d'être incroyablement riche et d'avoir l'oreille des décideurs du monde entier, d'être direct et d'avoir des idées arrêtées.

Mais le monde extérieur avait également quelques aperçus de son côté excentrique. L'opération du Winnebago n'étant que sa dernière folie en date.

Jeremy avait autorisé *Architectural Digest* à faire un reportage sur sa résidence en Espagne, où la piscine avait la forme d'une calandre de Rolls-Royce. Une fois, il avait dépensé des centaines de milliers de dollars pour une voiture spécialement customisée pour une série télévisée des années 1960 – peut-être la Black Beauty, la Monkeemobile ou un pick-up déglingué conduit par des péquenauds, elle n'arrivait pas à se rappeler parce qu'elle ne connaissait pas du tout ces programmes. Mais quand Jeremy l'avait achetée aux enchères, cela avait fait la une des journaux. Depuis, il l'avait remisée dans un garage quelque part. Ce n'était pas comme s'il pouvait vraiment conduire cet engin sur Park Avenue. Il avait dépensé Dieu sait combien pour le veston que Steve McQueen portait au volant d'une Mustang, dans une célèbre course-poursuite à

San Francisco. Il ne pouvait pas le porter. Il n'était même pas à sa taille.

C'étaient là certaines des choses que le public savait.

Mais Jeremy Pritkin avait aussi des secrets, son goût pour la photographie érotique étant l'un des moins notables. Avoir à sa disposition des jeunes filles comme elle dans sa magnifique résidence new-yorkaise était une passion bien plus dévorante.

Nicky n'était pas la seule. Au fil des ans, beaucoup de jeunes femmes étaient passées par ici, pour divertir le maître de maison et ses amis, remplacées par d'autres lorsqu'elles avaient un peu avancé en âge.

Elle avait trouvé surprenant, au début, que la chose ne se soit pas ébruitée, mais avec le temps elle avait compris. Pritkin offrait à certains de ses amis les plus influents les avantages en nature qui découlaient du fait de le connaître, de faire partie de son club d'influenceurs. Des avantages en nature jeunes et bien proportionnés.

Être membre comporte des privilèges.

Une fois que ses amis avaient goûté à ces plaisirs, ils ne voulaient surtout pas en parler. Ils ne voulaient pas prendre le risque d'être exposés. Mais ils allaient plus loin pour ce bon vieux Jeremy. Ils intervenaient pour le couvrir, ils le protégeaient.

Comme ce vieux débris de juge.

Beurk.

Toutes les filles qui avaient fréquenté la maison tenaient leur langue, elles aussi. D'après ce qu'on avait raconté à Nicky, plusieurs avaient mis à profit les relations qu'elles s'étaient faites pour

161

obtenir des situations plus enviables. Gestion hôtelière, assistantes personnelles de P-DG, stagiaires auprès d'hommes politiques à Washington. Du moins, pour celles dont Roberta aimait parler. Nicky avait aussi entendu des rumeurs sur au moins une fille qui était devenue junkie et s'était retrouvée à la rue à Newark, et une autre qui avait disparu du jour au lendemain. Personne n'avait plus jamais entendu parler d'elle.

Nicky s'en voulait d'avoir déçu Jeremy en se demandant, avec deux ou trois autres filles, si ce qui se passait ici était *normal*. Jeremy avait été bon pour elle, de bien des façons. Il avait tiré quelques ficelles pour la faire inscrire dans un lycée de la ville, alors qu'elle n'avait aucune attache dans le quartier, ni de famille dans la Grosse Pomme.

Au début, elle avait attribué son geste à sa bonté d'âme, mais rapidement il lui avait demandé d'inviter des amies à la maison. Des jeunes filles qui pourraient avoir besoin d'un coup de pouce, d'un petit soutien financier, et qui étaient prêtes à s'initier à « l'industrie des services ». Les services en question consistaient le plus souvent à divertir M. Pritkin et ses riches amis mâles derrière des portes closes.

Jeremy lui avait fait comprendre qu'elle devait trouver des filles « adaptées ». Au début, elle pensait que ça voulait dire *jolies*. Et, bien sûr, il voulait que ses recrues soient séduisantes. Mais ce qu'il sous-entendait vraiment, c'était qu'elles devaient être vulnérables. Des filles issues de foyers modestes, de familles monoparentales. Des filles sans lien avec des personnes exerçant une influence quelconque. Des filles qui n'avaient personne vers qui se tourner. Des filles qui seraient prêtes à satisfaire les besoins de Jeremy et de ses acolytes en échange d'une vie meilleure.

Les fugueuses, par exemple, comme Nicky.

Elle avait quitté son domicile de Norfolk sept mois auparavant. Sa mère s'était trouvé un nouveau petit ami – le quatrième en douze mois –, et celui-là s'était installé sous leur toit. S'il y avait un point positif, c'était qu'il n'était pas du genre à la tripoter. Il avait laissé Nicky tranquille sur ce chapitre. Mais il lui donnait des ordres, comme s'il était son putain de père. Range ta chambre, nettoie la maison, prépare le dîner. Fais tes devoirs. Moins fort, la télé. Lâche ton téléphone. Enlève ces écouteurs de tes oreilles.

Nicky se plaignait à sa mère, mais cela n'avait aucun effet. « Il s'intéresse à toi », lui répondait-elle.

L'été précédent, alors qu'elle traînait à Virginia Beach, elle s'était liée d'amitié avec une fille de Brooklyn en vacances avec sa famille. Nicky avait même fait la connaissance des parents pendant cette semaine-là. Super cool. Le père était artiste et la mère, productrice de musique. Le genre créatif. Nicky avait sympathisé avec eux.

« Si jamais tu viens à New York... »

Alors elle était allée à New York. Avait contacté son amie de Brooklyn. Avait squatté chez eux pendant une semaine.

Puis deux.

« Euh, tu t'installes pour de bon ? » avaient fini par demander les parents.

L'amie avait plaidé sa cause : l'ambiance était tendue chez Nicky. Est-ce qu'elle ne pourrait pas rester un peu plus longtemps ? Les parents avaient accepté. Plus tard, alors qu'ils commençaient à perdre patience, une amie de leur fille déclara qu'elle connaissait à Manhattan un mec riche qui cherchait du monde. Nicky devait peut-être aller le voir.

Voilà comment elle s'était retrouvée là.

Au lycée, elle avait du mal à suivre les cours. Comment se concentrer sur l'algèbre et la chimie quand l'un des hommes les plus riches du pays était furieux contre vous parce que vous n'aimiez pas particulièrement faire des branlettes à des fonctionnaires de l'ONU, des acteurs de seconde zone ou des membres de conseils d'administration de musées ? Si ses professeurs savaient ce qui la perturbait, quelles choses elle avait en tête... C'était stupide, mais elle avait confié à l'une des autres filles que, d'après elle, Pritkin était une sorte de malade, et que ce qui se passait dans cette maison chic était très, très malsain. Contraire à la loi, même.

« Quelle loi ? avait demandé l'autre, qui exigeait qu'on l'appelle Winona, comme l'actrice, alors que son vrai nom était Barb.

— Je ne sais pas exactement, avait répondu Nicky. Les lois contre les pervers. »

Les trucs que Jeremy leur demandait étaient déjà assez glauques, mais quand il les poussait à faire ça avec ses amis, ces autres personnes importantes, est-ce que ça n'allait pas trop loin ?

Winona n'était pas convaincue.

« Il nous traite bien. Tu crois que tu gagnerais autant en bossant chez Arby's ? Chaque fois que j'ai besoin d'argent, il m'en donne. Et regarde les gens qu'on peut rencontrer ! Tu te souviens du réalisateur qui était là la semaine dernière ?

Il m'a dit que je pourrais être actrice. Que j'avais le *look*. Il pensera à moi si quelque chose se présente qui pourrait me correspondre.

— Il te raconte des conneries.

— Je ne crois pas, non. Regarde-moi. (Winona avait renversé la tête en arrière, tourné son visage vers la lumière.) Allez, regarde-moi.

— Peut-être.

— Le fait est que M. Pritkin est très spécial. Il n'est pas comme les gens normaux, donc les règles normales ne s'appliquent pas à lui. »

Nicky avait déjà entendu tout cela, et pas seulement de la bouche de Winona. Jeremy aimait rappeler qu'il était doté d'un patrimoine génétique supérieur. Tout comme certaines personnes pouvaient développer des maladies génétiques, d'autres pouvaient développer des caractéristiques génétiques supérieures. Des gens comme Michel-Ange ou Einstein, Gershwin ou Lincoln. Des gens doués.

Jeremy se considérait comme l'un d'eux, et il fallait faire preuve d'indulgence envers les personnalités particulièrement douées. Les règles ordinaires ne s'appliquaient pas.

« Qu'est-ce qu'il a de si spécial ? avait demandé Nicky.

— Regarde un peu autour de toi ! Cette baraque, les gens qu'il connaît, les trucs qu'il a faits pour eux... Tu crois que c'est à la portée d'une personne ordinaire ? avait demandé Winona en secouant la tête d'un air désapprobateur. J'espère que tu n'as pas dans l'idée de balancer M. Pritkin. Ce serait vraiment stupide. Si tu ne te plais pas ici, barre-toi. Personne ne te retient. Mais ne gâche pas tout pour les autres. »

Maintenant que Jeremy lui avait rappelé sa place dans la hiérarchie, Nicky savait que c'était Winona qui l'avait dénoncée.

Maintenant, Winona serait dans ses petits papiers. Il fallait qu'elle y revienne, elle aussi. Sinon, quoi ? Elle allait demander pardon pour son erreur, le remercier pour le train de vie qu'il lui avait offert.

Elle ne se sentait pas réellement désolée, mais parfois il fallait faire des trucs moches pour s'en sortir. Comme maintenant. Elle était consciente que Jeremy avait dit la vérité : elle n'était rien. Il avait des amis riches et puissants. Si elle décidait de parler, personne ne la croirait. Ou ils s'en ficheraient.

Nicky avait un plan. Elle allait se glisser dans son bureau – un jour, en l'accompagnant là-haut, elle l'avait vu composer le code à quatre chiffres pour déverrouiller la porte – et l'attendre à l'intérieur du Winnebago. Elle le surprendrait. Mettrait ses plus hauts talons. Jeremy avait un faible pour les talons hauts, il exigeait que toutes les femmes qui travaillaient dans la maison en portent. On se serait cru dans un club Playboy, avait dit une des employées en cuisine, avec Hugh Hefner aux commandes.

Nicky ne savait absolument pas qui était Hugh Hefner.

Elle détenait en revanche un potin intéressant. La raison invoquée par Jeremy pour installer le Winnebago, à savoir qu'il avait voyagé en famille dans un véhicule similaire pendant son enfance, n'était que partiellement vraie. La véritable raison, c'était qu'il avait été dépucelé dans un de ces véhicules à l'âge de quinze ans.

Le camping-car était une façon de commémorer cet heureux événement.

Ce jour-là, Jeremy était à la résidence. Il ne s'envolait pas pour l'Europe, l'Asie ou l'Afrique. Tôt ou tard, il monterait au deuxième étage. C'était là qu'il passait l'essentiel de sa journée. Donc, sans se faire voir d'aucun membre du personnel, Nicky gagna le bureau et grimpa dans le camping-car.

Il arriva vingt minutes plus tard.

Soulagée de l'entendre, elle jeta un coup d'œil par la fenêtre et son expression la fit douter. Il avait l'air furibond.

Oh, oh.

Jeremy alla droit à son bureau et décrocha le téléphone. Au cas où il regarderait dans sa direction, elle se baissa sous la fenêtre. Mais elle pouvait toujours l'entendre.

— J'ai essayé de te joindre toute la journée. C'est sérieux.

...

— Ne me dis pas de me calmer. La donne a totalement changé. Il y a vingt ans, personne n'aurait pu prédire que ça arriverait. J'y ai beaucoup réfléchi et je ne vois qu'un seul moyen d'arrêter ça.

...

— Écoute, jusqu'à présent, il ne semble pas qu'ils aient été nombreux à l'avoir fait. Mais d'autres pourraient avoir la même idée. Et plus il y en aura, plus il y aura de risques que tout cela mène à moi. Il faut empêcher ça. Tu ne peux pas te permettre que ça arrive, toi non plus.

...

— Tais-toi. Arrête de jacasser. Ça ne sert à rien de ressasser le passé. C'est arrivé. On doit gérer la situation telle qu'elle se présente maintenant. Les choses sont déjà enclenchées.

...

— Non. L'argent peut résoudre beaucoup de problèmes, mais pas cette fois. Il y a trop de variables. Des tentacules qui s'étendent dans trop de directions. C'est pour ça que je vais m'y prendre autrement.

...

— Je ne pense pas que tu aies vraiment envie de savoir.

...

— Le seul bon côté, c'est que je ne me suis pas attaché. Sinon, ça aurait pu être plus difficile. Mais d'après les derniers rapports, aucun ne sortait vraiment du lot. Ce ne sera pas une grande perte.

Puis il ajouta quelque chose qui fit frissonner Nicky.

Je n'ai rien entendu. Oublie que tu as entendu ça.

Jeremy terminait sa conversation. Quelques grognements, un « mmh-mmh » et, pour finir : « Très bien. »

Il reposa le téléphone sur son socle et marmonna encore :

— Bon Dieu.

Nicky leva la tête et risqua un coup d'œil par la fenêtre. Jeremy n'avait pas l'air plus serein que lorsqu'il était entré dans la pièce. Son plan pour se faire pardonner allait devoir être reporté.

Elle se baissa de nouveau, se disant qu'elle allait rester cachée jusqu'à ce qu'il s'éloigne. Elle s'assit par terre, adossée à la porte du meuble sous l'évier. Le mouvement provoqua un tout petit grincement, presque imperceptible, des ressorts du châssis du camping-car.

— Qui est là ? demanda Jeremy.

Merde.

Devait-elle sortir, se montrer ? Crier « Surprise ! » et voir si elle arrivait à lui arracher un sourire, faire comme si elle n'avait rien entendu ? Ou bloquer sa respiration, ne pas bouger, l'amener à croire qu'il n'y avait personne ? Mais de nouveau, il appela :

— S'il y a quelqu'un là-dedans, vous feriez mieux de sortir. Maintenant.

Il y avait un petit lit au fond du véhicule, avec des portes de placard horizontales en dessous, au lieu d'un espace ouvert. Pas vraiment une cachette.

Nicky entendit un tiroir du bureau de Jeremy s'ouvrir. Un bruissement.

Elle se redressa et le vit balancer une partie du contenu du tiroir sur le dessus du bureau. Un bloc-notes, des bouts de papier, un jeu de clés attachées à un *W* argenté, des stylos.

Il finit par trouver ce qu'il cherchait.

Un pistolet.

— Dernier avertissement, dit-il. J'ai parfaitement le droit de tirer sur un intrus, et je le ferai.

S'il entrait dans le Winnebago, il pourrait tirer avant de voir qui se trouvait là.

— C'est moi ! cria-t-elle. C'est Nicky !

— Nicky ?

Elle se leva et ouvrit la porte. Des larmes coulaient déjà sur ses joues.

— Je voulais te surprendre. Me rattraper.

Jeremy la regardait fixement, interloqué. Au moins, pensa Nicky, l'arme était pointée vers le sol.

— Bon sang, tu as de la chance que je ne l'aie pas chargé. J'aurais pu te tirer dessus.

Pendant un instant, il avait paru soulagé, mais son expression traduisait maintenant une vive inquiétude.

— Tu écoutais.

Nicky secoua la tête.

— Non. Non, je n'écoutais pas. Je n'ai rien entendu.

— Tu as forcément entendu.

Elle chercha quelque chose à dire, un mensonge convaincant, mais rien ne lui vint.

— Oh, Nicky, soupira Jeremy. Chère, chère Nicky.

17

Lewiston, Maine

Avant Todd Cox, il y avait eu Jason Hamlin.

Ils avaient décidé de s'occuper de lui en premier.

Kendra Collins, qui se faisait de nouveau passer pour une inspectrice de police, et Rhys Mills, qui portait également un insigne tout à fait réaliste, savaient que Jason faisait son jogging de très bon matin. La plupart des jeunes hommes de son âge, notamment ceux qui fréquentaient l'université, aimaient les grasses matinées, mais Jason était différent. C'était un passionné de sport. Pas tellement de football. Cela n'avait jamais été son truc. Il était plutôt branché ski et snowboard. Et étudier dans le Maine lui offrait de nombreuses occasions de s'adonner à ses activités préférées pendant les mois d'hiver.

Avant les premières chutes de neige, Jason aimait se maintenir en forme en courant. Il réglait le réveil de son iPhone à 6 heures, même s'il se réveillait généralement tout seul quelques minutes avant et éteignait l'alarme pour ne pas déranger ses colocataires. Il enfilait un short, un tee-shirt et une paire de Nike, puis sortait effectuer un parcours de six kilomètres à travers la ville.

En général, ce moment lui permettait de se vider la tête. Respirer l'air frais et vivifiant du matin, le sentir remplir ses poumons. Glisser les écouteurs dans ses oreilles et mettre Garth Brooks. (Jason n'était pas un grand fan de country, mais il y avait quelque chose chez ce chanteur qui lui parlait.) Ce matin-là, cependant, il était incapable d'apprécier la fraîcheur de l'aube ou « The Night I Called the Old Man out », une chanson de Garth qui occupait une place spéciale dans son cœur, car elle lui rappelait ses engueulades avec son propre père ou, plus exactement, l'homme qui l'avait élevé. Il n'arrêtait pas de penser à ce qui s'était passé la veille au soir, alors qu'il était avec Jenny, la fille qu'il fréquentait assidûment depuis quelques semaines.

Elle venait de Kingston, dans l'Ontario, de l'autre côté de la frontière. Elle avait choisi Bates College parce que sa mère et son grand-père y étaient allés, et que ça en faisait donc une sorte de tradition familiale. En fait, elle aurait été ravie d'étudier à Queen's, dans sa ville natale, d'autant que sa famille aurait économisé une fortune, mais bon, on ne pouvait pas lutter contre la tradition.

Jason était originaire de Baltimore, et il était tiraillé entre se trouver un petit boulot pour l'été sur place, à Lewiston, et garder son logement, ou rentrer au bercail. Jenny avait prévu de retourner au Canada à la fin des cours. Si Jason voulait continuer à la voir pendant l'été, valait-il mieux être à Lewiston ou à Baltimore ? En consultant Google Maps, il avait constaté que, dans les deux cas, il en avait pour huit ou neuf heures de route. Comment rendre visite à quelqu'un pour le week-end quand il fallait deux jours entiers juste pour faire l'aller-retour ?

Mais ce n'était pas à cela qu'il pensait en allant courir ce matin-là.

Ce qui le tracassait, c'était quelque chose que Denise, l'amie de Jenny, avait dit la veille au soir, alors que leur bande traversait le pont pour aller boire quelques verres au Gritty's, à Auburn. De toute évidence, Denise ignorait que Jason et Jenny sortaient ensemble depuis un mois, et que la jeune femme avait même passé trois nuits chez lui. Si elle avait été au courant, elle n'aurait probablement pas demandé à Jenny si elle avait fini par coucher avec Carson.

Elle avait posé la question plutôt discrètement, à un moment où elle se tenait à la gauche de Jenny, et Jason à sa droite, mais Jason l'avait clairement entendue.

Carson ? Qui était ce Carson, bordel ?!

Dès qu'ils étaient sortis du Gritty's, il avait demandé une explication. Jenny avait balayé la question. Denise déconnait, avait-elle dit. Ou elle s'était mélangé les pinceaux. Elle avait bien connu un Carson, mais c'était longtemps auparavant.

Pourtant, elle avait été incapable de le regarder dans les yeux.

Jason avait eu cette sensation très désagréable au creux de l'estomac. Une fois rentré chez lui – une maison centenaire à quatre pâtés de maisons du campus, qu'il partageait avec trois autres étudiants –, il avait tenté d'identifier ce Carson sur Internet.

Cela n'avait rien donné, mais il y pensait encore en courant sur Main Street, en direction des sentiers qui longeaient la rivière Androscoggin, et il se promit de poursuivre ses recherches aussitôt qu'il serait rentré.

S'il n'avait pas été aussi préoccupé par sa vie sentimentale, et si Garth n'avait pas fredonné dans ses oreilles, il aurait peut-être remarqué la berline noire à une quinzaine de mètres de lui.

La voiture accéléra brusquement pour se ranger le long du trottoir, juste devant Jason, en faisant crisser ses freins. La voiture tanguait encore après cet arrêt brutal quand la portière s'ouvrit côté passager. Rhys en sortit d'un bond, un insigne à la main.

— Jason Hamlin ?

Jason s'arrêta, arracha les écouteurs de ses oreilles et répondit, haletant :

— Quoi ?

— Êtes-vous Jason Hamlin ? répéta Rhys.

Le jeune homme, qui n'avait pas encore repris son souffle, se contenta d'opiner de la tête. Une femme sortit de la voiture à son tour et montra rapidement son insigne en approchant de l'arrière de la voiture.

— C'est M. Hamlin ? demanda Kendra à son équipier.

— Oui.

— De quoi s'agit-il ? demanda Jason, à présent moins essoufflé.

— Voici l'inspecteur Mills, et je suis l'inspectrice Collins. J'ai bien peur que nous ayons de mauvaises nouvelles à vous annoncer, monsieur Hamlin.

— Quoi ?

— Margaret et Charles Hamlin, de Baltimore, sont bien vos parents ?

Le malaise qu'il avait ressenti la veille au creux de l'estomac n'était rien comparé à ce qu'il éprouvait à présent.

Au loin, on entendait des sirènes.

— Oui, dit-il faiblement en jetant un coup d'œil par-dessus son épaule, vers l'endroit où résonnaient les sirènes.

— On nous a demandé de vous retrouver. Nous allons vous ramener chez vous.

— Pourquoi ? Qu'est-ce qui s'est passé ?

— Nous pensons que vous allez vouloir rentrer, dit Rhys.

— Expliquez-moi ce qui est arrivé.

— Il y a eu un accident de voiture. Nous n'avons pas tous les détails.

Kendra s'approcha de la voiture et ouvrit la portière arrière. Une invitation. Jason, les jambes flageolantes, monta. Kendra revint s'installer au volant tandis que Rhys, au lieu de reprendre sa place initiale, s'asseyait à côté d'un Jason visiblement désemparé. Il referma la portière.

Ils restèrent assis là plusieurs secondes, la voiture à l'arrêt. Jason n'était pas accablé par la nouvelle au point de ne pas remarquer qu'ils n'allaient nulle part.

— Euh, qu'est-ce qu'on attend ?

Au moment où Kendra se retournait sur son siège, Rhys se plaqua contre sa portière et se couvrit rapidement le visage avec le bras. Kendra leva une main au-dessus de son dossier. Elle tenait un petit tube, à peine plus grand qu'un bâton de rouge à lèvres, avec un bouton-poussoir sur le dessus. Elle le braqua sur le visage de Jason et pressa le bouton.

Un nuage de fines gouttelettes enveloppa le visage du jeune homme.

— Qu'est-ce que...

Il se mit à tousser et à suffoquer. Ses yeux commençaient à piquer, et il les ferma. Ce fut à ce moment-là que Rhys planta l'aiguille dans son cou.

Un camion de pompiers remonta la rue à toute allure et s'éloigna dans la direction opposée.

Kendra regarda dans le rétroviseur.

— Je vois la fumée, dit-elle.

Jason perdit connaissance presque instantanément et s'affaissa sur le siège. Rhys disposa le corps du jeune homme de manière à ce qu'on ne puisse pas le voir depuis l'extérieur, puis il baissa sa vitre pour aérer l'habitacle.

Kendra enclencha la marche avant et s'écarta lentement du trottoir. Elle avait déjà consulté son appli GPS pour pouvoir quitter la ville le plus rapidement possible. Ils avaient trouvé un site d'élimination à une quinzaine de kilomètres de Lewiston.

Elle jeta un autre coup d'œil dans son rétroviseur, non pour observer la fumée ou voir si Jason était déjà mort, mais pour regarder Rhys. La tête penchée au-dehors, il avait le nez au vent, comme un chien qui profite de toutes les odeurs que le monde a à à offrir.

La maison que Jason partageait avec ses amis fut réduite en cendres. Une fuite de gaz, suivie d'une explosion. Ses trois colocataires survécurent, même si l'un d'eux passa deux semaines à l'hôpital avec de graves brûlures sur les bras et le torse.

Comme Jason avait l'habitude d'aller courir le matin, le fait qu'il manque à l'appel avait conduit les autorités à penser qu'il était peut-être présent dans la maison au moment de l'explosion, et à présent carbonisé. On continuait à fouiller les décombres et, tant qu'on ne retrouvait rien, la question de savoir où il était passé restait ouverte.

Une semaine plus tard, dans ce que l'on considéra comme une coïncidence tragique, la maison de la famille de Jason, à Baltimore, disparut dans un autre incendie. L'accident fut attribué à une défaillance électrique.

18

Providence, Rhode Island

D'habitude, c'était le soir que Chloé travaillait au Paradise Diner, mais ce jour-là elle remplaçait une des autres filles, malade – d'après Chloé, sa collègue était enceinte et ressentait les premiers symptômes. Elle avait donc démarré à 7 heures du matin et allait travailler pendant le coup de feu du petit déjeuner, soufflerait un peu entre 9 heures et 11 h 30, puis elle ferait de son mieux pour survivre à la folie du déjeuner. Avec un peu de chance, elle pourrait raccrocher son tablier et sortir par la porte de service peu après 13 heures.

Il n'y avait donc pas trop d'affluence quand, vers 10 heures, jetant un coup d'œil par la fenêtre, elle vit la limousine noire entrer dans le parking. Elle se fit la réflexion qu'il n'y avait pas beaucoup de limousines qui s'arrêtaient au Paradise, avant de s'en désintéresser pour aller débarrasser quelques tables.

Quelques secondes plus tard, le carillon de la porte tinta. Un type entra et regarda autour de lui, comme s'il attendait qu'on l'installe à une table.

— Où vous voulez, lui lança Chloé.

Il hocha la tête et se glissa dans l'un des box situés près de la fenêtre. S'il y avait eu plus de monde, Chloé l'aurait peut-être guidé vers un tabouret au comptoir, ou bien une table pour deux, mais à cette heure de la journée, s'il voulait un box pour lui tout seul, ce n'était pas un souci.

Il n'avait pas vraiment l'air de quelqu'un qui se fait conduire en limousine. Mais bon, qu'est-ce qu'elle savait de ces gens-là ? Le type en question correspondait plutôt à l'idée qu'elle se faisait du « prof décontracté ». Jean, chemise à col boutonné et une veste qui, vingt ans plus tôt, aurait eu des renforts aux coudes.

Le Paradise ne visait pas exactement une clientèle haut de gamme. Vous pouviez avoir trois œufs, des toasts et des frites maison, avec bacon, jambon ou saucisse, pour six dollars quatre-vingt-dix-neuf, et le café était compris. Au déjeuner, le sandwich bacon-salade-tomate était proposé à cinq dollars quatre-vingt-dix-neuf, plus deux dollars si vous vouliez une portion de frites. La plupart des gens qui venaient manger ici arrivaient en pick-up, certains équipés d'une paire de faux testicules qui pendait sous leur pare-chocs arrière.

Qui se pointait ici en limousine ?

D'accord, ce n'était peut-être pas une vraie limousine. Elle ne mesurait pas la moitié d'un pâté de maisons et les vitres n'étaient pas toutes fumées. Chloé pouvait voir le conducteur, au moins. Une femme corpulente, le nez sur son téléphone. C'était plutôt le genre de voiture qu'utilisaient des gens qui n'avaient pas à demander à leurs amis de les conduire à l'aéroport.

Elle s'approcha de l'homme, qui parcourait le menu qu'il avait pris entre le distributeur de serviettes en papier et une bouteille de ketchup.

— Café ?

— Euh, oui, dit-il en souriant.

Il semblait reluquer sa poitrine. Ce ne serait pas le premier. La moitié des hommes qu'elle servait ne regardaient jamais au-dessus de la ligne de son décolleté.

— Chloé ? dit-il.

Oh, d'accord, il lisait son badge. Après quoi, il la regarda dans les yeux.

— À votre service. Je vais chercher votre café.

Il semblait sur le point d'ajouter autre chose, mais elle avait déjà tourné les talons. Elle revint moins d'une minute plus tard avec un mug en céramique blanche.

— Si vous y mettez suffisamment de crème et de sucre, il est buvable. Vous avez choisi ?

— Comment sont les pancakes ?

— Plats.

L'homme gloussa.

— Exactement comme je les aime. Je vais prendre ça, avec du bacon en accompagnement.

— Très bien.

— Merci, Chloé.

Il avait un peu trop accentué son prénom, se dit-elle en s'éloignant. Comme s'il prenait plaisir à le prononcer. C'était bizarre, non ?

Elle pensa à Anthony Hopkins disant « Clarice ». Ouais, un peu comme ça. Faire résonner un nom comme s'il sortait d'une bouche d'égout.

Elle envoya la commande en cuisine, observa un instant une mère célibataire qui venait une fois par semaine avec son bambin pour un petit déjeuner tardif, puis débarrassa une autre table.

En attendant que les pancakes soient prêts, elle apporta à son client une bouteille de sirop d'érable et quelques portions individuelles de beurre supplémentaires. Avant qu'elle se retourne, il se racla la gorge pour attirer son attention.

— Vous avez une seconde ? demanda-t-il.

— Vous voulez changer votre commande ?

— Non. Je voulais juste vous demander si cela faisait longtemps que vous travailliez ici.

— Environ un an.

— Ça vous plaît ?

— Je suis ici en attendant qu'un grand réalisateur entre et me découvre. Je vais aller voir si vos...

Il tendit la main et la saisit par le bras avant qu'elle puisse s'éloigner.

— Attendez une seconde.

Elle fixa la main sur son bras et se dégagea rapidement.

— Bas les pattes, monsieur.

— Désolé. Mais je me demandais...

Ce mec lui foutait les jetons. *Balance-lui un mensonge pour le calmer.*

— Pour votre information, j'ai un copain, et même si je n'en avais pas, vous avez l'âge d'être mon père.

L'homme ricana.

— Ça, je n'en sais rien.

Chloé s'en alla avant qu'il ait pu ajouter un mot. Elle s'était déjà fait draguer – ça lui arrivait même tous les jours –, mais c'était généralement par des hommes plus proches de son âge. Bien sûr, il y avait aussi les vieux cochons, des types qui n'arriveraient sans doute pas à bander si vous leur frottiez vos seins sur le visage, mais que ça n'empêchait pas de vous pincer le cul.

Les autres serveuses, qui étaient dans le métier depuis plus longtemps, disaient qu'il y avait du mieux. Le message passait lentement, même chez les hommes des cavernes : on ne pouvait pas se comporter de la sorte.

Elle s'approcha discrètement de Vivian, qui tenait la caisse du Paradise depuis près de vingt ans.

— Tu as déjà vu ce type ? lui demanda-t-elle.

Vivian lui lança un regard.

— Possible. C'est peut-être un prof de Brown qui veut se mêler au petit peuple, ou bien on fait partie d'un projet de recherche.

— Tu as vu la bagnole noire garée devant ?

Vivian s'écarta de la caisse pour mieux voir.

— Hmm, dit-elle. Oublie le prof. Moi, je te dis que c'est un critique du guide Michelin. C'est le coup de chance qu'on attendait. Hé, tu n'as pas trouvé une carte de crédit l'autre jour ? Quelqu'un a téléphoné pour demander.

Chloé lui dit que non.

Les pancakes étaient prêts. Alors qu'elle se dirigeait vers la table, quelque chose attira son regard à l'extérieur. Le chauffeur était descendu de la limousine et ouvrait la portière arrière à quelqu'un. Alors peut-être que ce type n'était pas...

— Ça a l'air délicieux, dit celui-ci quand Chloé posa l'assiette devant lui.

— Je peux vous apporter autre chose ? Vous voulez encore du café ?

— Peut-être un peu plus tard, répondit-il en regardant dans son mug. Il m'en reste une demi-tasse. Mais dans quelques minutes, je veux bien.

— Bien sûr.

Derrière elle, elle entendit le carillon de la porte tinter de nouveau. L'homme inclina la tête en arrière, la regarda droit dans les yeux et dit :

— J'espère que je ne suis pas parti du mauvais pied tout à l'heure.

— Ne vous en faites pas pour ça.

— Je suis déjà venu ici, mais vous ne m'aviez pas servi. Je suis content que ce soit vous, cette fois.

C'est alors qu'il fit courir sa main sur le haut de sa cuisse.

— Bon sang ! glapit Chloé en faisant un bond en arrière.

Puis elle poussa un cri d'horreur en voyant ce qui était en train d'arriver au visage de l'homme, qui semblait exploser, pisser le sang.

Sauf que ce n'était pas du sang. C'était du ketchup, qui jaillissait d'un flacon souple pressé par un autre homme qui semblait être sorti de nulle part.

— C'est quoi, ce bordel ? s'écria l'homme dans le box en essuyant ses yeux.

Chloé se retourna brusquement pour tomber sur le type qu'elle venait de voir descendre de la limousine. Il tenait la bouteille de ketchup, prêt à s'en resservir si nécessaire. Il y avait quelque chose de pas tout à fait normal chez lui. Il dodelinait légèrement de la tête, comme s'il souffrait d'une sorte de handicap.

— Foutez-lui la paix, dit-il.

— Sortez, ajouta Chloé.

L'autre prit un paquet de serviettes en papier dans le distributeur chromé et s'essuya la figure tout en poussant ses fesses jusqu'à l'extrémité de la banquette pour s'extraire du box. Il avait l'air prêt à en découdre, mais il aperçut Vivian, qui venait vers eux avec une poêle à frire en fonte à la main. Elle la brandissait comme si elle ne pesait pas plus qu'un ballon de baudruche.

Levant les mains en signe d'apaisement, les serviettes en papier tachées de ketchup serrées dans ses poings, il dit :

— C'est bon, c'est bon, j'y vais.

Une fois la porte franchie, il prit tout de suite à gauche, monta dans une Civic garée un peu plus loin et s'éloigna.

Chloé, secouée, prit la bouteille de ketchup des mains de l'autre homme et la reposa sur la table où il l'avait trouvée.

— Merci, dit-elle.

— Il n'y a pas de quoi.

— Mais qui êtes-vous ?

L'homme hésita avant de répondre.

— Je m'appelle Miles, lâcha-t-il, et je crois que je suis ton père.

19

New Rochelle, État de New York

Quelque chose ne tournait pas rond chez le Dr Martin Gold. Son assistante, Julie Harkin, avait remarqué qu'il se comportait bizarrement depuis plusieurs jours. Il arrivait tard au cabinet, repartait tôt. Il annulait des rendez-vous presque sans préavis, mais ne quittait pas les locaux. Il restait assis à son bureau, les yeux rivés sur son écran d'ordinateur.

Julie savait qu'il buvait davantage. Elle le soupçonnait de garder une bouteille dans son bureau, car plus d'une fois, quand il venait lui poser une question ou lui donner un document à classer, son haleine sentait l'alcool. Et il avait les yeux vitreux. Un matin, il était arrivé en puant carrément, comme s'il avait remplacé le café par des shots de vodka pour accompagner son bacon et ses œufs.

Gold avait toujours aimé boire mais, pendant toutes les années où Julie avait travaillé à ses côtés, elle ne l'avait jamais vu dans cet état. Heureusement qu'il n'était pas chirurgien, se disait-elle. Personne n'aurait voulu se faire charcuter par ce type.

Au début, elle avait craint que ce comportement erratique ait quelque chose à voir avec elle.

Il avait peut-être compris ce qu'elle avait fait.

Les premiers jours, après qu'elle avait remis les fichiers à cette Heather, la femme qui l'avait abordée dans le café avec cinquante mille dollars en liquide dans son sac, Julie s'était sentie terrifiée à l'idée d'être découverte. Elle avait pris des précautions, pensait avoir couvert ses traces. Un jour, pendant que Gold déjeunait avec un ami, elle avait trouvé dans son bureau la clé du box de stockage situé à quelques rues de là, où la clinique entreposait tous les dossiers papier des décennies passées. Elle connaissait également le code du pavé numérique qui donnait accès à l'entrepôt – 1825, soit la longueur du pont de Brooklyn, en mètres. Le soir même, elle s'était rendue à l'entrepôt, avait tapé le code, puis cherché le box de Gold. Il n'y avait pas d'interrupteur. Tout l'éclairage était commandé par un détecteur de mouvements. Elle avait ouvert le box avec la clé et remonté le rideau.

Les informations que Heather convoitait se trouvaient très probablement dans une des nombreuses boîtes à archives en carton. La période qui l'intéressait se situait environ un an avant que la clinique ReproGold abandonne le papier au profit des dossiers informatisés.

Le box était à moitié plein, et pas seulement de boîtes de dossiers. À peu près cinq ans auparavant, Gold avait rénové le cabinet et acheté de nouveaux meubles pour la salle d'attente. Plutôt que de jeter l'ancien mobilier, il l'avait entreposé là, pensant probablement le vendre un jour.

Elle avait trouvé les dossiers qui concernaient Miles Cookson et les femmes qui avaient bénéficié de sa contribution, les avait glissés dans son sac et était rentrée chez elle, où elle avait aussitôt fait des doubles sur sa photocopieuse personnelle. Après quoi, elle avait repris sa voiture et remis les dossiers à leur place dans leurs cartons respectifs.

Ce fut en quittant le garde-meubles la seconde fois qu'elle avait remarqué les caméras de surveillance.

Bien sûr qu'il y avait des caméras de surveillance. Comment avait-elle pu ne pas y penser ? La société de stockage en avait installé dans chaque couloir, à chaque entrée et sortie. Ses deux visites avaient donc été enregistrées, surveillées. Sauvegardées. Le lendemain, elle était retournée au café pour remettre à Heather une épaisse enveloppe contenant les documents photocopiés.

« J'ai peur, avait-elle dit en lui parlant des caméras.

— Ne vous inquiétez pas, avait répondu Heather. Tant que le Dr Gold ignore ce que vous avez fait, il n'a aucune raison de demander à la direction du garde-meubles de visionner les enregistrements vidéo. La plupart des entreprises conservent les images entre deux semaines et un mois. Tout va bien se passer. Je suppose que vous avez tout laissé comme vous l'avez trouvé ?

— Oui.

— Alors je suis sûre que tout ira bien. »

Facile à dire. Ce n'était pas elle qui fauchait des trucs dans le dos de son patron. Mais comme les jours passaient et qu'on ne l'accusait de rien, Julie était de plus en plus convaincue qu'elle allait s'en tirer.

Elle avait caché l'argent au fond du placard de sa salle de bains, derrière les serviettes et la réserve de rouleaux de papier toilette. Elle avait repris contact avec les différents entrepreneurs qui avaient cessé de travailler chez elle quand elle n'avait plus eu les moyens de les payer.

« Est-ce que vous pouvez revenir ? Et est-ce vous acceptez l'argent liquide ? »

La réponse était oui.

Elle n'avait pas parlé de la reprise des travaux au Dr Gold. Elle ne voulait pas susciter la moindre question sur la façon dont elle s'était procuré l'argent. Elle était de plus en plus certaine qu'il ne la soupçonnait pas, ni elle ni personne, d'avoir pénétré dans le box de stockage.

C'était donc quelque chose d'autre qui le perturbait.

— Docteur Gold, est-ce que tout va bien ? finit-elle par lui demander.

Il était presque midi et son patron venait d'annoncer, sans crier gare, qu'il ne reviendrait pas après le déjeuner et qu'elle devait annuler ses rendez-vous de l'après-midi.

— Je vais très bien, répondit-il sans conviction. Faites-le, c'est tout.

Ces annulations furent mal reçues par les couples qui se donnaient tant de mal pour fonder, ou agrandir, leurs familles. Certains parmi eux, qui avaient désespérément besoin des services de la clinique, avaient pris leur rendez-vous des semaines auparavant. Ils avaient posé des jours de congé, ils venaient parfois de loin.

Gold semblait s'en moquer.

S'il ne se ressaisissait pas, l'avenir de la clinique serait compromis et Julie devrait se trouver un autre emploi.

Elle commençait à se dire qu'il lui faudrait peut-être renoncer une nouvelle fois à ses travaux. Elle allait probablement avoir besoin de ces cinquante mille dollars pour vivre.

20

Providence, Rhode Island

Miles avait passé un bon moment à l'arrière de la limousine avant de trouver le courage d'entrer dans le restaurant. À repasser dans sa tête ce qu'il allait dire. Il repensa à ses années lycée, aux papillons qui tourbillonnaient dans son ventre quand il essayait de trouver le courage d'inviter une fille au bal de fin d'année. Rétrospectivement, ce n'était rien comparé au fait d'annoncer à une jeune femme qu'elle était votre fille biologique.

Le trajet depuis New Haven avait pris un peu plus de deux heures, et Miles en avait passé la plus grande partie dans une contemplation silencieuse. Ce qui n'avait pas échappé à Charise, son chauffeur habituel.

« J'espère que vous pardonnerez cette intrusion, monsieur Cookson, avait-elle dit, mais vous m'avez l'air un peu préoccupé aujourd'hui. »

Il lui avait demandé un nombre incalculable de fois de l'appeler Miles, mais Charise était à cheval sur le protocole. Conduire quelqu'un, c'était porter une chemise blanche, une veste et une cravate, quelle que soit la température extérieure, ouvrir la portière pour ses passagers, s'adresser à eux de manière formelle, et n'accepter aucun appel personnel en présence de son employeur.

« Ouais, un peu préoccupé, avait-il répondu.

— Vous voulez écouter la radio ? (Son doigt était déjà prêt à allumer la station Sirius de son choix.) Les Beatles ?

— Non, ça ira. Le silence me convient. »

Il n'avait pas nécessairement voulu dire qu'elle devait la boucler, mais elle n'eut de toute façon pas besoin de s'adresser à lui pendant le reste du trajet.

Suivant la suggestion de Dorian, Miles commençait le processus avec Chloé Swanson. Beaucoup de choses allaient dépendre de cette rencontre. Si elle se passait bien, il se sentirait encouragé à entrer en contact avec les autres. Dans le cas contraire, il devrait peut-être tout repenser.

Il s'était décidé pour une approche progressive. Entrer au Paradise Diner, trouver un endroit où s'asseoir à l'écart des autres clients, commander une tasse de café, espérer que Chloé Swanson le serve et, le cas échéant, engager la conversation. Tenter de la cerner un peu avant de demander à lui parler en privé.

Il savait que Chloé prendrait son service le matin. Heather avait téléphoné au restaurant, en prétendant avoir égaré une carte de crédit. Peut-être que la serveuse qui s'était occupée d'elle, une certaine Chloé, l'avait trouvée ? On lui avait dit de passer dans la matinée, car Chloé remplaçait quelqu'un d'autre.

Et voilà, Miles allait rencontrer sa fille biologique.

Il prit une grande inspiration, descendit de la voiture, entra dans le restaurant et se retrouva au beau milieu d'une altercation entre Chloé et un client qui la harcelait.

Ce fut à ce moment-là que la maladie de Huntington se rappela à son bon souvenir. Une soudaine bouffée d'irritation, de colère. Il avait attrapé une bouteille de ketchup et aspergé le visage de cet enfoiré. Comme il aurait jeté de l'eau sur un chien en chaleur.

Ensuite, c'était sorti comme ça :

« Je m'appelle Miles et je pense que je suis ton père. »

Bon sang, tu parles d'une approche en douceur…

L'expression sur le visage de la jeune femme… Stupéfaction, ébahissement, sidération. Elle était restée plantée là, à le regarder fixement pendant plusieurs secondes, avant de lâcher un : « Quoi ?! »

Ce n'était plus la peine de mettre des gants à ce moment-là. Il avait craché le morceau, comme on dit.

— Ce n'est pas comme ça que j'avais prévu de l'annoncer. Je…

— Bon sang, dit-elle en considérant à présent la table couverte de ruisseaux de ketchup qui quadrillaient la pile de pancakes. Quel bazar !

— Je suis désolé. Je l'ai vu t'attraper et…

— Ouais, vous êtes un héros. Comme si je ne savais pas gérer les connards aux mains baladeuses.

Elle semblait ne pas avoir entendu, ou compris, ce qu'il venait de dire.

— Il y a un endroit où on pourrait discuter ? lui demanda-t-il.

Elle attrapa le torchon glissé dans la ceinture de son uniforme, entreprit d'essuyer le ketchup, constata qu'il y en avait aussi sur la banquette en vinyle et lâcha un « Merde ».

Suivie par Miles, elle prit l'assiette de nourriture intacte, ainsi que le mug de café, et alla déposer le tout sur une desserte couverte de vaisselle sale.

— Tu as entendu ce que j'ai dit ? demanda-t-il.

— Peu importe, ça n'avait aucun sens pour moi, répondit-elle avec dédain.

— C'est la vérité.

Chloé s'interrompit un moment.

— Sérieusement ? Eh bien, je n'ai pas de père. Je n'en ai jamais eu.

Elle prit un autre torchon et retourna essuyer la banquette.

— Je sais, dit Miles doucement. Tu as deux mamans. Gillian et Annette. Je suis désolé pour Annette. Je sais que tu l'as perdue quand tu étais très jeune.

Chloé arrêta de nettoyer, se retourna et le dévisagea.

— Vous me faites flipper. Qui êtes-vous à la fin ?

Il se présenta à nouveau.

— Miles. Miles Cookson. Je suis venu aujourd'hui de New Haven... pour te voir, dit-il d'une voix qui s'étranglait.

Chloé vacilla légèrement, comme prise de vertige.

— Assieds-toi donc, proposa Miles, et Chloé se glissa sur la banquette du box qu'elle venait d'essuyer.

Miles, maladroitement – une de ses jambes mit du temps à comprendre qu'il voulait s'asseoir –, s'installa en face d'elle.

Vivian, qui tenait toujours son poêlon à la main mais ne le brandissait plus de manière menaçante, s'approcha et demanda :

— Tout va bien, ma jolie ?

Chloé lui jeta un regard hébété.

— Euh… ça te dérange si je prends une pause ?

Vivian les regarda tour à tour et comprit qu'il se passait quelque chose, sans avoir la moindre idée de quoi il retournait.

— Bien sûr, dit-elle. Si tu as besoin de moi, tu n'as qu'à hurler.

— Je ne serais pas contre un café, dit Miles.

Vivian lui lança un regard signifiant que ce n'était pas à lui qu'elle s'était adressée.

— Ça marche, dit-elle avant de s'éloigner.

Miles sourit à Chloé et nota :

— Elle n'a pas l'air commode.

— Comment vous savez que j'existe ? lui demanda la jeune femme. Comment vous savez pour mes mères ?

— J'ai dû faire des recherches, dit Miles. Ou demander à des gens de les faire pour moi.

— Je ne comprends pas.

— Je sais que tu as des centaines de questions, et que c'est un gros morceau à digérer en quelques secondes, mais laisse-moi t'en poser une d'abord. Que sais-tu, qu'est-ce qu'on t'a dit, sur ton père biologique ?

— Rien. Ma mère est allée dans une clinique spécialisée. Elle est tombée enceinte. Je suis née. Fin de l'histoire.

— Tu as dû te poser la question.

Elle hocha lentement la tête.

— Je ne sais pas si je dois vous raconter ça.

— Je comprends. Si tu me le demandes, je partirai. Mais j'espère que tu ne le feras pas. Je suis honnête. Je suis bien celui que je prétends être. Je le jure.

— J'ai fait le test WhatsMyStory... et ça ne m'a pas relié à vous.

— Je ne leur ai jamais envoyé mon ADN. J'aurais pu, mais rien ne garantissait que j'obtiendrais ce que je cherche, vu le temps qui me reste.

— Qu'est-ce que ça veut dire ?

— J'y reviendrai. J'ai obtenu le nom de toutes les femmes inséminées avec mon sperme. Peu importe comment. À partir de là, j'ai pu connaître les noms des produits de ces dons.

— Produits ? Je suis un produit ?

Miles haussa les épaules.

— Je ne connais toujours pas le vocabulaire approprié.

Vivian revint avec du café et une poignée de dosettes de crème.

— Tout va bien ? demanda-t-elle en remarquant les yeux embués de Chloé.

La jeune fille attrapa une serviette en papier, se tamponna les paupières.

— Ça va, Viv.

— D'accord.

Quand elle fut repartie, Chloé demanda :

— Vous les avez tous trouvés ?

Miles acquiesça de la tête.

— Combien ?

— Neuf.

— Neuf ? Je croyais qu'ils pouvaient utiliser un don de sperme des dizaines et des dizaines de fois.

— Dans mon cas, je suppose qu'ils ne l'ont pas fait. J'ai été un peu surpris, moi aussi.

— Neuf, répéta-t-elle, plutôt pour elle-même.
J'en ai retrouvé un.

Miles haussa les sourcils.

— Ah bon ?

— Un demi-frère. Todd Cox.

— Oui, c'est un des noms de ma liste.

— Vous l'avez ? Je peux la voir ?

Miles baissa les yeux sur la table et secoua
la tête.

— Une fois que j'aurai retrouvé tout le monde,
que j'aurai eu l'occasion de leur parler, de voir ce
qu'ils pensent de tout ça, alors je pourrai prendre
des dispositions pour que vous vous rencontriez.
Vous rassembler tous. (Il esquissa un sourire.)
Je suppose que *réunion* ne serait pas le bon mot.
Une présentation.

— Ouais, d'accord. Mais ils pourraient être
disséminés un peu partout. N'importe où dans
le monde.

— Ce ne sera pas un obstacle pour moi.

— Pourquoi ? Vous êtes riche ou quoi ?

— Oui, dit-il sobrement.

— Ah, dit Chloé, qui désigna son environnement d'un geste de la main. Je suis en train
de gagner mon premier million ici. (Elle secoua
la tête d'un air stupéfait.) C'est tellement bizarre,
tout ça. Et oui, ça fait beaucoup à digérer. Vous
voilà, assis là. Je ne suis pas certaine d'y croire,
en fait.

— Pourquoi mentirais-je ?

— Je ne sais pas. Je ne dis pas que vous mentez,
mais j'ai un peu de mal à comprendre. Toute ma
vie, je me suis demandé qui était mon vrai père,
alors maintenant que vous êtes là je ne devrais pas
me sentir différente ? Ma vie est-elle changée ?

— Peut-être pas encore.

L'expression de la jeune femme se fit grave.

— Alors, pourquoi ?

— Pourquoi quoi ?

— Pourquoi êtes-vous ici ? Pourquoi m'avoir retrouvée ?

— Et toi, pourquoi as-tu pris contact avec WhatsMyStory ? Il y a des choses que *tu* voulais savoir.

— D'accord, mais je pense que, dans votre cas, il y a autre chose.

La partie difficile arrivait.

— J'ai fait des analyses récemment, dit-il.

— Des analyses ?

— J'avais remarqué des changements. Des problèmes musculaires. Des pertes de mémoire immédiate. Des mouvements involontaires.

— Vous avez l'air d'aller bien.

— Ce n'est que le début. Bref, on m'a fait passer des examens, pour voir ce qui n'allait pas…

À ce moment-là, il pensa : *Je ne peux pas lui dire*.

Si elle savait quoi que ce soit sur Huntington, elle comprendrait immédiatement qu'elle était à risque. Cette nouvelle lui ferait l'effet d'une bombe. Il ne pouvait pas lui annoncer cela aussi brutalement. Il valait mieux choisir une maladie qui présentait les mêmes symptômes, mais moins de probabilités d'être transmise.

— J'ai une SLA, dit-il. Parfois, on appelle ça la maladie de Charcot. C'est…

— Je sais ce que c'est. Je vais souvent rendre visite à mon grand-père dans sa maison de retraite. Il y a quelqu'un qui l'a. C'est une vraie saloperie.

Miles sourit.

— En effet. Donc, le compte à rebours est enclenché. Même si je ne sais pas à quelle vitesse il tourne. Je pense à... mon héritage. Je veux trouver les enfants que je laisserai derrière moi et dont je ne connaissais même pas l'existence.

— D'accord. (Cette fois, une larme s'échappa et roula sur sa joue.) Donc, après toutes ces années, en l'espace d'une heure, je découvre qui est mon père *et* que je vais le perdre.

— Eh bien, pas tout de suite.

— Et merde, dit Chloé en prenant une autre serviette pour essuyer la larme. Je suis désolée. Je réagis comme s'il ne s'agissait que de moi. C'est vous qui êtes malade.

Il y avait tellement plus à dire. Sur ce qu'il avait l'intention de leur donner, à elle et aux autres. Sur le fait qu'elle allait devenir très, très riche. Et, pour finir, sur la menace qui pesait sur sa santé.

Mais cela pouvait attendre.

Chloé renifla plusieurs fois, se ressaisit.

— Vous savez ce que je devrais faire ? dit-elle en essayant de sourire.

— Quoi donc ?

— Vous... te présenter à Todd. Je le connais. Je pourrais ouvrir la voie, le préparer.

Miles réfléchit.

— Il n'habite pas tout près.

— Ça ne fait rien. Et vous... tu pourrais renvoyer ton chauffeur. (Chloé sortit un téléphone de sa poche et le posa sur la table.) Ma Pacer est garée derrière.

— Une Pacer ? s'étonna Miles.

Elle lui lança un sourire.

— C'est un modèle break. La radio est cassée, et tous les panneaux en bois se sont décollés, mais elle roule. Ne sois pas si snob ! Qu'est-ce que tu as comme voiture ? Une putain de Porsche ?

Miles allait lui dire qu'il venait d'en faire cadeau, mais il se retint.

Chloé pianotait un SMS sur son téléphone.

— Todd me répond toujours tout de suite, dit-elle. Il est… particulier. Et sa mère… c'est quelque chose, ajouta-t-elle en riant. Enfin, comme si *moi*, j'étais normale. C'est elle qui est à fond dans ce truc de recherche d'ADN et qui a convaincu Todd de faire le test.

Chloé baissa de nouveau les yeux sur son téléphone.

— Tiens, c'est bizarre, il ne répond pas.

21

New Haven, Connecticut

Le lendemain du jour où Gilbert lui avait montré la liste, Caroline se trouvait à l'hôtel Omni, dans le quartier de l'université Yale. Elle était debout devant la fenêtre d'une des suites de luxe, avec vue sur le campus. Depuis cet étage élevé, elle pouvait voir la Sterling Memorial Library, les tours de la faculté de droit, l'arche de High Street. Du moins aurait-elle pu voir tout cela sans le carré Hermès en soie noire qui lui bandait les yeux, noué serré à l'arrière de sa tête.

Elle avait suivi les instructions à la lettre.

Elle devait se rendre à la réception de l'hôtel à 16 heures – pas une minute avant ni une minute après – et demander la clé de la chambre, qui l'attendrait.

Dans cette chambre, il y aurait une bouteille de champagne débouchée et tenue au frais, ainsi que deux flûtes. Elle devait en remplir une, la boire, se détendre.

La baignoire serait déjà remplie. Elle se déshabillerait et prendrait un bain relaxant. Elle était partagée sur cette partie du programme. Pensait-il qu'elle n'était pas assez *propre* ? Mais elle dut

admettre que l'eau était juste à la bonne température, et que *c'était* relaxant.

À 16 h 30, elle devait sortir du bain, se sécher,
puis enfiler les pièces de lingerie disposées à son
intention sur le lit. Elles venaient de chez Agent
Provocateur, Bordelle, et d'autres marques haut
de gamme qu'elle avait vues dans des magazines
mais n'avait jamais pensé pouvoir s'offrir.

Et le foulard.

Elle devait aller à la fenêtre, plier le foulard en
un bandeau de dix centimètres et le nouer autour
de sa tête.

Et puis elle devait attendre.

Cela pouvait durer moins d'une minute. Comme
dix. Quand elle entendrait la porte s'ouvrir et sentirait une présence dans la pièce, elle ne bougerait
pas. Il s'approcherait en silence, se déplaçant sur
la moquette aussi furtivement qu'un chat, jusqu'à
ce qu'elle sente son souffle dans son cou.

C'est là que les choses commenceraient à devenir vraiment intéressantes.

C'était leur rituel. C'était comme ça que Broderick aimait la trouver. Il avait été très explicite
sur ses désirs, dès la première fois, des mois plus
tôt. C'était environ une semaine après qu'il avait
usé de son pouvoir de persuasion sur le garagiste
qui refusait de réparer gracieusement la voiture
de Caroline.

Il avait paru normal à Caroline de lui témoigner
sa gratitude.

Elle avait fait des recherches dans les archives
du tribunal pour en savoir davantage sur son
compte, à commencer par son nom de famille.
Broderick Stiles, quarante-trois ans. Il y avait une
adresse, mais quand elle s'était rendue sur place

elle était tombée sur un terrain vague. Elle n'avait trouvé aucun numéro de téléphone, et il n'avait pas le moindre profil Facebook ou compte Twitter.

Elle retourna fréquemment au café où ils s'étaient rencontrés, en espérant tomber de nouveau sur lui. Elle essayait d'y être à la même heure que ce jour-là, mais au bout d'une semaine le découragement et l'overdose de caféine s'étaient fait sentir. Ce fut le huitième jour, au moment de régler son *latte*, qu'elle entendit une voix derrière elle :

« La voiture, elle marche bien ?

— Oh ! » s'était-elle exclamée en faisant volte-face.

Ils avaient pris la même table que la première fois.

« Je ne sais pas ce que vous leur avez dit, mais ils ont réparé la voiture et ils ont été très, très gentils.

— Ça me fait vraiment plaisir d'entendre ça.

— Expliquez-moi. »

Il avait souri.

« C'est vraiment important ? »

Le fait est qu'elle ne voulait pas savoir. C'était plus amusant d'imaginer ce qu'il avait pu dire, ou faire, pour ramener le garagiste à la raison.

Elle s'était penchée au-dessus de la table, leurs fronts se touchant presque.

« J'aimerais trouver un moyen de vous remercier.

— J'ai justement une idée. »

Le lendemain après-midi, elle se rendait pour la première fois à l'Omni. Une semaine plus tard, il y avait eu un autre rendez-vous, puis la semaine suivante. Et ainsi de suite.

Il arrivait que Broderick s'absente pour affaires, mais chaque fois qu'il était à New Haven il organisait un rendez-vous.

Ce n'était pas la première aventure de Caroline, mais c'était certainement la plus excitante. Au lit, Gilbert n'avait jamais été particulièrement imaginatif. Tout se faisait selon un ordre prédéfini. Un peu de temps ici, un peu de temps là, puis sauter à bord et accomplir son devoir. Que pouvait-on dire d'un homme qui gardait ses chaussettes pour faire l'amour ? Mais c'était plus profond que cela. Il n'était pas facile de s'enthousiasmer pour un homme que, d'une certaine manière, vous étiez incapable de respecter.

Il lui arrivait cependant de se demander si les activités de Broderick Stiles étaient dignes de respect. Elle lui trouvait des justifications. Il était une sorte de prestataire de services, et peut-être les services en question débordaient-ils les limites, techniquement parlant, de la légalité. Mais le monde devenait de plus en plus compliqué. Certains problèmes exigeaient des solutions non conventionnelles.

Et nom de nom, au lit, c'était tout autre chose.

Ce jour-là, moins de vingt-quatre heures après l'annonce de la maladie de Miles et de son projet de léguer sa fortune à une bande de rejetons biologiques qui n'avaient jamais reçu de lui ne serait-ce qu'une carte d'anniversaire, alors que Gilbert n'héritait de presque rien d'autre que sa Porsche, Caroline se demandait si elle pouvait y faire quelque chose.

Devait-elle en appeler directement à Miles ? Essayer de le faire changer d'avis ? Accepterait-il seulement de la rencontrer ? Peut-être lui dirait-elle combien elle regrettait d'avoir utilisé son nom pour se faire bien voir de ce cadre de Google ? Qu'elle n'était plus la même, qu'elle avait appris la leçon ?

Peut-être qu'elle pourrait lui rappeler quel bon frère Gilbert avait été pour lui. Le culpabiliser pour qu'il fasse le bon choix.

Non, Miles ne l'écouterait jamais. C'était un égoïste. Totalement égocentrique.

Mais elle avait une autre idée. Une idée « carrément barrée », pour reprendre l'une des expressions préférées de sa fille, Samantha. C'était une stratégie à long terme, et impossible à mener à bien seule. Cela pouvait déraper de nombreuses façons. Mais si cela fonctionnait... le retour sur investissement serait énorme.

Restait à voir ce que Broderick en penserait.

Cet après-midi-là, allongée sur le lit, et après que Broderick lui avait donné la permission d'enlever le bandeau de soie, elle se décida à aborder le sujet.

— Quand je t'ai rencontré, dit-elle, tu t'es décrit comme quelqu'un qui résout les problèmes.

— Et j'en ai résolu un pour toi.

— Effectivement.

Comme elle ne disait plus rien, il finit par demander :

— Tu as un nouveau problème ?

— Oui, mais c'est un peu plus compliqué que mes ennuis mécaniques.

22

Providence, Rhode Island

Une heure s'était écoulée, et Todd n'avait pas répondu aux SMS ni aux mails de Chloé. Elle avait fini par lui téléphoner, ce que les jeunes gens semblaient considérer comme un dernier recours, songea Miles.

Todd n'avait pas décroché, et Chloé lui avait laissé un message vocal : « Salut, crétin de demi-frère, appelle-moi dès que tu auras ce message parce que j'ai des nouvelles qui vont te faire halluciner. »

Et toujours aucun signe de vie.

— Il est peut-être occupé, suggéra Miles.

Chloé admit que c'était possible, mais elle n'était pas convaincue.

— Ce n'est pas son genre.

— Depuis combien de temps le connais-tu ?

— Pas très longtemps, c'est vrai. Mais il vit avec un téléphone à la main. (Elle réfléchit un moment.) Je suis d'avis d'y aller.

Miles était moins sûr.

— On risque de faire tout ce chemin et de ne pas le trouver chez lui.

— Tu as autre chose à faire ? demanda-t-elle en penchant la tête. Qu'est-ce que tu fais, d'ailleurs ?

— Je dirige une entreprise technologique.

— Et ça veut dire quoi ?

— Passe-moi ton téléphone.

— Quoi ?

— Donne-le-moi.

Avec une certaine réticence, elle le lui tendit au-dessus de la table. Il jeta un coup d'œil à toutes les applis. Les plus populaires étaient là. Facebook, Twitter, iTunes, Instagram, Waze, quelques jeux. Il glissa vers la deuxième page d'applis, sourit.

— Tu vois, celle-là ? dit-il en tapant sur l'icône.

Le mot SHOPSAW emplit l'écran.

— Ouais ?

— Tu prends une photo d'un vêtement que tu as vu sur quelqu'un, et l'appli te dit où tu peux l'acheter.

— Je sais comment ça marche.

— C'est une des nôtres.

— Tu te fous de moi. C'est ta boîte qui a *inventé* cette appli ?

Miles acquiesça de la tête.

— Putain ! dit-elle en reprenant le téléphone. Je suis impressionnée. Je m'en sers tout le temps. Je mitraille en douce les gens qui portent des trucs que j'aimerais pouvoir me payer. Ça vient toujours d'une boutique où je n'aurai jamais les moyens d'acheter. Attends.

Elle visa Miles avec son téléphone, tapota l'écran, le regarda.

— Tu as acheté ta veste chez Nordstrom ?

— Ouaip.

Chloé secoua la tête avec admiration.

— C'est comme ça que tu es devenu riche.

— Ouaip.

— Il y a des trucs urgents qui t'attendent au bureau, ou tu veux aller faire un tour chez Todd ?

— Pourquoi pas ? dit-il avec un haussement d'épaules. Charise peut nous emmener.

— Tu appelles ta voiture Charise ? Comme dans *Christine* ?

— Charise est mon chauffeur.

— Bien sûr. Écoute, ne le prends pas mal, mais je ne suis toujours pas certaine que tu es la personne que tu prétends être. Je ne tiens pas du tout à monter dans une voiture inconnue avec toi. Elle a probablement des portières qu'on ne peut pas ouvrir de l'intérieur et un genre de séparation en verre et, quand le conducteur appuie sur un bouton, un gaz anesthésiant remplit l'espace à l'arrière.

— Ça, c'est mon autre voiture, plaisanta Miles.

— Je vais dire à Vivian que je dois y aller. Je pose mon tablier et je vais chercher ma voiture.

— Ça te va si je demande à Charise de nous suivre ? Comme ça, elle pourra me ramener directement à la maison.

— Tu ne peux pas juste appeler ton hélico perso ?

— Ce serait plus facile qu'elle nous suive.

La jeune femme réfléchit un moment, lâcha un « OK », puis se glissa hors du box.

Miles informait Charise du changement de programme quand la Pacer de Chloé apparut, venant de l'arrière du *diner*. Ils l'entendirent avant de la voir. Une mini-symphonie de cliquetis, de gémissements et de grincements, doublée d'un grondement caverneux provenant d'un silencieux d'échappement percé.

— Vous allez monter là-dedans, monsieur ? s'enquit Charise.

— Apparemment.

— Voulez-vous que je conduise... Qu'est-ce que c'est que ça, monsieur Cookson ? On dirait un bocal à poissons rouges.

— Une Pacer.

— Voulez-vous que je la conduise, et que la jeune dame prenne cette voiture ? Vous seriez plus à l'aise.

— Non, ça ira, merci, répondit Miles en souriant.

Chloé arrêta sa voiture dans un crissement de freins, à côté de la limousine.

— Monte, dit-elle par la vitre baissée.

Charise, qui s'était livrée à une inspection visuelle du véhicule, n'avait pas l'air satisfaite.

— Cette chose a passé un contrôle technique ? interrogea Miles.

— Je suis une excellente conductrice, ça compense ses défauts, rétorqua Chloé. Je conduis depuis mes quatorze ans, légalement depuis mes seize ans. J'ai même conduit un fourgon de livraison quand j'avais dix-sept ans. C'était une camionnette FedEx, je l'avais prise pour faire une virée sans demander la permission, mais une fois au volant, ça a été du gâteau. Quand j'avais dix-neuf ans, ma mère a loué un camping-car et j'ai roulé jusqu'à Washington.

Miles passa côté passager, où il tomba sur la plus grande portière qu'il ait jamais vue. Il se rappela alors que la Pacer avait été conçue avec une porte plus longue du côté droit pour faciliter l'accès au siège arrière. La portière s'affaissa quand il l'ouvrit, comme si elle était trop lourde pour ses charnières.

— Il faut tirer vraiment fort pour la remettre en place, indiqua Chloé.

— C'est noté, dit Miles, qui saisit l'accoudoir à deux mains et tira de toutes ses forces.

— OK, c'est parti. Mais d'abord... tu as une pièce d'identité quelconque ? demanda-t-elle en sortant son téléphone.

— Hein ?

— Un permis de conduire ou autre ?

Miles cligna des yeux, sortit son portefeuille et en tira son permis. Chloé le prit dans une main et le photographia de l'autre.

— Qu'est-ce que tu...

— Une minute, demanda-t-elle en lui rendant le permis, puis elle tapota rapidement sur son téléphone, qui fit entendre un *whoosh*. Je l'ai envoyé par mail à Viv, au *diner*. Au cas où tu serais vraiment un étrangleur, violeur et tueur en série.

— J'ai compris.

— J'ai documenté toutes ces rencontres, tu sais, en rapport avec l'histoire de ma famille, mon passé. J'ai fait des vidéos de mon grand-père, et de Todd, et j'aurais dû nous enregistrer aussi.

— Ce n'est pas grave.

— Si, si, j'y tiens vraiment. C'est important. Tu filmes pendant que je conduis, OK ? Je ne peux pas vraiment faire les deux à la fois. Quand je parle, tu me filmes, et quand c'est toi, tu fais comme si tu prenais un selfie. Tu vas y arriver ?

— Je suppose. On va en profiter pour apprendre à un peu mieux se connaître ?

— Exactement.

Elle tourna le volant et appuya sur l'accélérateur, les roues arrière faisant voler quelques graviers. Elle jeta un coup d'œil dans le rétroviseur à la limousine noire qui suivait.

— J'espère que je n'ai pas écaillé sa peinture...

Miles préféra la laisser raconter son histoire d'abord, mais il n'était pas utile de tout enregistrer, puisqu'elle la connaissait déjà. Elle lui parla de la façon dont elle avait été élevée, du fait d'avoir eu deux mères, des moqueries et des insultes qu'elle avait subies de la part des autres enfants, ce qui n'avait pas été entièrement une mauvaise chose, parce qu'elle s'était endurcie et avait appris à se foutre de l'opinion des gens.

Elle lui parla des entretiens vidéo avec son grand-père.

— On ne sait pas combien de temps il lui reste, alors on veut en savoir le plus possible, tant qu'on peut.

— Je comprends.

Elle lui jeta un coup d'œil et fit la grimace.

— Désolée. Je n'aurais pas dû dire ça, ce n'était pas très délicat.

— Ça ne fait rien.

— Ma mère va être vénère.

— Pourquoi ?

— Elle pense que c'est une mauvaise idée.

— Tu lui as dit qu'on allait voir ton demi-frère ?

— Pas ça, mais l'idée de découvrir qui l'on est. Elle ne voulait pas que j'envoie mon ADN à WhatsMyStory. Ça l'a rendue furieuse. Et voilà que tu entres en contact avec moi à l'improviste. Ça pourrait la pousser à bout.

— Qu'est-ce qui te fait croire ça ?

— Elle se sent menacée. Ça fait longtemps qu'il n'y a qu'elle et moi. On vivait en vase clos, juste nous deux, tu comprends ? Le fait que je me découvre des demi-frères et des demi-sœurs, c'est comme si... C'est quoi, l'expression ? Comme s'ils allaient ouvrir une brèche dans les remparts ?

— Ouais.

— Putain, c'est quoi, un rempart ?

— Une muraille de château.

Elle hocha la tête, les yeux sur la route.

— OK, tourne le téléphone vers toi. C'est l'heure des vingt questions.

— Quoi ?

— Je vais te demander des trucs, voir si on a vraiment des choses en commun.

— D'accord, dit-il en tenant le téléphone braqué sur lui.

— Film préféré ?

Miles réfléchit un moment.

— J'en ai deux. *Le Parrain*, le deuxième épisode. *Fenêtre sur cour*.

— Fenêtre sur quoi ?

— *Fenêtre sur cour*. Un classique de Hitchcock.

— Le gros chauve ?

— C'est ça. Le gros chauve. Et toi ?

— *Lady Bird*.

— Jamais vu.

— Bon, c'est raté pour ce coup-là. Parfum de glace préféré ?

— Noix de pécan, répondit-il, et il vit instantanément la déception sur le visage de Chloé.

— Rocky road.

— Il y a des noix dans les deux, fit valoir Miles, mais la jeune femme n'avait pas l'air convaincue.

— Série préférée, continua-t-elle. De tous les temps.

— *The Wire* ?

— Oh, allez, c'est la réponse que sort tout le monde. Sois un peu original.

Miles dut réfléchir de nouveau.

— Peut-être *Six Feet Under*, sur cette famille qui dirige une entreprise de pompes funèbres. Encore que, vu le thème, je ne l'apprécierais peut-être pas autant aujourd'hui. Et toi ?

— Ne te moque pas.

— Je ne me moquerai pas, promit-il en la filmant.

— *Mister Rogers*. Il est mort quand je suis née, à peu près, alors la série a été arrêtée. Mais ma mère a trouvé des tonnes d'épisodes sur un marché aux puces que quelqu'un avait enregistrés sur cassettes vidéo. Tu te souviens des magnétoscopes ?

— Je m'en souviens, oui.

— J'avais donc une cinquantaine d'épisodes que je me passais en boucle quand j'étais petite. (Elle se mordit la lèvre inférieure pendant une seconde.) Je m'imaginais que c'était lui, mon père. Mais je parie que tu n'as même pas de cardigan, dit-elle en lui jetant un coup d'œil.

— Exact.

— Bon, je vais faire un dernier essai. Ton fast-food préféré.

— Pizza.

— Bon sang, dit Chloé en tapant du poing sur le volant. Tacos. (Elle secoua la tête et le regarda d'un air navré.) Impossible que tu sois mon père.

— Je suppose que ce n'est pas la peine de faire un test ADN. Je peux poser le téléphone maintenant ?

— Sûrement pas. Continue à filmer. Raconte-moi ton histoire.

Il lui confia qu'il avait grandi à Stamford. Son père, vendeur d'assurances, était alcoolique. Sa mère supportait la dépendance de son mari en prenant des médicaments. En dépit de leurs addictions, ils arrivaient à tenir, jour après jour, faisant de leur mieux pour donner l'illusion de former un couple heureux, alors qu'en réalité ils tenaient tout juste le coup. Pour Miles et son frère aîné, Gilbert, la vie à la maison revenait à marcher sur des œufs. Son père faisait régner une violence psychologique, et parfois physique. Quand Gilbert était parti à la fac, Miles, conscient qu'il ne pourrait pas survivre dans cette maison sans personne pour le protéger, était parti aussi. Pas officiellement, mais il était passé d'une maison d'ami à une autre jusqu'à la fin du lycée, avant de s'en aller pour de bon.

— Tes parents sont toujours en vie ?

— Non. Après nos départs, ils ont eu un accident de voiture.

— Ils te manquent ?

— Oui.

Cet aveu la surprit. Elle haussa les sourcils une seconde.

— Vraiment ? Toi et ton frère... Merde, je viens de réaliser que j'ai un oncle... Vous êtes proches ?

Miles réfléchit à la question.

— Nous l'avons été. Il travaille pour moi. Mais je pense que le moment est mal choisi de lui demander s'il se sent proche de moi. Mon bras fatigue à force de tenir ce téléphone.

— Serre les dents. C'est quoi, le problème avec ton frère ? Pourquoi il est en rogne contre toi ?

Était-il prêt à entrer dans le vif du sujet ? Expliquer comment il prévoyait de distribuer ses biens ? Il avait fait comprendre à Chloé qu'il était très riche, mais s'il lui était venu à l'esprit qu'une certaine somme d'argent pourrait lui revenir, elle n'en laissait rien paraître.

— C'est une longue histoire, dit-il finalement en posant le téléphone et en coupant la fonction vidéo.

Ils s'arrêtèrent dans un fast-food qui vendait des burgers – ils n'étaient passés devant aucun restaurant proposant des pizzas ou des tacos – et Miles invita Charise à se joindre à eux.

Celle-ci, une forte femme qui pesait plus de cent kilos, déclara qu'elle essayait de manger plus sainement, mais l'odeur de graisse fit fléchir ses bonnes résolutions.

Pendant qu'ils mangeaient tous les trois, Chloé, la bouche pleine de frites, dit à Charise :

— C'est mon premier repas de toute ma vie avec mon père.

— Oh ?

— Ça n'a pas l'air d'être le genre d'endroit où on sert du champagne, ajouta-t-elle.

— Je ne pense pas, approuva Miles. Plus tard, peut-être.

Charise regarda son patron de l'autre côté de la table, une interrogation muette sur le visage. Miles était sur le point de donner une brève explication, mais Chloé lui coupa la parole :

— Garde ça pour plus tard. Personne ne veut entendre le mot « sperme » pendant qu'il mange.

Ils reprirent la route vingt minutes plus tard et, au bout d'une heure environ, Chloé pointa le doigt devant elle et annonça :

— C'est là. Juste après la caserne de pompiers.

Elle ralentit, mit son clignotant et quitta la route principale pour s'engager sur une allée gravillonnée. Elle contourna un bosquet d'arbres, et le *trailer* apparut. Charise resta sur la route principale, se rangeant sur l'accotement en gravier pour attendre.

— C'est donc ici, dit Miles en promenant son regard d'un bout à l'autre du mobil-home.

— Je ne vois pas sa voiture, dit Chloé. Laisse-moi essayer de nouveau.

Elle sortit son téléphone, tapota l'écran, le colla à son oreille. Elle attendit plusieurs secondes avant de tomber sur la messagerie vocale.

— Hé, Todd, dit-elle. Je suis chez toi. Je ne sais pas où tu es, mais il faut que tu rappliques le plus vite possible. J'ai amené quelqu'un que tu dois rencontrer.

Elle termina l'appel et rangea le téléphone dans la poche avant de son jean.

— Je l'ai entendu à l'intérieur, dit Miles.

— Entendu quoi ?

— Quand tu as appelé, j'ai entendu un téléphone sonner dans le *trailer*.

23

Worcester, Massachusetts

Le plan était le suivant : une fois que Kendra Collins et Rhys Mills seraient arrivés à l'entreprise de pompes funèbres, à environ une heure de route de Springfield – l'une des maisons funéraires du pays avec lesquelles ils avaient un accord permanent pour l'élimination des corps –, ils fouilleraient le cadavre de Todd Cox, à la recherche d'un second téléphone portable, avant de le mettre sur le tapis roulant et de l'accompagner pour son dernier voyage à l'intérieur du crématorium. La facture Verizon aperçue sur la table de la cuisine du mobil-home indiquait l'existence d'un second téléphone et ils espéraient le trouver dans une poche de Todd.

Ils hissèrent la housse mortuaire sur une table, la dézippèrent, et Kendra, après avoir enfilé des gants en latex et bloqué sa respiration, fouilla les poches avant du jean du mort, sans résultat.

— Peut-être dans une poche arrière, suggéra Rhys en se détournant, le cœur au bord des lèvres.

— Aide-moi à le tourner sur le côté.

— Merde, souffla Rhys, qui retint sa respiration en faisant basculer le corps.

— Rien, dit-elle en retirant ses gants avec deux claquements conclusifs. Où est-ce qu'il aurait pu le mettre ?

Son partenaire secoua la tête en laissant le corps retomber sur le dos.

— Il est peut-être dans la housse, suggéra Kendra.

— Quoi ?

— Vas-y, cherche.

Il renvoya à sa partenaire un regard de dédain.

— Tu as déjà farfouillé là-dedans. Fais-le, toi.

— Je viens d'enlever mes gants. On va l'appeler, on l'entendra sonner s'il est là.

— Je n'ai pas de numéro pour un autre portable. Toi, si ?

— Non. Allez, insista-t-elle. Enfile une paire et essaye.

Elle savait que les fluides corporels – autres que le sang – le rebutaient, et la housse en était pleine.

Et puis merde.

Il enfila les gants et tâtonna à l'intérieur du sac, jusque dans les quatre coins, sous les jambes sans vie de Cox, autour de sa tête. Il retira ses mains, enleva les gants avec précaution.

— Rien.

— Fait chier.

— Ouais.

— Est-ce qu'il pourrait être dans un des sacs-poubelle ?

Les sacs qu'ils avaient sortis du *trailer* étaient toujours répartis entre leur fourgon et la Hyundai de Todd, garée à l'extérieur. Leur prochaine étape devait être une casse voisine, où la voiture, une fois compactée en cube, disparaîtrait à jamais.

— On l'aurait remarqué, non ? dit Rhys.

Kendra ferma brièvement les yeux, comme pour trouver une sorte d'inspiration divine.

— Je pense que oui, mais on doit vérifier.

— Si on laisse les sacs dans la bagnole pour que ça soit broyé avec le tout le reste, qu'est-ce que ça peut faire ?

— On ne saura jamais, objecta-t-elle. Et il faut qu'on sache. Le téléphone est important. C'est quelque chose qu'il a manipulé. Il y a plus de traces d'ADN là-dessus que sur n'importe quoi d'autre.

Il savait qu'elle avait raison.

À présent assurés que le téléphone n'était pas dans la housse mortuaire avec Todd, ils pouvaient au moins exécuter cette étape de leur mission. Ils déplacèrent la housse et son contenu devant la porte du four. Rhys l'alluma et, lorsque la température désirée fut atteinte, ils regardèrent le corps disparaître à l'intérieur du fourneau.

Après quoi, ils retournèrent à la Hyundai garée à l'arrière du funérarium et en sortirent tous les sacs.

— Il n'y a pas dix mille façons de procéder, dit Kendra.

Ils déversèrent tout sur le parking. Les chiffons de nettoyage, les vêtements, le linge de lit, l'ordinateur portable, les effets les plus personnels de Todd, comme sa brosse à dents et son peigne. Ils étalèrent les objets sur la chaussée. Ils trouvèrent le téléphone à clapet bon marché qui était sur la table de la cuisine du *trailer*, mais pas l'autre.

Plutôt que de remplir des sacs à nouveau, ils balancèrent tout, pêle-mêle, dans le coffre et sur la banquette arrière.

— On doit y retourner, dit Kendra.

Rhys s'adossa à la Hyundai et baissa la tête.

— Je suis claqué.

— Je sais. On se débarrasse de la voiture, on se prend un petit déj' et un shoot de caféine, et on y retourne.

Il hocha la tête d'un air las.

— Tu prends la voiture, je te suis.

À la casse, un certain « Harry » accepta volontiers de passer la voiture à la presse après que Rhys eut glissé mille dollars en coupures de vingt dans sa paume graisseuse. Ils attendirent de voir la Hyundai réduite à un modeste cube de métal et de plastique.

Ils trouvèrent un Denny's à proximité où ils commandèrent du café, une omelette végétarienne pour Kendra, un steak et des œufs pour Rhys.

— Tu sais, je travaille seul d'habitude, dit Rhys en sirotant sa première tasse.

— Pareil. Mais le client avait raison de penser que c'était un boulot pour deux.

— Ouais. Ça change.

— Alors, *Rhys*, tu as un vrai nom ?

— J'en ai un. Mais comment sais-tu que ce n'est pas Rhys ?

— Personne n'a envie de s'appeler Rhys. Si c'était ton nom, tu le changerais.

— Et Kendra ? On dirait que ça sort d'une pub Chanel.

— Soit, je ne suis pas Kendra et tu n'es pas Rhys.

Rhys leva son mug et sourit.

— À nous deux, qui que nous soyons.

Elle trinqua avec son mug, comme si c'était un verre à vin.

La serveuse arriva avec leurs commandes, et Kendra saisit sa fourchette avant même que l'assiette soit posée devant elle. Elle harponna quelques frites maison, les fourra dans sa bouche. Tout en mâchant, elle déclara :

— Elle est bizarre, cette mission.

— Cette mission ? Tu nous prends pour des agents secrets ?

Il coupa son steak pour vérifier qu'il était bien saignant, comme il l'avait demandé.

— Tout est une mission pour moi. Mais toi, tu ne te poses pas de questions ?

Il haussa les épaules et mastiqua.

— Je fais mon boulot, c'est tout.

— Cette liste... Pourquoi ces instructions spéciales concernant le nettoyage de la scène ? Les incendies ?

Rhys secoua lentement la tête.

— Je sais juste ce qu'il y a à savoir.

Ils mangèrent rapidement et reprirent bientôt le fourgon pour retourner au *trailer* de Todd, à l'extérieur de Springfield. Près d'une heure plus tard, à moins de deux kilomètres de leur destination, Kendra bâilla.

— J'aurais dû emporter un autre café, dit-elle.

— Tu as vu devant quoi on est passés il y a trois bornes environ ?

— Ouais.

— Alors tu me déposes, je cherche le téléphone, et toi, tu vas nous acheter deux autres cafés. Si je ne l'ai pas trouvé à ton retour, tu pourras m'aider.

Kendra approuva d'un hochement de tête. Elle aperçut l'allée devant elle.

— Ne t'embête pas à entrer la voiture. Laisse-moi là, dit Rhys.

Le fourgon ralentit et s'arrêta à l'extrémité de l'allée. Avant d'ouvrir la portière, Rhys sortit de la boîte à gants un Ruger équipé d'un silencieux et le glissa dans une poche intérieure profonde de sa veste.

— Tu t'attends à des ennuis ? demanda-t-elle.

Il sourit.

— Toujours prêt, comme disent les scouts. Prends-moi aussi un beignet s'ils en ont.

Il claqua la portière et commença à remonter l'allée pendant que Kendra attendait une brèche dans la circulation pour faire demi-tour.

Rhys s'approcha du mobil-home, monta les marches en parpaings et entra. L'endroit sentait encore l'eau de Javel. Il referma la porte derrière lui et se mit aussitôt à genoux pour regarder sous les chaises et le canapé du salon. Il se dirigea vers la cuisine et, avec la lampe de poche de son téléphone, inspecta les interstices entre la cuisinière, le réfrigérateur et les placards.

— Si j'étais un téléphone, où est-ce que je serais ? dit-il tout bas.

Il se releva le temps d'emprunter le couloir conduisant à la chambre du fond et se remit à quatre pattes.

C'est à ce moment-là qu'il entendit un véhicule approcher.

Il était trop tôt pour que Kendra revienne avec les cafés, et le moteur du fourgon était bien réglé et ne faisait pas ce bruit-là. L'engin qui descendait l'allée évoquait une vieille guimbarde. Bruits de ferraille, suspensions grinçantes, silencieux perforé.

Il s'avança discrètement vers la fenêtre la plus proche, se redressa sur ses genoux et risqua un coup d'œil à l'extérieur.

C'était un vieux clou produit par American Motors. Une Pacer. Une jeune femme était au volant, un type entre deux âges sur le siège passager.

— Merde.

Il s'écarta de la fenêtre et passa en revue ses options.

Le *trailer* avait une sorte de porte secondaire, mais placée du même côté que la porte d'entrée. Impossible de s'éclipser sans se faire repérer.

Il entendit les deux portières de la voiture claquer. Des voix. L'homme et la jeune femme se rapprochaient en bavardant.

Ensuite, à l'avant du *trailer*, une sonnerie de téléphone portable. *À l'intérieur*. Maintenant, il savait où chercher, mais il ne pouvait rien faire.

Il fallait qu'il se cache.

Où se planquait-on dans un mobil-home ?

Il pensait pouvoir se glisser sous le lit. Il avait vidé l'espace quelques heures auparavant. Il s'aplatit sur le plancher et se glissa doucement en dessous.

Non sans avoir préalablement sorti le Ruger de sa poche pour le tenir fermement dans sa main droite.

24

Springfield, Massachusetts

Chloé était devant le mobil-home, téléphone à la main.

— Quel abruti, dit-elle. Pas étonnant que je n'arrive pas à le joindre. Il est parti sans prendre son téléphone avec lui.

— Tu as dit qu'il ne le quittait jamais.

Elle haussa les épaules.

— Je ne le connais pas depuis si longtemps. Peut-être qu'il lui arrive d'avoir autre chose dans la main. Vous en savez quelque chose, n'est-ce pas, Monsieur le Donneur de Sperme ?

Miles lui lança un regard déçu.

— C'est une façon de parler à son père ?

Elle fit un pas en direction du *trailer*.

— S'il n'a pas fermé à clé, on va pouvoir l'attendre à l'intérieur.

— On ne peut pas entrer comme ça.

Chloé balaya l'objection d'un geste de la main.

— C'est la famille.

Elle gravit les marches en parpaings et essaya la porte.

— La voie est libre, dit-elle en entrant.

Miles la suivit. Une fois à l'intérieur, la jeune femme fit la grimace.

— Purée, c'est quoi, cette odeur ?

— Un désinfectant quelconque ? Peut-être de l'eau de Javel. Rappelle-le, je vais essayer de trouver son téléphone.

Chloé ressortit son portable et, quelques instants plus tard, ils entendirent une sonnerie à l'avant du *trailer*. Miles s'approcha d'un canapé, baissa les yeux et aperçut la tranche du téléphone coincée entre deux coussins.

— Il a dû tomber de sa poche, dit-il en prenant l'appareil. Il l'a peut-être cherché, mais il a laissé tomber parce qu'il devait aller quelque part. Il a reçu des SMS, et pas seulement de toi. Madeline ?

— Sa mère.

— Je ne peux pas y accéder. Tu connais son mot de passe ?

— Non.

Chloé était entrée dans la cuisine.

— Qu'est-ce que...

Elle tapota sur l'application photo de son portable, la régla sur vidéo.

— Il faut que je filme ça. C'est dingue. Je veux dire, regarde-moi ça.

— Quoi ? Tout a l'air en ordre.

— C'est bien le problème. C'est nickel !

— Todd est donc un maniaque de la propreté.

— Non, c'est tout le contraire.

Elle s'avança lentement jusqu'à l'évier, baissa les yeux.

— Je me vois dedans.

Miles se pencha, renifla le plan de travail.

— Ça sent l'eau de Javel. Todd a peut-être engagé la meilleure femme de ménage du monde.

— Il n'y a pas que ça, dit-elle en désignant la table de la cuisine d'un mouvement de tête. Où est son ordinateur portable ? Où sont ses affaires ? Je te le dis, il est complètement bordélique. Et le pire, c'est qu'il ne doit même pas s'en rendre compte. Il ne lui viendrait jamais à l'idée de ranger ou de faire venir une femme de ménage. (Elle réfléchit un moment.) Peut-être que c'est sa mère ? Elle était là l'autre jour, elle aura vu le bazar que c'était. Sauf qu'elle boitait. Je ne l'imagine pas faire tout ça sur un seul pied.

Elle se dirigea vers le couloir, le téléphone filmant toujours, tandis que Miles restait dans la cuisine. Contrairement à elle, il se sentait étranger dans cet endroit, comme un intrus, et il ne s'autorisait pas à fouiner. Parvenue au bout du couloir, Chloé se retourna et lui fit signe de la rejoindre, puis elle entra dans la salle de bains.

— Ouah ! s'exclama-t-elle en s'avançant pour mieux inspecter les lieux.

— Quoi ? demanda Miles derrière elle.

— On pourrait manger dans ces toilettes. Non pas que j'en aie l'intention.

La pièce n'était pas grande, mais suffisamment pour la cuvette des toilettes, de petits meubles encastrés avec des tiroirs et un lavabo, et une baignoire. Chloé ouvrit les portes des placards, puis chacun des tiroirs, qui étaient tous complètement vides et récurés à fond.

— T'y crois, toi ?

— Est-ce que Todd louait ce mobil-home ? demanda Miles.

— Pourquoi ?

— S'il a décidé de partir, de passer à autre chose, le propriétaire a pu faire un grand nettoyage.

Chloé secoua la tête.

— Il m'a dit que le mobil-home lui appartenait, qu'il l'avait fait transporter ici, mais qu'il louait le terrain à un type.

— Il comptait peut-être le vendre au propriétaire du terrain.

Sans cesser de filmer, Chloé passa devant lui pour entrer dans la chambre du fond. Elle ouvrit une série de portes pliantes qui révélèrent une grande penderie. À l'exception de quelques cintres en fil de fer, elle était vide.

— C'est dingue, dit-elle.

Elle s'intéressa ensuite à un ensemble de tiroirs encastrés qui couvraient le mur du fond. Comme elle voulait avoir les deux mains libres pour les ouvrir plus rapidement, elle interrompit l'enregistrement et rempocha son téléphone. Tous les tiroirs étaient vides.

— C'est pas possible.

Miles, pris de fatigue, se laissa tomber sur le matelas nu.

— Rien ? demanda-t-il.

— Pas même une chaussette trouée. (Chloé s'assit à côté de lui, passa la main sur la surface du matelas.) Il n'y a même pas de draps. Tu en penses quoi, toi ?

— On dirait qu'il a levé le camp.

— Tu crois ? demanda-t-elle, avant de secouer lentement la tête. Bon, d'accord, mettons que tu aies raison et qu'il ait décidé de se faire la malle. Pourquoi cet endroit est-il si propre ? Pourquoi serait-il parti sans me le dire ? Il n'y a rien qui va.

À moins que... ajouta-t-elle en se tournant brusquement vers lui.

— À moins que quoi ?

Elle hésita, comme si elle se demandait jusqu'où elle pouvait lui faire confiance.

— Je crois que Todd trempe dans un truc louche.

— De quel genre ?

— Il arnaque des vieux. J'ai essayé d'en savoir plus, mais il s'est fermé comme une huître. C'est un genre d'arnaque téléphonique qui consiste à appeler des vieux dans des maisons de retraite et les persuader d'acheter quelque chose ou de vous filer leur argent. Quelque chose comme ça.

— L'arnaque au virus informatique.

— La quoi ?

— C'est une escroquerie parmi tant d'autres. Tu appelles quelqu'un en racontant que tu travailles pour Microsoft ou Apple et que tu as détecté un virus sur son ordinateur, mais que tu peux lui envoyer un patch de réparation. Tout ce qu'il y a à faire, c'est fournir un numéro de carte de crédit ou envoyer de l'argent via Western Union.

— Je n'arrive pas à croire que des gens puissent profiter comme ça de petits vieux. Todd va le sentir passer si je découvre qu'il donne vraiment dans ce genre de saloperies.

— Si tu arrives à le trouver.

— Ouais, si je... Tu as entendu ?

— Entendu quoi ?

— Chut, dit-elle en posant l'index sur ses lèvres.

— Je pensais avoir entendu quelque chose. Dans le mur ou le plancher.

— Je n'ai entendu aucun...

— Tu veux bien la fermer une seconde ?

Miles obéit. L'un et l'autre cessèrent de respirer. Chloé finit par reprendre son souffle.

— C'était peut-être une souris, dit-elle.

— Je peux parler maintenant ?

— Bien sûr.

— Tu as fait allusion à la mère de Todd.

— Oui.

— Tu as un moyen de la contacter ?

— Juste là, dit-elle en désignant le portable dans la main de Miles.

— Je te l'ai dit. Il est protégé par mot de passe ou empreinte digitale.

— C'est toi, l'informaticien. Tu ne peux pas l'ouvrir ?

— Il y a quelques personnes au bureau qui en seraient capables, mais on pourrait simplement chercher son adresse sur Internet. Peut-être que sa mère sait où il est parti.

— Oui, je suppose. Je ne sais pas pourquoi...

Elle fut interrompue par un crissement de freins et un bruit de pneus qui ripaient sur la chaussée, comme si un conducteur tentait d'éviter une collision.

— Bon sang, c'était quoi ? demanda Miles.

— Ça venait de la route.

Charise, aux dernières nouvelles, était toujours garée au bout de l'allée.

— Allons-y, dit Miles, qui se leva d'un bond en laissant le téléphone de Todd sur le matelas.

Ils sortirent par la petite porte, à quelques pas de la chambre. En courant, ils passèrent devant la Pacer pour rejoindre la grand-route, mais Chloé prit vite l'avantage. Miles sentait une résistance dans ses jambes, comme si elles renâclaient à faire ce qu'on leur demandait.

Lorsqu'il atteignit la route, il la trouva avec Charise, auprès d'un fourgon qui avait piqué dans le fossé, à une vingtaine de mètres de la limousine à l'arrêt.

— J'ai failli le percuter ! s'écria la conductrice en sortant du véhicule.

— Tout va bien, madame ? lui demanda Charise tandis que la femme, laissant la portière ouverte côté conducteur, allait examiner l'avant de son véhicule.

— Vous avez failli percuter quoi ? demanda Chloé.

— Vous ne l'avez pas vu ? Un foutu cerf !

— Un cerf ? s'étonna Miles qui reprenait son souffle.

— Il est sorti de nulle part ! Il a traversé la route comme une flèche et a disparu dans les bois, là-bas ! J'étais à ça de tamponner cette saloperie ! s'écria-t-elle en espaçant son pouce et son index de quelques centimètres, avant de se tourner vers Charise. Vous avez dû le voir.

Charise fit non de la tête.

— Je regardais dans le rétroviseur quand je vous ai entendue piler. Vous avez failli m'emboutir. C'était bien manœuvré. Vous êtes sûre que ça va ?

— Oui, tout va bien.

La femme baissa les yeux et remarqua, apparemment pour la première fois, que son chemisier et son pantalon étaient mouillés.

— Voilà autre chose, dit-elle en même temps que deux gobelets en carton vides tombaient par la portière ouverte du fourgon et, poussés par le vent, disparaissaient sous le véhicule. Ce café

était carrément brûlant quand il m'est tombé dessus et maintenant il refroidit.

Elle frotta ses vêtements, comme si cela pouvait
faire disparaître le café renversé.

— Où allez-vous ? demanda Miles.

La femme le regarda pour la première fois, cligna des yeux et répondit :

— Je vais voir ma sœur à Rochester.

— Vos roues arrière touchent encore le gravier, indiqua Charise. Je suis sûre que, en faisant
attention, vous arriverez à reculer. On n'aura pas
besoin de vous remorquer.

— On va essayer, dit-elle en remontant dans
le fourgon.

Elle enclencha la marche arrière, appuya tout
doucement sur l'accélérateur pour ne pas patiner
et ramena lentement la camionnette sur le plat.

— Bien joué, dit Charise.

Par la fenêtre ouverte du conducteur, la femme
lança :

— Désolée pour le stress. Si vous voyez ce cerf,
dites-lui ses quatre vérités de ma part.

Elle manœuvra sur la chaussée et s'en alla. Charise suivit le fourgon du regard jusqu'à ce qu'il
disparaisse.

— Mouais, marmonna-t-elle.

— Quoi ? demanda Miles.

— Rien, monsieur... Vous voudrez que je vous
ramène bientôt, monsieur Cookson ?

— Je ne sais pas trop.

Chloé répondit à son regard par un haussement
d'épaules.

— Tu ferais aussi bien de rentrer, je suppose.
Je peux essayer de joindre la mère de Todd, je te
ferai savoir ce que ça donne.

— Laisse-moi aller chercher son téléphone, dit Miles. J'ai peut-être quelqu'un qui saura le pirater.

Chloé et lui redescendirent l'allée et gravirent les marches en parpaings conduisant à la porte d'entrée. Ensemble, ils allèrent jusqu'à la chambre du fond.

— Où est-il ? demanda Miles devant le matelas nu.

— Le téléphone ?

— Je l'avais laissé juste là.

— Il a peut-être glissé. On est un peu partis dans la précipitation. Il a pu tomber par terre.

Chloé se mit à genoux pour regarder sous le lit.

— Rien ici, annonça-t-elle avant de se relever. Tu es sûr que tu ne l'avais pas à la main ?

Il secoua la tête, catégorique.

— Non, je veux dire oui, je suis sûr... Une minute.

Il tapota ses poches au cas où il y aurait glissé le téléphone par mégarde. Mais il ne trouva rien.

— Non, je l'ai laissé sur le lit. J'en suis certain.

— Tu l'avais peut-être dans la main et tu l'as fait tomber quand on a couru jusqu'à la route.

— Non, affirma-t-il avec certitude. Il était juste ici.

— Eh bien, dit Chloé, il ne lui est pas poussé des jambes et il n'est pas sorti tout seul, à moins que tu aies conçu une application pour ça.

Miles fut envahi par un sentiment de malaise.

— C'était peut-être ta souris, dit-il.

Chloé le regarda d'un air sceptique et secoua la tête.

— Il doit bien être *quelque part*.

Elle se mit de nouveau à genoux pour vérifier une nouvelle fois sous le lit.

— Non, rien.

Le téléphone portable de Miles sonna. Il le sortit de sa poche, regarda l'écran.

— C'est Charise. Oui, Charise ?

— Monsieur Cookson, il y a quelque chose de pas net. Ce n'est probablement rien, mais voilà : je n'ai vu aucun cerf, moi.

— D'accord.

— Et cette femme... Elle a dit qu'elle allait voir sa sœur à Rochester.

— Oui, je me rappelle.

— Elle a quelques heures de route devant elle. C'est un peu tôt pour lui acheter un café.

Miles secoua la tête. Il ne comprenait pas.

— Qu'est-ce que vous dites, Charise ?

— Que fabriquait-elle avec *deux* gobelets de café ? Bien sûr, on peut prévoir une réserve en vue d'un long trajet, mais ça m'étonne quand même.

25

70ᵉ Rue Est, Manhattan

On frappa à la porte de la chambre de Nicky.

Elle était assise en tailleur sur son lit, en pyjama, et jouait distraitement à *Angry Birds* sur un iPad. Il n'y avait pas grand-chose d'autre à faire vu que le Wi-Fi était désactivé dans cette partie de la maison. Comme si la chambre était enveloppée de plomb ou quelque chose comme ça. Il y avait une fenêtre, mais petite, environ soixante centimètres de côté, et elle ne donnait que sur la ruelle. À environ un mètre cinquante d'un mur de brique.

On lui avait confisqué son téléphone, si bien qu'elle n'avait pu envoyer aucun SMS depuis qu'on l'avait enfermée ici, presque une semaine plus tôt. Pas d'appels non plus, et elle ne pouvait envoyer ni recevoir d'e-mails. Ça faisait bizarre d'être coupée du monde extérieur.

Elle ne pouvait même pas demander à aller aux toilettes pour s'échapper de temps en temps. Cette suite pour invités disposait de sa propre salle de bains, et quelle salle de bains ! Tout en marbre. Une énorme baignoire à remous et une douche à l'italienne. Un truc à côté des toilettes qui vous envoyait un jet d'eau sur le fessier. Et on lui apportait à manger trois fois par jour. Il fallait reconnaître une chose : la bouffe était fantastique. Des gens très talentueux travaillaient pour Jeremy Pritkin dans les cuisines du sous-sol. Le chef avait été débauché d'un Four Seasons, disait-on. Et la chambre elle-même était plus que correcte. Un lit king size, une moquette épaisse très agréable à fouler les pieds nus, un écran plat qui diffusait environ deux cents chaînes. Quitte à être assignée à résidence, c'était la bonne adresse.

Quand on frappa, elle ne se donna pas la peine de se lever. Elle ne pouvait pas ouvrir la porte de l'intérieur. Alors elle cria : « Entrez ! »

Elle entendit le verrou tourner, puis la porte s'ouvrir en grand. C'était Roberta Bennington, l'assistante de Jeremy. Plutôt canon pour quelqu'un qui approchait la cinquantaine. Cheveux noirs, tout en courbes, et presque un mètre quatre-vingts avec ses talons de dix centimètres. Apparemment, cela faisait quinze ans qu'elle travaillait pour Jeremy, et c'était la première personne que Nicky avait rencontrée quand elle avait été attirée ici par la connaissance de son amie de Brooklyn.

Roberta avait présenté le fait de fréquenter la résidence de Jeremy comme une chance unique. Nicky allait prendre part à « l'expérience Pritkin ». Elle allait gagner beaucoup d'argent en côtoyant des stars de cinéma, des personnalités influentes, de gens importants de tous milieux, et la personne la plus importante de toutes, bien sûr : Jeremy. Avec une équipe d'autres jeunes filles, elle contribuerait à faire d'une visite de la *brownstone* une expérience inoubliable. « Pense aux avantages ! Aux choses que tu vas apprendre ! » Ces gens étaient susceptibles de booster leur carrière, de les faire entrer dans les meilleures écoles, de leur trouver des stages dans certaines des entreprises les plus prospères du pays.

Jusqu'ici, les choses n'avaient pas exactement tourné de cette façon pour Nicky.

Oh ! ça, elle avait gagné pas mal d'argent, ça ne faisait aucun doute. Et c'était tombé au bon moment, quand elle n'avait presque plus un sou. Il ne fallait pas compter sur sa mère et son nouveau petit copain pour faire un virement sur son compte. Et elle avait appris ici une chose très importante, particulièrement essentielle pour Jeremy Pritkin : un massage digne de ce nom comportait forcément une « finition ».

— Comment allons-nous, aujourd'hui ? demanda Roberta.

Derrière elle, sur le palier du premier étage, se tenait un des agents de sécurité de Jeremy. Massif, bien habillé, on aurait dit un réfrigérateur en costume-cravate. Nicky savait qu'il était là au cas où elle essayerait de s'enfuir quand la porte s'ouvrait. Elle le savait parce qu'elle avait tenté sa chance, une fois. Le type l'avait attrapée, portée jusqu'à la chambre et jetée à l'intérieur comme un chiot désobéissant.

Roberta portait un petit plateau.

— Regarde ce que nous avons là, dit-elle. C'est le meilleur des déjeuners. Nous avons organisé un petit dîner hier soir pour l'ambassadeur péruvien, et il restait du bœuf Wellington et une part de gâteau au chocolat et aux amandes à tomber par terre.

Roberta posa le tout sur le bureau, dans l'angle. Puis elle tira une chaise, invitant Nicky à sortir du lit pour venir s'asseoir.

— Je n'ai pas faim tout de suite, dit-elle.

— Je vois, dit Roberta d'un ton vexé. Antoine s'est donné beaucoup de mal pour te préparer ça.

— Je mangerai tout à l'heure.

Roberta plaqua un sourire sur son visage et prit place dans le somptueux fauteuil en cuir qui faisait face au lit.

— Tu n'as pas répondu à ma question.

— Quelle question ?

— Comment allons-nous aujourd'hui ?

— Je veux partir, répondit Nicky, impassible. Je veux retourner au lycée.

— Bien sûr, dit Roberta, presque joyeusement.

— Combien de temps va durer ma punition ? Être envoyé dans sa chambre, OK, mais là, ça devient ridicule.

— Je comprends tout à fait. Je te promets d'en toucher un mot à M. Pritkin qui estimera si, oui ou non, tu as retenu la leçon.

— Je vous assure que oui.

— C'est bien. Ça fait plaisir à entendre.

— Il est toujours en colère contre moi ?

— Oh, Nicky, je ne dirais pas qu'il est en colère. Malheureux, oui. Déçu, certainement. Mais pas en colère.

— Je ne l'ai pas vu depuis que c'est arrivé.

— Il est très occupé. Tu l'as regardé hier soir sur CNN ?

— J'ai manqué ça.

— Il parlait à Chris Cuomo des projets d'infrastructure du gouvernement. Jeremy connaît bien le sujet. On n'en fait pas assez.

— Si vous le dites. Écoutez, si je pouvais lui parler une minute, lui répéter que je n'ai rien entendu, vous pourriez me laisser partir ?

— Je ne manquerai pas de transmettre le message. Mais tu comprendras que le fait de se cacher dans son bureau, l'espionner, si peu de temps après avoir songé à parler à... d'autres... de notre vie entre ces murs...

— Je n'espionnais pas.

— C'est pourtant l'impression que tu donnais, Nicky. Et les apparences disent tout. M. Pritkin est un homme remarquable et puissant, il n'apprécie pas que l'on tente de lui nuire.

— Je vous jure, je ne pensais pas à mal, assura Nicky tandis que ses épaules s'affaissaient. Vous envoyez toujours des SMS au lycée et à mes amis en vous faisant passer pour moi ?

— Ils t'adressent tous leurs meilleurs vœux. Tout le monde souhaite que tu te reposes. C'est ce qu'on recommande en cas de mononucléose. Ils savent que la convalescence peut durer plusieurs semaines et ne s'inquiètent donc pas de ton absence. J'ai parlé directement à l'administration de l'école. Tout est sous contrôle. En attendant, nous essayons de te rendre les choses aussi agréables que possible.

— C'est une séquestration.

— Ne sois pas ridicule. Tu es malade. On s'occupe de toi.

Nicky sentit monter les larmes, mais elle les ravala. Elle ne pleurerait pas devant cette femme.

Roberta se leva et se dirigea vers la porte.

— J'enverrai quelqu'un chercher le plateau plus tard, dit-elle. Tu devrais vraiment goûter. Ce serait dommage de gâcher ça. Cela ne te dérange pas si je dis à Antoine que tu t'es régalée ? Parce qu'il va me poser la question.

— Bien sûr que non, dit Nicky. Je ne voudrais vexer personne.

Roberta lui fit un grand sourire.

— À la bonne heure.

Elle frappa deux coups rapides à la porte et, quelques secondes plus tard, le vigile vint lui ouvrir.

— Roberta ! appela Nicky.

Elle s'arrêta.

— Oui, ma petite ?

— C'est quoi, le plan ? Je veux dire, vous ne pourrez pas me garder prisonnière ici éternellement.

— Non, en effet. Je ne pense pas qu'on puisse.

26

Paris, France

Bonnie Trumble mit un certain temps pour comprendre où elle devait se rendre afin de signaler une disparition.

Elle résidait dans le 3e arrondissement, dans le quartier du Marais, tout près du musée Picasso. Sa meilleure amie et elle avaient trouvé une location sur AirBnb. Elles avaient économisé pendant trois ans pour pouvoir passer deux mois ici. Quand on avait grandi à Lackawanna, à la sortie de Buffalo, il était difficile d'imaginer destination plus exotique que Paris, même si, vu de Lackawanna, de nombreuses villes auraient fait l'affaire. Depuis qu'elles étaient devenues de grandes amies, pendant leur première année de lycée, elles parlaient d'aller un jour dans la Ville lumière.

À la fin du lycée, au lieu d'aller directement à la fac – l'option évidemment défendue par leurs parents –, elles s'étaient dit que c'était l'occasion ou jamais. Elles allaient louer un appartement au cœur de Paris et y passer deux mois. S'imprégner des lieux, vivre comme les locaux. Après cela, elles retourneraient à leurs mornes existences à Lackawanna.

Et tout se passait très bien. La première semaine, elles avaient écumé les lieux touristiques. La tour Eiffel, le Louvre, Notre-Dame, où l'on ne pouvait plus entrer à cause de l'incendie survenu deux ans plus tôt. Une fois débarrassées des visites, elles s'étaient installées dans une sorte de routine. Elles faisaient leurs courses et se préparaient leurs repas – elles auraient rapidement épuisé leurs économies en mangeant au restaurant tous les jours. Oh, le pain, cette tuerie ! Qui aurait pu deviner qu'un aliment aussi basique que le pain puisse être aussi exquis ? Et comme elles n'avaient que de minuscules placards, il fallait faire des courses tous les jours. Il suffisait de quelques pots de yaourt pour remplir le frigo. Ici, on ne prenait pas sa voiture pour aller au Costco et rapporter un bocal de vingt litres d'olives.

Oui, tout allait pour le mieux.

Et puis Katie avait disparu.

Même si elles étaient les meilleures amies du monde, certains jours, elles avaient envie de faire des choses chacune de son côté. Ce mercredi-là, Bonnie voulait passer la journée à flâner au Centre Pompidou. Elle était branchée art moderne, tout ce qui était un peu décalé, mais Katie en avait assez des musées.

« Vas-y, éclate-toi, avait-elle dit à Bonnie. Je vais prendre mon bouquin, commander un café au lait quelque part et le faire durer trois heures. Je nous trouverai quelque chose pour le dîner et ce sera prêt quand tu rentreras. »

Quand Bonnie était revenue, peu avant 18 heures, Katie n'était pas là.

Cela n'avait rien d'alarmant en soi. Elle avait peut-être décidé de repousser ses courses à la fin de l'après-midi. Il fut bientôt 19 heures, puis 20, et l'angoisse de Bonnie avait augmenté de façon exponentielle.

Non seulement Katie ne se montrait pas, mais Bonnie avait découvert quelque chose de très bizarre dans l'appartement. Tellement bizarre qu'elle pensait devoir en parler à la police le soir même. Pas le lendemain matin, mais là, tout de suite.

Il ne lui était jamais venu à l'esprit qu'elle pourrait avoir besoin de contacter la police pendant son séjour à Paris. Comment les appelait-on, d'ailleurs ? Des gendarmes ou des policiers ? Où était le commissariat ? Trouverait-elle un agent qui parle l'anglais ? Parce qu'il fallait bien admettre que son français était plutôt rudimentaire.

Il se trouvait que chaque arrondissement abritait son propre commissariat. Bonnie allait donc devoir localiser celui du 3e. Dans leur immeuble, il y avait deux autres appartements en location. Elle frappa à la porte du premier, ne trouva personne, mais eut plus de chance avec le second, occupé par un couple âgé de Toronto qui louait l'appartement la moitié de l'année. Ils parlaient couramment le français et lui proposèrent de l'accompagner au poste de police, au cas où elle aurait des difficultés à communiquer avec les autorités.

Après que le couple canadien lui eut ouvert la voie, un policier d'une cinquantaine d'années, prénommé Henri et habillé sobrement d'un jean, d'une chemise blanche et d'un veston, proposa d'entendre la jeune femme. Comme il n'était pas en tenue, elle se demanda si ce n'était pas une sorte d'inspecteur. Mais peu importe, elle voulait quelqu'un qui l'écoute et, par chance, il parlait anglais.

HENRI : Quel est le nom de votre amie ?
BONNIE : Katie Gleave. Katie Frances Gleave. On vient toutes les deux de Lackawanna, dans l'État de New York. C'est près de Buffalo. On a toutes les deux dix-neuf ans.
HENRI : Qu'est-ce qui vous amène à Paris ?
BONNIE : On voulait connaître la ville de l'intérieur en y habitant un moment.
HENRI : Je vois.
BONNIE : Elle a disparu.
HENRI : Dites-moi quand c'est arrivé.
BONNIE : J'ai passé la journée au Centre Pompidou. Katie voulait juste traîner. Elle devait aller acheter quelque chose pour le dîner, mais elle n'était pas là quand je suis rentrée et elle n'est toujours pas revenue.
HENRI : Ça ne fait pas très longtemps. Même pas vingt-quatre heures. Vous avez essayé de la joindre ?
BONNIE : Je lui ai envoyé des SMS, je lui ai téléphoné. Rien.
HENRI : Peut-être qu'elle s'est trouvé un petit ami ?
BONNIE : Non, aucune chance. Ce n'est pas ce qui s'est passé. Et quand bien même, elle m'aurait prévenue. Elle ne m'aurait pas laissée m'inquiéter comme ça. Mais il y a autre chose.
HENRI : Je vous écoute.
BONNIE : Toutes ses affaires ont disparu.
HENRI : Ses affaires ?
BONNIE : Ses vêtements.

HENRI : Ah, je vois. Elle a peut-être décidé de rentrer chez elle, de retourner en Amérique. Peut-être que ça ne marchait pas entre vous deux ?

BONNIE : Et les draps de son lit.

HENRI : Les draps ?

BONNIE : Pourquoi enlèverait-elle les draps de son lit ? À quoi ça rime ? Ce n'était pas les siens. Ils appartiennent aux propriétaires de l'appartement.

HENRI : C'est étrange, en effet.

BONNIE : Et tout ce qu'il y avait dans la salle de bains. Pas juste ses affaires. Les miennes, aussi. Je veux dire, si elle était partie, ce que je ne pense pas, je pourrais comprendre qu'elle emporte sa brosse à dents, mais pourquoi prendre la mienne ?

HENRI : Oui, c'est… curieux.

BONNIE : Le truc le plus bizarre, c'est que l'appartement a été nettoyé.

HENRI : Nettoyé ?

BONNIE : Genre, c'est plus propre que le jour où on a emménagé. Tout est nickel. On n'est pas des souillons, d'accord, mais pas les filles les plus maniaques du monde non plus. On s'est un peu laissées aller pendant un moment. Je pensais nettoyer la salle de bains et peut-être passer l'aspirateur dans la semaine, mais maintenant, l'appartement est impeccable, il a même été désinfecté.

HENRI : Désinfecté ?

BONNIE : Ça sent l'eau de Javel partout.

27

Springfield, Massachusetts

La Pacer, avec Chloé au volant et Miles à côté d'elle, s'arrêta au bout de l'allée. Charise était descendue de la limousine et se tenait dos à la portière, les bras croisés, mais elle se redressa lorsque Miles sortit de la voiture.

— Monsieur Cookson ?

— Todd, le demi-frère de Chloé, n'était pas là. Nous allons essayer de trouver sa mère. Chloé a dégoté une adresse sur Internet.

— Je vous suivrai à la trace. Je serai là en cas de besoin.

— Formidable.

— Monsieur Cookson ?

— Oui ?

— J'espère ne pas avoir réagi de façon excessive, à propos de cette histoire de café.

— Pas du tout.

— Ça sonnait faux. Mais je me fais peut-être des idées.

— Je dis toujours qu'il faut se fier à son instinct. Charise, je devine que vous n'avez pas toujours été chauffeur.

— Non, monsieur. J'ai fait d'autres choses. Opératrice du 911, cuisinière, catcheuse.

— Je vous demande pardon ? Catcheuse ?

Charise sourit.

— Du temps de ma jeunesse. Du grand spectacle, avec des combats chorégraphiés. Je portais un costume. Pendant trois ans, j'ai été le « Cauchemar d'ébène ». Je suppose que c'est là que j'ai appris à repérer les charlatans. On était tous des charlatans, à l'époque.

Miles sourit, avec admiration et un réel étonnement.

— Je ne vais pas vous contrarier, alors. Je n'ai pas envie que vous me jetiez sur le capot de votre voiture.

— Je ne vous ferais pas ça, monsieur, dit Charise en souriant. Mais je pourrais.

Miles retourna à la Pacer. Il lui fallut trois essais pour réussir à fermer complètement la portière.

— Allons rencontrer la mère de mon fils, dit-il d'un air sombre.

— Ça n'a pas l'air de t'enchanter, remarqua Chloé. Tu vas faire cette tête quand je te présenterai à *ma* mère ?

— Désolé, je suis un peu sur les nerfs. Voir les mères en premier ne faisait pas partie de ma stratégie. Et d'après ce que tu as dit, c'est plutôt *ta mère* qui ne sera pas ravie de me rencontrer, *moi*.

— Oui, mais j'ai hâte de voir sa tête quand je vous présenterai.

Elle lui jeta un coup d'œil, s'attendant à une réaction, mais il regardait droit devant lui. Maussade.

— Hé, qu'est-ce qu'il y a ?

— Rien.

— Allez, *papou*. Qu'est-ce qui ne va pas ? C'est la disparition de ce téléphone qui te fait flipper ?

— Ouais. En partie.

— Il y a autre chose ?

Il la regarda d'un air douloureux.

— Ce que j'ai, cette maladie…

— Oui, tu m'as dit. La SLA. Et alors ?

— Je voudrais que tu passes un test.

— Quel genre de test ?

— Un test génétique.

— Genre, un test ADN ?

— Si on veut. Je le paierai. Et tous les frais médicaux ultérieurs.

— Donc, ce n'est pas pour vérifier qui je suis ? Tu as eu l'info à la clinique, n'est-ce pas ? Il s'agit donc d'un test différent ?

— Oui, dit Miles avant de laisser planer un silence. Je comptais y venir plus tard, mais c'est la raison essentielle pour laquelle je voulais te retrouver. Et Todd. Et les autres.

Elle attendit.

— Je t'ai dit que j'avais… une maladie. Mon état va considérablement s'aggraver. La bonne nouvelle, s'il y en a une, c'est que j'ai de quoi payer des soins spéciaux, quand je serai moins autonome. Et ça va coûter beaucoup d'argent.

— D'accord, dit lentement Chloé.

Il se tourna sur son siège pour la regarder plus directement.

— Il y a un risque, un risque seulement, pas une certitude (à ce moment-là, il grimaça intérieurement parce que la probabilité qu'elle développe la maladie de Huntington était beaucoup plus importante en réalité) que je souffre de quelque chose de plus grave qu'une SLA. Et que, peut-être, à un moment donné de ta vie, tu puisses contracter cette maladie, toi aussi.

— Tu es sérieux ? demanda-t-elle, puis elle reprit sur un ton sarcastique : Hé, tu sais quoi ? Non seulement je suis ton père, mais tu vas peut-être mourir !

— Ce n'est pas aussi grave. J'ai juste... Et merde, tout ça était peut-être une erreur, dit-il en se retournant sur son siège pour regarder par la fenêtre. Le test nous dirait si tu es susceptible de développer la maladie.

— Je pourrais donc faire le test, apprendre que je ne vais pas l'avoir, mais on pourrait aussi me trouver quelque chose de totalement différent.

— Je n'avais pas pensé à cela. Mais oui, je suppose que c'est possible.

— On va tous avoir *quelque chose*. Ce n'est pas comme si on allait vivre éternellement. Alors, quel est l'intérêt ?

— L'intérêt... c'est que j'ai de l'argent.

— Et alors ?

— Beaucoup d'argent. Je n'ai aucun enfant né d'un mariage. Je n'ai élevé aucun enfant moi-même.

— Tu ne t'es jamais marié ?

— Non.

— Tu n'as jamais vécu avec une femme ?

— Non.

— Tu es gay ?

— Non.

— Mais tu l'as déjà fait avec autre chose qu'un gobelet ?

— Oui. J'ai eu quelques relations au fil des années, mais aucune qui ait abouti à quelque chose.

— Pourquoi ça ?

— On s'éloigne un peu du sujet, là.

— Ouais, eh bien, pardonne-moi de ne pas vouloir parler de ma maladie mortelle. Comment se fait-il que tu ne te sois jamais casé ?

— Peut-être parce que je suis un connard.

— Vraiment ?

— Ton air surpris me fait plaisir.

— Ce n'était pas sarcastique.

— Je me suis toujours plus investi dans le travail que dans mes relations amoureuses.

— Beaucoup de femmes supportent ça. Surtout si tu es blindé.

— Je ne l'étais pas, à l'époque. C'est arrivé plus tard.

— Dans ce cas, pourquoi tu n'as pas trouvé quelqu'un *plus tard* ?

— Tu en poses, des questions !

Elle soupira, leva les yeux au ciel et se concentra de nouveau sur la route.

— Bon sang, on se demande bien pourquoi ! Tu débarques il y a quelques heures, tu m'annonces que tu es mon père et que je dois faire ce test au cas où j'aurais, à tout hasard, une maladie mortelle, et tu trouves bizarre que j'aie des questions à poser !

Miles ne répondit rien.

— Hein ? Alors ?

— Le fait est que si, et seulement si, il s'avérait qu'un jour tu développes cette… maladie… tu auras les moyens de payer les soins nécessaires.

L'expression de Chloé se fit sérieuse.

— Qu'est-ce que tu veux dire ?

— C'est une des raisons pour lesquelles je vous cherchais, toi et… les autres. Mon plan est de partager ce que je possède entre vous tous.

— Tu me laisses de l'argent ?

— Oui.

— Et si je ne tombe pas malade ? Je devrai le rendre ?

— Non.

— De quelle somme parle-t-on ?

— Une grosse somme.

Elle réfléchit, mâchoire contractée. Quelques instants plus tard, elle déclara :

— Je n'ai pas besoin de ton argent.

— Pardon ?

— Je n'ai pas besoin de ton argent. Je ne *veux* pas de ton argent.

— Ça va changer ta vie.

— Pour le meilleur ou pour le pire ?

— Pour le meilleur.

— Tu as des tonnes de fric. Est-ce que tu es heureux ?

— Bien sûr que non. Je suis mourant.

— Et avant de le savoir, tu étais heureux ?

Miles fut pris au dépourvu.

— Je ne pense pas m'être jamais posé la question.

— C'est pourtant simple. Étais-tu heureux avant qu'on diagnostique ta maladie ? Oui ou non ?

— Je suppose que… non.

— Eh bien, voilà. Tu peux prendre ton argent et te le mettre où je pense. (Elle marqua une pause.) *Papa*.

Miles esquissa un sourire, qui s'épanouit et se changea en éclat de rire.

— Tu es incroyable, dit-il.

— Un peu, mon neveu.

La jeune femme arrêta la Pacer dans un crissement de freins devant une modeste maison de brique à étage. Une Golf était garée dans l'allée.

— C'est sa voiture, dit-elle.

Elle coupa le moteur, lequel émit quelques râles d'agonie même après qu'elle eut retiré la clé.

— Je dois m'occuper de ça, dit-elle en ouvrant sa portière.

Charise arrêta la limousine derrière eux et resta là, attendant de nouvelles instructions.

Madeline ouvrit la porte d'entrée avant qu'ils l'atteignent. Elle sortit sur le seuil, d'abord timidement, puis, lorsqu'elle aperçut Chloé, son visage s'éclaira et elle s'avança vers elle en boitillant, bras tendus.

— Oh mon Dieu, c'est toi ! s'exclama-t-elle en la serrant dans ses bras.

La réaction de Chloé fut moins enthousiaste.

— Où est Todd ? demanda Madeline quand elle se fut détachée de Chloé. Il est avec toi ?

— Non.

— Je m'apprêtais à aller chez lui. J'ai essayé de le joindre toute la journée.

— Quand lui avez-vous parlé pour la dernière fois ? interrogea Miles.

Madeline Cox tourna la tête.

— Qui êtes-vous ?

— C'est Miles Cookson, répondit Chloé. C'est...

Miles lui lança un regard sévère qui signifiait *pas encore*.

— ... un ami.

Miles tendit une main que Madeline prit avec une certaine réticence. Elle le dévisagea en plissant les yeux.

— Je vous connais ?

— Non, madame.

— Votre tête me dit vaguement quelque chose, comme si on s'était déjà rencontrés.

Ce fut à ce moment-là que Chloé, pensant que Madeline avait dû percevoir une similitude avec les traits de Todd, scruta le visage de Miles comme elle ne l'avait jamais fait auparavant.

— Non, je ne vois pas, dit-elle sur un ton malicieux.

— Pardon ? demanda Madeline.

Se rendant compte qu'elle avait pensé tout haut, la jeune femme lui répondit :

— Rien. Écoutez, on espérait trouver Todd ici, mais...

— Vous êtes allés au mobil-home ?

Chloé hocha la tête d'un air inquiet.

— Depuis combien de temps Todd vit-il là-bas, madame Cox ? demanda Miles en repensant à cet endroit qu'on avait dépouillé de tout objet personnel.

— Presque un an, répondit-elle avec découragement. Il se la coulait douce ici, il était comme un coq en pâte, mais il voulait vivre seul, expliqua-t-elle avant de se tourner vers Chloé pour lui demander tout bas : Tu lui as parlé de ce qu'il trafiquait ?

— Je n'en ai pas vraiment eu l'occasion.

Madeline se tourna de nouveau vers Miles.

— Elle vous a raconté comment elle et Todd s'étaient retrouvés ? Vous parlez d'une histoire !

— J'en ai entendu une partie seulement.

— Où peut-il être ? Ce ne serait pas la première fois qu'il disparaît un jour ou deux, mais j'arrive toujours à le joindre.

— Il y a un endroit où vous pensez qu'il aurait pu aller ? demanda Chloé. Un endroit dont il rêvait, par exemple ?

Elle réfléchit un moment.

— En Afrique. Il a toujours eu envie de voir des girafes et tout.

Miles secoua la tête. Personne ne retirait ses draps et ne passait sa cuisine à l'eau de Javel avant de partir en Afrique.

— Eh bien, reprit Chloé, si vous lui parlez ou si vous avez de ses nouvelles, pourriez-vous lui demander de me contacter ?

Madeline acquiesça de la tête.

— Vous voulez entrer ?

Chloé croisa le regard de Miles, comme si elle y cherchait une indication. Et son regard disait *pas maintenant*.

Madeline remarqua le véhicule noir brillant garé derrière la Pacer.

— Elle est à qui, cette limousine ?

— À moi, indiqua Miles. Chloé, je peux te parler une minute ?

Il la ramena à la Pacer, et ils montèrent. Chloé avait sorti son téléphone, comme si elle espérait des nouvelles de Todd, même s'ils savaient qu'il avait laissé son téléphone derrière lui. Elle tapota distraitement sur l'appli photo et lança une vidéo qu'elle avait filmée dans le mobil-home.

— C'est un peu gênant, fit remarquer Miles.

— Je voudrais filmer la maison de Todd. Pour mon docu. Mais je voulais juste voir ça encore une fois.

Miles entendait sa propre voix et celle de Chloé qui sortaient du téléphone. C'était la vidéo tournée à l'intérieur du *trailer*. Elle coupa le son.

— Alors, de quoi voulais-tu me parler en secret ?

— Il y a un truc qui cloche dans tout ça.

— Ouais, j'en arrive aussi à cette conclusion, dit-elle en jetant des coups d'œil à l'écran de son téléphone.

— Il serait peut-être temps d'appeler la police pour signaler la disparition de Todd, mais je ne voulais pas en parler devant sa mère. Elle ne sait pas encore que son domicile a été nettoyé de fond en comble. Je n'arrive pas à comprendre pourquoi il aurait fait ça.

— Moi non plus... PUTAIN ! lâcha soudain Chloé.

Le cri avait fait sursauter Miles.

— *Putain de merde !* dit-elle, les yeux rivés sur l'écran.

— Quoi ?

— Regarde !

Elle tourna l'écran vers lui.

— C'est l'intérieur du mobil-home, dit-elle.

— Ouais, je sais.

— Regarde ça, putain.

C'était le passage que Chloé avait filmé quand elle marchait dans le couloir, passait dans la salle de bains et, pour finir, entrait dans la chambre de Todd.

— Tu as vu ? demanda-t-elle.

— Quoi ?

— Bon sang, dit-elle en revenant quelques secondes en arrière, avant de faire une pause sur l'instant où elle entrait dans la chambre. Tu la vois, maintenant ?

— Qu'est-ce que je devrais voir ?

— Juste ici, dit-elle, et elle pointa du doigt l'espace entre le lit et le sol.

Miles plissa les yeux. Et il la vit.

— Oh mon Dieu, souffla-t-il d'une voix à peine audible.

C'était une main.

28

San Francisco, Californie

Cheryl Howson, présidente-directrice géné-
rale de WhatsMyStory, auteur du best-seller *Fin-
ding My Own Story* – qui avait occupé pendant
six semaines la première place des essais les plus
vendus sur la liste du *New York Times* –, passa
dans le bureau de son élégante maison de Mission District avant de descendre prendre son petit
déjeuner.

Elle sentait une odeur de bacon.

Cheryl était strictement végétalienne, et son
petit déjeuner se composait généralement de
fruits et de fibres, parfois mixés sous forme de
smoothie. Son mari, Clifton, de retour cette
semaine-là d'un voyage d'affaires autour du
monde, ne l'était pas, pas plus que leur fille
de sept ans, Tina. Alors, quand papa passait
enfin du temps à la maison, c'était bacon au petit
déjeuner, hamburgers au déjeuner et probablement côte de bœuf pour le dîner. Et comme Pau-
line, leur cuisinière et gouvernante à plein temps,
avait pris quelques jours de congé, impossible
de l'arrêter.

Cheryl s'assit à son bureau et remua la souris. L'écran s'éclaira, et elle constata qu'elle avait reçu plus d'une douzaine d'e-mails. C'était beaucoup trop pour s'en occuper avant d'avoir pris son premier café. La plupart provenaient de son assistante, qui filtrait les messages afin que Cheryl puisse se consacrer pleinement à la gestion de la société. Il y avait aussi une demande du *Wall Street Journal*, qui voulait lui consacrer un portrait, une proposition d'une société concurrente concernant un partage de données, et des rapports de son équipe de juristes sur les fichiers de WhatsMyStory. La police demandait à les consulter pour les comparer à des échantillons d'ADN récupérés sur des scènes de crime à travers tout le pays.

Mon Dieu, c'était des problèmes à n'en plus finir. Vous lanciez une entreprise avec une idée simple – *découvrez qui vous êtes* – et vous vous retrouviez enseveli sous une montagne d'emmerdements. Des problèmes moraux et éthiques, et des poursuites judiciaires en veux-tu en voilà. Zuckerberg, par exemple. Il avait commencé avec un site qui classait les étudiantes en « sexy ou pas », et voilà qu'on l'accusait de menacer la démocratie à l'échelle mondiale. Ce qui était le cas, évidemment, mais chacun sa croix.

Elle descendit l'escalier en pantoufles, toujours vêtue de son pyjama en soie, son portable rangé dans la poche de sa robe de chambre. Elle entra dans la cuisine, vit Clifton en train d'éponger la graisse de ses tranches de bacon, et dehors, sur la terrasse, Tina qui arrosait les fleurs avec un petit arrosoir en plastique.

— Bonjour, Tina bébé ! lança Cheryl par la porte ouverte, à quoi sa fille répondit par un signe de la main avant de reprendre son arrosage.

Une sorte de bourdonnement se fit entendre à l'extérieur.

— Qu'est-ce que c'est ? demanda Cheryl.

— Quelqu'un fait mumuse avec un de ces fichus drones, dit son mari.

Cheryl regarda et huma le bacon.

— Mon Dieu, cette odeur…

Clifton agita une tranche en l'air.

— Tu sais que tu en as envie.

Elle lui arracha le bacon des doigts, la plia et la fourra dans sa bouche.

— Oh, Dieu tout-puissant ! Je me sens comme une criminelle.

— Pancakes ? demanda Clifton.

— Tu ferais ça ?

— Vos désirs sont des ordres.

Cheryl leva une main, l'index crocheté comme si elle tenait un mug invisible, et demanda :

— Tu n'oublierais pas quelque chose ?

Clifton prit un mug spécial avec la photo de son livre sur le côté, le remplit de café noir et le lui tendit. Cheryl but une gorgée.

Le bourdonnement extérieur persistait.

— Tu repars quand, déjà ?

— Demain soir. Dubaï.

Elle soupira en prenant place sur un tabouret de l'îlot.

— Je vais peut-être venir avec toi. Je pourrais m'installer dans le centre commercial.

— Tu aurais bien besoin de faire une pause, dit-il en souriant.

— Laisse-moi y réfléchir.

— Ne réfléchis pas trop longtemps. Il va falloir t'acheter un billet.

— Je sais, je sais. J'aurais deux ou trois trucs à... Oh merde !

Le tintement d'un SMS entrant se fit entendre. Elle sortit son portable.

— Ce doit être... Qu'est-ce que...

Elle releva brusquement la tête, puis regarda par la fenêtre et cria :

— Va chercher Tina !

— Quoi ?

Cheryl pointa un doigt.

— Va la chercher ! Ramène-la à l'intérieur !

— Mais...

— *Tout de suite !*

Clifton se précipita dehors et souleva leur fille dans ses bras, si rapidement que l'arrosoir valdingua et atterrit dans un massif de fleurs, brisant quelques tiges.

— Papa ! Arrête...

Il la jeta pratiquement dans la cuisine. Quand il la lâcha, elle trébucha et tomba.

— La porte ! cria Cheryl.

Clifton fit coulisser la baie vitrée et la verrouilla sans qu'on ait à le lui demander.

— Tu m'as fait mal au genou ! reprocha Tina à son père.

— Je suis désolé, ma puce, je suis désolé. Ta mère... ta mère a cru...

À ce moment-là, il regarda sa femme, espérant qu'elle fournirait une explication pour ce qui venait de se passer.

— Monte à l'étage, Tina, dit-elle.

La fillette s'était relevée.

— J'ai rien fait ! C'est papa qui m'a fait renverser...

— Va dans ta chambre ! s'emporta sa mère.

Tina, qui semblait prête à fondre en larmes, s'enfuit de la cuisine et monta l'escalier en tapant des pieds.

Clifton jeta un regard furieux à sa femme.

— Qu'est-ce qui te prend ?

Elle brandit son téléphone à bout de bras pour qu'il puisse voir. Une vidéo de quelques secondes passait sur l'écran.

De leur maison. Vue du ciel.

L'image était cadrée sur Tina, qui jouait dans le jardin quelques instants plus tôt.

Clifton prit le téléphone.

— C'est quoi, ce bordel ?

Il rouvrit la baie vitrée de la cuisine, fit un pas dehors, scruta le ciel à la recherche du drone. Mais le bourdonnement s'était éloigné.

— C'est quoi, ce numéro ? Qui a envoyé ça ? demanda-t-il en revenant à l'intérieur.

— Je n'en sais rien, dit Cheryl tout bas. Lis sous la vidéo.

Clifton fit glisser l'image vers le haut et tomba sur un pavé de texte, tout en majuscules. Il disait ceci :

VOUS ALLEZ RECEVOIR UNE LISTE DE NOMS. VOUS ALLEZ LES RECHERCHER DANS LA BASE DE DONNÉES DE WHATSMY-STORY. SI VOUS EN TROUVEZ UN OU PLUSIEURS, VOUS LES SUP-PRIMEREZ DÉFINITIVEMENT, AINSI QUE TOUT ÉCHANTILLON D'ADN DE CES INDIVIDUS. N'EN PARLEZ À PERSONNE. VOTRE FILLE EST TRÈS MIGNONNE.

Clifton releva la tête, interdit, tandis que Cheryl, les mains tremblantes, secouait la tête.

— Il faut appeler la police, dit-il en tendant le bras pour prendre son propre portable sur le plan de travail, à côté de l'évier. Il faut...

Le téléphone de Cheryl tinta de nouveau. Clifton baissa les yeux sur l'écran.

CE SERAIT UNE MAUVAISE IDÉE.

Il blêmit et rendit son téléphone à Cheryl, qui lut le message avec un petit cri étranglé. Ils balayèrent la cuisine du regard, comme pour tenter de localiser l'appareil qui captait leur conversation.

— On ne peut pas appeler la police, murmura-t-elle. Ils ont mon numéro perso. Ils nous écoutent. Ils nous *observent*.

Pendant plusieurs secondes, ni l'un ni l'autre ne parla. Puis Clifton rompit le silence. Se penchant vers elle, il demanda d'une voix à peine audible :

— À ton avis, de quoi s'agit-il ? Qui sont ces gens qu'ils veulent effacer ? Pourquoi et *qui* voudrait ça ?

— Comment veux-tu que je le sache ?

— Hé, ce n'est pas de ma boîte qu'il s'agit ! Ce n'est pas moi qui ai reçu le message.

Elle lui lança un regard haineux.

— Tu me mets ça sur le dos ?

— Non, non, merde ! (Il posa les mains sur les épaules de sa femme et l'attira contre lui.) Qu'est-ce qu'on va faire ? lui chuchota-t-il à l'oreille.

Cheryl se détacha, prit son téléphone et tapa quatre mots :

ENVOYEZ-MOI LES NOMS.

Puis elle expédia sa réponse.

29

Fort Wayne, Indiana

Travis Roben se rendait chez Super Duper Comics presque chaque semaine, généralement pendant son jour de congé – il réapprovisionnait les rayons chez Walmart –, mais il ne s'attardait pas dans la section des super-héros. Il ne s'intéressait pas aux Avengers de Marvel, à Spider-Man ou à la bande de la Ligue des Justiciers. Superman, Batman, Green Lantern, Flash ou Wonder Woman le laissaient froid (bon, peut-être pas Wonder Woman, qui était plutôt bonasse).

Il préférait les romans graphiques originaux, ceux dont les personnages principaux n'avaient pas été piqués par des araignées radioactives, bombardés de rayons gamma, ni envoyés sur Terre pour fuir une planète sur le point d'exploser.

Travis aimait les histoires qui parlaient de vraies gens confrontés à de vraies situations. Comme l'énorme *Clyde Fans*, du dessinateur canadien Seth. Les bonnes vieilles histoires inspirées du roman noir, comme la série des Nick Travers signée par l'écrivain Ace Atkins et l'artiste Marco Finnegan, ou *Louise Brooks : Detective* de Rick Geary. Il y avait ce livre de souvenirs vraiment étonnant, paru dix ans plus tôt – qu'il n'avait évidemment pas lu à l'époque puisqu'il avait alors dix ans lui-même –, sur le recours aux services de prostituées. *Paying for It*, ça s'appelait, par Chester Brown. Incroyable. Celui-ci l'avait particulièrement touché. Bien qu'il n'ait jamais fréquenté aucune prostituée, il devait admettre que l'idée lui avait traversé l'esprit. Quand, à vingt ans, vous n'aviez jamais eu de relations sexuelles, et aucun espoir d'en avoir, eh bien, vous vouliez au moins fantasmer sur vos options, même en sachant que vous ne prendriez jamais ce chemin-là.

Bien sûr, il avait déjà embrassé deux filles – dont sa cousine, à l'enterrement de sa mère. On ne pouvait pas s'attendre à rouler beaucoup de patins dans ce genre de circonstances. L'autre, c'était quand il avait neuf ans et que des petites terreurs l'avaient acculé derrière l'école avec Wendy Bettelheim, en menaçant de les frapper s'ils ne s'embrassaient pas sur la bouche. Ils n'en avaient jamais reparlé.

Travis savait qu'il était un peu différent. Il y avait plus qu'un simple intérêt de geek boutonneux pour les bandes dessinées. Des tas de gars s'intéressaient aux bandes dessinées et s'envoyaient en l'air quand même. Mais Travis était du genre timide, il avait peu d'amis et aimait passer la plupart de son temps libre à travailler sur son propre roman graphique – chez ses parents, car il n'avait pas encore quitté le nid.

Les lunettes ne l'aidaient pas beaucoup non plus. Mon Dieu, il était un vrai cliché ambulant. Il avait demandé à sa mère d'acheter une paire plus cool pour remplacer cette monture épaisse qui lui donnait un air d'intello psychorigide et une tête à s'appeler Poindexter ou un nom du style. Elle avait décrété que ses lunettes étaient très bien. Il voyait correctement, non ? S'il n'était pas satisfait, il pouvait toujours prendre sur son salaire du Walmart pour s'en acheter d'autres, si toutefois il lui restait de l'argent après sa dernière expédition au Super Duper Comics.

Eh bien, elle n'avait pas tort, supposa-t-il.

Quand il ne lisait pas ses derniers achats, qu'il ne travaillait pas à son propre projet – l'histoire d'un type solitaire qui vit encore chez ses parents et se sent rabaissé par eux (« Écris sur ce que tu connais ! » conseillaient tous les livres) –, ou qu'il ne se branlait pas sur du porno en ligne, il se renseignait sur le mouvement des « *incels* », des types bien perchés, mais n'empêche, pas inintéressants.

Ces jeunes hommes se décrivaient comme des « célibataires involontaires », ce qui signifiait qu'ils auraient bien voulu baiser, mais qu'aucune femme ne voulait coucher avec eux. À première vue, ils donnaient l'impression d'être simplement une bande de losers, mais plus Travis se renseignait sur eux, plus il comprenait leur point de vue. Supposez que vous fassiez tout votre possible pour être gentil avec une femme. Vous lui offrez des fleurs, la complimentez sur son apparence, l'invitez à boire un verre. Mais quoi que vous fassiez, elle continue à dire non, refuse de sortir avec vous. À qui la faute ? Certainement pas la vôtre. *Vous* avez fait l'effort. Et si vous n'obteniez jamais d'autre résultat, alors la question devenait : c'est quoi, le problème de ces femmes ?

Cela faisait réfléchir.

Certains *incels* étaient pourtant allés trop loin. En devenant violents, par exemple. En agressant des femmes. En renversant des inconnues en voiture. C'était mal. Ces types-là pourrissaient le reste du mouvement, lui donnaient une mauvaise réputation. Un peu comme quand…

— Excusez-moi, vous travaillez ici ?

Travis se retourna.

Putain de merde.

C'était une fille. Juste à côté de lui. Ou plutôt une jeune femme, probablement de son âge, ou à peu près. Et une belle jeune femme, mince, avec des cheveux blonds mi-longs, un jean percé de petits trous effilochés au niveau des genoux. Elle sentait bon, en plus. Il n'avait aucune idée de ce qu'était ce parfum – quelque chose de floral, *évidemment* –, mais l'odeur lui plaisait. Il était déconcerté pour plusieurs raisons, et d'abord par la présence d'une femme dans une boutique pareille. Sans tomber dans les généralisations sexistes, le fait est que le ratio chez les fans de BD était d'environ dix hommes pour une femme. Bien sûr, on en croisait quelques-unes. Souvent, elles accompagnaient leur petit copain. De temps à autre passait une fille qui nourrissait un réel intérêt pour la bande dessinée en général, ou une étudiante en art qui venait parce que la discipline était au programme.

— Alors, vous travaillez ici ?

Travis se rendit compte que, depuis qu'elle lui avait posé la question la première fois, il n'avait fait que la dévisager.

Il cligna des yeux, s'éclaircit la voix.

— Non, non, je ne travaille pas ici.

— Ah, dit-elle, l'air déçue. Comme je n'ai vu personne à la caisse, j'ai pensé que vous étiez peut-être le responsable.

Travis, des papillons dans le ventre, jeta un coup d'œil au comptoir près de la porte d'entrée.

— Oh, oui. Je suppose que Danny est sorti s'acheter un sandwich. Il devrait être de retour dans une seconde.

— OK, dit-elle avant de se retourner brièvement, puis de lui faire face à nouveau. Vous pouvez peut-être m'aider quand même.

Travis eut soudain la bouche très sèche.

— Euh, d'accord.

— Je ne m'y connais pas vraiment en BD, mais je voulais acheter quelque chose pour l'anniversaire de mon neveu, qui va avoir douze ans la semaine prochaine.

— OK.

— Je sais qu'il aime Batman, alors je pensais à une BD de Batman.

— C'est qu'il y en a des milliers, dit Travis. Il y a les classiques des années 1950, 1960 et 1970, et puis ça a commencé à devenir sérieux dans les années 1980 avec Frank Miller et sa trilogie du Dark Knight. Il y a aussi la série Elseworlds et...

— Elseworlds ?

— Des temporalités ou des univers totalement différents. Par exemple, on imagine que Batman vivait il y a plus de cent ans, qu'il était à Londres au lieu de Gotham City et qu'il traquait Jack l'Éventreur. Ce serait l'esprit d'un épisode d'Elseworlds.

— Je ne sais pas si ça conviendrait à un enfant de douze ans.

— Bien sûr que oui ! À douze ans, j'avais lu *The Killing Joke* et *Les Fous d'Arkham*, qui sont assez crus et violents, et un peu malsains, mais ça ne m'a pas traumatisé. C'est vraiment bien. S'il ne les a pas encore lus, je parie que ça lui plaira. Vous savez quels livres de Batman il a déjà ?

— Pas vraiment.

Travis, la gorge nouée, rassembla son courage. Il espérait être entendu malgré les battements de son cœur.

— Je vais vous montrer où se trouve la série, dit-il en ouvrant la marche, la frôlant légèrement au passage. Voilà, c'est ici, dit-il en désignant d'un geste une section entière de romans graphiques consacrés au super-héros.

— Ouah ! J'étais loin de me douter. Il y a des centaines de titres.

— Ouais. À une époque, je les dévorais, mais plus maintenant.

— Pourquoi ça ?

— Je ne suis plus trop fan de super-héros. Je veux dire, c'est pas mal, mais ce n'est pas mon truc. (Il avait légèrement tourné la tête de côté pour pouvoir lire plus facilement le dos des livres.) Celui-là est bien.

La BD était coincée entre d'autres éditions, si bien qu'il eut du mal à l'extraire. Il lâcha prise une fois parce qu'il avait les mains moites. Enfin, il lui tendit le livre. Les petites marques de sueur laissées par le bout de ses doigts s'évaporèrent lentement.

— *Un long Halloween* ?

— Un classique. Écrit par Jeph Loeb, qui a produit des trucs comme *Smallville* et *Lost*.

— Oh mon Dieu, *Lost* ! Je me suis fait tous les épisodes l'année dernière. J'ai adoré, sauf peut-être la fin. Je ne suis même pas sûre d'avoir compris ce qui s'est passé.

— Pareil pour moi. Mais ça a été une expérience géniale !

— J'ai adoré l'épisode où on croit à un retour en arrière, alors qu'en fait, c'est un saut dans le futur et...

Ils entendirent un carillon et se tournèrent vers la porte. Danny, le propriétaire de la boutique, un sac Subway à la main, reprit sa place derrière le comptoir.

— Bon, Danny est de retour, dit Travis. Tu devrais sans doute payer avant qu'il attaque sérieusement ce sandwich. Il prend généralement un supplément d'oignons capable de vous faire tomber raide mort à trois mètres de distance.

Cela la fit rire. Travis ne se rappelait pas la dernière fois qu'il avait fait rire une fille. Du moins, pas à ses dépens.

La jeune femme brandit la BD et sourit.

— Merci pour ça. Et pour tous tes conseils.

— Pas de problème.

— C'est quoi, ton nom, au fait ?

— Travis, dit-il, et puis, pour enfoncer le clou, il répéta : Travis.

— Moi, c'est Sandy.

Elle lui décocha un sourire et s'en alla. Juste à temps, d'ailleurs, car Travis sentait une énorme érection poindre dans son pantalon, et Sandy aurait pu s'en apercevoir si elle était restée plus longtemps. Bon sang, si son engin sortait brusquement de son jean, il faucherait des livres sur les étagères.

Alors qu'il retournait devant le rayonnage où elle l'avait trouvé, Danny lança, suffisamment fort pour que tous les clients de la boutique l'entendent : « Hé, pour info, tout le monde. Si vous avez des bédos sur vous, faites gaffe, il y a deux types qui ressemblent à des flics sur le trottoir d'en face. »

La mise en garde n'inquiéta pas Travis. Il ne se droguait pas.

Son rythme cardiaque revenait à la normale, la bosse dans son pantalon diminuait, et ses mains étaient beaucoup moins moites.

Il aurait dû lui demander son nom de famille. Il aurait dû demander où elle vivait, ou travaillait. Non, non, ç'aurait été une très mauvaise idée, parce qu'il aurait alors fallu supporter de la voir chercher un prétexte bidon pour ne divulguer aucune information personnelle.

OK, très bien, peut-être que ces cinglés d'*incels* avaient mis le doigt sur...

— Je peux te remercier en t'offrant un café ou autre chose ?

Travis faillit attraper un torticolis en tournant la tête d'un coup sec.

— Quoi ?

— Il y a un endroit juste à côté, dit Sandy. Ça te tente ?

30

Springfield, Massachusetts

En découvrant la main sous le lit de Todd, Miles eut la même réaction d'effroi que Chloé. Dans la Pacer, devant la maison de la mère de Todd, elle venait d'agrandir l'image pour mieux l'examiner. Cela semblait être la main droite d'un homme, et l'auriculaire était anormalement court, comme s'il avait été amputé au niveau de la première phalange.

— Est-ce qu'il est resté là tout le temps qu'on était assis sur le lit ?

— Forcément, dit Miles. Mais ensuite, on a entendu ce fourgon sur la route, le grincement des freins. Quand on est revenus et que je cherchais le téléphone...

— Je me suis mise à quatre pattes et j'ai regardé sous le lit, poursuivit Chloé, le souffle court. Purée, s'il avait été là quand...

Miles posa une main réconfortante sur son bras.

— Mais il n'y était pas.

— Qu'est-ce qui se passe, bordel ? demanda-t-elle en le dévisageant, ses yeux implorant une réponse.

— Je ne sais pas. En tout cas, il voulait ce télé-phone. Je *savais* que je ne l'avais pas perdu.

Chloé écarquilla les yeux.

— C'était peut-être Todd !

Miles envisagea cette théorie, à laquelle, à en juger par son expression pleine d'espoir, la jeune femme voulait croire. C'était une possibilité moins effrayante que celle d'un inconnu caché sous le lit.

— Ça ne tient pas la route. Tu connais Todd. N'aurait-il pas été content de te parler ? Et puis sa voiture n'était pas là. Toutes ses affaires avaient disparu...

— Je sais, je sais. De toute façon, Todd a tous ses doigts.

— Et cette femme dans le fourgon...

— Oui, eh bien ?

— Elle est arrivée pile au bon moment, tu ne trouves pas ? Elle a fait une drôle d'impression à Charise.

Chloé battit des paupières.

— Drôle comment ?

Miles réfléchissait.

— On entend un bruit d'accident, on sort en courant pour voir ce qui s'est passé, et notre inconnu sous le lit en profite pour sortir, avec le téléphone. Le temps qu'on revienne, il s'est envolé. Cette femme, qui prétend avoir évité un cerf, faisait peut-être diversion.

— Mais comment...

— Le type nous entend arriver, il se planque sous le lit, coupe la sonnerie de son téléphone, lui envoie un SMS pour lui demander de nous attirer dehors.

— Oh mon Dieu !

Miles, plus pour lui-même, ajouta :

— Il n'y avait pas de cerf. Charise n'a pas vu de cerf.

— D'accord.

— C'était une diversion. On les a dérangés en plein milieu de ce qu'ils étaient en train de trafiquer.

— L'arnaque, dit Chloé.

Miles hocha la tête, comprenant où elle voulait en venir.

— Oui, peut-être.

— Todd n'était peut-être pas le seul impliqué dans cette arnaque téléphonique, quelle qu'elle soit. Peut-être qu'il travaillait avec des types du crime organisé… Peut-être qu'il les a doublés.

Miles se passa la main sur le crâne en réfléchissant. Il se retourna vers la maison.

— Il faut lui dire. Il faut lui dire qu'il est peut-être arrivé quelque chose à son fils. Elle doit prévenir la police.

— Tu crois vraiment ? Si elle fait ça, les flics découvriront ce que Todd trafiquait, peu importe de quoi il s'agit, et s'il est sain et sauf, il va se retrouver dans la merde.

— Elle doit savoir, dit Miles avec fermeté. Tu as dit qu'elle le soupçonnait déjà de tremper dans quelque chose d'illégal. Mets-la au courant, laisse-la passer l'appel. C'est sa mère.

— Tu es son père, rétorqua Chloé.

Les mots restèrent en suspens.

Miles était sur le point d'expliquer que ce n'était pas pareil, mais il ne put s'y résoudre. Minimiser l'importance de sa relation avec Todd, c'était minimiser l'importance de sa relation avec Chloé.

— C'est vrai. Tu veux qu'on lui parle ensemble ?

— Tu vas lui dire qui tu es par rapport à Todd ?

— On improvisera cette partie.

Au moment où il posait la main sur la poignée de la portière, son portable sonna. Il le sortit de sa veste, regarda de qui provenait l'appel, colla le téléphone à son oreille.

— Oui, bonjour, Dorian.

— Comment ça va, patron ? demanda son assistante personnelle.

— C'est un peu long à expliquer. Quoi de neuf ?

— Deux choses. Les *gamers* veulent une nouvelle réunion, peut-être en…

— Organisez-la, quand ils voudront. Et l'autre chose ?

— Vous… vous pouvez parler ?

— Oui. De quoi s'agit-il ?

— Je poursuis mes recherches sur cette liste pour établir des profils encore plus détaillés, de sorte que vous disposiez d'un maximum d'informations avant de les rencontrer.

— Bien sûr.

— Je suis tombée sur quelque chose d'un peu bizarre concernant deux d'entre eux.

— Comment ça, bizarre ?

— Commençons par Jason Hamlin.

— Je vois, celui qui vit dans le Maine.

— C'est ça. L'étudiant. Il a disparu.

Un vertige soudain saisit Miles.

— Disparu ?

— Eh bien, en fait, il est peut-être mort dans un incendie. Ils cherchent son corps dans les décombres de sa maison.

— Dorian, commencez par le commencement.

— Je vous envoie par mail un lien vers un article. Hamlin vivait en colocation dans une maison, à l'extérieur du campus. Il y a eu une fuite de gaz et une explosion. Les autres s'en sont sortis, pas lui. On n'a pas retrouvé son corps, mais on pense qu'il a été réduit en cendres. Le truc, c'est qu'il avait l'habitude de sortir tôt le matin pour son footing. Il n'a pas dû le faire ce jour-là, parce que, sinon, il se serait manifesté, n'est-ce pas ?

Chloé le dévisageait d'un air interrogateur.

— Envoyez-moi l'article, dit-il.

— Et nous avons une Katie Gleave, qui vit à l'extérieur de Buffalo. À Lackawanna.

— Exact.

— Elle était à Paris, d'où elle postait des images sur Instagram assez régulièrement. Elle est partie avec une amie, qui est en train de demander à quiconque aurait de ses nouvelles de la contacter. Elle a disparu. La police a diffusé un avis de recherche.

La sensation d'étourdissement de Miles s'accentuait.

— Miles, vous êtes toujours là ?

— Et... les autres ? Dixon Hawley et...(Il connaissait tous les noms de la liste par cœur, mais à cet instant, il n'arrivait plus à s'en souvenir.) Celui de Fort Wayne, Travis... quel est son nom, déjà ? Travis Roben. Et Nina...

— C'est tout ce que j'ai pour l'instant. Mais j'ai pensé que vous voudriez savoir. Vous avez retrouvé la fille Swanson ? Chloé ?

— Oui, dit-il lentement. Dorian, je vais devoir vous rappeler.

Il raccrocha, rangea le téléphone et regarda droit devant lui, en état de choc. Il essaya de comprendre le sens des nouvelles communiquées par son assistante. Quelle était la probabilité pour que trois individus liés entre eux puissent disparaître soudainement de manière fortuite ?

— Ça va ? demanda Chloé. Tu as une sale mine. C'était ton médecin ? Mauvaise nouvelle ?

— Non... pas mon médecin.

— Eh bien, quoi qu'il en soit, il faut décider de ce qu'on fait maintenant avec Madeline. Elle est en train de nous regarder par la fenêtre. On lui dit pour Todd, ou quoi ?

Miles essaya d'humecter sa bouche sèche.

— Ça pourrait n'être qu'une incroyable coïncidence, dit-il, mais ta théorie sur Todd et ses activités illégales...

Chloé hocha la tête.

— Il pourrait être en train de se passer quelque chose de totalement différent.

Lorsque Dorian eut terminé sa conversation avec Miles, elle s'aperçut que Gilbert se tenait sur le seuil de sa porte.

— Gil ?

Le frère de Miles entra avec hésitation.

— Vous avez une minute ?

— Bien sûr.

Gilbert prit un siège, et Dorian quitta son bureau pour aller s'asseoir sur le bord d'une table basse.

— Que se passe-t-il ?

— Où est Miles ?

— Il est... sur la route.

— Vous êtes au courant de son état de santé, bien sûr.

Elle acquiesça de la tête.

— Oui, c'est terrible. Il ne mérite pas ce qui lui arrive.

— Je... j'ai quelque chose à vous demander et je ne veux pas que vous lui en parliez. Ce qui, je sais, va vous mettre dans une position délicate.

— Un peu, oui, Gilbert.

Il se mordit la lèvre inférieure, hésitant à continuer.

— Miles m'a raconté une histoire qui concerne Caroline, une chose qu'elle n'aurait pas dû tenter de faire.

— Ah, fit Dorian. Vous voulez me dire de quoi il s'agissait ?

Il secoua lentement la tête.

— Pas vraiment. Mais elle a essayé de profiter de la situation. Financièrement. Et j'ai bien peur qu'elle soit en train de récidiver.

— De quoi parlez-vous ?

— J'ai évoqué le sujet l'autre jour, mais Miles avait tellement d'autres choses en tête qu'il a balayé ça d'un revers de main.

Dorian s'impatientait.

— Gilbert.

Il soupira.

— Excel Point Enterprises. Ce nom apparaît plusieurs fois dans les comptes. On leur a versé environ cent quatre-vingt-dix-huit mille dollars. J'ai fait le tour des services, parlé aux gens de la recherche et du développement, et personne ne sait qui c'est.

Dorian n'eut pas l'air inquiète.

— Nous donnons beaucoup d'argent à beaucoup de monde.

— Je sais. C'est pour ça que, à mon avis, il serait très facile de nous facturer une prestation bidon. J'ai voulu me renseigner sur Excel Point mais je n'ai rien trouvé en ligne.

— Ils n'ont peut-être pas de site web.

Ce fut au tour de Gilbert de s'impatienter.

— Une entreprise de tech qui ne serait pas sur Internet ?

— OK, j'ai compris. Que voulez-vous que je fasse ?

— Pouvez-vous vous renseigner ? Et m'avertir si ça vous conduit à Caroline ? Je veux essayer de prendre les devants. Si elle est derrière cette histoire, je lui ferai tout rembourser.

— Je m'en occupe.

— Vous ne direz rien à Miles ?

Dorian hésita un instant avant de répondre :

— Je ne peux pas vous le promettre, Gil, mais je verrai ce que je peux faire. Et vous savez quoi ? Il n'y a peut-être là rien d'anormal. Il s'agit peut-être de quelque chose qui vous aura échappé.

Gilbert poussa un soupir de soulagement et se leva.

— Merci. Je vous revaudrai ça.

— Il n'y a pas de quoi.

— Au début, je voulais demander à Heather, mais ça aurait rendu la chose trop officielle.

— Ce n'est pas la peine. Laissez-moi faire. Si je découvre quelque chose, je vous le ferai savoir au plus vite.

31

Boston, Massachusetts

Assis dans un bar de l'aéroport international de Boston Logan, ils attendaient leur vol
pour Phoenix en récapitulant les événements
de la journée.

Rhys Mills convenait qu'il s'en était fallu de peu.

Planqué sous le lit pendant que la fille et le type
plus âgé étaient à l'avant du *trailer*, il avait réussi
à extraire son téléphone de sa poche et à envoyer
un message à Kendra.

J'AI DE LA VISITE, avait-il tapé. SUIS PLANQUÉ. FAIS
DIVERSION.

Évidemment, il aurait pu se contenter de flin-
guer les intrus, mais il n'avait aucun intérêt à com-
pliquer encore les choses. Il ne savait absolument
pas à qui il avait affaire mais, quand l'homme et
la fille étaient venus dans le fond du mobil-home,
il avait pu entendre leur conversation plus dis-
tinctement, et il avait cru comprendre que la fille
connaissait Todd.

Ce qui semblait couler de source, vu qu'elle était
chez lui.

Elle avait fouillé la penderie, les tiroirs, et
les avait trouvés vides. Elle et l'homme s'étaient

interrogés sur les raisons qui avaient pu pousser Todd à lever le camp. Cela avait rassuré Rhys. Ils n'envisageaient même pas l'idée que le gamin ait été tué. Et puis la fille avait dit que Todd était mêlé à des trucs pas nets. Rhys se souvenait de sa grande nervosité, quand Kendra et lui s'étaient présentés en se faisant passer pour des flics. Ça aussi, c'était rassurant. Si la vraie police s'en mêlait un jour, ils chercheraient dans cette direction.

Quelques instants après avoir envoyé son message, il avait entendu le crissement des freins.

La fille et l'homme avaient filé, Rhys était sorti de sous le lit et avait vu le téléphone posé dessus. Celui-là même qu'il était venu chercher. Il avait quitté le *trailer* sans se faire voir, coupé à travers bois et rejoint Kendra huit cents mètres plus loin, sur la route, après qu'elle avait fait son petit numéro.

Il était monté dans le fourgon et avait eu le toupet de demander où était son café.

Elle avait montré du doigt ses cuisses trempées.

— Si tu veux sucer ça…

Maintenant, ils étaient à l'aéroport, en partance pour leur prochaine mission.

Kendra en était à son deuxième verre de chardonnay quand elle reçut un SMS : PARIS FAIT. Elle en informa Rhys, qui éclusait sa troisième Heineken.

— Ça ne m'aurait pas déplu de m'occuper de ce coup-là, dit-il. Tu es déjà allée à Paris ?

— Deux fois.

Le contrat Katie Gleave avait été externalisé. Il valait mieux confier cette mission à quelqu'un sur place, qui connaissait le terrain.

— Ça n'aurait eu aucun sens de nous le demander, ajouta Kendra. Huit heures de vol à l'aller et au retour.

— Ouais, n'empêche, ça aurait été sympa.

— Ta vie est si dure que ça ? demanda-t-elle en levant les yeux au ciel.

— Tu trouves qu'on s'amuse ? Ce n'est pas du travail, pour toi ?

— Bien sûr, mais pense aux gens intéressants qu'on a l'occasion de rencontrer.

Il consulta sa montre, leva les yeux vers le tableau des arrivées et des départs.

— Encore une demi-heure avant l'embarquement.

— Je n'arrive pas à croire qu'on voyage dans une bétaillère. Où est le respect ? (Elle regarda au fond de son verre, comme si la réponse à l'un des mystères de l'existence s'y trouvait.) Mais bon, c'est sympa, Phoenix. Et j'aime la chaleur sèche. Dommage qu'on n'ait pas le temps d'aller faire un tour à Sonoma.

Rhys secoua la tête.

— Après ça, on pourrait souffler un peu.

— C'est quoi, ce « on » ? Une fois que c'est fini, je disparais.

— Je n'insinuais rien du tout.

— Sillonner le pays dans tous les sens, ce n'est pas très rationnel. Il aurait été plus logique de s'occuper du contrat dans l'Indiana en cours de route. Tous ces trajets en avion... Imagine le bilan carbone.

— Je ne te savais pas écolo.

Une fois sur place, il faudrait tout recommencer. Acheter les produits de nettoyage, louer un véhicule, prendre contact avec quelqu'un du coin – un funérarium, une casse auto – qui avait l'habitude d'aider les gens comme eux.

— Je n'ai jamais voulu être femme de ménage, dit Kendra.

— Pareil. C'est plus facile de foutre le feu.

Elle attira l'attention de la serveuse, commanda un autre verre de chardonnay, puis demanda à son partenaire :

— Que sait-on de la prochaine cible ?

Rhys sortit son téléphone, ouvrit un fichier.

— Dixon Hawley. Travaille dans une galerie d'art.

— Dixon. C'est un homme ou une femme ?

Il lui montra rapidement une photo miniature.

— Un homme.

Elle hocha la tête d'un air approbateur.

— Les mecs, ça me va. Il y a déjà trop de violences envers les femmes dans la société actuelle. Et après Phoenix ?

— Ce sera l'Indiana. Fort Wayne. Je nous ai réservé des places sur un vol au départ de Phoenix après-demain matin. J'espère qu'on pourra faire ça dans la journée.

Rhys, qui regardait de nouveau son téléphone, ouvrit de grands yeux.

— Hum, fit-il.

— Quoi ?

— Je viens de me rappeler un truc qu'il a dit.

— Qui ?

— L'homme qui est entré dans le *trailer*, avec la fille. Quand ils étaient assis sur le lit et que tu as commencé à faire diversion... Il y a eu du bruit, le lit qui grinçait, ils se sont dirigés vers la porte...

— Qu'est-ce que tu racontes ? Il a dit quoi ?

— Il l'a appelée Chloé. J'en suis sûr.

Il regarda de nouveau son téléphone.

— Il y a une Chloé sur la liste.

32

New Rochelle, État de New York

Assis à son bureau de la clinique ReproGold, le Dr Martin Gold réfléchissait à ses options.

Il pouvait ne rien faire, bien sûr. Se taire en espérant que rien de tout cela ne lui retomberait dessus. Laisser passer l'orage.

Mais si la vérité éclatait ? S'il y avait un retour de manivelle et qu'il en faisait les frais ? D'ailleurs, comment pourrait-il en être autrement ? Avait-il quelque chose à gagner à prendre les devants en allant voir la police ? Leur dire ce qu'il avait fait, ce qu'il savait ? C'était une décision très risquée. Un coup de dés.

Bien sûr, il restait toujours... En tant que médecin, il avait accès à de nombreux expédients pharmacologiques. Prendre la bonne substance, ne ressentir aucune douleur, ne plus jamais se réveiller.

Tentant.

Il s'était renseigné sur Internet à propos de Jason Hamlin. Et la famille de Katie Gleave, à Lackawanna, appelait à l'aide sur Facebook pour retrouver la jeune fille à Paris. Ses recherches sur d'autres noms n'avaient rien donné jusqu'ici, mais cela ne l'avait pas rassuré pour autant.

Gold prit son portable, puis se ravisa. Il avait la bouche sèche. Il ouvrit le tiroir du bas de son bureau, en sortit une bouteille de scotch et un verre à shot, le remplit, le vida d'un trait, puis rangea le tout.

Il reprit son téléphone portable et, cette fois, trouva le courage d'appeler. Après la sixième sonnerie, quelqu'un décrocha.

— Docteur Gold à l'appareil. Il faut que je parle à...

La personne qui avait décroché l'interrompit. Il attendit de pouvoir placer :

— C'est urgent. Il faut qu'on parle.

Mais son interlocuteur raccrocha.

Gold allait se servir un autre verre quand on toqua discrètement à la porte.

— Quoi ? aboya-t-il.

La porte s'ouvrit, et son assistante, Julie, passa la tête dans l'embrasure.

— Docteur, les Casey attendent depuis vingt minutes.

Gold la regarda d'un air absent, s'efforçant de se rappeler qui étaient les Casey. Tous ces gens en mal d'enfants... Parfois, il avait juste envie de leur dire : *Mais bon sang, adoptez !* Et certains, mon Dieu, quand on voyait leurs têtes, ne devaient surtout pas se reproduire. *Rendez-nous service et épargnez-nous votre progéniture.*

— Les Casey ?

— De Greenwich. C'est leur premier rendez-vous. Vous ne les avez pas encore reçus en consultation mais vous avez le dossier.

— Ah bon ?

— Oui.

Julie s'avança et le rejoignit derrière son bureau. Alors qu'elle tendait la main pour saisir la souris, Gold remarqua que l'écran affichait un article sur un incendie dans le Maine.

— Stop ! lança-t-il avant de faire une chose qu'il n'aurait jamais faite en temps normal : il attrapa Julie par le poignet et la repoussa, l'envoyant cogner le mur avec assez de force pour que la photo encadrée du Golden Gate Bridge oscille sur son crochet.

Elle poussa un petit cri de douleur.

— Qu'est-ce qui vous prend ?

Gold se leva d'un bond, l'air contrit. Il n'en revenait pas lui-même.

— Je suis désolé, Julie, vraiment désolé. Mon Dieu, je ne sais pas quelle mouche m'a piqué.

Julie, qui se massait le poignet, le regarda droit dans les yeux. Il n'y avait pas de crainte dans son regard, juste du mépris. Puis elle se tourna vers l'écran, curieuse de savoir ce que le médecin avait voulu lui cacher.

On lisait en titre : ON REDOUTE LA MORT D'UN ÉTUDIANT DE BATES DANS UN INCENDIE. Le portrait d'un jeune homme accompagnait l'article, avec son nom, JASON HAMLIN, imprimé en dessous.

Gold cliqua pour faire disparaître la page.

— Qu'est-ce que c'était ? demanda-t-elle.

— Rien. C'est personnel. Julie, je regrette sincèrement.

— Je ne sais pas ce que vous avez, docteur, mais c'est grave. Vous annulez des rendez-vous, vous buvez. Vous pensez que je ne le vois pas, mais c'est faux. Et c'est moi qui dois gérer les patients en colère, ceux qui comptaient sur vous.

— Je sais, je sais.

— Dites-moi ce qui ne va pas. Je peux peut-être faire quelque chose.

— Faites-les entrer. Les…

— Casey, lui rappela Julie. Vous voulez que je vous trouve ce dossier ou pas ?

Gold s'écarta pour la laisser accéder à l'ordinateur. Elle pressa quelques touches et un fichier nommé « Casey, Katerina et Matthew » apparut.

— Voilà.

— Vous avez mal ? demanda-t-il. S'il vous plaît, dites-moi que je ne vous ai pas fait mal.

Elle ne répondit pas. Elle retourna à l'accueil et annonça aux Casey que le médecin allait les recevoir.

Arborant un air jovial, Gold s'approcha pour les accueillir.

— C'est un plaisir de vous rencontrer, dit-il. Katerina et Matthew ?

Ils acquiescèrent.

— Nous avons tellement entendu parler de vous, dit Katerina, trente-cinq ans environ, menue, de courts cheveux noirs striés de mèches argentées.

Son mari avait un physique d'ancien joueur de football universitaire qui se serait laissé aller. Il lui tendit la main.

— Nous nous sentons vraiment chanceux de pouvoir vous consulter. Vous êtes notre dernière chance.

— Il ne faut jamais perdre espoir, dit le médecin avec un enthousiasme feint en retournant s'asseoir. J'ai votre dossier sous les yeux, mais vous aimeriez peut-être me raconter votre histoire.

— Eh bien, dit Katerina, nous sommes ensemble depuis dix ans, nous nous sommes mariés il y a cinq ans et, un an après, nous avons commencé à essayer. (Les larmes lui montèrent aux yeux et elle prit un mouchoir dans une boîte sur le bureau du médecin.) Mon Dieu, je ne peux même pas aborder le sujet sans pleurer.

— Ça ne fait rien. Prenez votre temps.

— J'ai l'impression que tout est ma faute.

Matthew l'enlaça, l'engloutissant presque dans son étreinte.

— Je lui ai dit que ce n'est la faute de personne. C'est comme ça, c'est tout. Et ça pourrait tout aussi bien venir de moi, pas vrai ? C'est une des choses qu'on doit examiner, non ?

Gold hochait la tête.

— C'est tout à fait exact. D'abord, que le problème pourrait venir de l'un de vous, ou des deux, et deuxièmement qu'il ne s'agit pas de blâmer qui que ce soit.

— J'ai quelques... questions, dit Katerina.

— Bien sûr. Demandez-moi tout ce que vous voulez.

Elle hésita.

— Elle est un peu gênée, intervint son mari, qui la regarda et demanda : Tu veux que je le fasse ?

Elle acquiesça de la tête.

— Quand on parle d'insémination artificielle, ça ne veut pas dire qu'elle devra le faire avec...

— Non, non, bien sûr que non. Il s'agit d'une procédure conduite ici, au cabinet. Il existe de nombreux exemples, bien sûr, de couples ayant fait appel aux services d'un tiers – un ami de la famille, un frère du mari avec un ADN très similaire – pour accomplir un acte sexuel, mais cela peut avoir de nombreuses répercussions émotionnelles. Ce n'est pas du tout recommandé. Sans parler des possibles complications juridiques.

— Il vaut donc mieux ne pas savoir qui est le donneur.

— Vous pouvez tout savoir du donneur, sauf son nom. L'anonymat est garanti si les parties le souhaitent. Mais aujourd'hui, il existe de nombreux moyens de découvrir l'identité d'un donneur ou, pour celui-ci, sa descendance. À condition que tout le monde soit d'accord.

Katerina s'éclaircit la voix.

— J'ai une autre question, et je ne veux en aucun cas que vous vous sentiez visé, mais...

— Je vous en prie, allez-y.

— J'ai lu un article dans le *New York Times* sur une clinique où les femmes pensaient choisir parmi une large sélection de profils, alors qu'en réalité elles étaient toutes inséminées par... quelqu'un de la clinique. (Elle marqua une pause.) À savoir le médecin. Il donnait son propre sperme. À tout le monde.

Gold rougit.

— Je ne suis pas en train d'insinuer qu'il pourrait se passer quelque chose de cet ordre ici, mais comment en être certain ? Comment sait-on ce que l'on... reçoit ?

Gold pressa les lèvres, comme pour contenir une sorte d'explosion émotionnelle. Il finit par déclarer :

— Ce genre de pratique constituerait un abus de confiance scandaleux de la part d'un médecin.

— C'est pourtant arrivé, n'est-ce pas ? insista Matthew. Comme les chirurgiens, vous savez, qui amputent la mauvaise jambe...

Gold bouillait intérieurement.

— Fournir son propre sperme ne serait pas un *accident*, mais un acte délibéré, précisa-t-il.

Il prit un moment pour se ressaisir.

— Je vous ai offensé, dit Katerina. Je suis vraiment désolée.

— Ce n'est rien. Tâchons de revenir au sujet qui nous occupe et…

Son téléphone portable sonna. Il baissa la tête pour voir l'écran et le numéro qui s'affichait.

— Veuillez m'excuser. Je dois prendre cet appel.

Il saisit le téléphone et le colla à son oreille, puis pivota sur son siège pour tourner le dos aux Casey, qui se regardaient d'un air gêné, ne sachant pas s'ils devaient quitter la pièce.

— Dis-moi que tu n'es pas en train de faire ça, chuchota Gold avec colère. Dis-moi que ce n'est pas toi.

Il se pencha en avant, comme pour s'isoler davantage. Katerina s'était levée, mais son mari secoua la tête, lui demandant muettement d'attendre.

— Tu ne peux pas… tu ne peux pas attendre de moi que je reste là sans rien faire, poursuivait le médecin. J'ai accepté beaucoup de choses, des choses dont je ne suis pas fier, parce que je t'ai laissé me convaincre, mais là, ça va trop loin.

Matthew haussa les sourcils et se leva. Katerina fit un pas en direction du bureau, se pencha légèrement et dit tout bas :

— Nous allons attendre…

Gold se retourna et, avec un regard furieux par-dessus son épaule, ordonna :

— Sortez !

Katerina eut un mouvement de recul, comme si on l'avait giflée. Son mari semblait prêt à bondir sur le médecin, ou tout au moins à protester, mais elle secoua vigoureusement la tête, le dissuadant d'intervenir. D'ailleurs, Gold avait repris sa conversation. Elle guida son mari vers la sortie et tira la porte derrière eux en partant.

— C'était juste des gens dans le cabinet, dit Gold. Ils sont partis. Non, non, ils n'ont pas... Arrête. Arrête. Écoute-moi. Je vais tout raconter. Je t'assure. Je n'en ai plus rien à faire. Je ne peux plus travailler. Je suis une épave. Je ne dors plus. Je passe la moitié du temps à me demander si je ne vais pas me foutre en l'air... Non, mon Dieu, non, je n'ai rien dit à ma femme. Tu me crois fou ? Mais oui, elle a remarqué que je suis à cran. Je lui ai dit que la clinique... que nous avions un léger problème de trésorerie, rien d'insoluble.

Gold écouta son interlocuteur parler pendant près d'une minute, après quoi il parut légèrement calmé.

— OK, dit-il. OK.

Un dernier « OK », et Gold mit fin à l'appel, pivota sur sa chaise et posa le téléphone sur son bureau. Il regarda les deux sièges vides en face de lui et cligna des yeux, comme s'il essayait de se rappeler qui s'était trouvé là quelques instants auparavant.

Pendant que les Casey étaient reçus, Julie Harkin avait fait une recherche sur son ordinateur, pour retrouver l'article aperçu sur l'écran du Dr Gold.

Elle le lut en entier. Une maison occupée par plusieurs étudiants de Bates College, en dehors du campus, avait été détruite par un incendie.

Un des occupants, Jason Hamlin, était porté disparu, et les autorités commençaient à croire qu'il n'était pas dans la maison quand le feu s'était déclaré. Mais dans ce cas, où était-il ?

En quoi cette histoire intéressait-elle le Dr Gold ? se demanda Julie.

Un lien renvoyait à un autre article : UNE FAMILLE FRAPPÉE PAR UNE DOUBLE TRAGÉDIE. Julie cliqua dessus. La maison de la famille Hamlin, à Baltimore, avait été réduite en cendres peu après la tragédie de Lewiston.

Comme si la famille n'avait pas assez souffert, songea-t-elle.

Puis elle lut les noms des parents de Jason : Margaret et Charles Hamlin.

— Oh mon Dieu ! dit-elle tout bas.

C'était un des couples dont elle avait donné le nom à la femme du café.

33

Springfield, Massachusetts

— Comment ça, il pourrait être en train de se passer autre chose ? demanda Chloé.

Assis à côté d'elle dans la Pacer, Miles hésita. Il avait besoin d'un moment supplémentaire pour digérer les informations qu'il avait reçues de Dorian. Pouvait-il s'agir d'une coïncidence si trois des personnes avec lesquelles il espérait entrer en contact – Todd Cox, Jason Hamlin et Katie Gleave – avaient disparu ou étaient présumées mortes ? Dans un laps de temps aussi court ? Et tout ça depuis que Miles s'était lancé à leur recherche ? C'était possible. Des maisons prenaient feu. Des jeunes gens qui visitaient des pays étrangers, dont ils ignoraient les coutumes et la langue, pouvaient s'attirer des ennuis. Et il y avait une explication possible à la disparition de Todd : il était impliqué dans une activité illégale et avait pris la fuite. N'empêche.

Pourquoi son mobil-home était-il si propre ? Pourquoi avait-on effacé la moindre trace du jeune homme ? Qui s'était caché sous le lit ? Et qui était la femme dans le fourgon ?

Il repensa à ce que Dorian avait dit sur Jason Hamlin. Un accident domestique. Ses colocataires avaient survécu, mais pas lui. On finirait peut-être par retrouver son corps parmi les cendres. Mais s'il n'était pas dans la maison quand le feu s'était déclaré, où était-il donc ? Que lui était-il arrivé ?

— Tu vas me répondre, ou quoi ? insista Chloé.

— J'essaie de rassembler les éléments.

— Rassembler quoi ? Ohé, je suis là ! Qu'est-ce qui se passe, bordel ?

— La liste, répondit-il, les neuf personnes que j'ai... Bon sang, est-ce que j'ai le droit de les appeler mes enfants ou est-ce trop... présomptueux ?

Sous le coup de l'émotion, Miles perdait sa capacité de concentration. Submergé par un raz-de-marée d'émotions, il avait de plus en plus de mal à réfléchir de manière logique. Il n'y avait pas si longtemps, il était capable de visualiser des lignes de code informatique dans sa tête comme si elles s'étalaient sur un panneau d'affichage devant lui. Des concepts complexes lui étaient aussi accessibles qu'un coucher de soleil.

À présent, il semblait se noyer dans le flot des informations et des événements qui lui tombaient dessus en même temps – retrouver Chloé, *ne pas* trouver Todd, les nouvelles concernant les autres sur la liste. Après le coup de téléphone de Dorian, il avait l'impression que quelqu'un avait jeté sur la table plusieurs centaines de pièces de puzzle qu'il fallait assembler en dix secondes.

— Putain, putain, putain, dit-il en se penchant en avant, les poings serrés pressés sur son front.

— Miles ?

— J'ai... besoin d'une minute.

Il baissa les mains et regarda Chloé.

— Je peux t'appeler comme ça ? Je peux t'appeler mon enfant ? Ma fille ? Est-ce que je ne dois pas être plus qu'un simple donneur de sperme pour avoir ce droit ?

Il craignait de se mettre à pleurer. *Retiens-toi*, s'exhorta-t-il. *C'est un symptôme. Ne le laisse pas te contrôler. D'accord, une de tes* filles *a disparu. Deux de tes* fils *sont introuvables.*

Il n'avait même pas encore eu l'occasion de leur dire ne serait-ce que bonjour.

— Miles, est-ce que ça va ? s'enquit Chloé en tendant la main pour lui toucher le bras.

Il déglutit, comme si cela pouvait calmer la tempête émotionnelle. Puis il esquissa un hochement de tête.

— Ouais.

— Je *suis* ta fille, dit-elle. Tu as le droit de m'appeler comme ça.

— Être parent, c'est bien plus qu'une affaire de biologie.

— Ouais, eh bien, tu as l'occasion de te rattraper pour l'autre partie, dit-elle en lui serrant le bras. Tu dois te reprendre, d'accord ?

— D'accord.

— Tu peux répondre à ma question ?

— Retente ta chance.

— Le coup de fil. Quel était le sujet de ce coup de fil ?

— C'était mon assistante. Elle a recueilli des informations pour moi sur… les autres.

— D'accord.

Sans lui donner de noms, il lui parla de la jeune femme disparue à Paris et de l'étudiant qui aurait péri dans un incendie.

Ces informations eurent sur Chloé plus de retentissement qu'il ne l'aurait pensé.

— Alors… j'ai perdu un frère et une sœur ? En plus de la disparition de Todd ?

— Je suis désolé.

— Qu'est-ce qui se passe ?

— Je n'en sais rien.

— Tout est lié, c'est ça ?

— Chloé, je ne sais pas.

Elle retira sa main et son regard empathique se fit grave.

— Attends un peu. À peu près au moment où tu commences à nous chercher, moi et mes demi-frères et sœurs, des trucs bizarres commencent à se produire ?

— On… on dirait bien.

— Il n'arrive rien à ces gens pendant des années, et puis, quand tu commences à fouiner, des trucs horribles se passent. Tu penses que c'est une coïncidence ?

— Je te jure, Chloé, je l'ignore.

— Qu'est-ce que tu as fait ? Tu as balancé leurs noms pour que quelqu'un puisse s'en prendre à eux ?

Il lui décocha un regard acéré.

— Ne sois pas ridicule. Même à toi, je n'ai pas donné de noms. Et pourquoi quelqu'un s'en prendrait à eux ?

— Bon, d'accord, tu n'as rien fait, mais tu ne dois pas être la seule personne à savoir qui sont tous tes rejetons.

Miles réfléchit à la question.

— Non.

— Qui est au courant ?

— Dorian, mon assistante. Elle travaille pour moi depuis des années. Heather, qui fait du travail d'enquête quand on en a besoin. Il y a aussi le médecin de la clinique. Il se peut qu'un certain nombre de gens détiennent cette information. Mais quand bien même quelqu'un connaîtrait le nom des personnes avec lesquelles j'essaie d'entrer en contact, quel rapport avec une disparition ou un incendie ?

— Hé, c'est toi que ça a l'air de faire flipper. Tu dois bien avoir une idée derrière la tête.

— C'est… ce n'est peut-être rien du tout.

— Je ne pense pas que ce soit rien, moi. Tu veux savoir pourquoi ?

— Pourquoi ?

— Parce que je suis une des personnes concernées. Sur les neuf que tu essaies de retrouver, deux ont disparu et une autre est peut-être morte. Ça représente déjà un tiers de ta liste. Je me demande donc quand viendra mon tour.

Miles lui lança un regard qui suggérait que l'idée ne lui était pas encore venue à l'esprit.

— Merde.

— C'est le moins qu'on puisse dire. Écoute, c'est toi, le gros cerveau ici, mais laisse-moi te soumettre une hypothèse.

— Je t'écoute.

— Tu as l'intention de partager tout ton argent et tes biens entre nous neuf. Comme je l'ai dit, je n'ai pas besoin de ton fric, mais mettons ça de côté. Ces neuf personnes vont donc recevoir un neuvième du pot. J'ai bon, jusqu'ici ?

— Oui.

— Si on passe de neuf à six, ceux qui restent finissent par toucher beaucoup plus. Exact ?

— Exact, dit Miles lentement.

— Et si de neuf on tombe à cinq, alors... Tu vois où je veux en venir ?

— Chloé, tu fais preuve de beaucoup d'imagination.

— C'est facile pour toi de dire ça.

— Comment ça ?

— Tu n'es pas l'un des neuf.

Ces mots le touchèrent durement et il sentit les émotions refaire surface. Il ne voulait pas perdre le contrôle de nouveau. Il s'efforça de rester concentré.

— Ce dont tu parles, dit-il en essayant de garder un ton égal, c'est de meurtre. Tu parles de quelqu'un qui assassinerait mes... ma progéniture. Il n'y a rien, du moins dans ce que j'ai appris de Dorian, qui permette de penser que ces... événements... sont des homicides.

— Uniquement parce qu'ils n'ont pas retrouvé les corps, rétorqua Chloé, presque avec désinvolture.

Miles se tourna vers la fenêtre.

— Ce que tu dis... c'est inimaginable. Mais si cela se vérifiait... est-ce que c'est moi qui ai tout enclenché ?

Chloé ne répondit pas.

— Mon seul objectif était de vous venir en aide, pas de vous nuire. Qui... qui ferait une chose pareille ?

— Oh, ça me paraît évident.

Miles la fixa de nouveau.

Elle haussa les épaules, sourit niaisement et déclara :

— L'un d'entre nous.

— Quoi ?

— Un des neuf. Si tu veux le gâteau pour toi tout seul, tu zigouilles tes demi-frères et sœurs.

— Non, dit Miles tout bas.

— Un de tes enfants est déjà au courant pour les autres et nous élimine un par un, dit-elle, presque gaiement. Ça me paraît logique.

— Non, répéta-t-il.

— Juste pour info, ce n'est pas moi, dit-elle en lui touchant le bras, puis elle ajouta après une pause : Bien sûr, c'est ce que le coupable dirait, n'est-ce pas ?

Miles eut alors une réaction à laquelle ni l'un ni l'autre ne s'attendaient. Il éclata de rire.

— C'est la définition même d'un merdier. Peut-être que c'est toi. Tu es comme la fille dans *Hanna*.

Chloé sourit.

— J'ai vu ce film. L'histoire d'une fille de seize ans tueuse à gages. Ouais, d'accord. Il se trouve justement qu'un de tes enfants a été élevé pour devenir un tueur international, et maintenant il élimine un à un tous ses demi-frères et sœurs. Je pourrais le faire.

Maintenant, ils riaient tous les deux.

Miles posa une main sur le tableau de bord pour se stabiliser. Les rires retombèrent.

— Oh, bon sang, il n'y a rien de drôle là-dedans.

— Il faut bien rire de temps en temps.

Une fois calmé, Miles prit une grande inspiration et déclara :

— On devrait te ramener chez toi, et je devrais retourner à New Haven pour tenter de débrouiller ce bordel.

— Ouais, on y croit vachement. S'il existe une chance sur mille pour que j'aie raison, tu crois que je vais rentrer chez moi et attendre que quelqu'un me fasse disparaître ? Tu n'es peut-être pas ce qu'on fait de mieux comme garde du corps, mais je ne te quitte pas d'une semelle, *papa*.

D'un air las, Miles hocha la tête.

— J'ai compris.

34

New York

Nicky était de plus en plus convaincue qu'il n'y avait qu'une seule issue possible.

Elle savait que Jeremy ne pouvait pas la garder enfermée indéfiniment dans cette *brownstone* à plusieurs millions de dollars, et Roberta lui avait donné raison. Que fallait-il en déduire ?

Que Roberta allait se pointer un jour pour lui annoncer qu'elle était libre de partir ? Que Jeremy avait changé d'avis, que la punition était levée, qu'il ne se souciait plus de savoir ce qu'elle avait pu entendre ?

Non, ça n'allait pas se passer comme ça.

Pendant un moment, Nicky avait cru qu'ils essaieraient de l'acheter. Lui offrir de l'argent, ou des cadeaux, pour lui faire oublier ce qu'elle avait entendu. Elle imaginait Jeremy lui disant que tout cela n'avait été qu'un terrible malentendu, qu'il voulait se faire pardonner en lui proposant un travail bien payé au sein de l'organisation, de préférence à l'étranger, loin, très loin de la police de New York.

Elle aurait joué le jeu, volontiers.

Bien sûr, elle n'était qu'une gamine, mais elle était mûre pour son âge, très attirante et plus maligne que la plupart. Elle pouvait passer pour une fille de dix-neuf ou vingt ans en cas de besoin. Elle était en mesure de signer un contrat de travail ; l'entreprise pouvait la former et elle deviendrait une nouvelle Roberta, ou bien elle trouverait d'autres jeunes filles pour divertir Jeremy et ses amis importants.

Mais elle n'y croyait pas. Elle craignait que Jeremy n'envisage une solution plus définitive. Comment allaient-ils s'y prendre ? Mettre un poison à action lente dans les merveilleux repas qu'Antoine préparait ? N'ayant pas ressenti le moindre malaise, elle avait exclu cette possibilité pour le moment. C'était tant mieux, d'ailleurs, parce que si sa séquestration avait un bon côté, c'était bien la nourriture.

S'ils avaient l'intention de la tuer, pourquoi ne pas en finir ? Peut-être attendaient-ils d'avoir le courage de le faire. Ils devaient trouver non seulement le meilleur moyen, mais aussi dissimuler leur crime.

Jeremy Pritkin était avant toute chose un planificateur méticuleux.

Nicky avait fini par conclure : *Il faut que je me tire d'ici.*

Sa chambre au premier étage se trouvait à environ six mètres du large palier qui séparait deux grandes volées de marches, l'une descendant et l'autre montant. Un des sbires de Pritkin était toujours posté là, comme le jour où elle avait tenté de s'enfuir.

Ses visiteurs étaient invariablement Roberta ou un membre du personnel qui apportait un repas, des draps, des serviettes propres ou des rouleaux de papier toilette. Nicky était censée refaire le lit elle-même chaque semaine et laisser les draps ainsi que les serviettes de toilette en tas devant la porte.

Parfois, si Roberta était bien disposée, elle lui apportait de la lecture – *Vogue, Vanity Fair,* le dernier *New York Times* du dimanche – que Nicky dévorait, même les articles qui ne l'intéressaient pas vraiment. Cela l'aidait à passer le temps.

Un jour, elle avait tenté de solliciter l'aide d'une des femmes de ménage venue déposer des draps. Précédemment, Nicky avait engagé la conversation avec cette Teresa, la cinquantaine, qui venait d'Hidalgo, au Mexique.

« J'ai une fille et un garçon », avait dit Teresa en réponse à la question de Nicky.

Elle venait d'enlever ses talons hauts, comme tout le personnel féminin dès que le maître de maison n'était pas dans les parages.

« Quel âge ont-ils ? Ils vivent à New York ? »

La fille de Teresa, qui avait vingt ans, était employée dans un pressing en Californie. Son fils avait vingt-trois ans et travaillait dans le bâtiment, en Arizona et au Nouveau-Mexique. Nicky avait le sentiment qu'aucun membre de la famille n'était en Amérique légalement.

— Si on retenait votre fille prisonnière, dit-elle ce jour-là, vous ne voudriez pas que quelqu'un lui vienne en aide ?

Teresa fit mine de ne pas avoir entendu.

— Tout ce que je vous demande, c'est de dire à la police que je suis ici. Dites-leur que je suis retenue contre ma volonté. Passez un coup de fil anonyme.

Teresa rangeait des serviettes propres dans la salle de bains et évitait de la regarder.

— S'il vous plaît ! Je vous en supplie.

Teresa repartit sans un mot. Plus tard, Roberta eut une petite discussion avec Nicky.

— Ne mets plus jamais le personnel dans ce genre de position, avertit-elle. De toute façon, les gens qui travaillent pour M. Pritkin sont très loyaux.

Pas loyaux, songea Nicky. *C'est plutôt qu'ils sont morts de trouille.*

Ce fut à ce moment-là qu'elle commença à réfléchir à la façon dont elle pourrait attirer, seule, la police ou les pompiers dans la *brownstone* de Pritkin. Elle envisagea de déclencher un incendie dans sa chambre, mais elle n'avait ni allumettes, ni briquet, ni même deux bouts de bois à frotter ensemble. Il y avait un sèche-cheveux dans la salle de bains, mais sa tentative d'enflammer grâce à lui des morceaux papier toilette échoua. Elle pensa à enfoncer des serviettes dans les tuyaux d'évacuation de la baignoire ou du lavabo puis ouvrir les robinets. Mais à quoi servirait une inondation, à part à faire chier Jeremy et Roberta avec un dégât des eaux ?

La chambre n'avait qu'une seule fenêtre, d'environ soixante centimètres de côté, qui donnait sur un mur de brique de l'autre côté de la ruelle. Vous parlez d'une vue. Ce n'était pas du vitrage bon marché, d'ailleurs. Le verre était épais, et armé avec ce qui ressemblait à du grillage à poules, le genre de vitre que l'on utilise pour les portes dans les écoles. Inutile donc de songer à la casser. Même si elle y arrivait, que se passerait-il ensuite ? Est-ce qu'elle serait seulement capable de passer à travers ? Et ensuite, comptait-elle descendre le mur à mains nues comme Spider-Man ?

Alors qu'elle se tenait à la fenêtre et essayait d'entrevoir la 70e Rue, elle s'aperçut que l'iPad qu'elle avait à la main captait un faible signal Wi-Fi.

Il devait provenir de l'immeuble d'en face, tout proche.

Oh mon Dieu, pensa-t-elle. *Si j'arrive à me connecter, je pourrai envoyer un message.*

Le réseau Wi-Fi s'appelait LOLITASPLACE. Une Lolita habitait donc là, derrière ce mur. Le seul problème était qu'elle avait protégé l'accès par un mot de passe.

Elle entra les plus évidents, qu'utilisaient parfois les gens trop stupides pour mémoriser. MOTDEPASSE, ABCDEFG, 123456789, ou LOLITASWIFI et LOLITASPAD. Nicky dut essayer plus d'une centaine de combinaisons pendant les deux heures suivantes.

Sans succès.

— Merde, merde, merde.

Elle était sur le point d'abandonner quand elle décida de faire une dernière tentative.

Elle tapa ATILOL. Le nom de l'occupante présumée, épelé à l'envers.

Le mot de passe fut accepté.

Nicky étouffa un « *Yes !* » de triomphe.

Elle ouvrit aussitôt Safari, chercha la page d'accueil de la police de New York sur Google. Il y avait une adresse e-mail !

La porte de sa chambre s'ouvrit à la volée.

Roberta fit irruption, le visage cramoisi. Elle arracha l'iPad des mains de Nicky, le jeta sur la moquette, puis transperça l'écran avec son talon de dix centimètres – non pas une, mais trois fois –, le réduisant en miettes.

— Je ne faisais rien ! bafouilla Nicky. J'étais juste…

Et Roberta la gifla. Non, c'était plus qu'une gifle. C'était un coup de poing donné avec le plat de la main. Nicky chancela et jeta une main en avant pour amortir sa chute.

— Tu crois qu'on ne sait pas ? cria Roberta. Espèce de petite salope !

Nicky était à genoux et essayait de se relever quand elle reçut un nouveau coup. Pas sur le visage, mais sur le côté de la tête. Plus fort encore. Nicky vit des étoiles en tombant sur la moquette. Elle fondit en larmes, cria plusieurs fois qu'elle était désolée, supplia Roberta d'arrêter.

C'est alors qu'elle comprit qu'il devait y avoir une caméra quelque part dans la pièce. Ils n'avaient pas cessé de l'observer. Ils avaient vu son excitation quand elle s'était connectée au Wi-Fi de quelqu'un d'autre.

À travers ses larmes, elle distingua Jeremy Pritkin qui se tenait là, dans l'encadrement de la porte.

En train de regarder.

Son visage était dénué d'expression. Il ne souriait pas, ne riait pas. Rien n'indiquait qu'il appréciait ce spectacle violent, mais il n'affichait aucune expression de désapprobation ou de déception non plus. Il restait impassible, comme s'il regardait quelqu'un accomplir un acte aussi anodin que passer l'aspirateur ou lire un livre.

Comme si Nicky n'était rien.

Il finit par intervenir en appelant Roberta, qui tourna les talons et quitta la pièce après un dernier regard assassin. Nicky gémissait, mais elle entendit tout de même le bruit du verrou qu'on tournait.

Ils parlaient dans le couloir.

Elle rampa sur la moquette jusqu'à la porte, puis s'y appuya. Si Roberta était dans le couloir, alors elle ne pouvait pas la surveiller sur un écran en même temps.

Elle disait :

— ... indéfiniment... il faut faire quelque chose...

Et Pritkin de répondre :

— ... un nombre limité de personnes de confiance pour faire ce genre de travail... actuellement sur le terrain.

— ... encore longtemps ?

— ... j'espère que non... s'en occuper dès leur retour.

Leurs voix s'éteignirent alors qu'ils s'éloignaient.

Nicky se dit que cela ne pouvait se terminer que d'une seule manière. Et le fait de l'avoir pressenti n'avait rien de réconfortant.

35

Fort Wayne, Indiana

C'était assez incroyable.

Travis Roben avait une petite amie. Travis Roben avait une foutue petite amie, et son nom était Sandy, et c'était une vraie, une authentique représentante femelle de l'espèce humaine. Pas une photo dans un magazine, ni une poupée gonflable, ou une vidéo sur un site porno, mais une personne bien vivante.

Ils étaient allés prendre un café après leur première rencontre au magasin de bandes dessinées, où Sandy avait demandé conseil sur ce qu'elle pouvait offrir à son neveu de douze ans. Elle avait commandé un cappuccino décaféiné et un biscuit aux amandes, tandis que Travis optait pour un café tout simple agrémenté d'une tonne de crème et d'une demi-douzaine de cuillères de sucre. Il ne connaissait absolument pas la différence entre le cappuccino commandé par Sandy, un *latte*, un americano, et toutes les autres préparations chichiteuses à base de café. En vérité, Travis buvait essentiellement du Mountain Dew, et ce qui s'approchait le plus pour lui d'un en-cas sophistiqué consistait en une boule coco industrielle.

Dès le départ, il avait commis un énorme impair en laissant Sandy payer sa propre boisson. *Crétin, crétin, crétin. Bien joué, débilos.*

Mais si Sandy s'était formalisée, elle n'en avait rien montré. Elle s'était assise et avait commencé à parler.

D'elle.

D'où elle venait (Spokane) et de ce qu'elle avait étudié (la médecine vétérinaire) et de ce qu'elle espérait faire de sa vie (non pas devenir vétérinaire, finalement, mais enseigner la musique), du déménagement de ses parents à Fort Wayne quand elle avait quinze ans, parce que son père y avait été muté (il travaillait pour une compagnie d'assurances), et du fait qu'elle avait rapidement déménagé parce que ses parents ne s'entendaient pas et allaient probablement divorcer (oh, qu'est-ce qu'on y pouvait, cela faisait des années qu'elle le voyait venir) et qu'elle était sortie avec un type qui était fan de sport (surtout de hockey), mais elle en avait un peu marre des sportifs, trop centrés sur eux-mêmes et inconscients des réalités du monde, et toi sinon ?

— Moi ? Il n'y a pas grand-chose à dire, répondit Travis avec un haussement d'épaules.

Ce qui était la vérité. Il lui confia néanmoins qu'il travaillait sur son propre roman graphique, ce qu'elle trouva, ou fit mine de trouver, très intéressant. Dans les deux cas, cela allait très bien à Travis. Après cinq minutes de discussion sur ses centres d'intérêt à lui, elle avait recommencé à parler d'elle.

Bon sang, on s'en fout. Elle est tellement sexy.

Pendant tout le temps qu'ils avaient passé ensemble, Travis n'avait eu qu'une seule chose en tête. Ou plutôt deux. Premièrement, il avait besoin de contrôler son état d'excitation. Quand ils auraient fini leur café et se lèveraient, Travis ne voulait pas qu'on pense qu'il cachait un extincteur dans son pantalon. Ensuite, allait-elle accepter de sortir avec lui ? Peut-être au multiplex, et pas pour voir un stupide Marvel, DC Comics, Star Wars ou James Bond, mais un film non franchisé, original, qui ne soit pas dérivé de quelque chose d'autre. Ça devait être le genre de fille branchée cinéma indé.

Or Travis n'avait encore jamais demandé à une fille de sortir avec lui. Quelle était la formule ? « Est-ce que tu accepterais de sortir avec moi ? » Non, c'était trop formel, démodé, ringard. Peut-être une tournure plus décontractée et spontanée, comme : « Hé, ça te dirait qu'on se voie demain soir ? On pourrait aller voir un film. » Ouais, quelque chose dans ce goût-là.

Puis Sandy avait demandé :

— Qu'est-ce que tu fais, ce week-end ?

Et ils se retrouvaient donc là, un samedi après-midi, dans... tenez-vous bien... un bowling. Travis n'avait pas joué au bowling depuis l'anniversaire d'un ami qui fêtait ses sept ans. Il ne savait même pas que les bowlings existaient encore. À part quelques entraînements sporadiques dans des cages de frappe de base-ball, il n'avait jamais été particulièrement sportif. Pendant toute sa scolarité, il était celui que l'on choisissait en dernier au moment de constituer les équipes. Travis jouait même seul au base-ball, sport d'équipe par excellence.

Avec cette sortie au bowling, ils en étaient à leur quatrième rendez-vous. Le lendemain du café qu'ils avaient pris ensemble, ils s'étaient retrouvés pour déjeuner au McDonald's du coin – Travis s'était senti un peu gêné d'avoir commandé un Big Mac alors que Sandy avait fait le choix plus raisonnable d'une salade, mais sérieusement, qui venait au McDo pour manger une salade ? Ce fut pendant ce déjeuner que Sandy avait dit : « J'ai envie de te proposer quelque chose, mais ça va peut-être sembler inapproprié. »

OhmonDieumonDieumonDieu, s'était emballé Travis.

« Tes lunettes, avait-elle dit.

— Hein ?

— Tes lunettes, elles sont vraiment… Je ne sais pas comment dire ça sans avoir l'air de te juger ou quoi, mais elles craignent un peu.

— Quoi ?

— Tu as des centres d'intérêt de geek – et je n'ai aucun problème avec ça, parce que je pense que la bande dessinée et les romans graphiques sont une forme d'art à part entière et que tu n'as pas à en avoir honte –, mais ce n'est pas pour autant que tu dois avoir ce look. Et tes lunettes… c'est exprès si la monture est aussi épaisse et les verres aussi énormes ? »

Travis avait rougi de honte.

« Oh, merde, merde, je suis désolée, avait dit Sandy. J'ai vraiment dépassé les bornes, hein ?

— Non, non, ce n'est rien. Je suppose que j'en ai toujours porté des comme ça. Une fois, j'ai demandé à mes parents si je pouvais changer, et ils m'ont dit que celles-ci étaient très bien. Mais, oui, elles font peut-être un peu geek. Je ressemble au professeur dans *Les Sentinelles de l'air*, la série d'aventure des années 1960 avec des marionnettes. »

Sandy l'avait regardé d'un air absent, ne saisissant pas la référence.

« Bref, j'ai bien pensé à m'acheter une autre paire, mais dès que j'ai de l'argent, je le dépense pour autre chose.

— On va t'acheter de nouvelles lunettes. On fera ça demain.

— Je ne sais pas trop. Ça risque de coûter cher et...

— Je pourrais te les offrir. Après, et là encore tu me le dis si je passe les bornes, on pourrait aller t'acheter des vêtements.

— Des vêtements ?

— Ne le prends pas mal, mais ta garde-robe aurait besoin d'une petite mise à niveau.

— Ah bon. »

Sandy lui avait donné un petit coup de pied sous la table.

« Écoute-moi, espèce d'idiot. Je ne pense pas que tu en aies la moindre idée, mais juste là, juste sous la surface (elle avait fait tourner son index en l'air devant son visage), il y a un beau gosse prêt à se montrer au grand jour.

— Tu crois ?

— J'en suis sûre. »

Le fait est que Travis avait quelques économies – pas loin de mille dollars – et, le lendemain, il était allé retirer deux cents dollars au distributeur et avait laissé Sandy l'emmener au centre commercial pour un petit relooking. Avec ce budget assez modeste, Sandy choisit quelques chemises en solde et un jean élégant chez Gap. Quand elle lui suggéra d'acheter de nouveaux boxers, Travis faillit perdre la tête.

Ils ne se connaissaient que depuis quelques jours, et ils n'avaient rien fait d'autre que de s'embrasser deux ou trois fois – oui, Travis avait enfin posé ses lèvres sur celles d'une fille dans d'autres circonstances qu'un enterrement familial ou sous la contrainte –, mais le jeune homme ne pouvait s'empêcher de penser que le meilleur restait à venir. Le fait que Sandy évoque ce bout de tissu destiné à entrer en contact avec ses parties intimes était peu ou prou la chose la plus incroyable qui lui soit jamais arrivée.

L'expédition chez Gap laissa Travis sans un sou pour de nouvelles lunettes, mais Sandy l'assura qu'elle l'aiderait. Il pourrait toujours la rembourser plus tard. Ils allèrent donc au magasin d'optique du centre commercial et trouvèrent une paire vendue sans ordonnance d'aussi bonne qualité que celles qu'il portait depuis des années et à un prix abordable.

En arrivant au bowling quelques jours plus tard, Travis se sentait un autre homme. Sandy l'avait remodelé, et il n'avait fallu qu'une paire de lunettes et une nouvelle tenue. Oh, bien sûr, il avait toujours son côté binoclard emprunté, et il en était conscient, mais Sandy ne semblait pas s'en soucier. Il supposait que cela avait un rapport avec ce qu'elle avait dit de son ancien copain, le sportif, un sujet sur lequel elle s'était étendue lors de conversations ultérieures. Elle n'aimait pas les hommes imbus d'eux-mêmes, qui se croyaient hyper sexy, des salauds narcissiques convaincus que le monde tournait autour d'eux.

Hé, se disait Travis, si les goûts de Sandy la portaient maintenant vers les types ayant une faible estime d'eux-mêmes, incapables de lancer un ballon même si leur vie en dépendait, elle avait trouvé l'homme idéal.

Après leur partie – Travis terminant sur le score lamentable de 80 points, guère mieux que les 95 points de sa partenaire –, ils allèrent manger un hamburger et, pour une fois, Sandy ne parla pas exclusivement d'elle.

— Ne le prends pas mal, dit-elle pour plaisanter, mais tu n'es pas le meilleur joueur de bowling que j'ai vu.

— Je te retourne le compliment. Le bowling, c'est pas vraiment mon truc.

— C'est quoi, ton truc ?

Il leva les yeux au ciel.

— Rien en particulier. Je vais taper des balles avec ma batte Louisville Slugger dans des cages de frappe de temps en temps, mais c'est à peu près tout.

— Je faisais ça avant.

— Tu faisais quoi ?

— Je jouais dans une équipe de softball, précisa-t-elle en souriant fièrement. J'étais plutôt douée, d'ailleurs. La prochaine fois, on se fera une cage de base-ball.

— Ça marche.

— Alors, dit-elle pour changer de sujet, dis-m'en plus sur tes parents.

— Je ne sais pas ce qu'il y a à en dire. Ils sont normaux, je suppose. (Il s'interrompit, baissa les yeux.) Ils n'ont pas une très haute opinion de moi.

— Comment ça ?

— Ils n'arrêtent pas de me dire de changer ma façon de vivre. « Sors plus, fais des rencontres, arrête de t'enfermer dans ta bulle. »

Sandy sourit.

— Ce n'est pas un peu ce que tu fais ?

Il leva les yeux et croisa son regard.

— On dirait bien. J'imagine qu'ils veulent le meilleur pour moi, mais j'ai toujours l'impression qu'ils me rabaissent.

— Tu as une photo d'eux ?

— Sur mon téléphone.

— Montre-moi.

Il sortit son portable et ouvrit l'application photo.

— Je n'en ai pas tant que ça. Oh, attends. En voilà une. C'était l'anniversaire de ma mère, l'année dernière, je crois.

Il lui tendit le téléphone et elle examina le cliché. Les parents de Travis se tenaient par la taille, coiffés de chapeaux pointus en papier, ils avaient l'air joyeux ou un peu ivres, ou les deux. La femme avait une peau très pâle et des cheveux grisonnants, tandis que son mari avait le teint plus mat.

— Ton père, il a l'air... comment dit-on ? Basané ? C'est raciste de dire ça ?

— Je ne pense pas. Il a des origines arméniennes ou quelque chose comme ça.

— Roben est un nom arménien ?

— Ouais, mais mon prénom est une référence au détective.

— Le détective ?

— Travis McGee. Mon père, quand il était plus jeune, était un grand fan de John D. MacDonald.

Sandy ne savait pas qui c'était. Elle jeta un dernier regard à la photo et rendit son téléphone à Travis.

— Il est très beau. Mais tu tiens plus de ta mère. Elle est jolie. Tu as un peu ses yeux, ses pommettes et tout.

— Ouais, eh bien, ça n'a rien de surprenant.

— Qu'est-ce que tu veux dire ?

— C'est un sujet dont j'évite de parler, répondit le jeune homme.

L'expression de Sandy s'adoucit.

— Je ne comprends pas.

Puis, comme si une ampoule s'était allumée dans son esprit, ses yeux s'agrandirent et elle dit :

— J'ai pigé. Ta mère était mariée avant, c'est ça ? Ton vrai père, c'est un autre homme ?

— Tu as à moitié raison, dit-il. Pour la première partie, tu te trompes. Ma mère a toujours été mariée avec lui, depuis trente ans, et ils s'aiment vraiment. (Il grimaça.) Sans vouloir te vexer, ce n'est pas comme tes parents, qui se sont séparés et tout.

— Tu ne me vexes pas. Mais si c'est pas ton vrai père... Oh mon Dieu, ta mère a eu une liaison ? dit-elle en se couvrant la bouche.

— Mais non ! dit Travis en riant. Tu as vraiment l'esprit mal tourné.

— Désolée.

— Quand j'ai eu environ treize ans, mes parents m'ont pris à part. Ils avaient quelque chose à m'annoncer, parce que j'étais en droit de connaître la vérité, sur qui j'étais et tout ça. Mes parents – enfin, mon père – ne pouvaient pas avoir d'enfants. De façon naturelle, je veux dire. Ils ont essayé longtemps, et ils ont fini par aller dans cette clinique, près de New York, parce qu'ils vivaient à Newark et que ce n'était pas trop loin.

— Un centre de PMA ?

— Ouais, c'est ça. Donc, ils ont reçu le truc d'un autre type...

— Le truc ?

Le visage de Travis s'empourpra.

— Le sperme.

— Ah, oui, bien sûr, dit Sandy avec désinvolture. Tu peux t'arrêter là. Ton père n'avait pas assez de spermatozoïdes, alors ta mère a fait appel à un donneur. Et tu es l'enfant issu de ce don.

— C'est ça.

— Ouah, c'est plutôt cool !

— Je ne sais pas si c'est le terme que j'emploierais.

— Non, je trouve ça vraiment incroyable. Tu sais qui est ton père biologique ?

— Non.

— Tu as cherché à le savoir ?

— Non.

— Tu n'es pas curieux ?

— Non.

Elle secoua la tête d'un air étonné.

— Moi, ça me rendrait folle. Il faudrait absolument que je sache. Tu n'as pas fait un de ces tests ? Je vois des pubs tout le temps à la télé.

— Non.

— Tu devrais. Tu devrais chercher à savoir.

Pour la première fois, l'ingérence de Sandy hérissa Travis.

— Je pense que c'est une décision très personnelle.

— Tu as raison. Je suis désolée. Pardonne-moi. Je me mêle de ce qui ne me regarde pas.

316

— Ce n'est rien.

— Bon, j'ai une autre question, et elle n'est pas super personnelle.

— Vas-y, envoie.

— OK, mais ne regarde pas. Pas avant que je te le dise.

— De quoi tu parles ?

— Ce couple, derrière l'endroit où on a pris les chaussures de bowling... Un homme et une femme, la quarantaine. Ils ne jouent pas et ne sont pas venus chercher à manger. Ils ne font rien de spécial, sauf qu'ils n'arrêtent pas de mater dans notre direction.

— Je peux regarder ?

— D'accord, mais sois discret.

Il se leva et s'étira en se retournant lentement, comme s'il balayait la salle du regard, sans s'attarder sur rien de particulier.

— Bien joué, chuchota Sandy.

Travis les repéra. Juste là où Sandy l'avait dit, mais ils s'étaient détournés. Il se rassit.

— Ils attendent peut-être quelqu'un, conjectura-t-il.

— Je parie que ce sont des flics. Peut-être qu'il y a du trafic de drogue ici.

— Au bowling ?

Sandy haussa les épaules.

— Et maintenant, on fait quoi ? demanda Travis.

Sandy sourit.

— Tu as envie de le faire ?

36

New Haven, Connecticut

Miles était d'accord avec Chloé : quoi qu'il se passe avec ses autres demi-frères et sœurs, si tant est qu'il se passe quelque chose, il semblait sensé qu'elle rentre avec lui à New Haven. Il n'avait cependant pas envie de faire tout le trajet dans sa Pacer délabrée, ni d'attendre que la jeune femme ramène la voiture chez elle à Providence. Il la persuada de la laisser à Springfield – en promettant de la lui ramener, d'une manière ou d'une autre, dès que possible – et ils retournèrent chez lui en limousine.

Chloé avait appelé sa mère pour lui dire de ne pas l'attendre, qu'elle restait chez Todd. Un mensonge, bien entendu, mais elle n'était pas encore prête à lui avouer que le père de son enfant avait chamboulé sa vie.

Il faisait nuit lorsqu'ils arrivèrent chez Miles. La maison, une splendeur architecturale moderne sur un terrain boisé juste à la périphérie de New Haven, apparut alors que la limousine négociait le dernier virage de la longue allée pavée. C'était une vaste construction d'un étage à laquelle les murs de verre, interrompus à intervalles réguliers par des poutres en acier couleur rouille, donnaient un aspect à la fois high-tech et industriel.

— Waouh ! s'écria Chloé. C'est bien une maison, pas une sorte de base militaire secrète ?

— J'ai une chambre d'amis, avec salle de bains, dit Miles. Elle est entièrement équipée. Brosse à dents, dentifrice, shampoing, tu trouveras tout ce qu'il te faut.

— Des tampons ? demanda-t-elle.

Miles lui lança un regard gêné.

— Je te taquine, dit-elle.

— Si tu as besoin d'autre chose, je peux envoyer Dorian te chercher ça demain matin, y compris des vêtements de rechange. Et il y a une gouvernante si tu veux faire laver tes affaires.

— Ouais, eh bien, avec toutes ces parois en verre, j'espère que tu as un peignoir pour moi.

— Le verre peut être assombri de manière à offrir une totale intimité. Pas besoin de rideaux ou de stores.

— Tu déconnes.

— Je t'assure.

Alors qu'ils descendaient de la limousine, Miles demanda à Charise de se rendre disponible le lendemain. Devant la porte d'entrée, il appliqua son pouce sur un pavé tactile. Le système de sécurité lut l'empreinte et déverrouilla la serrure, puis un bip à l'intérieur de la maison indiqua que l'alarme était coupée.

— Entre, dit Miles.

Chloé franchit le seuil, bouche bée. Le spacieux hall d'entrée était décoré d'arbustes feuillus poussant dans des bacs encastrés. Le long d'un mur, une rocaille traversée par une cascade créait une atmosphère paisible.

— Non, mais j'hallucine, souffla Chloé.

— La cuisine est par là, dit Miles.

Chloé lui emboîta le pas, tournant la tête de tous les côtés.

— Combien elle t'a coûté, cette baraque ? demanda-t-elle.

— Je l'ai fait construire, répondit Miles alors qu'ils parvenaient à la cuisine.

Il tira sur une poignée qui semblait fixée à un panneau dans le mur, mais c'était en fait la porte d'un énorme réfrigérateur.

— Je pourrais garer ma Pacer là-dedans, dit Chloé.

Miles prit deux bouteilles d'eau et lui en tendit une.

— Alors, combien ça t'a coûté ?

— Un peu moins de onze millions.

Chloé posa sa bouteille d'eau sur le comptoir et pénétra dans une pièce adjacente.

— Purée !

Elle se tenait dans la salle vidéo, face à un écran qui couvrait tout un pan de mur.

— Tu peux regarder quelque chose, si tu veux, dit Miles. Je vais probablement aller me coucher bientôt. La journée a été longue. La télécommande est juste là.

— Il y a de la bière dans ton frigo ? demanda-t-elle en le regardant.

— Euh, oui.

Chloé retourna dans la cuisine, saisit la poignée du réfrigérateur à deux mains et l'ouvrit comme s'il s'agissait d'un coffre-fort. Elle jeta un coup d'œil à l'intérieur, attrapa une canette.

— De la Bud light ? Sérieusement ? Tu as une maison à onze millions de dollars et le frigo est plein de Bud light ? Je pensais trouver une bière artisanale de luxe.

Miles haussa les épaules.

— Moi, j'aime bien. Mais je dois avoir des trucs plus élaborés dans le fond.

— Non, non, ça me va. Ça me surprend, juste.

Miles posa sa bouteille d'eau.

— Tu m'en attrapes une ?

Elle sortit une autre canette du frigo et la lui lança, mais la canette rebondit sur sa poitrine, tomba par terre et roula sous le plan de travail.

— Désolée !

— Merde, dit Miles. Merde, merde, merde.

Elle se pencha pour récupérer la canette, puis la posa sur le plan de travail.

— Mieux vaut attendre un moment avant de l'ouvrir. Qu'est-ce qui s'est passé ?

— Je n'ai plus la même coordination, dit-il. J'ai vu la canette arriver, mais mes bras n'ont pas reçu le message de mon cerveau assez vite. (Il remuait ses bras en les regardant avec un mélange d'étonnement, de perplexité et de déception.) Bon Dieu.

— Je vais t'en chercher une autre.

Cette fois, elle ouvrit la canette, la tendit à Miles et attendit qu'il la tienne fermement avant de la lâcher.

Il but une gorgée.

— C'est pour ça que je voudrais que tu passes un examen.

Chloé, essayant de prendre à la légère ce qui venait de se passer, demanda :

— À l'écrit ou à l'oral ?

— Celui dont on a parlé, soupira Miles. Une analyse génétique. Tu n'as même pas à te déplacer pour le prélèvement. Ils viendront à la maison, ça prendra deux secondes.

— Je l'ai déjà fait. Quand j'ai envoyé mon échantillon d'ADN à WhatsMyStory, j'ai dû cracher dans un tube à essai.

— Oui, mais ils ne cherchaient pas forcément... Écoute, si on compare ton échantillon au mien, certains marqueurs génétiques montreront si tu développeras la même maladie que moi, à un moment ou à un autre.

— Qui a le plus besoin de le savoir ? demanda-t-elle. Moi, ou toi ? Que veux-tu que je fasse de cette information maintenant, surtout si je ne peux absolument rien y changer ? Je pense que c'est de toi qu'il s'agit. Si mon test est positif, ou négatif, je ne sais pas comment dire...

— Positif, c'est si tu l'as.

— OK, donc, si le test est négatif, tu n'auras pas à te sentir coupable de m'avoir transmis quelque chose. C'est ça ?

Miles baissa les yeux.

— On doit tous mourir de quelque chose, non ? Imagine : je fais ce test et, bonne nouvelle, on ne trouve aucun signe de ta maladie, mais, mauvaise nouvelle, on découvre que j'ai une sorte de cancer rare. Un truc qu'on ne cherchait même pas. Et je devrai m'inquiéter de cette merde pendant je ne sais combien d'années alors que, si je n'avais rien su, j'aurais été beaucoup plus heureuse. Tu me suis ?

— Oui, je te suis, mais...

— Qu'est-ce que ça m'apportera de savoir ?

— Tu pourrais te... préparer.

— Me préparer, répéta-t-elle en hochant la tête. Bon, imaginons qu'il y a vingt ans tu aies su ce qui allait t'arriver. Qu'est-ce que tu aurais fait différemment ?

Il dut réfléchir à la question.

— Je ne sais pas trop. Je pense que j'aurais pris les choses un peu plus au sérieux. Je n'aurais pas perdu mon temps.

— Tu as perdu ton temps ?

Mon Dieu, qu'elle pouvait être exaspérante, se dit-il.

— Je me serais appliqué davantage.

— Pour pouvoir te payer ce genre de maison deux ou trois ans plus tôt ? Ça t'aurait rendu heureux ? À propos du temps perdu, tu sais, on ne peut pas passer sa vie entière sur un tapis de course. Parfois, il faut en descendre et aller se poser sur la plage. S'installer dans un hamac avec un bon livre et s'endormir. Ou prendre une bonne cuite. Je suis une experte en la matière.

Miles soupira.

— Comment peux-tu être si jeune et si sage ?

— Je ne le suis sans doute pas tellement, mais j'en ai l'air, comparée à toi.

Miles lui lança un regard noir.

— S'il te plaît, ne me dis pas que ce n'est pas une façon de parler à son père, dit Chloé.

Miles se détourna, épuisé. Chloé sentit qu'il était temps de transiger.

— Voilà ce que je te propose. Je vais faire ton test débile, mais je ne veux pas connaître le résultat. Quelle que soit la maladie mortelle qu'on me découvrira, tu gardes ça pour toi parce que je n'ai pas besoin de savoir. On est d'accord ?

Miles réfléchit.

— Marché conclu, dit-il.

Chloé tendit la main et ils scellèrent leur accord.

— Je vais arranger ça. On peut s'en occuper demain.

— Combien de temps pour les résultats ?

— J'ai des contacts avec un laboratoire privé qui peut accélérer les choses. Peut-être le jour même.

Chloé hocha la tête d'un air cynique.

— Avec suffisamment d'argent, on peut avoir ce qu'on veut quand on veut.

— C'est à peu près ça.

— Est-ce que ça s'applique aussi aux pizzas ? J'ai tellement faim que je pourrais manger un seau entier d'ailes de poulet.

— Je croyais que c'était les tacos, ton truc.

Quarante minutes plus tard, on livrait une grande pizza à leur porte. Double fromage, pepperoni, olives noires et poivrons verts. Chloé trouva deux assiettes, disposa trois parts sur chacune et posa le tout sur une table basse, dans la salle vidéo. Elle retourna à la cuisine chercher deux autres canettes de bière.

Miles tamisa les lumières avant qu'ils s'installent confortablement sur l'énorme canapé modulable en cuir noir. Chloé, assise à sa droite, se saisit de la télécommande.

— Je n'ai jamais rien vu sur un écran aussi grand, sauf au cinéma.

Elle pressa quelques touches et un service de streaming vidéo remplit l'écran de vignettes.

— Choisis un film, dit Miles en mordant dans sa première part.

Chloé prit une part de pizza dans une main et, de l'autre, explora la sélection.

— Vu, vu, vu, bien aimé, pas envie de le voir, vu et détesté, pas vu... Oh, pourquoi pas ça ?

— *Les Filles du docteur March* ?

— Ouais. Tu le connais ?

— Non.

— Parce que tu t'attends à une stupide comédie romantique ?

— Non, c'est juste que je ne l'ai pas vu.

— Tu devrais. Je l'ai vu deux fois.

— Très bien. Je le regarderai à l'occasion.

— Non, maintenant.

— Je suis vanné, mais vas-y, toi.

Chloé pressa la touche du téléchargement. Elle se cala contre les coussins, tenant l'assiette près de son menton pour éviter de se couvrir de miettes ou de sauce tomate. Après deux parts, elle reposa l'assiette sur la table et attaqua sa bière.

— Ouah, l'image est tellement nette qu'on peut voir l'intérieur des narines de Meryl Streep !

Au bout d'une demi-heure environ, Miles déclara :

— C'est vraiment bien.

Chloé ne répondit pas. Alors qu'il se tournait vers elle, la tête de la jeune femme glissa lentement, jusqu'à se poser sur son épaule. Il retira délicatement la canette de bière à moitié vide qu'elle tenait, la posa sur le large accoudoir en cuir, puis récupéra la télécommande et coupa le son du film.

Il l'écouta respirer doucement dans son sommeil, sentit sa chaleur près de lui.

Il avait décidé de partir en quête de ses enfants biologiques parce qu'il pensait que c'était juste. Il avait le sentiment de leur devoir quelque chose... un avenir. Acceptant le fait que le sien était limité, il lui paraissait approprié d'en offrir un meilleur à ceux qu'il laissait derrière lui.

Mais ça, il ne l'avait pas prévu. Qu'un lien allait se nouer.

Qu'il trouverait quelqu'un à qui il pourrait s'attacher.

Une fille.

Et elle n'était pas la seule. Trois autres étaient portés disparus – Todd Cox, Katie Gleave et Jason Hamlin –, mais jusqu'ici, selon Dorian, rien de fâcheux n'était arrivé à Nina Allman, Colin Neaseman, Barbara Redmond, Travis Roben et Dixon Hawley.

Il ressentait quand même une certaine urgence à les retrouver

Mais pour le moment, il appuya sa tête contre celle de Chloé et, malgré ces deux dernières semaines tourmentées, il éprouva un sentiment de contentement. Non, c'était plus que cela. C'était un sentiment d'intimité.

Alors qu'il laissait ses paupières se fermer et qu'il glissait dans un sommeil dont il avait grand besoin, une pensée lui vint :

Je suis bien.

Et, plus incroyable encore :

Je suis heureux.

37

Scottsdale, Arizona

Pour Dixon Hawley, ce fut, comme on dit, un jeu d'enfant.

Un soir tard, Rhys et Kendra le suivirent après qu'il eut fermé la galerie d'art où il travaillait. Dixon n'avait pas de voiture, il vivait assez près de son travail pour faire les trajets à pied. Contrairement à beaucoup de jeunes gens de son âge, il n'habitait pas chez ses parents, mais dans un petit immeuble résidentiel. Oui, il y aurait du boulot de nettoyage, dans la mesure où toute tentative pour mettre le feu à l'immeuble avait peu de chances d'aboutir. Le bâtiment était équipé d'extincteurs automatiques et se trouvait à moins de deux pâtés de maisons d'une caserne de pompiers.

Mais pour l'essentiel, tout se passait comme ils le voulaient.

Pour atteindre l'entrée de son immeuble, Dixon devait emprunter un passage étroit et mal éclairé, bordé de vigne vierge et de buissons. À une extrémité se trouvait la rue, au milieu, l'entrée de l'immeuble, et à l'autre bout, le parking.

Il était presque à la porte, sa clé à la main, quand Kendra, postée près du parking, l'appela.

— Excusez-moi ?

Dixon s'arrêta et se tourna vers elle.

— Oui ?

— Vous habitez ici ?

— Oui.

— Voilà, je suis en visite et j'ai accroché la voiture de quelqu'un en faisant marche arrière. Vous ne sauriez pas à qui elle appartient ?

— Ça ne peut pas être la mienne. Je n'ai pas de voiture.

— Si vous connaissez le propriétaire, je le chercherai dans l'immeuble pour lui laisser mon nom et mon numéro.

Dixon sourit. C'était bien rare de rencontrer des gens aussi honnêtes.

Il rempocha sa clé et s'avança dans le passage. Rhys bondit alors d'un buisson avec une pierre dans la main, qu'il abattit sur la tête du pauvre Dixon Hawley.

Ils le fourrèrent rapidement dans une housse mortuaire, puis à l'arrière de leur fourgon de location. Rhys frappa une fois de plus Dixon à la tête, histoire d'être sûr, puis ils fermèrent et verrouillèrent le fourgon. Ils utilisèrent la clé de Hawley pour entrer dans l'immeuble, munis de plusieurs sacs-poubelle vides et du matériel de nettoyage, dont l'incontournable eau de Javel.

Sachant que la résidence était équipée de caméras de surveillance, ils portaient tous les deux des casquettes pourvues de grandes visières et se déplaçaient tête baissée.

— Oh, j'adore ce type, dit Kendra en pénétrant dans l'appartement du jeune homme, au premier étage. C'est un maniaque.

Le petit appartement était effectivement immaculé. L'évier de cuisine en inox étincelait, le lave-vaisselle avait été vidé, tous les plats et les verres rangés. La salle de bains sentait déjà le désinfectant. Une seule brosse à dents, posée dans un verre limpide. Ils avaient néanmoins du pain sur la planche. Mettre les vêtements, le linge de lit et les articles de toilette dans des sacs. Retirer les cheveux des canalisations de la salle de bains, puis verser du déboucheur dans les tuyaux pour faire bonne mesure. Toutes les surfaces que Dixon était susceptible d'avoir touchées furent nettoyées à l'eau de Javel. Kendra passa l'aspirateur, vida son contenu dans un sac-poubelle. Et même si les verres et la vaisselle étaient propres, Dixon avait dû les toucher en vidant le lave-vaisselle, si bien que Rhys les replaça dans la machine et la mit en marche.

Leur méthode n'était bien sûr pas infaillible. La consigne de l'employeur était de faire au mieux, et ils la respectaient.

Cette fois, ils s'assurèrent d'avoir le téléphone de Dixon – dans sa poche, dans la housse mortuaire, à l'intérieur du fourgon. Ils emportèrent l'ordinateur portable posé sur la table basse du salon, et les télécommandes alignées devant la télé.

Comme le balcon de l'appartement donnait sur le parking, lorsqu'ils eurent fini, Rhys sortit récupérer les sacs-poubelle que Kendra jetait par-dessus le garde-corps.

Il ne restait plus qu'à rouler dans le désert, trouver un endroit isolé, loin de la route principale, sortir la housse mortuaire, l'asperger d'essence et y jeter une allumette.

Le lendemain matin, ils étaient dans un avion à destination de Fort Wayne.

À présent, devant les pistes du bowling, ils évaluaient la situation.

Ils avaient suivi Travis Roben pratiquement toute une journée et en avaient conclu qu'il allait leur donner plus de fil à retordre que Dixon Hawley. Le jeune homme vivait chez ses parents – c'était toujours plus problématique quand il y avait d'autres personnes sur place – et, quand il sortait, il était en compagnie de cette blonde.

Dans ce genre de situation, les dommages collatéraux semblaient inévitables. Pour atteindre Roben, ils allaient devoir prendre le risque de se montrer à la fille. Ils devraient peut-être l'éliminer, elle aussi. Dans ce cas, au moins, ils seraient dispensés du nettoyage. Qu'on trouve son corps, qu'on mette la main sur sa brosse à dents ou qu'on extraie des cheveux de sa tuyauterie, ce n'était pas leur affaire. Leur client ne se souciait pas qu'un test ADN soit pratiqué sur elle. Ils avaient conclu, pendant le vol pour Phoenix, que le nettoyage qu'on leur demandait avait pour but d'effacer des traces d'ADN, même s'ils n'avaient toujours aucune idée du pourquoi.

— Elle va se le taper, conjectura Kendra.

Rhys était dubitatif.

— Qu'est-ce que tu racontes ? Tu as un sixième sens ? Tu es une experte en langage corporel ?

— Je sais lire sur les lèvres. Elle vient de lui demander s'il en avait envie. Je ne peux pas te dire ce qu'il a répondu parce qu'il me tourne le dos.

— Je peux te le dire, moi. Il a dit oui.

— Oh ! Tu as un sixième sens ? Tu es un expert en langage corporel ?

— Non. Mais il n'y a pas un seul gars sur la planète qui lui dirait non.

— Elle te plaît ?

— Elle est mignonne. Un peu jeune pour moi, mais si j'avais vingt ans… Ça n'a rien de sorcier. Regarde-le. Depuis qu'elle a posé sa question, il ne tient plus en place. (Il sourit.) Je pense qu'il est novice à ce jeu-là.

Kendra s'adossa au mur et croisa les bras.

— Ils vont devoir aller quelque part. Un endroit intime. Ça pourrait être une occasion.

Rhys hocha pensivement la tête.

— Faudra pas traîner. J'ai comme l'impression que ce gars va jouir avant même d'avoir enlevé son pantalon.

38

New Haven, Connecticut

Vers 1 heure du matin, la tête toujours blottie contre l'épaule de Miles, Chloé s'agita, ce qui le réveilla. Ils s'extirpèrent non sans mal du canapé, laissant leurs restes de pizza sur la table basse. Miles montra la chambre d'amis à Chloé, où elle s'effondra sur le lit sans même défaire les couvertures, et retrouva la sienne.

Il se leva peu après 6 heures, après un sommeil agité. Il s'était mieux reposé pendant le temps passé sur le canapé avec Chloé. La même question revenait sans cesse : qui connaissait les noms ?

Dorian et Heather.

Son frère, Gilbert, encore qu'il n'avait vu la liste que pendant une seconde.

Il y avait la secrétaire de la clinique ReproGold, qui avait fourni le nom des femmes inséminées.

Il y avait le Dr Gold lui-même.

Peut-être que celui-ci méritait une nouvelle visite. Retourner à la source, sauf que cette fois-ci il passerait outre son refus de coopérer. Il lui exposerait la situation, en évitant si possible de compromettre son assistante. Il pourrait peut-être y aller au bluff, en persuadant Gold que

WhatsMyStory lui avait fourni de nouvelles informations. Ou bien qu'il avait piraté une quelconque base de données.

Il y avait également autre chose dans le malaise de Miles : le besoin d'entrer en contact avec le reste de ses enfants biologiques. S'il y avait vraiment une possibilité qu'ils soient en danger, il devait les alerter. Mais là, tout de suite, qu'est-ce qu'il leur dirait ?

C'était déjà un choc de se voir aborder par quelqu'un qui vous annonce qu'il est votre père. Et un choc plus brutal encore d'apprendre que vous pourriez contracter une maladie invalidante. Imaginez que s'y ajoute un « Au fait, quelque chose de vraiment, vraiment terrible risque de t'arriver bientôt ».

Bon sang !

Ayant fixé le plafond assez longtemps, il se leva et se retrouva dans la cuisine à 6 h 15. Il inséra une dosette dans sa machine Nespresso et, pendant qu'il buvait son café, il dressa une autre liste, mentale celle-ci, de ce qui devait être fait dans la journée.

Il sortit son téléphone et envoya un message à Dorian.

VENEZ À LA MAISON PLUTÔT QU'AU BUREAU. ASAP.

Avant de reposer le téléphone sur le plan de travail, il aperçut les trois points dansants indiquant que Dorian lui répondait déjà.

J'Y SUIS PRESQUE.

Il faisait à peine jour et Dorian venait chez lui ? Il hésita à lui demander pourquoi, puis se dit qu'il aurait la réponse à son arrivée.

Il répondit par un « OK ».

Il longea le couloir jusqu'à la chambre d'amis. La porte était entrebâillée, et il jeta un coup d'œil à l'intérieur. Au cours de la nuit, Chloé s'était glissée sous les couvertures. Elle dormait, ses cheveux étalés sur l'oreiller. Miles la regarda pendant plusieurs secondes avant de refermer doucement la porte.

En revenant à la cuisine, il vit des faisceaux de phares qui remontaient l'allée. La Prius de Dorian. Il alla à la porte pour qu'elle n'ait pas à sonner et éviter ainsi de réveiller Chloé.

— Salut, dit Miles quand son assistante descendit de voiture et s'approcha. Et moi qui craignais que mon SMS vous réveille !

— Je suis votre service d'urgence personnel, plaisanta Dorian.

Elle entra dans la maison et accepta le café que lui proposait Miles.

— Si vous étiez déjà en route, vous devez avoir des nouvelles.

— Eh bien, puisque vous m'avez écrit à l'aube, je suppose que vous avez aussi quelque chose d'urgent à l'esprit. À vous l'honneur.

— Peut-on connaître les résultats d'un test le jour même ? demanda-t-il.

— Quel genre de test ?

Miles désigna le fond de la maison d'un mouvement de tête.

— Génétique. J'ai une invitée. Chloé Swanson.

— La première sur la liste, dit Dorian en souriant. Comment ça se passe ?

— Bien, je pense, répondit Miles après un moment d'hésitation. (Il marqua une pause, les yeux embués.) Je l'aime bien. Elle a une vraie personnalité. Elle ne se laisse pas marcher sur les pieds. Elle a de la suite dans les idées. Intelligente.

Dorian hocha la tête.

— Comme disait ma mère, la pomme ne tombe jamais loin de l'arbre.

— Je suis très stressé.

— Qui ne le serait pas ? C'est une situation insensée.

— Ce n'est pas seulement ça. C'est la maladie de Huntington. Elle m'embrouille parfois le cerveau. Et j'ai l'impression que tout ce qui s'est passé ces derniers jours a accéléré certains symptômes. La colère, la frustration, l'incapacité à me concentrer. Sans parler du fait que j'ai la sensation de ne plus tenir sur mes jambes. J'éprouve un sentiment d'urgence. À retrouver ces gens, à ce que Chloé soit testée.

— Ne vous inquiétez pas. On peut faire tout ça. Que pense Chloé de ce test ?

— Elle n'est pas emballée, mais elle accepte. Elle a une vision un peu fataliste de la vie. J'étais peut-être aussi comme ça à son âge. Elle dit qu'elle ne veut pas connaître les résultats. J'ignore pourquoi, mais moi, j'ai *besoin* de savoir.

— Je vais demander au labo qui a fait le test de Gilbert de se tenir prêt. Je passe l'appel, et quelqu'un viendra prélever l'échantillon. On va payer le prix fort, mais ça ne compte pas pour vous, n'est-ce pas ?

— Exact.

— Ils devraient être en mesure de nous donner les résultats avant la fin de la journée. Au pire, demain.

— Il faut aussi qu'on organise une autre réunion avec Heather. Je ne sais pas exactement quoi faire ensuite, elle aura peut-être des idées. Je veux en savoir plus sur la femme de la clinique ReproGold.

— Bien sûr. (Dorian sortit un téléphone.) Je vais lui envoyer un message. Elle devrait être debout.

— Bon, à votre tour, dit-il.

— Hmm ?

— Vous avez pris la route très tôt pour venir. Qu'y a-t-il d'assez important pour que vous ne puissiez pas me le dire par SMS ou au téléphone ?

Dorian posa son portable et regarda Miles, l'air sombre.

— Il y en a un autre.

— Quoi ?

— J'ai entré tous les noms de votre liste sur Google Alerts. Dès que quelque chose apparaît les concernant, je reçois une notification.

Miles blêmit.

— Dites-moi.

— Dixon Hawley a disparu.

Miles cligna des yeux.

— Il ne s'est pas présenté sur son lieu de travail, hier matin, expliqua Dorian en hochant la tête. Une galerie d'art à Scottsdale. Comme il n'arrivait pas, ils ont essayé de l'appeler. Sans résultat. Alors ils ont envoyé quelqu'un à son domicile, mais il avait disparu sans laisser de trace.

— Ce n'est pas possible.

— J'essaie toujours d'obtenir plus de détails, mais il y avait quelque chose de bizarre dans l'avis de recherche publié sur le site de la police.

— Quoi donc ?

— Son appartement a été nettoyé à fond. Tous ses objets personnels ont disparu. Vêtements, linge de lit, articles de toilette. Plus que ce que vous emporteriez si vous mettiez les voiles.

Miles vacilla.

— Est-ce que ça va ? s'enquit Dorian.

— J'ai la tête qui tourne un peu.

Dorian se précipita pour l'aider à s'asseoir sur un tabouret de l'îlot de cuisine.

— Que se passe-t-il ? C'est un symptôme ? Il faut que j'appelle un médecin ?

— Non, non, dit-il d'une petite voix. Ce n'est pas ça...

— Je sais que la disparition de ce Hawley représente un choc, mais ça fait seulement un jour et...

— C'est la même chose.

— Quoi ?

— Il s'est passé la même chose chez Todd.

Miles expliqua à son assistante que Chloé et lui avaient trouvé le *trailer* de Todd dans un état impeccable. Il lui parla ensuite de la personne cachée sous le lit, et de la femme qui avait freiné brutalement pour faire diversion.

— C'est dingue, dit Dorian.

Miles plaça fermement ses paumes sur le plan de travail, comme pour retrouver ses repères.

— Ce ne sont pas des coïncidences. (Il posa sur Dorian un regard dur.) Qui d'autre pouvait savoir ?

— Savoir quoi ?

— Qui sont ces neuf personnes. Vous connaissez leur identité. Heather la connaît. Le médecin et son assistante la connaissent. Qui d'autre ?

Dorian haussa les épaules.

— Vous ne l'avez dit à personne ? interrogea Miles.

— Bien sûr que non.

— Est-il possible que quelqu'un ait pu obtenir ces noms par votre intermédiaire ? En piratant votre ordinateur ou en écoutant vos appels ?

— Non. Vous savez bien que nous réalisons des contrôles de sécurité en permanence. Bon sang, Miles, vous pensez que je suis une sorte de taupe, ou quoi ?

— Non, bien sûr que non. Je suis désolé. Mais d'une manière ou d'une autre, l'information a fuité. (Il prit un moment pour réfléchir.) Occupez-vous du test de Chloé, puis louez-moi un avion. Je dois entrer en contact avec ceux qui restent. Nina Allman, Colin Neaseman, Barbara Redmond, et Travis Roben. Quatre arrêts, quatre jours. Comme sur une tournée de Drake.

— Ouais, comme si vous étiez Drake, ricana-t-elle.

— Vous pouvez faire ça ?

— Je m'en charge.

Miles posa ses coudes sur le plan de travail et se prit la tête à deux mains.

— Ça va aller, assura Dorian. On va tirer ça au clair.

Ils se retournèrent en entendant des bruits de pas.

Chloé entra dans la cuisine, vêtue d'un peignoir blanc qu'elle avait dû trouver dans sa salle de bains. Elle avait l'air endormie et ses cheveux étaient tout emmêlés.

— Ça ne sentirait pas le café ? demanda-t-elle.

39

Fort Wayne, Indiana

Kendra Collins et Rhys Mills attendaient toujours le bon moment pour en finir avec Travis Roben.

Celui-ci partageait son temps entre la fille, la maison de ses parents, son monospace et la boutique de BD. Il n'y avait pas eu un seul moment où l'atteindre sans témoins. Ils envisageaient la perspective de devoir éliminer plus d'une personne pour accéder à leur cible.

Rhys avait déduit de la scène avec la fille, au bowling, qu'il y avait un rendez-vous sexuel dans l'air, mais rien n'était encore arrivé. Ils avaient passé une bonne partie de la journée ensemble, mais n'avaient pas pris de chambre dans un motel et n'étaient pas allés chez elle, où que ça puisse être. Ce soir-là, Travis était retourné dans la maison où il vivait avec sa mère et son père.

Une fois la nuit tombée, ils fixèrent un mouchard sur son monospace – une vieille Chrysler merdique aux passages de roue rouillés – pour ne pas passer la nuit à planquer devant chez lui. Ils prirent deux chambres adjacentes dans un motel du coin, assurés d'être avertis si Travis se décidait à faire une virée nocturne. Kendra avait réglé une alarme sur son téléphone.

Si bien que lorsqu'on toqua à la porte de Rhys à 1 heure du matin, celui-ci sauta du lit, en boxer, et alla ouvrir. C'était Kendra, et il en déduisit que Travis s'était mis en route, qu'une occasion s'était présentée.

Il se trompait.

Kendra posa sa paume froide sur lui, glissa les doigts dans les poils de son torse et le fit reculer à l'intérieur de la chambre, jusqu'au bord du lit, où elle le poussa doucement. Il tomba assis sur le matelas, ce qui le plaça à la hauteur de ses seins. Kendra posa les mains sur sa tête et l'attira contre elle.

— On va se comporter de manière non professionnelle, dit-elle. Je suis sur la route depuis trop longtemps.

Rhys ne demandait qu'à rendre service. Quand ils eurent fini, et que Kendra eut joui trois fois, Rhys s'attendait à ce qu'elle passe le restant de la nuit avec lui, mais elle sauta du lit, enfila le strict nécessaire pour retourner dans sa chambre et se dirigea vers la porte.

— On se voit demain matin, dit-elle avant de partir.

Quelques heures plus tard, dans un restaurant du coin, il regarda sa partenaire assise en face de lui et dit :

— À propos de cette nuit…

— Arrête-toi tout de suite.

— J'allais juste dire que…

— Tu vas dire que dalle, l'interrompit-elle avant d'ajouter en se penchant pour chuchoter : C'est un peu comme une énorme envie de hot dog, tu vois ?

Tu sais que ce n'est pas bon pour toi, mais il t'en *faut* un, alors tu trouves un stand, t'en achètes un, tu le manges, et c'est bon, et tu te détestes un peu, mais tu es rassasié.

— Je suis un hot dog.

— Tu as tout compris.

Elle prit une gorgée de son café.

— Rien sur le téléphone ? demanda Rhys.

Son portable était posé sur la table, à côté de son assiette de hachis.

— Rien.

— On ne peut pas entrer dans la maison. Les parents sont là. Trop de variables.

Kendra secoua lentement la tête en signe de frustration.

— Celui-là nous prend trop de temps. Je commence à en avoir ma claque.

— Tu ne diras pas ça quand tu toucheras ton fric.

— S'il y a une chose que j'ai apprise au fil des ans, c'est que quoi que tu gagnes, ça ne te fait pas apprécier le boulot davantage. Ça le rend supportable, mais tu l'aimes pas pour autant.

— Je suis d'accord, mais...

Son téléphone tinta.

— Une minute, dit Kendra. Notre petit gars va faire un tour.

Rhys jeta un billet de vingt sur la table. Kendra se dirigeait déjà vers la porte.

Sandy avait demandé à Travis de passer la prendre devant le Dunkin Donuts. Et elle était bien là, plutôt sexy avec son jean, ses bottes Ugg (qu'on puisse porter ça en dehors du plein hiver était un mystère pour Travis, mais qu'importe) et son pull-over très moulant. Il s'était arrêté une fois en chemin, dans une pharmacie CVS. Cela lui avait pris plus de temps que nécessaire, car il avait eu du mal à trouver le courage d'aller régler son achat au comptoir.

Il fit un écart pour ranger le monospace le long du trottoir, en gardant le pied sur le frein plutôt que d'enclencher la position Parking, et Sandy ouvrit la portière. Elle portait un sac et deux boissons calées dans un support en carton. Un café et, dans un récipient en plastique transparent, ce qui ressemblait à un milk-shake surmonté de crème fouettée et de zébrures de chocolat.

— J'ai pensé que ça te dirait peut-être, expliqua-t-elle en se laissant tomber sur le siège passager. Et j'ai des donuts.

Travis continuait de se pincer en esprit. Une fille qui voulait coucher avec lui *et* qui lui apportait des donuts ? Était-il mort et arrivé au paradis ? Et dans ce cas, est-ce qu'on pourrait lui fournir une bagnole plus cool qu'un monospace rouillé ?

— Génial.

— Il va de soi, dit-elle en prenant la boisson avec la crème fouettée, que celui-ci est pour toi. Je me suis pris un café normal.

Elle transféra les boissons dans les porte-gobelets, puis jeta le support sur la banquette arrière, où il rejoignit d'autres détritus de fast-food, une batte de base-ball, des comics dans des pochettes en plastique transparent, une paire de chaussures, et un balai à neige qui traînait là depuis l'hiver précédent. Elle ôta le couvercle de son gobelet et prit une gorgée de café.

— Houlà, c'est chaud !

— Comme toi, dit Travis, qui regretta instantanément d'avoir prononcé ces deux mots.

Non mais quel gros nul.

Sandy ouvrit le sac.

— J'en ai pris une demi-douzaine. Chocolat,
fourré à la crème, un…

— Surprends-moi.

Elle sortit un beignet au chocolat et le lui tendit,
mais il regardait dans son rétroviseur extérieur en
s'engageant dans la circulation. Une fois en mouvement, il prit le beignet et mordit dedans.

— Mmmm.

— Alors, c'est où, cet endroit ?

— Pas très loin. C'est une zone industrielle,
mais tout a fait faillite. On peut entrer par l'arrière. Et il y a des bois juste à côté, donc c'est
assez tranquille.

— Tu es sûr ?

— Ouais, ce sera bien. J'aimerais t'emmener,
genre, dans un vrai endroit, mais ma mère est
tout le temps à la maison, et dans un motel il faudrait utiliser une carte de crédit et tout. C'est pour
ça que j'ai payé les fringues en cash. Ma mère
épluche mes relevés et je n'ai pas envie qu'elle
pose tout un tas de questions.

— Je comprends, dit Sandy. Chez moi, c'est pas
la peine, parce que mon proprio est toujours là
à fouiner, à épier le moindre de mes faits et gestes.
(Elle lança un nouveau coup d'œil sur la banquette arrière.) Ce sera donc *ici* ?

— Ça te pose problème ?

— Tu n'aurais pas pu ranger ?

— Désolé. Je débarrasserai la banquette quand
on arrivera. Et j'ai apporté une couverture,
à l'arrière.

Sandy avait l'air dubitative, voire légèrement dégoûtée.

— Si tu le dis... Je suis désolée de t'avoir chauffé avec cette... suggestion. Je regrette que ça n'ait pas marché hier.

— Ça ne fait rien. Je... je savais bien que tu changerais d'avis.

— Non, pas du tout, dit-elle aussitôt, puis, après une hésitation, elle demanda : Tu les as achetés ?

Il tapota sa poche en souriant.

— Bien sûr.

Quinze minutes plus tard, ils traversaient une zone d'usines et d'entrepôts. Travis engagea le monospace sur le parking d'un bâtiment au bardage métallique bleu pâle, dont les fenêtres étaient toutes condamnées. Une barrière grillagée bloquait l'accès à l'arrière de la structure. Travis s'arrêta à une trentaine de centimètres.

— Ce sera facile, dit-il en descendant du véhicule pour aller détacher une chaîne et ouvrir la barrière. Il n'y a plus de cadenas depuis des lustres.

Une fois la barrière franchie, il s'arrêta de nouveau pour la remettre dans sa position initiale et se rassit au volant.

Il pointa le doigt droit devant lui à travers le pare-brise.

— C'est juste derrière.

L'endroit était tel qu'il l'avait décrit. Le parking était désert, hormis deux conteneurs rouillés et divers débris, et bordé sur deux côtés par une zone boisée. Aucune autre habitation ni bâtiment en vue.

— Tu vois, dit-il. C'est tranquille.

Il descendit du monospace, alla ouvrir le hayon et prit la couverture rose pliée qu'il avait rangée là. Il fit coulisser les deux portes latérales sur leurs rails, enleva tout ce qui se trouvait sur la banquette, puis y étala la couverture. Pendant toute l'opération, Sandy resta sur le siège passager.

Travis alla ouvrir sa portière et tendit le bras avec grâce, tel un concierge d'hôtel qui lui ferait découvrir sa chambre.

Sandy quitta très lentement son siège et s'installa sur la banquette. Elle se poussa pour laisser une place à Travis, puis ils se firent face. Travis l'enlaça et posa les lèvres sur les siennes.

Il glissa les doigts sur sa peau nue, juste au-dessus de la taille, et commença lentement à progresser vers le haut.

Soudain, la jeune femme le repoussa.

— Quoi ? dit-il. Qu'est-ce qu'il y a ?

— Je ne peux pas.

— Comment ça ? Je croyais que...

— Je... je ne suis pas prête.

— Est-ce que j'ai fait quelque chose de mal ?

— Non, non, tu n'as rien fait, dit-elle en s'éloignant vers la portière ouverte de l'autre côté du monospace. J'ai besoin... de réfléchir à tout ça. Je veux dire, je t'aime bien, vraiment, mais...

— D'accord, d'accord. Tout ce que tu voudras.

Elle balança les jambes par la portière et s'avança jusqu'à ce que ses pieds touchent le sol. Puis elle fit quelques pas au-dehors.

— Où tu vas ? dit-il en se poussant sur la banquette pour sortir, entraînant la couverture rose avec lui.

Sandy continuait à s'éloigner. Sans se retourner, elle lança :

— Une minute, OK ?

Il la suivit du regard jusqu'à ce qu'elle tourne à l'angle du bâtiment. Il courut à sa suite, la vit se diriger vers la grille.

— Et merde... Qu'est-ce que j'ai fait ?

— Et voilà l'occasion qu'on attendait, dit Rhys.

Ils avaient suivi le monospace à la trace, jusqu'à un entrepôt abandonné. Toute la zone avait connu des jours meilleurs, vu le nombre de locaux désertés de part et d'autre de l'entrepôt. Kendra engagea leur véhicule de location sur un des parkings. Ils descendirent de voiture, longèrent une clôture de séparation entre deux terrains et trouvèrent à se cacher derrière une pile de tourets de câbles en bois vides, d'où ils avaient une vue partielle du monospace.

— Elle sort de la bagnole, chuchota Rhys. Ils se sont engueulés ou quelque chose comme ça.

Ils restèrent en position tandis que la fille longeait le côté du bâtiment d'un pas rapide, passant à quelques mètres d'eux, et se dirigeait vers la grille. Elle décrocha la chaîne, entrouvrit la barrière et se glissa à l'extérieur sans prendre la peine de refermer.

Rhys tapota l'épaule de Kendra, montra du doigt une brèche dans le grillage et lui fit signe de le suivre. Ils se glissèrent dans l'ouverture sans accrocher leurs vêtements et s'approchèrent sans bruit de l'arrière du bâtiment.

En tournant à l'angle, ils trouvèrent Travis assis sur le bas de caisse de la portière latérale, l'air abattu. Lorsqu'il les vit s'avancer vers lui, il se leva d'un bond.

— Restez où vous êtes ! lança Kendra.

Tous les deux montrèrent rapidement leurs fausses plaques en se rapprochant. Travis avait l'air prêt à se pisser dessus.

— Je ne fais rien de mal !

— C'est une propriété privée, déclara Rhys en sortant son arme. Qu'est-ce que vous faites ici ?

— Rien ! répondit Travis, les bras en l'air. Je le jure. J'avais emmené ma copine et on s'est embrouillés et elle est partie, et je suis venu ici uniquement parce que c'est tranquille, je ne vole rien. (Il baissa une main et l'agita.) De toute façon, il n'y a rien à voler !

Rhys et Kendra étaient tombés d'accord : dans ce genre d'endroit, derrière un entrepôt à l'abandon, ils pouvaient se permettre d'être un peu moins précautionneux. Ils pourraient l'abattre, puis retourner à leur voiture de location chercher la housse mortuaire et les autres fournitures. Si un peu de sang se répandait sur la chaussée, il n'y aurait personne pour deviner ce qui s'était passé. Ils conduiraient le monospace ailleurs pour le brûler avec le corps. Ou alors ils le laisseraient dans une casse pour le faire compresser.

N'empêche, se disait Rhys, mieux vaudrait que l'exécution ait lieu derrière ces containers de fret.

— Comment tu t'appelles ? demanda-t-il, même s'il le savait.

— Travis ! répondit le jeune homme d'une voix qui s'étranglait. Travis Roben.

— Tu as déjà eu des ennuis avec la justice ? demanda Kendra, qui jeta un coup d'œil à Rhys avec un petit sourire en coin, l'air de dire : *Ça ne devrait pas, mais ça m'amuse.*

— Jamais !

— Je veux que tu ailles te mettre là-bas, dit Rhys en désignant les containers.

— D'accord, d'accord. Je peux baisser les mains ?

— On ne t'a jamais demandé de les lever. Mais… non.

Lorsqu'ils eurent atteint les deux containers rouillés – l'un portant l'inscription MAERSK, empilé sur un autre marqué EVERGREEN –, Rhys poussa légèrement Travis pour l'emmener à l'arrière.

— Pourquoi je dois aller là ? Bon sang, j'ai rien fait d'autre que d'entrer sur une propriété privée ! Vous n'êtes pas obligés de me descendre !

— Peut-être que si, dit Rhys.

Kendra se tenait quelques pas derrière son acolyte, profitant du spectacle.

— Non, par pitié !

— Tourne-toi, ordonna Rhys.

Travis, bras en l'air, ne put obéir et éclata en sanglots.

— Tu ne comprends rien, hein ?

— Quoi ?

— Tu ne comprends rien à ce qui t'arrive.

— Je vous l'ai dit, je suis désolé ! Je ne mettrai jamais plus les pieds sur ce terrain. Je le jure.

Rhys leva le bras, visant directement Travis Roben à la tête.

Ce fut à ce moment-là que Kendra crut entendre quelque chose derrière elle et commença à se retourner pour voir de quoi il s'agissait.

Un millième de seconde plus tard, Sandy la frappait au visage avec la batte Louisville Slugger de Travis, faisant éclater son nez comme une tomate.

40

New Haven, Connecticut

Grâce à Dorian, dont le téléphone renfermait l'équivalent numérique du plus grand Rolodex du monde et qui était capable de trouver n'importe qui, n'importe où, pour faire à peu près n'importe quoi, une employée du laboratoire d'analyses ADN se présenta chez Miles à 9 heures. Chloé n'avait même pas encore pris son petit déjeuner, sauf à compter les dosettes de café aromatisées. Jusqu'ici, elle avait testé l'expresso caramel, l'expresso vanille, un autre qui s'appelait Guatemala quelque chose, et elle en était presque à rebondir contre les murs quand vint le moment de fournir un échantillon d'ADN.

— Ça va faire mal ? demanda-t-elle à la laborantine, une Asiatique d'une petite trentaine d'années, puis, avec un débit de mitraillette, elle ajouta : Parce que si ça fait mal, ça ne me dérange pas, vu que je supporte assez bien la douleur, à moins qu'on me tape sur la tête avec un marteau ou quoi, parce que là, c'est ma limite, encore que personne ne m'ait jamais frappé sur la tête avec un marteau.

— C'est l'affaire d'une seconde, expliqua la femme. Et ce n'est pas une prise de sang. Je ne vous enfonce pas une aiguille dans le corps. Je vous mets juste une sorte de coton-tige dans la bouche.

— D'accord, dit Chloé.

La femme enferma le prélèvement dans un petit tube, qu'elle déposa dans un sachet plastique avant de l'étiqueter et de le placer dans une pochette.

— Quels sont les délais ? demanda Dorian.

— On va faire au plus vite, répondit la femme.

Alors qu'elle se dirigeait vers la porte d'entrée, Chloé lui lança :

— Avec tout le café que j'ai bu, ne soyez pas étonnée de trouver un ADN d'Éthiopienne !

— Peut-être que votre prochain café devrait être un déca, nota Dorian.

— Où est Miles ?

— Il se sentait fatigué, il est allé s'allonger un peu. Il n'a pas bien dormi.

— Ouais, c'est qu'il s'en passe, des trucs.

— En effet.

— J'ai besoin de manger quelque chose avant de disjoncter. Il faut que j'éponge cette caféine. Est-ce que Miles a ce truc qu'on voit dans *Star Trek* ? Je lui dis ce que j'ai envie de manger, une petite porte s'ouvre et c'est là ?

— Malheureusement, non. Ce qui s'en rapprocherait le plus, c'est la gouvernante, et elle n'arrive pas avant 10 heures. Mais n'hésitez pas à vous servir. Vous voyez cette porte ? C'est le garde-manger. Il contient toutes sortes de choses.

Chloé alla y jeter un coup d'œil, s'émerveillant des étagères garnies de conserves, de boîtes de céréales, de pâtes et de riz, d'une douzaine de variétés d'huile d'olive, de chips de légumes, de pommes de terre et de maïs. Il y avait également un congélateur dans lequel elle trouva une demi-douzaine de parfums de glaces Ben & Jerry's, des steaks, des côtelettes et des poulets entiers.

— Miles est résolument carnivore, dit-elle suffisamment fort pour se faire entendre de Dorian.

— Oui.

Chloé passa la tête à l'extérieur et pointa l'assistante du doigt.

— Je parie que vous êtes végane, vous. Vous émettez ces vibrations particulières.

— On peut savoir de quel genre de vibrations il s'agit ?

— Ça va avec votre côté androgyne.

— J'aime mon steak saignant, la détrompa Dorian. Presque cru.

— Bon, pour les stéréotypes, on repassera. (Elle jeta un coup d'œil derrière elle, dans le garde-manger.) Il y a plus de bouffe ici que là où je travaille.

— C'est-à-dire ?

— Le Paradise Diner, à Providence. Je suis serveuse.

— Oh.

Chloé revint dans la cuisine et sortit du réfrigérateur une boîte d'œufs et un sachet de cheddar râpé.

— Je ne travaille pas en cuisine, mais je me débrouille, dit Chloé. Je vais me faire des œufs brouillés. Ça vous dit ?

— Ça ira.

— Miles en prendra ?

— Il a déjà mangé.

— OK.

Chloé trouva un bol et une poêle à frire. Elle cassa quatre œufs dans le bol, y ajouta une poignée de fromage, battit le tout, puis mit la poêle sur la cuisinière. Elle alluma le brûleur, jeta une noix de beurre, versa les œufs et les mélangea avec une spatule en bois. L'ensemble du processus prit moins de cinq minutes. Une fois les œufs prêts, elle les fit glisser sur une assiette, les sala et se percha sur un tabouret de l'îlot de cuisine, en face de Dorian.

— Allez, racontez-moi votre histoire, demanda-t-elle.

— Mon histoire ?

— Ça fait combien de temps que vous êtes l'assistante de Miles ?

— Environ dix ans.

— C'est un bon patron ?

Dorian hésita.

— Bien sûr.

— Ouah, difficile de lire entre les lignes quand il n'y a que deux mots, mais on sent que ce n'est pas l'enthousiasme.

— Je suis désolée. Je me suis mal exprimée. Il est exigeant. Souvent colérique. Irritable. Mais je ne lui aurais pas donné dix ans de ma vie si je ne croyais pas qu'il était, en fin de compte, quelqu'un de juste. Quelqu'un de bien... Ces dernières semaines l'ont changé. Il sait ce qui l'attend, il y fait face. Et...

— Et ? fit Chloé, la bouche pleine d'œufs.

— Je vois la différence, même aujourd'hui. Il est stressé, mais il y a un côté plus tendre qui ressort. Je me demande si ça n'a pas quelque chose à voir avec vous.

— Moi ?

— Je pense que le fait de vous avoir rencontrée et sa quête pour retrouver les autres ont donné un nouveau sens à sa vie. Quel que soit le temps qu'il lui reste.

Chloé ne dit rien.

— Vous réalisez ?

— Réaliser quoi ?

— Ce que cela va signifier pour vous. La façon dont votre existence va changer. Je veux dire, regardez autour de vous.

— Je me fous de tout ça.

— Vraiment ? On croirait pourtant que vous êtes déjà ici chez vous.

— Je suis impressionnée, c'est tout, dit la jeune femme avec un haussement d'épaules.

— Vous et les autres allez vous partager des millions, dit Dorian sans pouvoir dissimuler un certain dédain. Et vous n'aurez rien fait pour ça.

— Qu'est-ce que ça veut dire ?

— Qu'avez-vous fait pour le mériter ?

— Absolument que dalle. Je ne vais pas vous contredire. Vous le méritez bien plus que moi, vous qui avez travaillé pour lui ces dix dernières années. Vous devez bien toucher une part du gâteau, non ?

Dorian ne répondit pas.

— Oh, reprit Chloé. Peut-être qu'il vous laisse quelque chose mais qu'il ne vous l'a pas dit.

— Miles s'est montré transparent sur la façon dont son patrimoine sera partagé. J'ai vu les documents. Chaque bout de papier, mail ou texte adressé à Miles passe d'abord par moi.

— Hmm. Ça doit piquer un peu.

— Je suis une employée. C'est très simple. Un jour, Miles devra élaborer un plan de succession, désigner quelqu'un pour prendre la relève. Peut-être même qu'il vendra. Il se peut qu'on me garde, mais peut-être pas. Je ferai avec.

Elles entendirent des bruits de pas. Miles entra dans la cuisine, adressa un petit signe de tête à Dorian, puis tourna son attention vers Chloé.

— Finis ton assiette et habille-toi. On a des endroits à voir, des gens à rencontrer.

41

Fort Wayne, Indiana

Rhys se retourna. Il avait entendu quelque chose, mais impossible de savoir si c'était le bruit de la batte qui s'abattit sur l'os, le cri que poussa Kendra ou bien le frottement de ses chaussures sur la chaussée quand elle perdit l'équilibre. Cela pouvait aussi bien être l'éclat de voix de la fille elle-même, celle qui maniait la batte.

Étant donné que tous ces sons s'étaient succédé à un millième de seconde d'intervalle, c'était peut-être encore leur effet combiné que perçut Rhys, comme une mini-symphonie de chaos derrière lui. Il était concentré sur sa tâche, laquelle consistait à abattre Travis Roben d'une balle dans la nuque, mais il ne put s'empêcher de se retourner.

Il lui fallut un autre millième de seconde pour évaluer la situation.

La fille – il ne savait pas qu'elle s'appelait Sandy, puisqu'ils n'avaient pas été présentés dans les règles – était revenue et, constatant qu'ils s'apprêtaient à tuer son petit copain, avait chopé une batte quelque part (sans doute dans le mono-space) et s'était discrètement approchée de Kendra par-derrière pour la frapper à la tête.

Celle-ci s'était écroulée, une bouillie sanguinolente à la place du visage. Elle avait poussé un cri, puis plus rien, et elle n'avait pas essayé d'amortir sa chute. Elle s'était effondrée comme une marionnette dont on aurait coupé les fils.

Les regards de Rhys et Sandy se croisèrent brièvement. Ce fut à ce moment-là qu'il leva son arme et la pointa droit sur sa poitrine.

Sur ces entrefaites, Travis réagit lui aussi.

Les mains en l'air et les joues ruisselantes de larmes, il suppliait qu'on l'épargne, en se demandant comment une chose aussi dérisoire qu'une violation de propriété privée pouvait aboutir à une condamnation à mort. Quand deux flics vous surprennent en pleine séance de pelotage sur une propriété privée, vous pensez au pire récolter une amende. Dans la plupart des cas, ils vous passent un savon et vous ordonnent de dégager.

Mais le type avait sorti un flingue ! C'était quoi, ce délire ? Quel genre de flic réagissait comme ça ? Travis ne les avait pas menacés. Il n'était pas armé.

Lorsqu'il se retourna, il n'en crut pas ses yeux.

Sandy se tenait là, avec dans les mains sa Louisville maculée de rouge sombre. La femme flic était à terre, immobile, avec du sang partout. L'homme lui tournait le dos et braquait son arme sur Sandy.

Travis ne réfléchit pas. Il se contenta d'agir.

Il n'était même pas à deux mètres de Rhys, mais cela suffit pour qu'il prenne assez d'élan pour lui sauter sur les épaules et s'accroche à son cou.

Rhys perdit l'équilibre et le coup partit. Mais la balle manqua sa cible, sifflant tout près de Sandy pour aller claquer sur le conteneur du haut.

— Dégage ! hurla Rhys.

Il n'alla pas plus loin, parce que Travis avait lâché son cou pour planter les doigts dans ses yeux et agripper son nez. Rhys réussit à le mordre, fort, mais Travis tint bon.

Puis Sandy écrasa la batte sur son genou gauche.

L'articulation céda comme un pied de chaise rouillé. Il s'écroula, Travis toujours sur son dos. Il fallut que Sandy lui donne un bon coup sur la main pour qu'il se décide à lâcher son arme, qui ripa sur le bitume. Alors que Rhys se débattait, Sandy courut ramasser le pistolet, le tenant comme s'il était radioactif. Elle jeta des regards affolés autour d'elle, se demandant ce qu'elle devait en faire.

Elle le projeta en l'air, espérant qu'il atterrisse sur les conteneurs, mais son lancer fut un peu court, et l'arme rebondit avant de retomber avec fracas sur le sol. Devait-elle la récupérer ou frapper de nouveau Rhys, allongé sur le sol ?

Elle choisit la seconde option.

Elle donna deux ou trois coups au petit bonheur, le premier visant plus ou moins sa cuisse, et non le haut du corps pour ne pas toucher Travis. La batte s'abattit quelques centimètres au-dessus du genou qu'elle avait déjà amoché.

Travis finit par lâcher prise et courut en crabe sur deux ou trois mètres avant de se redresser.

Montrant le monospace du doigt, il cria :

— Allez ! On fonce !

Kendra ne bougeait toujours pas, et Rhys s'efforçait de se relever. Alors que Travis et Sandy couraient vers la voiture, il essaya de se mettre à genoux, mais le gauche était incapable de supporter le moindre poids. Les jeunes gens eurent le temps d'ouvrir les portières avant et de monter dans le véhicule. Les portières latérales coulissantes restèrent ouvertes.

La clé était toujours sur le contact. Travis enfonça le frein, tourna la clé et le moteur démarra.

— Il arrive ! cria Sandy.

Travis le voyait en effet avancer en traînant la jambe. Le temps qu'il enclenche la marche arrière, Rhys avait atteint la portière latérale ouverte et tendait le bras pour saisir la poignée et se hisser à l'intérieur.

Il écrasa la pédale d'accélérateur et le mono-space recula brusquement dans un crissement de pneus. Il renonça à l'idée de faire un demi-tour en trois temps pour mettre la voiture dans le sens de la marche. Trop de risques que le type saute à bord.

Il se retourna donc sur son siège et longea l'entrepôt désaffecté en marche arrière, la transmission gémissant de manière sinistre. Il continua sur sa lancée en approchant de la barrière. Il savait qu'elle n'était pas cadenassée et qu'elle s'ouvrirait sur son chemin.

Il y eut un énorme fracas métallique, mais Travis ne ralentit pas. Toujours en regardant derrière lui, il cria à Sandy :

— Il est là ?

— Non !

Arrivé dans la rue, il braqua à fond pour mettre le monospace dans l'axe de la route. Après une forte embardée, Travis immobilisa le véhicule et enclencha la position Drive. Des débris de fast-food et la couverture rose tombèrent de la banquette arrière et s'envolèrent par la portière.

— C'était quoi, ce délire ?! cria-t-il en mettant le pied au plancher.

— J'ai décidé... de revenir, bégaya Sandy, la voix tremblante et haut perchée. Je les ai vus... il avait une arme... il la braquait sur toi... j'ai pris la batte... oh putain, je crois que je l'ai tuée... putain, j'ai tué un flic ?!

— Pourquoi ils voulaient me tuer ? demanda-t-il en serrant les doigts si fort que ses mains paraissaient soudées au volant. La police ne tue pas les gens pour violation de propriété privée !

— Il pointait son arme sur ta tête ! Il allait le faire ! Je te jure !

Il la regarda rapidement.

— Putain, tu m'as sauvé la vie !

Sandy, trop secouée pour réagir, se retenait d'une main au tableau de bord, comme si elle redoutait un accident imminent.

— C'était eux, dit-elle soudainement.

— Eux ?

— Le couple du bowling. Ceux dont je pensais qu'ils nous observaient.

— Tu es sûre ?

— Je les ai mieux vus que toi. Je suis certaine. (Elle lui lança un regard méfiant.) Pourquoi est-ce qu'ils te surveillaient ?

— Moi ? Aucune raison. C'est peut-être *toi* qu'ils surveillaient.

Travis fit un écart pour éviter un chien qui traversait la rue en courant. Il donna un grand coup de volant à gauche, puis à droite, et pendant une seconde le monospace donna l'impression qu'il allait se retourner.

— Tu dois ralentir, dit-elle.

Avant de lever le pied, Travis prit quelques virages au hasard, pour déjouer une éventuelle filature.

Il revint ensuite à une vitesse proche de la limite autorisée et demanda :

— Qu'est-ce qu'on fait maintenant ?

— On va peut-être fermer les portières avant que l'un de nous deux se fasse éjecter ?

Il se rangea le long du trottoir, se glissa entre les deux sièges, ferma les portières coulissantes, puis reprit le volant et poursuivit sa route.

— Bon, on va voir la police ? On leur raconte ce qui s'est passé ?

Sandy blêmit.

— Tu plaisantes ?

— Quoi ?

— C'était *eux*, la police !

— Je ne crois pas, non. Je veux dire, ça se peut, mais on n'a pas vraiment pu voir leurs plaques, ils ne se sont pas identifiés et, comme je l'ai dit, les flics ne flinguent pas les gens pour violation de propriété privée.

— Non, décréta Sandy. Non, non et non. Ce n'est pas une bonne idée.

— Mais ce que tu as fait était justifié ! Il allait me mettre une balle dans la tête !

— Il faut que je réfléchisse, dit-elle, devenant soudainement très silencieuse, puis : Arrête-toi !

— Qu'est-ce qu'il y a ?

— *Arrête-toi !*

Il freina brusquement et stoppa sur le bas-côté. Sandy avait à peine posé le pied par terre qu'elle se pliait en deux, les mains sur les genoux, et vomissait.

Travis bondit hors de la voiture, en fit le tour en courant et posa une main réconfortante sur son dos. Il sentait son cœur battre à tout rompre.

Quand elle estima qu'elle n'avait plus rien dans l'estomac, Sandy cracha plusieurs fois, sortit un mouchoir en papier de sa poche pour se tamponner les lèvres, puis elle se redressa et le regarda.

— Pas la police, dit-elle. Promets-le-moi.

Comme Travis ne réagissait pas tout de suite, elle ajouta :

— C'est comme ça que tu me remercies de t'avoir sauvé la vie ?

Elle posa la main sur son épaule et la serra.

— D'accord.

— Putain de merde, pesta Rhys en renonçant à courir après le monospace.

Son genou, tout juste fonctionnel, le faisait souffrir. Il se pencha pour le toucher délicatement. Le haut de la cuisse était douloureux aussi, et il allait sans doute avoir un sacré bleu à cet endroit, mais c'était son genou qui l'inquiétait le plus.

— Quelle salope, marmonna-t-il.

Comment ne l'avaient-ils pas entendue revenir ? Pourquoi ils ne la surveillaient pas ?

Stupide, stupide, stupide.

Il alla récupérer en boitillant l'arme que Sandy avait essayé de jeter sur le toit du conteneur et l'inspecta rapidement. Il aurait fallu tirer pour en être sûr, mais elle semblait en état de marche. C'était un miracle que le coup ne soit pas parti en l'air.

Il se traîna jusqu'à l'endroit où Kendra était étendue sur le bitume et, à grand-peine, s'agenouilla à côté d'elle. Est-ce que la fille l'avait tuée d'un seul coup à la tête ? En tout cas, elle avait réduit son visage en bouillie. Son nez semblait avoir été retourné.

— Bon sang, dit-il.

Et puis elle gémit.

— Kendra ?

Elle battit des paupières.

Rhys lui prit la main.

— Je suis là. C'est Rhys. Tu es gravement blessée. Cette salope t'a frappée avec une batte.

Ses lèvres remuèrent mais aucun mot n'en sortit.

— Ils se sont tirés. On a merdé.

Rhys remarqua la protubérance rectangulaire dans la poche avant de son jean et récupéra son téléphone portable. Il prit sa main et pressa son pouce sur le bouton d'accueil pour le déverrouiller. Puis il désactiva le verrouillage tactile pour pouvoir l'utiliser lui-même.

L'application qui permettait de suivre le monospace du petit Roben était ouverte. Lui et la fille étaient déjà loin, mais Rhys pouvait les retrouver s'il le voulait.

Le voulait-il ?

Son instinct lui disait qu'il était temps d'interrompre la mission. Au moins temporairement. Si Roben allait voir les flics, ils risquaient de rappliquer très bientôt. Cela dit, lui et la fille étaient peut-être trop effrayés pour tout raconter aux autorités. S'ils croyaient encore que Kendra et lui étaient policiers, ils feraient peut-être profil bas.

Rhys ne pouvait pourtant pas en être sûr. Il devait bouger. Avec sa partenaire blessée.

Il ne pouvait pas l'emmener à l'hôpital. Et il ignorait totalement quoi faire pour la soigner. Il maîtrisait les notions de base des premiers secours, mais Kendra avait besoin d'une intervention chirurgicale en urgence. Il y avait une toute petite chance qu'il existe dans les parages des ressources clandestines, quelqu'un qui ait une formation médicale et qui pourrait l'examiner. Des toubibs retraités ou qui avaient perdu le droit d'exercer.

Des putains de vétérinaires, si on devait en arriver là.

Kendra gémit de nouveau. Cette fois, elle parvint à ouvrir les yeux en grand et elle les posa sur son partenaire.

— Salut, dit-il.

Elle marmonna quelque chose en même temps que du sang s'écoulait d'entre ses lèvres. S'il voulait avoir la moindre chance de la sauver, il faudrait qu'il coure chercher leur voiture de location, charge Kendra sur la banquette arrière, parte d'ici le plus loin et le plus *vite* possible, et décroche le téléphone pour tâcher de trouver quelqu'un qui soignerait ses blessures. Qui reconstruirait son putain de visage, en gros.

Rhys réfléchit à tout cela.

Puis il dit tout haut :

— Pas le temps.

Il se pencha et lui murmura à l'oreille :

— Désolé, Kendra. Il n'y a qu'une seule solution.

En pesant de tout son poids sur son genou valide, il se releva, pointa l'arme sur le front de Kendra et pressa la détente.

42

New York

Roberta était dans son bureau, au rez-de-chaussée de la *brownstone* de Jeremy, assise devant son ordinateur. Elle essayait de répondre à plusieurs dizaines de mails mais avait beaucoup de mal à se concentrer. L'affaire Nicky traînait en longueur. Elle comprenait que Jeremy se refuse à confier cette tâche fort délicate à n'importe qui. Pour une mission de cette nature, il était prêt à attendre la personne ayant les compétences requises, et cette perle rare était censée arriver bientôt.

Seules quelques personnes dans la résidence étaient au courant pour Nicky. Elle et Jeremy, bien sûr. La gouvernante, une clandestine qui n'allait certainement pas prévenir la police. Et Boris, l'agent de sécurité. Même Antoine, qui préparait les repas que Roberta montait dans la chambre de Nicky, ne savait pas pour qui était cette assiette supplémentaire. Il supposait sans doute qu'elle était destinée à un membre quelconque du personnel.

Elle pensait à tout cela quand Boris entra dans son bureau et annonça :

— Problème.

Roberta le considéra d'un air las.

— Qu'est-ce qu'il y a, encore ?

— La porte d'entrée.

Roberta repoussa sa chaise et le suivit à travers la maison. En chemin, Boris lui expliqua qu'une amie de Nicky demandait à la voir.

Roberta ouvrit la porte et gratifia la jeune fille qui se tenait là d'un petit sourire professionnel. Elle avait quinze, seize ans, des cheveux noirs et courts, et c'était peut-être la chose la plus maigrichonne que Roberta ait jamais vue.

— Je peux vous renseigner ? demanda-t-elle.

— Je cherche Nicky.

— Nicky ?

— Nicky Bondurant. C'est une amie à moi.

— Et vous êtes ?

— Stacey.

— Avez-vous un nom de famille, Stacey ?

— Booker. Stacey Booker. Est-ce que Nicky est là ?

— Il n'y a pas de Nicky ici, affirma Roberta. Vous êtes sûre de l'adresse ?

Stacey fit deux pas en arrière et leva les yeux vers le numéro au-dessus de la porte.

— Ouaip.

— Croyez-moi, personne du nom de Nicky n'habite ici.

— Je n'ai pas dit qu'elle habitait ici, rétorqua l'adolescente. Je suis déjà allée à son appartement, mais je l'ai accompagnée à cette adresse, une fois. Je la cherche. Elle ne vient plus au lycée. Ils ont dit qu'elle avait la mononucléose, mais elle n'est pas chez elle.

— Je suis désolée. Nous engageons un certain nombre de personnes pour des réceptions, mais nous n'en organisons pas en ce moment, donc même s'il nous est arrivé un jour d'embaucher une Nicky, elle ne serait pas présente à cet instant.

— Eh bien, vous ne sauriez pas...

— Je regrette, je ne peux rien faire pour vous, dit Roberta avant de fermer la porte au nez de l'adolescente.

Boris attendait debout au pied de la large cage d'escalier.

— Si elle revient, jetez-la sur le trottoir, lui ordonna-t-elle.

Plutôt que de retourner à son bureau, elle monta au deuxième, franchit les portes équipées d'un pavé numérique et longea le large couloir bordé de photographies érotiques.

Elle trouva Jeremy non pas à son bureau mais à l'intérieur du Winnebago. La portière était ouverte, et elle l'aperçut, assis à la toute petite table du coin cuisine, travaillant sur un ordinateur portable.

Roberta passa la tête et demanda :

— Permission de monter à bord ?

Jeremy détourna les yeux de l'écran et sourit.

— Permission accordée.

Elle grimpa et se glissa sur la banquette, de l'autre côté de la table. Jeremy avait reporté son attention sur l'écran.

— J'adore travailler ici, dit-il. Un mini-bureau à l'intérieur du grand. J'ai l'impression d'être ailleurs, quelque part sur la route. Je suis en train d'écrire un papier pour le *Times*. J'ai promis de leur rendre ma copie ce soir. C'est pour l'édition de demain, mais ils vont le mettre en ligne dès qu'il sera prêt.

Roberta, qui se contrefichait totalement du sujet sur lequel son patron pérorait pour le *New York Times*, ne chercha pas à en savoir davantage. Elle devait pourtant lui accorder ce mérite : c'était un homme capable de mener plusieurs tâches à la fois. Il pouvait séquestrer une jeune fille chez lui et écrire un éditorial pour le plus grand quotidien du pays. Rien n'aurait pu l'empêcher de partager ses lumières avec le plus large public possible.

— Il faut résoudre ce problème, dit-elle.

Une fugace expression de perplexité passa sur le visage de Jeremy, comme s'il se demandait à quoi elle faisait référence. Roberta le regarda durement, attendant qu'il comprenne.

— Ah, oui, dit-il.

— Une amie de Nicky vient de se présenter à la porte. C'est pourtant une des premières règles de la maison : ne raconter à personne qu'on travaille ici. Quelle crétine ! Si elle l'a dit à cette fille, à qui d'autre a-t-elle pu en parler ? Que ferons-nous si quelqu'un vient frapper à la porte à titre officiel ?

— Je passerais un coup de téléphone au chef de la police et je lui dirais qu'on nous harcèle.

— Ça pourrait ne pas fonctionner. Contre un mandat, on ne pourra pas faire grand-chose.

Jeremy pianota sur le plateau de la table.

— Si quelqu'un vient, bâillonnez-la, shootez-la, fourrez-la quelque part jusqu'à ce qu'il soit parti. Déplacez-la si nécessaire.

— Où ?

— Roberta, pourquoi est-ce que je vous emploie ?
Je vous paie pour résoudre les problèmes. Je vous
paie pour éteindre les incendies.

— Avec tout le respect que je vous dois, Jeremy,
cet endroit va être réduit en cendres si vous ne
réglez pas ça rapidement.

Jeremy joignit le bout de ses doigts :

— Patience. Les secours sont en chemin.

43

New Haven, Connecticut

Miles aurait voulu partir bien plus tôt, mais Dorian avait insisté pour qu'il tranche deux affaires conflictuelles concernant Cookson Tech, et cela avait pris près de deux heures. Ensuite, ils avaient rapidement déjeuné et ne s'étaient finalement mis en route que vers 13 heures.

Chloé avait passé deux appels. Le premier au restaurant pour leur dire qu'elle avait une urgence familiale, sur laquelle elle préféra ne pas s'étendre, et qu'elle serait absente jusqu'à une date indéterminée. L'autre appel était pour sa mère, qui lui avait laissé un message vocal. Elle voulait savoir où elle était et quand elle rentrerait à la maison.

« Je vais devoir lui annoncer, avait-elle dit à Miles.

— La décision t'appartient. »

Elle s'était retirée dans la chambre d'amis pour avoir davantage d'intimité et, quand sa mère avait décroché, elle avait déclaré :

« Je l'ai trouvé. J'ai trouvé mon vrai père. »

Sa mère en était restée muette de stupéfaction, si bien que la jeune femme avait pensé que la ligne avait été coupée.

« Tu es là ? »

Finalement, sa mère avait demandé :

« Tu as découvert... qui c'est ? Où il habite ?

— Oui, et oui, et je suis avec lui en ce moment. »

La jeune femme avait donné le nom de Miles et expliqué où elle se trouvait.

Nouveau silence.

« Comment... c'est encore par WhatsMyStory ?

— Pas cette fois. C'est une longue histoire. Je te raconterai tout ça en rentrant à la maison. Et je vais bien. Fais-moi confiance.

— Est-ce qu'il est... gentil ?

— Oui. (Elle avait marqué un temps d'arrêt pour s'assurer qu'elle contrôlait sa voix.) Et il est malade. Là, ça peut aller, du moins la plupart du temps, mais son état va s'aggraver. »

La voix de sa mère s'était adoucie :

« Alors, c'est une bonne chose que tu l'aies retrouvé. »

Après avoir terminé l'appel, Chloé s'était assise sur le bord du lit et s'était mise à pleurer. Elle avait été prise au dépourvu par la réaction de sa mère, qui ne s'était pas fâchée. Mais ce qui avait vraiment provoqué cette crise de larmes avait été de dire à une autre personne que Miles allait mourir. Verbaliser la chose la rendait plus réelle.

Elle ressentait une sorte de lien avec cet homme qu'elle connaissait depuis très peu de temps.

Elle *l'aimait* bien.

Elle se rendait compte qu'elle se souciait sincèrement de lui, et elle espérait qu'ils apprendraient à se connaître avant que la maladie s'aggrave. Elle avait envie de passer du temps avec lui, de rattraper une vie de séparation.

Elle avait pris un mouchoir en papier pour se tamponner les yeux. Elle ne voulait pas qu'on voie qu'elle avait craqué.

Miles lui avait expliqué un peu plus tôt qu'ils allaient se rendre à la clinique ReproGold, à New Rochelle. Et pour quelle raison il tenait à ce qu'elle l'accompagne.

« Tu es intelligente. Tu as la tête sur les épaules. Si je perds ma concentration, tu pourras me remettre sur les rails. En plus, avec tout ce qui se passe, ça me rassure de savoir où tu es. Au moins, tu ne vas pas te volatiliser... Et tu es de bonne compagnie », avait-il conclu après un silence.

— Monsieur Cookson, Miss Swanson, dit Charise en leur ouvrant la portière de la limousine.

Elle avait discrètement demandé le nom de famille de Chloé afin de pouvoir s'adresser à la jeune femme de manière appropriée. D'après Miles, « Chloé » convenait parfaitement, et il l'avait de nouveau invitée à l'appeler lui aussi par son prénom. « Je tâcherai de m'en souvenir, monsieur Cookson », avait répondu Charise.

Une fois en route, Miles se tourna sur son siège pour faire face à Chloé et sortit son téléphone de sa poche.

— Quand on arrivera à la clinique, j'aurai quelques questions à poser au Dr Gold. Je vais l'interroger précisément sur ces personnes.

Il ouvrit un document sur son téléphone et le lui tendit.

— Qui sont ces gens ? demanda-t-elle en regardant l'écran. Je vois mon nom et celui de Todd et... Oh, mon Dieu ! C'est eux.

— Ouais.

— Mes demi-frères et sœurs.

— Il est temps que tu saches tout.

— Qui sont les disparus ?

— Katie Gleave, Jason Hamlin, Dixon Hawley. Ces noms te disent quelque chose ?

Chloé parcourut deux fois la liste.

— Non.

— Aucun n'a pris contact avec toi ?

Elle secoua la tête.

— Peut-être que Todd et moi sommes les seuls à avoir utilisé WhatsMyStory. Mais c'est pour de vrai ? Ce sont… ce sont tes enfants ?

— Dit comme ça, ça fait bizarre, mais oui.

— Et donc, on va à la clinique où, à l'époque… ?

Miles acquiesça d'un hochement de tête.

— J'ai revu ce médecin une fois déjà, depuis mon diagnostic. Il n'a pas été très coopératif. J'espère qu'il le sera davantage, cette fois-ci.

Chloé sourit.

— On va le secouer un peu.

— C'est l'idée.

En arrivant à la clinique, Miles se demanda si elle n'avait pas déposé le bilan. La salle d'attente était déserte.

Mais la réceptionniste, celle qui avait fourni la liste, était à son bureau, derrière une vitre coulissante ouverte. Julie Harkin ne réagit pas tout de suite quand elle vit Miles debout devant elle, Chloé juste derrière lui.

— Je viens voir le Dr Gold, dit-il.

— Il est absent aujourd'hui, répondit-elle doucement. Il a annulé tous ses rendez-vous de la semaine. (Elle plissa les yeux.) Vous êtes déjà venu. Vous êtes monsieur Cookson.

— Oui.

Elle lança des regards autour d'elle, comme pour s'assurer qu'il n'y avait vraiment personne d'autre dans la pièce, puis elle se pencha pour murmurer :

— C'est vous qui avez envoyé cette femme.

— Effectivement, confirma Miles. Merci pour votre aide.

— Dans quoi m'avez-vous embarquée ? demanda-t-elle.

— Dans rien. Je n'ai rien dit sur ma source d'information.

— Des choses ont commencé à se produire, murmura-t-elle sur un ton accusateur. Des choses terribles. Le Dr Gold est en panique depuis votre visite, alors qu'est-ce que vous avez fait ? Qui êtes-vous ? demanda-t-elle ensuite à Chloé, comme si elle venait de remarquer sa présence.

— Chloé Swanson, répondit la jeune femme avec un petit signe de la main.

Puis elle balaya la pièce du regard et jeta un coup d'œil dans le couloir qui distribuait différentes salles de consultation.

— Alors, c'est ici que tout a commencé pour moi, hein ?

Elle donna un petit coup de coude à Miles, histoire de détendre l'atmosphère.

— Dans quelle salle tu l'as fait ?

— Arrête.

Chloé obtempéra.

— Où est le Dr Gold ? insista Miles.

— Je n'en sais rien. Peut-être chez lui, peut-être en train de boire quelque part. Je n'en ai aucune idée.

— Il faut vraiment que je lui parle. S'il vous plaît.

Julie baissa brièvement la tête, comme si elle répugnait à le regarder dans les yeux.

— Vous savez, je me suis renseignée sur votre compte. Je sais qui vous êtes. Je me demandais qui pouvait avoir assez d'argent pour accéder à des informations confidentielles. Votre nom était sur tous ces dossiers. Vous essayez de retrouver vos enfants biologiques.

Miles hocha la tête.

— Mes motivations étaient... différentes au début, mais elles ont changé. Vous avez dit que des choses terribles étaient en train de se produire, et vous avez raison. Ces enfants que j'ai engendrés, ils sont en danger. J'ignore pourquoi exactement. C'est la raison pour laquelle je veux revoir le Dr Gold.

Julie le dévisagea un moment avant de se décider à décrocher le téléphone et à composer un numéro. Après environ dix secondes, elle dit :

— Docteur Gold ? C'est Julie. Je sais, je sais que vous ne... il y a eu un imprévu, et je dois savoir... je ne peux vraiment pas vous dire de quoi il s'agit, mais si vous...

Julie regarda Miles et Chloé.

— Il a raccroché.

— Merde, dit Miles.

— Il y avait de l'écho, dit-elle. Comme si les murs étaient en métal. Je parie qu'il est au garde-meubles.

Julie nota l'adresse sur un bout de papier, puis deux autres numéros. L'un à trois chiffres, l'autre à quatre.

— Le premier, c'est le numéro du box, le second, le code de la grille, expliqua-t-elle, avant d'ajouter, l'air défait : J'ai failli vous demander de ne pas lui dire comment vous avez eu cette liste de noms, mais ça n'a plus d'importance. Ici, c'est fini pour moi.

Le garde-meubles n'était pas loin, et Charise les y conduisit en moins de dix minutes. Elle avança la limousine tout contre la grille, baissa la vitre, entra le code à quatre chiffres sur le pavé numérique et attendit que la barrière s'ouvre.

Une fois dans l'enceinte, elle s'approcha d'une structure à un étage, terne et sans fenêtre. Il y avait une porte d'accès à chaque extrémité.

— Si vous avez besoin de moi, monsieur, je suis là, fit savoir Charise en tenant la portière arrière ouverte pour Miles. Quand je vous ai parlé de mon parcours professionnel, j'ai oublié de mentionner mon expérience de videur.

Miles ne put s'empêcher de sourire.

— C'est bon à savoir, mais je pense que ça ira.

Une fois à l'intérieur du bâtiment, Miles sortit le numéro du box noté sur le bout de papier que Julie lui avait donné.

— Deux, zéro, quatre.

— C'est là-haut, dit Chloé en déchiffrant les indications.

Ils trouvèrent une cage d'escalier derrière un monte-charge, parvinrent à l'étage et commencèrent à chercher.

— Par ici, dit Chloé en attrapant Miles par la manche pour l'entraîner dans un couloir.

Environ dix mètres plus loin, une porte de box était relevée. On entendait quelqu'un déplacer des objets. Il y eut un bourdonnement qui dura plusieurs secondes, puis un silence, puis de nouveau le bourdonnement.

Ils se rapprochèrent et découvrirent Martin Gold, costume bleu et cravate, en train d'alimenter une déchiqueteuse posée au bord d'un carton, les spaghettis de papier tombant dans une poubelle en plastique vert.

— Docteur Gold, dit Miles, assez fort pour être entendu malgré le bruit sourd de la déchiqueteuse.

Gold leva les yeux, surpris, et s'arrêta.

— Comment êtes-vous entrés ? demanda-t-il.

— Nous...

Avant que Miles ait pu prononcer un mot de plus, le téléphone portable qu'il avait glissé dans sa veste se mit à sonner. DORIAN s'affichait sur l'écran.

— Une minute. (Il tapota l'écran et colla le téléphone à son oreille.) Dorian, laissez-moi vous rappeler dans...

— On a reçu les résultats, dit-elle.

— Quoi ? Vous êtes sérieuse ?

— Oui.

Miles tourna le dos et s'éloigna de quelques pas.

— Est-ce qu'elle va bien ? Est-ce que Chloé présente le moindre signe ?

— Chloé n'a pas la maladie de Huntington.

Miles soupira et sourit. Comme si le poids d'une douzaine de parpaings avait quitté ses épaules.

— C'est merveilleux.

— Il y a autre chose, cependant.

Miles sentit les parpaings retomber. Il se rappela la crainte de Chloé d'être testée positive pour une pathologie totalement différente.

— Elle a autre chose ? Bon sang, qu'est-ce que c'est ?

— Elle est en parfaite santé, assura Dorian. Mais ils ont comparé vos profils.

— D'accord, dit-il lentement.

— Il n'y a pas de correspondance d'ADN entre vous deux.

Miles en resta sans voix.

— Vous n'avez pas plus de lien de parenté avec elle que moi avec la reine d'Angleterre.

44

Quelque part au nord
de la Pennsylvanie

D'habitude, Rhys Mills préférait les sièges côté couloir, et proches de la sortie. C'était une question de contrôle. Il aimait être le premier à descendre de l'avion. Il détestait les sièges côté hublot, où on était coincé par quelqu'un et obligé de se contorsionner pour aller aux toilettes.

Mais ce jour-là, en réservant à la dernière minute, il n'avait guère eu le choix. Il avait demandé à la femme d'âge mûr assise côté couloir si elle voulait le hublot, en essayant de présenter cela comme une faveur, mais elle avait décliné. À cause de sa vessie très active, elle pouvait avoir besoin de filer aux toilettes en quatrième vitesse, lui avait-elle confié, comme s'il mourait d'envie de connaître ce genre de détail physiologique. Il était donc là, appuyé contre le fuselage, à contempler l'État de Pennsylvanie à travers les nuages.

Il rentrait chez lui.

C'était généralement un sentiment agréable. Mais Rhys était à la fois plein d'appréhension et gavé de puissants analgésiques. La mission qu'on leur avait confiée restait inachevée. Pire, Kendra était morte. S'il voulait finir le travail, il lui faudrait un nouveau partenaire. Ce n'était pas le genre de boulot qu'on pouvait faire seul.

Chaque fois qu'il fermait les yeux, il la voyait gisant là, le visage détruit. Il voyait sa propre main abaisser l'arme et presser la détente.

Il se disait qu'il avait pris la bonne décision, pas seulement pour lui, mais pour Kendra. Elle serait très probablement morte sans son intervention. Il lui avait épargné des souffrances considérables. Et si on avait pu la sauver, quel avenir l'attendait ? Des années de chirurgie réparatrice. De plus, si Roben et la fille allaient voir la police, Kendra aurait passé le restant de ses jours en prison plutôt que dans la salle d'attente d'un chirurgien plastique.

Et lui aussi.

Non, il avait bien fait de lui mettre une balle dans la tête, c'était mieux pour tout le monde. Mieux pour le client aussi. Si elle avait survécu, elle aurait peut-être parlé. Une fois que la police vous avait coincé, vous faisiez ce que vous pouviez pour sauver votre peau.

Il aurait quand même mieux valu qu'il se débarrasse du corps.

Il avait au moins récupéré toutes ses pièces d'identité – une vérification aurait révélé qu'il s'agissait de faux et suscité des interrogations.

Est-ce que Roben et la fille parleraient à la police ? Difficile à dire. La fille serait obligée d'avouer ce qu'elle avait fait. Ce serait prendre un gros risque, si les flics ne croyaient pas à sa version. Au moment où il avait embarqué, à Fort Wayne, rien n'avait filtré sur Internet quant à la découverte du corps.

Il ferma de nouveau les yeux et, cette fois, au lieu de se rappeler la dernière image qu'il avait de Kendra, il la revit entrer dans sa chambre au milieu de la nuit, le pousser sur le lit et disposer de lui. Son corps tout entier était affamé et, après l'avoir rassasié, elle était partie. Kendra n'était pas une sentimentale. Si c'était lui qui avait reçu un coup de batte en plein visage, elle aurait géré les choses de la même manière.

— Et voilà, dit la femme assise à côté de lui, en détachant sa ceinture de sécurité. Le Pepsi m'a déjà traversée !

Rhys esquissa un sourire et reporta son attention sur le hublot.

En arrivant, il commencerait par rentrer chez lui, s'enfiler deux ou trois scotchs, prendre une douche, peut-être se trouver une femme – il y en avait quelques-unes qui pouvaient se rendre disponibles très rapidement –, puis il annoncerait la nouvelle au client et déciderait de la marche à suivre.

On lui avait laissé entendre, dans un message crypté, qu'un autre contrat l'attendait, indirectement lié au précédent, et pour lequel il n'aurait pas besoin d'eau de Javel.

Celui-là serait offert par la maison. Quand on avait merdé et qu'on était dans le collimateur du client, on ne le faisait pas cracher au bassinet.

45

New Rochelle, État de New York

Après avoir terminé sa conversation avec Dorian, Miles resta dans le couloir du garde-meubles, incapable de bouger. Ce n'était pas un symptôme de sa maladie. Ce n'étaient pas ses muscles qui refusaient de réagir. C'était le choc de la nouvelle qu'il venait d'apprendre qui l'avait pétrifié.

Chloé n'était pas sa fille.

Le couloir semblait tournoyer, et il tendit le bras pour se tenir au mur.

— Miles ? appela Chloé.

Comme il ne répondait pas, elle courut vers lui, passa sous son bras tendu et le prit par la taille. Le téléphone était toujours dans sa main.

— Qui était-ce ? Qui a appelé ?

Miles tenta de parler, mais aucun mot ne sortait de sa bouche.

— Ça ne va pas ? Tu as besoin d'un médecin ? Parce que ce type en est un. Je ne sais pas si c'est le plus qualifié, mais il sait peut-être quoi faire.

— Ça va aller, murmura Miles. C'est juste quelque chose qui m'est tombé dessus.

— Qui a appelé ?

Miles remua la langue dans sa bouche, pour essayer de l'hydrater un peu.

— Dorian, répondit-il. Ils ont fait les analyses.

— Oh.

— Je sais que tu ne voulais pas connaître le résultat, mais autant te le donner. (Il lui fallut quelques instants pour trouver les mots.) Tu es en parfaite santé. Tu ne l'as pas. Ni aucune autre maladie.

Le visage de Chloé se déforma.

— D'accord, dit-elle, la lèvre tremblante. C'est bien, non ?

Elle le serra dans ses bras.

— Oui, c'est bien, dit-il en répondant à son étreinte. C'est bien. Je suis très heureux.

Elle se détacha de lui, les yeux pleins de larmes.

— C'est ça qui te fait cet effet ? C'est ta manière de réagir aux bonnes nouvelles ? Je ne préfère pas imaginer si elles avaient été mauvaises !

Il lui offrit un semblant de sourire.

— Je me suis senti un peu submergé par l'émotion.

— Bon, c'est génial, mais souviens-toi que tu m'as demandé de t'accompagner pour t'aider à te concentrer. Le toubib a l'air prêt à se pisser dessus, alors on devrait peut-être aller lui causer avant qu'il doive changer sa couche.

Miles hocha la tête.

— D'accord, d'accord, faisons cela.

Ils retournèrent jusqu'au box, où Gold avait arrêté de déchiqueter des documents et les regardait comme un rat acculé.

— Comment m'avez-vous trouvé ? demanda-t-il encore, puis, au lieu d'attendre une réponse, il dévisagea Chloé et lui lança : Vous êtes qui, vous ?

— Chloé Swanson. (Elle sourit et pointa un pouce d'auto-stoppeur sur Miles.) La fille de ce type.

Miles sentit les parpaings invisibles peser plus lourdement sur ses épaules.

Pendant le trajet, à l'arrière de la limousine, Chloé et lui avaient passé en revue les questions qu'il avait l'intention de poser à Gold, mais voilà qu'il pouvait à peine se les rappeler. Elle le regardait avec l'air de se demander quand l'interrogatoire allait commencer.

Au bout de quelques secondes, elle l'encouragea :

— Tu es prêt ?

— Chloé, va attendre dans la voiture.

Elle écarquilla les yeux.

— Pardon ?!

— Je veux parler au Dr Gold seul à seul.

— Pourquoi ? On est une équipe. C'est quoi, le problème ?

— J'ai changé d'avis.

— Tu n'as pas à me protéger, tu sais. Peu importe ce qu'il se passe, je peux gérer...

— *Chloé !*

Son corps trembla comme s'il lui avait donné une décharge de taser.

— *S'il te plaît*, va à la voiture.

Un silence plana pendant plusieurs secondes. La jeune femme finit par laisser échapper un soupir théâtral et tourna les talons. Miles attendit d'entendre ses pas dans l'escalier avant de reporter son attention sur Gold.

— Vous me devez quelques explications.

— Moi ? Pour qui vous prenez-vous ?

Miles faillit éclater de rire.

— Vous savez quoi ? Là, tout de suite, je n'en ai aucune idée. Je pensais que vous le saviez. Mais maintenant, j'en suis moins sûr. (Il désigna d'un doigt la pile de papier déchiqueté.) Si je pouvais recoller tout ça par magie, est-ce que j'y trouverais mon nom ? Et celui de Chloé ? Et celui des autres ?

Gold ne dit rien.

— Votre assistante dit que vous êtes en train de craquer. C'est en rapport avec Todd Cox, ou Katie Gleave, Dixon Hawley, Jason Hamlin ? Ou Chloé ?

— Je ne sais pas qui sont ces gens.

— Ah, non ? Vous avez contribué à les mettre au monde. Leurs mères étaient toutes vos patientes. Vous voulez que je les passe en revue ?

Gold le regarda fixement.

— Non.

Miles baissa les yeux et se massa les tempes.

— Je pensais savoir ce que j'allais vous demander, mais cet appel... Ces personnes que j'ai mentionnées, d'après les dossiers... je suis leur père biologique.

— Comment pouvez-vous savoir...

— Sauf que c'est faux, n'est-ce pas ?

Gold le dévisagea froidement.

— Je ne sais pas de quoi vous parlez.

— Apparemment... je ne suis pas le père de Chloé. Ni peut-être celui de Todd, Katie, Dixon, Jason, Nina, Colin ou Barbara... Peut-être que je ne suis le père de personne ! dit-il dans un éclat de rire. Tous ces cheveux blancs que je me suis faits à propos de ces gamins, à l'idée qu'ils puissent développer ma maladie, les projets que j'avais pour rendre leur vie meilleure, tout ça est une farce !

Gold regardait par-dessus l'épaule de Miles, comme s'il projetait de s'échapper.

— Alors, qu'est-ce qui se passe, docteur ? Ils meurent ou ils disparaissent. Au début, je pensais à une pure coïncidence, mais plus maintenant. Plus depuis le gars sous le lit et la femme dans le fourgon.

— Quoi ?

Miles ignora la question.

— Une poignée de personnes savent par quoi ces personnes sont liées. Vous êtes tout en haut de cette liste. Pourquoi disparaissent-elles ? Qu'est-ce qui se passe ?

Miles fit deux pas en avant, poussant Gold à reculer. Il trébucha sur l'un des cartons de dossiers, tomba sur les fesses, se releva.

— Je n'ai rien à dire. Mes patients ont droit à la confidentialité.

— On a largement dépassé ce stade, rétorqua Miles.

— Vous ne savez pas dans quoi vous mettez les pieds. Ne vous mêlez pas de ça. Vous n'avez aucun lien avec ces gens, aucune responsabilité vis-à-vis d'eux.

Miles laissa l'information faire son chemin.

— C'est donc vrai. Aucun n'est de moi.

— Allez-vous-en.

— Comment est-ce possible ? Pourquoi mon nom figure sur les dossiers ? (Miles sentait sa colère monter en même temps qu'il élevait la voix.) Qui est leur père biologique ? Qu'est-ce qui se passe, bordel ?!

Gold leva une main tremblante et pointa Miles du doigt.

— Partez. Allez-vous-en.

Miles eut une soudaine prise de conscience.

— Bon sang, c'est *vous*. J'ai entendu parler de pervers dans votre genre. Toutes ces femmes qui sont passées par votre clinique, ces couples qui vous ont demandé de l'aide, c'était du vent. Et les idiots comme moi qui croient venir faire un don de sperme ! C'est vous qui fécondez toutes ces femmes.

— Vous êtes totalement à côté de la plaque. Si vous tenez à votre peau, et à la fille dehors, oubliez tout ça.

— C'est une menace ?

— C'est un bon conseil.

— Écoutez bien, dit Miles, l'index pointé. Si vous ne voulez pas répondre à mes questions, je trouverai quelqu'un qui le fera. Ou j'irai voir la police, qui saura faire pression sur vous. Peut-être que je reviendrai avec eux.

Il attendit encore un moment, se rendit compte qu'il n'obtiendrait rien de plus et s'éloigna dans le couloir en direction de l'escalier.

Gold, le souffle court et le cœur battant la chamade, s'assit sur une pile de boîtes à archives assez solides pour le soutenir. Il sortit son téléphone, composa un numéro et attendit que quelqu'un finisse par décrocher.

— Docteur Gold à l'appareil. C'est urgent.

Il fallut encore plus de deux minutes pour qu'il soit mis en relation.

— Cookson est venu... Il a compris la moitié... Non, je n'ai rien dit, mais il ne va pas lâcher

387

l'affaire... Il était avec l'un d'eux... La fille Swanson... Je pense qu'elle sait la même chose que lui... Je passe tout à la déchiqueteuse, voilà ce que je fais. Je détruis tout, comme vous me l'avez demandé...

Son correspondant mit fin à l'appel.

Gold posa lentement le téléphone sur ses genoux et éclata en sanglots.

46

New Rochelle, État de New York

Quand Miles monta dans la voiture, Chloé, assise à l'arrière avec les bras croisés et le regard fixé devant elle, l'ignora ostensiblement.

— Salut, dit-il.

Pas de réponse.

— Où allons-nous, monsieur Cookson ? s'enquit Charise.

Il n'en avait aucune idée. Que devait-il faire maintenant ? Avait-il encore quelque chose à faire ? Quelle était sa responsabilité ? Que devait-il aux jeunes gens de la liste ? Il n'avait certainement plus à s'inquiéter de leur santé future, s'agissant de ses gènes en tout cas.

— Monsieur Cookson ?

Le fait qu'il ne soit pas leur père ne signifiait pas qu'ils n'étaient plus en danger. Il devait malgré tout les mettre en garde. Et il y avait la question de la présence de son nom dans ces dossiers, qui l'identifiait comme le donneur.

Était-il temps de s'en remettre à la police ? Ou au FBI ?

— Elle *demande* où tu *veux* aller, dit Chloé, agacée.

— Oh, dit Miles, arraché à ses pensées. On rentre à la maison, je suppose.

Charise acquiesça et fit démarrer le moteur.

— Ce n'est pas là que je vais, intervint Chloé. La gare routière ou la gare la plus proche fera l'affaire. Il faut que j'aille récupérer ma voiture à Springfield.

— Chloé, dit Miles. Tu n'es pas obligée de faire ça. Si tu veux retourner chez toi, soit. Charise peut te raccompagner et me déposer en chemin.

— On était censés lui rentrer dedans ensemble.

— Je suis désolé de t'avoir chassée. Il fallait que je parle au médecin seul.

— Je ne comprends pas. Tu reçois le résultat du test, tu me dis que je n'ai rien, ce qui devrait être une bonne nouvelle pour nous deux, mais au lieu de te réjouir tu me mets sur la touche.

— C'est compliqué.

— Qu'est-ce qu'il y a de compliqué dans le fait que j'aille bien ?

— Rien. C'est une bonne chose.

— Alors, quoi ? Il s'est passé autre chose pendant ce coup de fil ?

Charise fit demi-tour en trois temps et descendit la vitre pour saisir de nouveau le code sur le pavé numérique de la barrière.

— Alors, je vais à la gare la plus proche ? demanda-t-elle.

— Non, dit Miles en même temps que Chloé répondait oui.

Charise soupira.

— Je prends la route de New Haven en attendant que vous vous décidiez. Ce ne sont pas les gares qui manquent sur le trajet.

— On forme une équipe ou pas ? demanda Chloé.

— On forme une équipe, répéta Miles, la voix nouée.

Était-ce vraiment le cas ? Ce qui les unissait reposait sur une fiction, une fraude.

Un écrasant sentiment de vide l'envahit. Toutes ces années, même lorsqu'il vivait dans l'ignorance de l'identité des enfants qu'il pensait avoir engendrés, leur existence avait été une sorte de réconfort. Il laissait quelque chose derrière lui. Il avait un héritage. Anonyme, certes, mais un héritage tout de même.

C'était fini.

Plus d'héritage.

Et il allait devoir annoncer à Chloé qu'elle n'avait pas retrouvé son père, finalement. Que celui-ci était toujours dans la nature, quelque part, et qu'il s'agissait très probablement d'un médecin méprisable qui avait violé toutes les normes éthiques possibles et imaginables.

Qu'était-il censé lui dire, bon sang ?

Alors que Charise prenait la direction de la I-95, Miles et Chloé observèrent un moment de silence. Dix minutes environ s'écoulèrent avant que Chloé le rompe.

— Alors, c'est quoi la suite, papou ?

C'était une main tendue. Il tourna la tête, la regarda et sourit tristement. Il posa la main sur celle de la jeune femme, sur le cuir de la banquette, et la serra.

Chloé semblait être passée de la colère à l'inquiétude.

— Est-ce que ça va ?

— Ouais.

— Tu me caches quelque chose.

— Non, je t'ai répété ce que Dorian a dit.

La moitié.

Elle lui jeta un bref regard sceptique.

— Je crois qu'on devrait continuer, retrouver les autres, dit-elle ensuite, et elle demanda à Charise d'oublier la gare.

— C'est trop pour moi, déclara Miles. Pour nous. Il est peut-être temps de prévenir la police.

Chloé leva les yeux au ciel.

— Ouais, comme s'ils allaient nous aider ! Tu sais où je suggère qu'on aille en premier ?

— Où ça ? demanda-t-il d'un ton las.

— Je pensais à Fort Wayne.

— Travis Roben.

— Tout juste. J'ai déjà fait quelques recherches. (Elle agita son téléphone.) Quand je suis retournée à la voiture, j'ai tapé les noms un par un, pour voir ce que je pouvais trouver sur eux. Roben est une sorte de geek bizarre. Je ne dis pas ça méchamment. Il est sur Instagram. C'est un fou de romans graphiques.

— Tu veux dire qu'il est à fond dedans ou qu'il en écrit ?

— Les deux. Enfin, il essaie d'en faire un. Il a posté quelques photos. Ce n'est pas un grand artiste, mais ses histoires sont plutôt intéressantes. La bonne nouvelle, c'est qu'il n'est pas mort, il n'a pas disparu ni rien.

— C'est un bon point.

Miles n'avait pas le courage de lui dire que Dorian et Heather avaient déjà compilé leurs profils. D'ailleurs, Chloé avait peut-être trouvé de nouvelles infos intéressantes.

— Bon, poursuivit-elle, il y a cette Nina Allman, qui vit à Seattle et travaille dans un truc qui s'appelle Pike's...

— Pike Place Market. La plus grande attraction touristique de la ville. On peut y trouver du poisson frais, des légumes, tout ce qu'on veut. Super restaurants.

— Et Barbara Redmond ?

— Oui ?

— Elle est actrice. Tu le savais ?

— Oui.

— J'ai donc une demi-sœur qui a joué dans *NCIS* et *The Good Place* ? J'ai regardé sur IMDb, ce n'était pas de grands rôles. Vendeuse de yaourts, cadavre... Ce n'est pas un bon présage.

— Je ne m'étais pas intéressé à sa filmographie.

— Nous avons aussi Neaseman, qui ne vit pas si loin que ça de Nina. Il est à Portland, dans l'Oregon. Donc je me dis que tu pourrais commencer par Fort Wayne, c'est le plus près, et tu fais halluciner ce Roben en lui annonçant que tu es son père et que quelqu'un veut peut-être le tuer, ensuite...

— Une journée ordinaire.

Chloé haussa les épaules et reprit :

— Ensuite, direction la côte, puisque tous les autres vivent par là. Seattle, Portland, L.A. Tu commences au nord et tu descends vers le sud. Tu sais que je ne suis jamais allée à l'ouest d'Albany ? Dommage que je n'aie pas un demi-frère ou une demi-sœur à San Francisco. J'adorerais voir San Francisco.

Le cœur de Miles cognait. Il se mordit la lèvre, presque jusqu'au sang.

— Tu as raison, dit-il.

— À propos de quoi ?

— Dorian m'a dit quelque chose d'autre.

Chloé cligna des yeux.

— Quoi ?

— Quand ils ont fait le test, ils ont comparé ton profil génétique au mien. (Il marqua un temps d'arrêt. Il avait la bouche très sèche.) Charise, vous auriez de l'eau ?

— Oui, monsieur.

Gardant une main sur le volant, elle ouvrit un petit sac posé sur le siège à côté d'elle. Elle en sortit une bouteille d'Aquafina, qu'elle lui tendit par-dessus le dossier. Miles la prit mais, quand il voulut dévisser le bouchon, il n'arriva pas à refermer les doigts dessus.

— Donne, dit Chloé, qui prit la bouteille, brisa la bague en plastique et la lui rendit.

Miles but une longue gorgée et posa la bouteille dans un porte-gobelet, entre les sièges.

— Tu disais…

— Ils ont analysé mon profil et…

Le visage de Chloé se décomposa.

— Tu es plus malade que tu ne le pensais. Ta maladie évolue plus vite ?

— Non, ce n'est pas ça. C'est… pire. Je crois. Tout dépend de la façon dont on voit les choses.

— Bon sang, crache le morceau.

— Je ne suis pas ton père.

Son expression se figea. Elle était stupéfaite. Pendant plusieurs secondes, les mots lui manquèrent. Lentement, elle se rencogna contre la portière, de son côté de la voiture.

— J'ai été aussi sidéré que toi, dit Miles. Il n'y a pas de correspondance ADN entre nous. Je ne sais pas ce qui s'est passé exactement. C'est le Dr Gold qui a falsifié les dossiers. Je ne sais ni comment ni pourquoi, mais il...

— Si tu n'es pas mon père, alors c'est qui, putain ? explosa Chloé.

— Je n'en sais rien.

— Oh, super. (Elle porta une main à son front et se retourna, comme pour lui échapper.) C'est juste absolument génial. Donc, ça pourrait être n'importe qui. N'importe qui dans ce putain de pays. Par exemple, lui, dit-elle en désignant un homme-sandwich qui faisait les cent pas devant un magasin d'électronique.

Miles pariait sur Gold lui-même, mais il voulait des preuves.

— Chloé, je suis vraiment navré.

— Oh, *tu* es navré ? Je croyais que l'un des plus grands mystères de mon existence avait été résolu, mais il se trouve que c'était des conneries, et *tu* es navré ?

Il ne savait pas quoi dire.

La jeune femme secoua la tête et se mordit la lèvre. Son menton tremblait.

— J'y crois pas... je peux pas...

Elle renifla et, alors que ses yeux commençaient à s'embuer, elle se détourna pour que Miles ne puisse pas la voir.

— Tout ça pour rien. Je ne représente rien pour toi. Tu n'es rien pour moi.

Les mots frappèrent Miles comme une lame de couteau.

— Je ne *peux* pas gérer ça.

Elle se pencha en avant et dit à Charise :

— Arrêtez la voiture.

— Mademoiselle Swanson, je vais entrer sur l'autoroute.

— Arrêtez la voiture.

— Chloé, s'il te plaît, plaida Miles. Ce n'est pas ce que tu crois. Tout ce que je voulais, c'est…

— Arrêtez cette putain de voiture !

Charise mit le clignotant et dirigea la limousine sur le bas-côté.

— Tu ne sais même pas où on est, dit Miles.

Chloé brandit son téléphone.

— Tu es pourtant bien placé pour savoir qu'il y a une appli pour ça.

Elle tira sur la poignée de la portière, défit sa ceinture de sécurité et descendit.

— S'il te plaît, Chloé !

Mais elle avait claqué la portière avant qu'il ait prononcé son nom. Elle frappa le coffre du plat de la main et s'éloigna dans la direction d'où ils venaient.

— Vous voulez que j'aille la chercher ? demanda Charise.

Miles ne doutait pas que Charise puisse la rattraper et la ramener de force, mais il n'en voyait pas l'intérêt.

— Non, laissez-la partir.

47

New Haven, Connecticut

Caroline avait reçu un message disant qu'il était de retour de voyage d'affaires, et elle se trouvait donc une fois de plus à l'hôtel Omni, à l'attendre – comme toujours, dans une de leurs plus belles suites, dans les étages supérieurs, avec vue sur Yale et une grande partie de la ville –, debout à la fenêtre, portant la lingerie qu'il avait préparée à son intention, le bandeau de soie en place.

Elle se disait parfois que cette partie, l'anticipation, était ce qu'elle appréciait le plus. Davantage que l'acte sexuel lui-même, dont elle n'avait pourtant pas à se plaindre. Attendre le bruit de la porte qui s'ouvre, ses pas à peine perceptibles sur la moquette, son souffle juste derrière elle. Elle n'avait pas le droit de se retourner avant qu'il l'ait touchée. Parfois, il restait là pendant plusieurs minutes, si près qu'elle sentait la chaleur qui émanait de son corps, sans rien dire.

Pour faire monter le suspense.

D'autres fois, les choses allaient beaucoup plus vite. Il venait droit sur elle et il la prenait, à la hussarde. C'était amusant aussi, mais elle préférait largement quand les choses se déroulaient lentement.

À son arrivée, la baignoire était prête, comme d'habitude. Le champagne était ouvert et au frais. Elle avait rempli une flûte et l'avait sirotée en se prélassant dans son bain.

Elle se demandait ce qu'il faisait pendant ce temps. Il avait dû venir plus tôt dans la chambre, tout préparer, puis repartir. Elle supposait qu'il descendait au bar boire un verre. L'anticipation était-elle aussi excitante pour lui que pour elle ?

Cette fois, ce n'était pas seulement le sexe qui la rendait impatiente. Elle voulait savoir comment les choses se passaient. Elle voulait les dernières nouvelles.

La première fois qu'elle lui avait parlé de sa situation, de la chose terrible que son beau-frère avait faite – exclure Gilbert, et par extension elle-même, de son testament –, Broderick avait semblé douter qu'on puisse y faire quelque chose.

C'était pourtant tellement injuste, avait plaidé Caroline. Abandonner ainsi son patrimoine à une bande de parfaits inconnus ! D'accord, ils étaient peut-être le produit de sa semence, mais c'était un lien très clinique. Gilbert, lui, était son *frère*. Y avait-il un lien plus fort que celui-là ? Ils avaient grandi ensemble, partagé la même chambre quand ils étaient plus jeunes. Comment pouvait-on écarter quelqu'un comme ça et donner son argent à des gens avec qui on n'avait jamais passé un seul moment de toute sa vie ?

C'était une criante injustice.

« Je ne suis pas avocat », lui avait dit Broderick. Elle devrait peut-être en consulter un. Mais si quelqu'un devait intenter une action en justice, c'était Gilbert. Ou peut-être fallait-il qu'elle explique à Miles combien cette décision avait été dévastatrice pour son mari...

Caroline ne pensait pas pouvoir réussir à le berner. « Nous avons eu quelques différends », avait-elle admis sans entrer dans les détails.

Mais elle avait un nouveau plan en tête. Certainement plus ambitieux que sa tentative de convaincre Google d'investir dans son idée, qui était en fait excellente. Tout ce qui lui manquait alors pour que ça fonctionne, c'était l'expertise technique. Mentir sur le soutien financier de Miles était-il vraiment si grave ? Si Google avait suivi, elle aurait exposé son idée à son beau-frère, lui aurait parlé du soutien – réel – de Google et il aurait probablement investi.

Du moins, c'est ce qu'elle aimait se raconter.

Mais cette nouvelle idée était différente. Et elle pensait que quelqu'un ayant l'expérience de Broderick était non seulement susceptible de la conseiller, mais aussi de se retrousser les manches et de l'aider.

« Ouah ! s'était exclamé Broderick quand elle lui avait fait part de son plan. Ça me paraît carrément... extravagant. »

Il l'avait regardée comme si elle était folle.

« Et quel serait mon rôle ? » lui avait-il demandé.

Au début, il serait plutôt un conseiller, un intermédiaire. Plus tard, si la première partie du plan se déroulait comme prévu... il pourrait jouer un rôle plus direct et faire ce qu'il faisait le mieux ?

Il avait opposé quelques réserves.

« C'est le genre de plan qui pourrait dérailler très facilement. Beaucoup de variables, une situation difficile à contrôler. Des inconnues émotionnelles. Une personnalité supplémentaire jouant un rôle majeur. Tu es vraiment sûre de vouloir t'engager dans cette voie ?

— Tu veux dire que ce n'est pas faisable ?

— Non, je ne dis pas ça.

— Si la première partie s'est bien passée, alors...

— J'ai compris. Laisse-moi y réfléchir.

— Je veillerais à ce que tu sois correctement dédommagé. »

Il lui avait lancé un regard indiquant que cela allait de soi. En fait...

Minute. La porte de la chambre s'ouvrait.

Il était là.

Comme toujours, il referma doucement.

Le souffle de Caroline se fit plus rapide et saccadé.

Je n'ai pas envie d'attendre. Pas cette fois. Faisons-le tout de suite.

Elle le sentit qui s'approchait. Il devait être à moins d'un mètre derrière elle. Elle n'en pouvait plus. Elle allait enfreindre les règles. Elle allait parler.

— Baise-moi, chuchota-t-elle.

— Mais bordel, qu'est-ce que c'est que ce cirque, Caroline ?

Son cœur s'arrêta.

Elle se retourna en même temps qu'elle retirait son bandeau.

Il se tenait là, juste devant elle.

Gilbert.

Broderick était effectivement en train de tuer le temps au bar de l'hôtel. Il avait pris un siège qui lui offrait une vue sur le lobby.

Il appréciait généralement ce moment. L'anticipation. Monter dans la chambre, tout préparer, puis s'éclipser avant qu'elle arrive. Il prenait même l'escalier pour descendre au rez-de-chaussée, pour ne pas risquer de tomber sur elle en sortant de l'ascenseur.

Il commandait un verre et pensait aux plaisirs qui l'attendaient.

Parfois, il s'acquittait également de quelques tâches. Vérifiait son téléphone, répondait aux mails, aux SMS.

Il en avait justement reçu un alors qu'il buvait son deuxième verre. Bref et concis :

TOUT A MERDÉ. JE NE PEUX PAS FAIRE ÇA.

Hmm, il y a des problèmes à Fort Wayne, pensa-t-il.

Il leva alors les yeux de son téléphone, jeta un coup d'œil en direction du lobby, et c'est à cet instant qu'il aperçut Gilbert Cookson.

Broderick savait à quoi il ressemblait. Quand il s'était mis à fréquenter Caroline, il avait tenu à trouver tout ce qu'il pouvait sur son mari. Ses habitudes, son numéro de téléphone portable, les lieux qu'il fréquentait.

Mais Broderick n'avait pas vu venir ce coup de théâtre. Le mari de Caroline traversait le lobby avec hésitation, comme s'il ne savait pas trop ce qu'il faisait là. Il regardait autour de lui. La cherchait-il ? L'avait-il suivie à l'intérieur ?

Il jeta un œil à l'entrée du bar, s'approcha, fit deux pas à l'intérieur pour balayer la pièce puis repartit.

Oui, il l'a suivie jusqu'ici, pensa Broderick. Il soupçonnait sa femme de quelque chose et il l'avait filée. Elle avait dû faire une boulette quelconque. Peut-être avait-il trouvé une serviette en papier de l'hôtel dans son sac. Peut-être possédait-il une appli permettant de géolocaliser un téléphone.

Cela aurait pu être n'importe quoi. Une chose était sûre : le message qu'il venait de recevoir de Fort Wayne pouvait tout aussi bien s'appliquer à sa situation présente. Tout était en train de merder. Quand le mari s'en mêlait, ça ne promettait rien de bon.

De toutes les façons, cela faisait un moment qu'il songeait à laisser tomber. Couper les ponts avec Caroline, s'éloigner du bordel qu'elle avait déclenché. Il ne voulait plus être associé à ça. Un super coup ne méritait pas autant de soucis. Cette femme était cinglée, elle ne pensait pas rationnellement.

Je me tire.

Il vida d'un trait son verre de scotch et laissa assez de liquide sur la table pour couvrir l'addition. Il sortit la carte magnétique de son portefeuille et quitta le bar en la tenant d'une main ferme.

Il marcha droit sur Gilbert, planté au milieu du lobby, l'air perplexe et anxieux.

Putain de loser, pensa Broderick. Pas étonnant que Caroline ait cherché ailleurs ce dont elle avait besoin. Dans plus d'un domaine.

Broderick, en mimant la distraction, bouscula délibérément Gilbert.

— Oh, désolé, dit-il. Je ne regardais pas où j'allais.

— Pas de problème, dit Gilbert.

Il poursuivit son chemin jusqu'à se retrouver sur le trottoir, s'arrêta, sortit son téléphone jetable et composa un numéro.

Trois sonneries plus tard, Gilbert décrochait :

— Allô ?

— Il y a une clé magnétique dans votre poche. Onzième étage. Troisième chambre à droite en sortant de l'ascenseur.

Il termina l'appel, jeta le téléphone dans une poubelle à l'angle des rues Temple et Chapel.

Et gloussa.

48

New Haven, Connecticut

— Dorian m'a en partie expliqué la situation, mais pourquoi vous ne me raconteriez pas tout depuis le début ?

Son nom était Lana Murkowski, et elle n'était pas seulement une amie de Dorian, mais aussi agent au FBI. Elle avait rencontré Miles quelques années auparavant, lorsque le Bureau enquêtait sur des opérations de piratage informatique menées par les Russes. Il se trouvait également qu'elle vivait dans la ville voisine de Dorian et que c'était son jour de congé. Elle était venue à titre officieux pour rendre service à son amie. Celle-ci lui avait passé un coup de téléphone alors que Miles était dans la limousine, de retour de New Rochelle, sans Chloé.

Il n'avait pas voulu en parler.

Quelques heures plus tard, Lana se présentait au siège de Cookson Tech, et ils s'installèrent dans une des salles de conférence pour discuter en privé.

Dorian avait apporté du café et de quoi grignoter, et elle avait demandé à assister à l'entrevue, si Miles n'y voyait pas d'objection.

« Aucune, avait-il répondu. Il faut que vous soyez au courant de tout ça, vous aussi. »

Quand Lana demanda à Miles de lui résumer la situation, il prit une grande inspiration et fit de son mieux. Il commença par sa première visite au Dr Gold et expliqua avoir eu connaissance de la liste des femmes fécondées avec ce qu'il pensait être son sperme.

— Comment avez-vous obtenu cette liste ? voulut savoir l'agent du FBI.

Miles jeta un coup d'œil à Dorian avant de répondre.

— C'est important ?

— Oui.

— Nous avons acheté quelqu'un à la clinique.

— Qui s'en est chargé ?

— Heather. Notre enquêtrice.

— Ne serait-il pas utile qu'elle soit là aujourd'hui ?

— Certainement, intervint Dorian. Mais sa mère a été hospitalisée la nuit dernière. Peut-être pour une crise cardiaque. Heather sera indisponible pendant quelques jours.

— Continuez votre histoire, dit Lana.

Miles expliqua que Dorian et Heather avaient établi l'identité des enfants nés de ces dons, retrouvé leur trace et rassemblé le plus d'informations possible à leur sujet.

Peu après, ces jeunes gens avaient commencé à disparaître.

— Passons-les en revue, proposa Lana.

Miles s'exécuta. La plupart des informations qu'ils détenaient sur Katie Gleave, Jason Hamlin et Dixon Hawley provenaient de médias. Miles avait appris de première main la disparition de Todd Cox. Jusqu'ici, il n'était rien arrivé de fâcheux aux autres.

— Mais je suis inquiet, dit-il.

— Très bien. Examinons les éléments dont nous disposons, en commençant par ce Todd Cox. Si ça se trouve, la main aperçue sous le lit était la sienne.

— Non, répondit aussitôt Miles. À cause du doigt.

Il expliqua pourquoi et Lana opina de la tête.

— D'accord, mais la femme dans le fourgon ? Rien ne prouve qu'elle ait quelque chose à voir avec ça.

— Et les deux gobelets de café ? rappela Miles. Le cerf ?

Lana lui lança un sourire condescendant.

— Les cerfs courent plutôt vite, votre chauffeur a très bien pu ne pas le voir. Et votre inconnue a pu racheter un café parce que le premier avait refroidi.

Miles ne se laissa pas décourager.

— Et le fait que le logement de Todd était immaculé ?

Lana haussa les épaules.

— Certaines personnes sont ordonnées. Quand elles déménagent, elles tiennent à laisser les lieux en bon état. Écoutez, je ne dis pas que tout ça n'est pas un peu étrange, mais si vous voulez impliquer les autorités, il vous faut quelque chose de plus solide. Vous n'avez pas de cadavre. Aucune preuve matérielle d'un acte criminel. Tout ça pourrait n'être qu'un enchaînement de coïncidences.

— Non, rétorqua Miles. Et le médecin ?

— Il faudrait l'interroger, bien sûr. On dirait qu'il couvre quelque chose.

— Miles a une théorie, intervint Dorian, selon laquelle il aurait lui-même fécondé toutes ces femmes.

— Ce ne serait pas la première fois. Admettons que ce soit le cas, en quoi cela explique-t-il les disparitions ? Quel est le lien ?

— Je n'en sais rien, dit Miles. Mais le Dr Gold est allé jusqu'à me menacer pour que je laisse tomber l'affaire.

— Vous avez soudoyé son employée pour obtenir des informations confidentielles, rappela Lana. À sa place, je vous aurais peut-être menacé, moi aussi.

— Je ne pense pas qu'il sache comment j'ai eu les noms.

— Il sait que vous les avez obtenus quelque part.

Dorian regarda Lana.

— Tu ne peux donc rien faire ? Le Bureau pourrait au moins retrouver les enfants restants et les alerter ?

— Que voudrais-tu que le FBI leur dise ?

— Qu'ils sont en danger, répondit Miles.

— Qui les menace ?

— Je vous l'accorde, ce n'est pas encore clair.

— Et *pourquoi* sont-ils en danger ?

— Chloé avait une théorie. Si vous réduisez le nombre de personnes à qui j'avais l'intention de donner l'argent, celui ou celle qui reste à la fin obtient une plus grosse part.

— C'est sous-entendre qu'un ou plusieurs de ceux que vous pensiez être vos enfants biologiques pourraient être derrière tout ça. Ça semble un peu tiré par les cheveux, non ? Comment pourraient-ils être au courant, pour commencer ?

Vous ne leur avez pas encore fait part de vos intentions et rien n'indique que, hormis Todd Cox et Chloé, ils aient eu recours aux services de WhatsMyStory.

Miles soupira.

Lana n'en avait pas fini.

— Supposons que le FBI transmette ces bribes d'informations à ces personnes. Comment sont-elles censées réagir ? Que voudriez-vous qu'elles fassent ?

— Rester sur leurs gardes, dit Miles.

— Rester sur leurs gardes, répéta Lana. Supposez que quelqu'un vienne vous voir, à l'improviste, et vous dise que vous êtes sur le point de disparaître mais qu'il ne sait pas pourquoi ni qui pourrait faire en sorte que ça arrive. Comment réagiriez-vous ?

Miles cherchait une réponse, mais aucune ne lui venait.

— Je n'ai pas assez d'éléments pour ouvrir une enquête. En tout cas, pas officiellement.

— Vous pourriez contacter les différents services de police locaux concernés, y compris la police parisienne, pour leur demander de remonter toutes les informations dont ils disposent, pour chercher des points communs ? Je parie qu'aucun de ces services n'est conscient des liens qui peuvent exister entre ces affaires.

— Si liens il y a, tempéra Lana.

— J'abandonne, dit Miles.

Lana lui jeta un regard compatissant.

— Monsieur Cookson, je ne voudrais pas vous manquer de respect, mais il y a une question que je dois vous poser.

— Allez-y.

— La paranoïa est-elle un des symptômes de votre maladie ?

Miles lui lança un regard glacial.

— Non.

— Très bien. (Elle adressa à Miles et à Dorian un hochement de tête conclusif et se leva de sa chaise.) S'il y a du nouveau, contactez-moi.

L'agent Murkowski les salua et prit congé.

Miles avait l'air défait.

— Peut-être qu'elle a raison, dit Dorian, et qu'il est temps de prendre du recul, de laisser tomber. Vous avez fait ce que vous pouviez. Mais la donne a totalement changé.

— Et si ça se reproduit ? Si les autres commencent à disparaître alors qu'on aurait pu faire quelque chose ?

— Il peut aussi ne rien se passer.

Miles ferma les yeux, comme pris de migraine. Il baissa la tête pendant plusieurs secondes, puis la releva soudainement et ouvrit les yeux.

— Je n'étais pas au courant pour la mère d'Heather.

— C'est arrivé comme ça.

— Vous enverrez des fleurs à l'hôpital ?

— Bien sûr.

— On ne peut pas la solliciter ces prochains jours. Et notre gentille agente du FBI n'en a rien à foutre. La prochaine étape dépend donc de moi.

— La prochaine étape ? interrogea Dorian.

— Vous m'avez réservé un avion ? Parce que je vais à Fort Wayne pour trouver Travis Roben. Ensuite, je m'envole vers la côte Ouest.

— Seul ?

— Si vous demandez si Chloé sera du voyage, je vous répondrai que c'est peu probable.

(Il marqua une pause.) Je vais quand même lui poser la question.

Dorian hocha la tête et se leva.

— Je m'en occupe.

Miles, trop fatigué pour la suivre, resta assis un moment à rassembler ses pensées.

Son portable sonna. Il le sortit de sa poche et répondit.

— Heather, dit-il. J'ai appris pour votre mère. Comment va-t-elle ?

— On a cru à une crise cardiaque, mais il semblerait que ce soit une sorte de spasme musculaire sévère. Ils la laissent sortir dans la soirée. Merci de vous en inquiéter.

— Prenez tout le temps dont vous avez besoin.

— Je vous remercie, mais ce n'est pas pour ça que j'appelle.

Miles sentit son corps se tendre. Il ne savait pas combien de rebondissements il pourrait encore endurer.

— Je vous écoute.

— Gilbert est venu me voir.

— Quoi ?

L'idée que Gilbert ait approché l'enquêtrice de la société était très surprenante.

— Il a dit que Dorian était au courant de sa démarche.

— Quoi ?

— Il m'a raconté ce que Caroline a fait, le tour qu'elle a voulu jouer au cadre de Google. Depuis qu'il a appris cela, il se tient sur ses gardes, à l'affût de ce genre de choses. Il craint qu'elle ne remette ça et la soupçonne d'avoir monté une fausse boîte, Excel Point, qui facture des milliers de dollars à Cookson.

Miles repensa à ce que lui avait dit son frère avant qu'ils aillent faire un tour dans la Porsche.

— Il a bien mentionné ce nom, dit Miles.

— J'ai creusé un peu.

Miles retint son souffle, attendant la suite. Il n'avait surtout pas besoin de nouvelles dissensions entre son frère et lui à cause de Caroline.

— Gilbert a raison. Il y a bien une société bidon, et vous lui avez versé des sommes substantielles.

— Mon Dieu, soupira Miles avec lassitude. C'est quelque chose, cette Caroline. Elle se fait pincer, mais elle n'abandonne pas.

— Ce n'est pas Caroline.

— Quelqu'un nous a envoyé de fausses factures que nous avons acquittées ? Comment avons-nous pu être aussi stupides ?

— Personne n'a posé de questions parce que tout est passé en interne.

Miles retint son souffle une seconde.

— Quelqu'un de chez nous.

— Exact. J'ai suivi l'argent, Miles.

Il ne voulait pas poser la question, mais il n'avait pas le choix.

— À qui vous a-t-il menée ?

— Dorian.

Il était sûr d'avoir mal entendu.

— Ce n'est pas possible.

— J'aimerais me tromper.

Moi aussi, pensa Miles.

49

Providence, Rhode Island

— Alors, il t'a menée en bateau ? demanda Gillian, la mère de Chloé, le lendemain de bonne heure.

— Ce n'est pas ça... et je ne dirais pas non à un peu plus de soutien et un peu moins de jugement.

Elle farfouilla dans le tiroir du haut de sa commode, vêtue seulement d'une culotte et d'un long tee-shirt.

Le couvre-lit était en désordre, et elle n'était levée que depuis quelques minutes.

— J'aurais dû faire une machine hier soir. Je n'ai rien à me mettre pour le boulot.

— Je l'ai faite. La corbeille est dans le couloir. Tu as de la chance qu'ils te reprennent après que tu les as plantés sans prévenir.

— Tu parles d'une chance ! Le restaurant le plus merdique du Rhode Island ne va pas me virer.

— Cet homme, ce Miles, il entre dans le restaurant et te raconte une histoire à dormir debout, comme quoi il est ton père, et toi, tu pars avec lui ?

— Je te le répète, il en était persuadé ! Il pensait vraiment que j'étais sa fille.

— Bien sûr. Sans aucune preuve. Au moins, avec ce Todd Cox, il y avait l'analyse génétique. Mais quand Miles te raconte qu'il a vu le dossier... Tu l'as vu, toi, ce dossier ?

— Non.

Gillian hocha la tête d'un air entendu.

— C'est bien ce que je pensais.

— Il n'a jamais dit qu'il avait vu le dossier. Il a chargé une enquêtrice d'obtenir les noms à la clinique.

— Qu'il dit.

— Bon sang, maman, tu crois vraiment qu'un type de New Haven a monté une arnaque élaborée consistant à venir jusqu'à Providence pour dire à une pauvre petite serveuse qu'il est son père, qu'il a une maladie mortelle et qu'il veut lui donner un gros paquet d'argent ? Qui ferait une chose pareille ? C'est quoi, la logique ?

— Le monde est plein de gens étranges, répondit sa mère. Je t'avais dit que c'était une mauvaise idée. Je t'avais dit de ne pas envoyer ton échantillon d'ADN.

— Ça n'a aucun rapport, répliqua Chloé, qui se tourna pour regarder sa mère et, exaspérée, tapa du poing sur la commode. Tu semblais tellement compréhensive quand je t'ai téléphoné. Je n'aurais jamais dû te parler de tout ça.

— Tu aurais dû tout me dire dès le début, quand il t'a approchée pour la première fois. Au lieu de ça, tu t'en vas à droite à gauche et tu passes la nuit chez lui !

— Quoi, maman ? Tu as peur que je me sois fait draguer par quelqu'un qui pensait être mon père ?

— Il y a beaucoup de cas de vrais pères qui font des avances à leurs filles. Il existe un mot pour ça.

— Je n'en peux plus de cette conversation, dit Chloé, les yeux brouillés de larmes. Je pense qu'il était totalement effondré.

— Pour quelle raison ?

— Quand il a eu les résultats du test que j'ai fait pour voir si j'avais la même maladie que lui. Il a reçu l'appel pendant qu'on parlait à ce médecin. À ce moment-là, je ne le savais pas, mais c'est là qu'il a appris qu'il n'y avait rien entre nous. Il avait l'air… anéanti.

Chloé s'assit au bout du lit.

— Ce n'est pas mon père, mais il est ce qui s'en rapproche le plus pour moi. Cette journée avec lui, alors qu'il se passait ces trucs flippants chez Todd, aura été une des plus belles de ma vie. Ces heures pendant lesquelles j'y croyais vraiment, elles ont été incroyables.

Gillian s'assit et attira la tête de Chloé dans le creux de son épaule.

— Je suis désolée, ma chérie. Sincèrement désolée. J'ai toujours voulu éviter que tu souffres. C'est tout.

Chloé étreignit sa mère et laissa les larmes venir.

— J'ai été horrible avec lui, dit-elle en sanglotant.

— Oh, ma chérie, c'est lui qui te doit des excuses.

— Non, non, il voulait bien faire. Il est *mourant*. Et moi, j'ai pété un câble et je l'ai abandonné.

— Tu dois penser à toi. C'est son problème. Pas le tien.

— Peut-être que c'est toujours mon problème. Et les autres ? Même si Miles n'est pas leur père, ils pourraient toujours être mes demi-frères et sœurs. Et ceux qui ont disparu ? Et ceux qui sont toujours là ?

— Tu as vu quelqu'un de suspect traîner par ici ? demanda Gillian. Moi, je n'ai vu personne. Aucun inconnu n'est venu frapper à la porte ou ne surveille la maison. Personne ne te cherche.

Le portable de Chloé, posé sur sa commode, s'éclaira et se mit à sonner. Elle se détacha de sa mère, attrapa le téléphone et regarda l'écran.

— C'est lui, dit-elle. C'est Miles.

— Ne réponds pas. Tu as eu raison de partir.

Chloé avait le pouce au-dessus de l'écran.

— Je crois que je devrais...

— Non, dit sa mère, qui lui prit le téléphone des mains et refusa l'appel.

— Maman !

— C'est ce qu'il faut faire ! s'écria Gillian. Oublie ça. Je suis sérieuse.

Chloé tendit sa main ouverte pour récupérer le téléphone.

— Tu vas le rappeler ?

— Non, je ne le rappellerai pas.

— Promets-le-moi.

— Je te le promets, dit Chloé après avoir hésité une fraction de seconde.

Elle récupéra son téléphone et Chloé s'aperçut qu'il était 7 h 30.

— Je vais être en retard. Je suis censée arriver à 8 heures.

— Habille-toi. Je vais te conduire. Demain, on ira récupérer ta voiture à Springfield.

Après que sa mère eut quitté la chambre, Chloé remarqua que Miles avait laissé un message vocal.

« Chloé, je regrette la façon dont les choses ont tourné, mais j'ai le sentiment qu'on forme toujours une équipe. Je pars pour Fort Wayne, et puis j'irai sur la côte Ouest. Je ne vais pas renoncer. J'aurais bien besoin de ton aide. Je peux envoyer Charise te chercher. C'est à toi de décider. Je comprendrais que tu veuilles en finir avec tout ça. Et avec moi. Tiens-moi au courant. »

Elle effaça le message.

Elle arriva au restaurant à 8 h 10 – après que sa mère eut grillé tous les stops et un feu rouge –, juste au moment où le restaurant commençait à faire le plein. Elle n'échangea que quelques mots avec les autres employés, se mettant directement au travail, et elle était tellement absorbée par le souvenir des événements des deux derniers jours qu'elle se trompa dans presque toutes ses commandes. Elle servit des œufs brouillés à un client qui les avait demandés sur le plat. Une femme qui voulait un déca eut droit à du thé. Elle intervertit toutes les commandes d'une table avec une autre.

À la fin du service, à 14 heures, Vivian, qui tenait la caisse et aidait en salle lorsqu'ils étaient à court de personnel, lui demanda :

— Tout va bien, ma chérie ?

Chloé secoua la tête.

— Non.

Vivian la prit dans ses bras.

— Tu as totalement merdé aujourd'hui, mais bon, personne n'est mort. Tu seras bientôt au top à nouveau. Je ne sais pas ce qui s'est passé, et ce ne sont pas mes affaires, mais si jamais tu veux parler, je suis là.

— Merci.

— Comment tu rentres à la maison, ma puce ? J'ai vu ta mère te déposer ce matin.

— Je lui ai dit que je marcherais. J'ai besoin de me vider la tête.

— On te voit demain, alors ?

Chloé hocha la tête, déposa son tablier à l'office et sortit par la porte de service. Elle entendit crisser le gravier du parking avant de voir la limousine. Quand la voiture arriva à sa hauteur, la vitre descendit côté passager.

Le conducteur l'appela :

— Chloé ?

C'était un homme. Elle tourna la tête. Charise avait peut-être pris sa journée.

— Oui ? dit-elle.

— Quelqu'un voudrait vous parler, fit l'inconnu en désignant la banquette arrière d'un geste du pouce.

Avait-elle envie de parler à Miles ? Elle avait promis à sa mère de ne pas l'*appeler*, pas de ne pas lui *parler* s'il venait jusqu'ici pour la voir. Le message qu'il lui avait laissé indiquait clairement qu'il essayait d'arranger les choses.

À vrai dire, elle voulait s'excuser pour la façon dont elle s'était comportée. Descendre de voiture et l'abandonner au moment où il était au plus mal – plus elle y pensait, plus elle le regrettait.

— D'accord, dit-elle.

Le conducteur appuya sur un bouton et elle entendit les portières se déverrouiller. Elle ouvrit à l'arrière, côté passager, et monta.

Une fois la portière refermée, elle se tourna pour regarder l'autre personne sur la banquette arrière.

Ce n'était pas Miles.

C'était une femme.

— Qui êtes-vous ? demanda Chloé.

La femme l'aspergea alors avec une bombe au poivre et le conducteur mit le pied au plancher.

50

Fort Wayne, Indiana

Travis Roben n'avait pas quitté la maison depuis un jour et demi.

Sauf pour aller aux toilettes et prendre ses repas, il était à peine sorti de sa chambre. Elle était au premier étage avec vue sur la rue, et il passait le plus clair de son temps à la fenêtre, à guetter l'arrivée de la police.

Jusqu'ici, en vain.

Il n'y avait rien eu aux infos sur la femme que Sandy avait frappée avec la batte. L'arrière de cet entrepôt n'était évidemment pas un endroit très fréquenté, mais Travis pensait possible qu'un agent de sécurité s'y aventure.

À moins que…

Elle n'était pas forcément morte. Sandy l'avait frappée à la tête, mais cela n'avait peut-être pas été fatal. Son équipier l'avait peut-être emmenée à l'hôpital pour la faire soigner. Peut-être que ce n'était pas aussi grave que ça en avait l'air, même si le spectacle n'était carrément pas beau à voir. Cela expliquerait pourquoi on n'avait pas découvert de corps. Et si ces deux-là étaient de *faux* flics, il était logique qu'ils ne se soient pas tournés vers les autorités et qu'il n'y ait pas d'articles sur l'agression de la femme.

Ou alors...

C'étaient de vrais flics, mais l'affaire était tenue secrète... jusqu'à ce que Sandy et lui soient retrouvés et arrêtés.

Dans tous les cas, Travis ne comprenait toujours pas pourquoi on voudrait les tuer, Sandy et lui. Pour violation de propriété privée ? Sérieusement ?

Il n'y avait aucune logique là-dedans, ce qui rendait la chose encore plus effrayante.

Sandy était aussi flippée que lui. Pour ce qu'il en savait, elle se terrait également chez elle, de crainte qu'on les recherche.

La mère de Travis lui avait demandé à plusieurs reprises ce qui n'allait pas, et il avait fait de son mieux pour la persuader qu'il avait mal à l'estomac, mais elle restait sceptique parce qu'il arrivait toujours à dévorer les repas qu'elle lui préparait. Il n'était pas prêt à raconter ce qui s'était passé. Il faudrait d'abord qu'il explique qu'il avait une copine, ce qui allait rendre le tout début de son histoire assez extravagant. (Sa mère avait remarqué les changements récents dans son apparence, et Travis avait prétendu qu'il s'était rendu compte en se regardant dans la glace qu'il fallait faire quelque chose.)

Sandy et lui avaient échangé plusieurs SMS, pour savoir si l'autre avait vu ou entendu quoi que ce soit.

R.A.S.

Jusqu'à ce matin, quand cette voiture avec un symbole Uber sur le pare-brise s'était arrêtée devant la maison.

Travis avait quitté son poste d'observation pendant seulement deux minutes pour aller pisser, et à son retour une Prius noire était garée le long du trottoir.

Il y avait un homme sur le siège arrière. La quarantaine, un peu lent à se mouvoir, habillé de manière décontractée d'un veston, d'un jean et d'une paire de baskets haut de gamme. Il ouvrit la portière, descendit et se planta devant la maison.

— Putain, dit Travis.

Cela ne lui disait rien de bon.

Mais cet homme ne pouvait pas être un flic. Rien chez lui n'évoquait le maintien de l'ordre. Pour commencer, quel flic se pointerait en Uber ? Et puis il n'en avait ni l'allure ni l'assurance crâneuse, et il ne semblait pas porter un insigne à la ceinture ou un holster sous sa veste.

Alors, qui était-il et que faisait-il ici ?

L'homme s'approcha de la maison, monta les marches du porche.

Travis entendit la sonnette.

Je ne descendrai pas. Je ne descendrai pas.

Des bruits de pas étouffés au rez-de-chaussée lui indiquèrent que sa mère se dirigeait vers la porte. Il envisagea de lui crier de ne pas aller ouvrir, mais l'homme l'entendrait sûrement.

Peut-être ne venait-il pas pour lui, mais pour voir ses parents. Peut-être que ce type était avocat ou agent immobilier, et que ses parents faisaient un testament ou mettaient la maison en vente.

Il n'avait pas non plus une tête d'avocat ou d'agent immobilier.

N'empêche, il était possible que...

— Travis !

Devait-il répondre ou pas ? Faire croire qu'il avait quitté la maison ? Le problème, c'est que le seul itinéraire pour une évasion passait juste devant la cuisine, que sa mère occupait depuis une heure.

S'il ne se manifestait pas, elle monterait le chercher.

Alors il répondit :

— Oui ?

— Il y a quelqu'un pour toi !

— Je suis un peu occupé, là, dit-il, la gorge serrée.

Quelle réponse stupide ! Qu'est-ce qui pourrait l'occuper au point de l'empêcher de descendre ? *Ce monsieur pourrait-il revenir quand j'aurai fini de me branler ?* Non, ça n'allait pas le faire.

— Travis ! appela sa mère d'un ton sec.

— Qui est-ce ?

Il y eut un silence, un murmure de conversation.

— Un certain M. Cookson !

Cookson ? Qui c'était, bordel ?

— Qu'est-ce qu'il veut ?

Cette fois, sa mère ne répondit pas. À la place, il entendit son pas lourd dans l'escalier. Quelques secondes plus tard, elle se tenait dans l'encadrement de la porte, les mains sur les hanches.

— Qu'est-ce qui ne tourne pas rond chez toi ? demanda-t-elle. Comment peux-tu être aussi impoli ? Un monsieur est ici pour te voir. Descends pour savoir ce qu'il te veut.

Travis descendit furtivement l'escalier derrière sa mère, qui adressa un sourire gêné à l'inconnu et dit :

— Regardez qui j'ai trouvé !

Elle s'éclipsa dans la cuisine pendant que Travis restait campé sur la dernière marche.

— Vous me cherchez ?

L'homme hocha la tête.

— Travis, mon nom est Miles Cookson. Est-ce que je pourrais te parler de quelque chose ?

— De quoi ?

Miles hésita.

— D'une occasion.

— Quel genre d'occasion ?

Depuis la cuisine, sa mère lança :

— Mais parle au monsieur, nom de nom !

— Qui êtes-vous, exactement ? chuchota Travis. Vous êtes de la police ?

— La police ? répondit-il, tout bas lui aussi. Non. Je dirige une entreprise qui conçoit des applications. Je suis de New Haven. J'ai pris l'avion hier soir pour venir te voir.

— Pour me voir ?

— C'est ça.

— C'est quoi, votre nom, déjà ? demanda Travis.

Miles l'indiqua et le jeune homme tapa sur son téléphone et attendit que les résultats de la recherche apparaissent. Dans la catégorie Images, il compara les portraits qui s'affichaient avec l'homme qui se tenait devant lui.

— Satisfait ? demanda Miles. Ça te dirait d'aller marcher un peu ?

— Pas vraiment.

— On pourrait juste s'asseoir dans ta véranda, alors ? Mes jambes sont un peu flageolantes aujourd'hui. Mais j'ai une histoire à te raconter. Ça va te paraître un peu délirant, mais je vais te demander de garder l'esprit ouvert et de m'écouter jusqu'au bout.

— Comment ça, *délirant* ?

— Je ne veux pas t'alarmer inutilement, dit Miles après un silence, mais il est possible que tu sois en danger, et je veux te mettre en garde.

— Vous arrivez un peu tard pour ça.

Miles haussa les sourcils et tendit le bras vers la porte.

— D'accord, dit Travis, et ils sortirent.

Travis ferma la porte pour que sa mère ne les écoute pas, et ils s'installèrent chacun dans un fauteuil en osier.

Avant de raconter son histoire, Miles aurait préféré savoir si Travis avait conscience d'être le produit d'une insémination artificielle. Comme Chloé l'avait dit, c'était vraiment dur d'apprendre coup sur coup que (a) votre père n'était pas votre vrai père, et que (b) quelqu'un était peut-être à vos trousses.

Il avait examiné les documents compilés par Dorian et Heather et constaté sur les posts Facebook que Travis ne ressemblait pas beaucoup à son père.

En parcourant les notes de Dorian, Miles n'avait pas pu s'empêcher de penser à ce que Heather avait découvert. Son assistante avait arnaqué la boîte. Il était tellement absorbé par sa traque des autres jeunes gens de sa liste qu'il s'était obligé à chasser ce problème de son esprit. Il devrait s'en occuper plus tard. Ce qu'il y avait de bizarre, c'était qu'il ne ressentait aucune colère. Juste une accablante déception.

Mais à cet instant précis, il devait se concentrer sur Travis Roben.

— Que connais-tu de ton histoire ? demanda-t-il.

— Mon histoire ?

— Ton passé. Ton... histoire... familiale.

— J'en sais rien. Les trucs habituels, je suppose.

— Est-ce que, par exemple, il t'est arrivé d'utiliser le genre de services qu'on voit dans des pubs à la télé et qui proposent d'éclairer les gens sur leurs origines ? Comme WhatsMyStory, qui analyse...

— Je connais. Et non. (Il dévisagea Miles en plissant les yeux, comme si cela pouvait l'aider à discerner ses vraies motivations.) Pas question.

— Pourquoi pas ?

— Je ne voudrais pas faire de peine à mon père...

— Pourquoi une recherche généalogique blesserait ton père, Travis ? (Miles sentait qu'il fallait y aller lentement.) Il se dirait que tu ne le considères pas comme ton véritable père ?

Travis se retourna pour vérifier que la porte était bien fermée.

— Mes parents, ils ont eu quelques... problèmes quand ils ont voulu avoir des enfants.

Miles hocha lentement la tête.

— D'accord.

— J'imagine qu'ils ont essayé longtemps et que ça n'a rien donné.

— Alors, ils ont décidé d'explorer d'autres voies.

Travis fit oui de la tête.

— Ta mère a fait appel à une clinique de procréation médicalement assistée ?

— Vous savez, ce sont des sujets trop personnels pour en discuter avec quelqu'un que je ne connais pas.

— Je comprends. Mais ai-je raison ?

— Je suppose... qu'elle a bien dû le faire.

— Cette clinique, pour ce que tu en sais, elle se trouvait où ?

— Dans les environs de New York. Là où vivaient mes parents.

Miles avait l'air satisfait.

— Je ne te poserai plus de questions indiscrètes. Je vais te raconter mon histoire. Tu peux m'interrompre quand tu veux.

Et Miles lui exposa les faits, comme avec l'agent du FBI, mais sans révéler les noms de ses probables demi-frères et sœurs. Travis l'écouta tout déballer et ne posa qu'un minimum de questions.

— Vous n'êtes donc pas mon père biologique, dit-il quand Miles eut terminé.

— Non. Enfin, je ne le pense pas. Un test le confirmerait, mais je n'ai pas de lien de parenté avec la première personne que j'ai contactée, alors que mon nom figurait sur ce dossier. Je suppose qu'il en sera de même pour tous.

— Ça vous a fichu un coup ?

— Oui. Tu m'as répondu tout à l'heure que j'arrivais trop tard. Qu'est-ce que tu voulais dire par là ?

— Deux personnes ont essayé de nous tuer.

— Nous ?

— Moi et ma petite amie, Sandy.

— Ils ont essayé de vous tuer ? répéta Miles, les yeux écarquillés.

Travis raconta ses mésaventures, y compris le passage où Sandy avait frappé la femme au visage avec la batte.

— Tu n'es pas allé voir la police ?

— J'avais trop peur. Et si c'était vraiment des flics ? J'en sais rien, moi, un duo de flics psychopathes qui prennent leur pied en tuant des gens ?

Miles envisagea cette possibilité.

— Le fait qu'il n'y ait rien eu aux infos laisse penser qu'ils ne tenaient pas à ce que les autorités soient alertées. Et Sandy ?

— Elle a trop peur, elle aussi.

— Écoute, Travis, toi et Sandy devez vous signaler. Hier, je parlais à un agent du FBI, une femme, et elle a estimé qu'il n'y avait pas suffisamment d'éléments pour ouvrir une enquête, mais avec ce qui vous est arrivé, ce n'est plus du tout la même chose. Vous avez une histoire à raconter, des suspects que vous êtes en mesure de décrire. Cela pourrait complètement changer la donne.

— Je ne sais pas quoi faire... J'ai peur.

— Il faudrait être fou pour ne pas avoir peur.

Travis parvint, pour la première fois, à esquisser un semblant de sourire.

— Dommage que vous ne soyez pas mon père, j'aurais hérité d'un gros paquet de fric.

Miles sourit avec ironie.

— Allons trouver Sandy.

Travis avait toujours son téléphone à la main, mais il hésitait.

— Tu dois me faire confiance, dit Miles. Ils ont échoué la première fois qu'ils s'en sont pris à toi. Rien ne dit que ça ne se reproduira pas. Tu dois anticiper. Tu dois me laisser t'aider.

Travis laissa passer une minute, hocha la tête, puis il écrivit un message simple et concis :

Y A DU NOUVEAU. FAUT QUE JE TE VOIE.

Il appuya sur Envoyer et attendit.

— D'habitude, elle répond tout de suite, dit-il, guettant l'apparition des petits points sur l'écran.

Il attendit. Et attendit.

— Elle est peut-être aux toilettes, spécula Travis, mais avec une pointe de nervosité dans la voix.

— Laisse tomber les SMS, dit Miles. Appelle-la.

Travis tapota l'écran et mit le téléphone à son oreille.

— Ça sonne...

Il laissa sonner dix fois. Puis vérifia que Sandy n'était pas en train de répondre à son message. Ce qui n'était pas le cas.

Miles repensa au moment où Chloé avait essayé de contacter Todd. Un frisson lui parcourut l'échine.

— On doit la trouver, tout de suite, dit-il.

51

Quelque part...

Chloé sentait qu'elle émergeait lentement d'un profond sommeil.

Elle avait rêvé qu'une femme l'aspergeait d'une substance qui provoquait une sensation horrible de brûlure dans ses yeux, dans sa gorge et sur sa peau. Aveuglée, elle avait mis les mains sur son visage en criant de douleur, et c'est à ce moment-là qu'elle avait senti quelque chose se planter dans son bras.

Non, ce n'était pas un rêve, se dit-elle en reprenant peu à peu conscience. Ça s'était passé. Quand elle était sortie du restaurant, après que la limousine s'était arrêtée à sa hauteur.

Elle avait cru que c'était Miles.

Elle avait eu tort.

Elle avait pu voir la personne assise à l'arrière de la voiture pendant une poignée de secondes. Une femme, totalement inconnue. Brune, plutôt jolie, entre quarante-cinq et cinquante ans, peut-être plus. Chloé n'avait pas eu le loisir de la détailler. À peine avait-elle eu le temps de demander qui elle était que l'inconnue levait la main, dans laquelle elle tenait une petite cartouche.

Une bombe au poivre.

Avant d'ouvrir les yeux, elle prit conscience qu'elle était sur une surface douce, assez confortable. Elle passa les doigts sur ce qui ressemblait à un dessus-de-lit, et sa tête reposait sur un oreiller très moelleux.

Elle sentait la lumière à travers ses paupières. Elle n'avait aucune idée du temps qu'elle avait passé sans connaissance, si c'était le jour ou la nuit, mais en tout cas il y avait des lampes allumées.

Chloé battit des paupières pour s'habituer à la luminosité.

Elle voulut s'asseoir, mais retomba, sans force. Le truc que cette salope lui avait injecté dans le bras continuait à faire effet. Elle était sur le flanc et roula lentement sur le dos. Elle avait à peine assez d'énergie pour bouger la tête.

De chaque côté du lit, de grandes lampes aux abat-jour surdimensionnés étaient posées sur des tables de chevet. Il y avait une commode, quelques peintures de paysages au mur, comme on en voyait dans les hôtels.

Une porte faisait face au lit, et elle en voyait une autre sur la gauche. Les deux étaient fermées.

Chloé entendit du bruit, puis une chasse d'eau. Cela semblait provenir de derrière la porte de gauche, qu'elle se mit à fixer.

La poignée tourna, puis la porte s'ouvrit en grand. La vision de Chloé était légèrement brouillée, mais quelqu'un se tenait là.

— Oh, bien, tu es réveillée. Je me demandais si tu allais émerger un jour.

Une voix de femme. Non, plus jeune que ça. Une voix d'adolescente.

La jeune fille s'approcha, prit une chaise près d'un guéridon, la tira jusqu'au bord du lit et s'assit.

— Comment tu te sens ? demanda-t-elle.

— Super mal.

— Ouais. On t'a droguée.

— Tu vas avoir de gros problèmes, dit Chloé d'une voix légèrement pâteuse. Quand on découvrira ce que tu as fait, tu seras dans la merde jusqu'au cou. C'est un enlèvement. Tu iras en prison pour un bon bout de temps. Putain de mal de crâne !

— Je dois pouvoir te trouver une aspirine, dit la fille. Et ne m'accuse pas. Ce n'est pas moi qui t'ai kidnappée. Je ne sais même pas qui tu es.

— Je m'appelle Chloé.

La fille tendit la main et, comme Chloé n'avait pas la force de lever la sienne, elle lui serra le bras.

— Enchantée de faire ta connaissance, Chloé. Je m'appelle Nicky. Bienvenue en enfer.

52

Fort Wayne, Indiana

Travis fit marche arrière dans la rue et Miles monta péniblement côté passager. Travis n'attendit pas qu'il soit correctement installé et attaché pour écraser la pédale d'accélérateur. Il grilla un stop et fit un écart afin d'éviter un écureuil qui s'était risqué à traverser.

— Ce n'est pas loin, annonça-t-il, les yeux rivés sur la route.

Miles renonça à boucler sa ceinture, préférant se tenir au tableau de bord. Pourvu qu'ils ne rencontrent aucun obstacle. Le déploiement d'un airbag briserait ses bras comme des brindilles. Le monospace tourna à droite, puis à gauche, et fila sur un tronçon de route bordé de fast-foods, de soldeurs de moquette et de garages auto. Travis prit de nouveau à droite, s'éloignant de la zone commerciale pour entrer dans un secteur résidentiel où se mêlaient maisons modestes et petits immeubles d'habitation.

Il arrêta brusquement le monospace devant une vieille maison à deux étages, qui avait dû être majestueuse à l'époque de sa construction, soixante à soixante-dix ans auparavant, mais qui avait mal vieilli. La peinture s'écaillait, les marches du porche s'affaissaient sensiblement en leur milieu, un grand nombre de bardeaux étaient tordus, et le jardin de devant avait besoin d'un bon désherbage.

— Elle a une chambre là-dedans, dit Travis, qui descendit et courut vers la maison avant même que Miles ait fini d'ouvrir sa portière.

Travis essaya la porte d'entrée et, la trouvant fermée à clé, commença à tambouriner dessus. Quelques secondes plus tard, un homme chauve d'une soixantaine d'années apparut, que Miles supposa être le propriétaire. À ce moment-là, il était sur le trottoir et suffisamment proche pour entendre la conversation.

— Je cherche Sandy ! dit Travis. C'est une urgence !

— Quoi ?

— Elle vit ici ! À l'étage !

Puis Travis passa devant lui et entra dans la maison.

— Hé ! protesta le propriétaire.

En arrivant à la porte, Miles vit le garçon qui montait une volée de marches, deux à deux.

— Vous êtes avec lui ? lui demanda l'homme.

Miles acquiesça.

— Nous devons la trouver, c'est important. Il lui est peut-être arrivé quelque chose.

Apparemment, son air grave fut assez convaincant.

À l'étage, ils entendirent Travis cogner à une porte.

— Sandy ! Sandy ! C'est moi !

Lorsque Miles et le propriétaire parvinrent au premier, Travis avait l'air défait.

— Si elle est là, elle ne répond pas.

Le plus calmement possible, Miles demanda au propriétaire :

— Vous pouvez ouvrir ?

— Je ne sais pas trop. Ça ne serait pas une overdose de drogue, des fois ?

— Si, dit Miles.

L'homme fouilla dans sa poche pour en sortir ce que Miles devina être un passe-partout, écarta Travis, glissa la clé dans la serrure, la tourna et ouvrit la porte. Il entra en premier, les deux autres sur ses talons.

C'était une pièce toute simple, remplie de meubles dépareillés. Un grand lit, une commode et une table de nuit, un petit bureau et deux sièges ; une chaise pour le bureau et un fauteuil. Il n'y avait rien pour attester que quelqu'un vivait là. Pas d'objets personnels, pas de vêtements, pas de livre à côté du lit. Pas même un chargeur de téléphone branché sur la prise murale. Le lit était fait, deux oreillers étaient posés contre la tête de lit.

— Où est la salle de bains ? demanda Miles.

— Au bout du couloir, dit le propriétaire.

— C'est la bonne chambre ? interrogea Travis. C'est bien la chambre de Sandy ?

— Il y avait une fille ici, c'est sûr. Elle a mis les voiles, à ce qu'on dirait.

Ou elle a été enlevée, pensa Miles.

— J'ai entendu quelqu'un partir il y a quelques minutes, juste avant que vous arriviez, mais j'étais au fond de la maison à ce moment-là.

Travis sortit en trombe et dévala l'escalier, Miles lui emboîtant le pas après avoir remercié l'homme.

Quand ils furent tous les deux dans le monospace, Travis enclencha la position Drive et s'éloigna.

— Où est-ce qu'on va ? interrogea Miles.

— J'en sais rien.

— Arrête-toi. Ça ne sert à rien de rouler au hasard. Il nous faut un plan.

— Je n'ai pas de plan ! dit-il, au bord des larmes.

La rue se terminait en T. Il fallait choisir entre prendre à gauche ou à droite. Travis resta là, le pied sur le frein, le moteur tournant au ralenti.

— Dites-moi ce que je dois faire.

— Je ne sais pas.

— Putain de merde.

— Quoi ?

— Je crois que je la vois, annonça Travis dans un murmure.

Miles se pencha en avant sur son siège pour regarder vers la gauche. À une centaine de mètres de là, sur le trottoir, une jeune femme s'éloignait en tirant une petite valise à roulettes.

— Tu es sûr ?

Travis n'allait pas attendre d'en être certain. Il écrasa la pédale d'accélérateur, braqua à fond et remonta la rue en trombe.

— C'est elle ! dit-il en approchant de la jeune femme et en baissant la vitre. Sandy !

Elle avait déjà entendu le monospace et regardait dans leur direction. Elle parut d'abord apeurée, puis soulagée de le reconnaître, mais aussitôt après son visage exprima un malaise.

— Je t'ai appelée ! dit Travis. Qu'est-ce qui se passe ?

— Je m'en vais.

— Sandy, pourquoi...

— Je suis en panique. Il faut que je me tire d'ici.

— Allez, monte. Il y a une explication !

— Quoi ?

— Je crois savoir ce qui se passe. Monte !

Sandy sembla réfléchir à la proposition. Comme elle restait campée sur le trottoir, Travis actionna l'ouverture de la portière latérale derrière lui. Finalement, elle hissa sa valise dans l'habitacle, et ce faisant elle découvrit Miles, qu'elle n'avait pas encore vu.

— Qui est-ce ? demanda-t-elle avec un affolement soudain.

— C'est bon ! assura Travis. Il sait ce qui se passe et il peut nous aider ! Allez, monte !

Sandy eut une dernière hésitation avant de grimper dans le véhicule, puis elle s'installa au milieu de la banquette tandis que Travis refermait la portière et redémarrait.

Miles se retourna sur son siège pour pouvoir s'adresser directement à elle.

— Oh, merde ! s'exclama Sandy en découvrant son visage.

— Bonjour, Samantha, dit Miles.

— Non, elle s'appelle Sandy, intervint Travis.

— Pas du tout. C'est Samantha. Ma nièce. La fille de mon frère, Gilbert.

53

New York

— Jeremy comment ? demanda Chloé quand elle fut tout à fait réveillée et qu'elle eut assez de force pour s'asseoir au bord du lit.

— Pritkin, répondit Nicky.

Chloé se frotta brièvement le front, comme si ce nom ne lui était pas inconnu mais qu'elle n'arrivait pas à le situer.

— Et je suis où, là ?

— Dans une grande maison, à Manhattan. Je suppose qu'ils ont voulu nous mettre en coloc'.

— Je me tire d'ici, dit Chloé en se levant.

— Tu ne peux pas. La porte est fermée à clé. Nous sommes prisonnières. La cellule est plutôt pas mal et, je ne vais pas mentir, la bouffe est carrément bonne, mais on ne va nulle part.

— Qu'est-ce qu'ils veulent ? Pourquoi ils nous gardent ici ?

— Il n'y a pas de *ils* au pluriel. Il s'agit d'un homme.

— Qui ?

Nicky lui fit un topo sur Pritkin, ses relations, et les activités qu'abritait cette maison.

— C'est le genre mégalo. Il a plus de fric que Dieu et des baraques partout dans le monde, mais il passe l'essentiel de son temps ici. Il se prend pour une sorte de surhomme qui serait au-dessus des lois, et vu que certains de ses meilleurs copains sont juges, flics, avocats, maires et j'en passe, je suppose qu'il a raison. Oh, et il aime les jeunes filles. Comme moi.

Chloé était sous le choc.

— C'est pour ça que je suis ici ? J'ai été kidnappée par un réseau de prostitution ?

Nicky secoua lentement la tête.

— Ne le prends pas mal, mais tu es un peu trop vieille pour Jeremy.

— Pourquoi es-tu enfermée ?

— J'ai entendu quelque chose que je n'aurais pas dû. Je leur ai promis que je ne répéterais jamais rien, mais j'imagine qu'ils ne me croient pas.

— Pourquoi ?

— J'avais déjà l'intention de raconter ce qui se passe ici.

— Qu'est-ce qu'ils vont faire ? Te garder ici pour le restant de tes jours ?

— Non.

— Alors quoi ?

Nicky ne répondit pas, mais son silence en disait long.

— C'est pas possible, souffla Chloé.

— Je les ai entendus parler. Ils attendent la personne qui va s'en charger. Et s'ils t'ont enfermée ici avec moi, eh bien, je suppose que c'est pour faire d'une pierre deux coups.

La gorge de Chloé se serra. Elle avait la bouche sèche. Elle alla dans la salle de bains et but un peu d'eau, la main en coupe sous le robinet.

— Il y a des verres, dit Nicky.

Deux verres à dents propres étaient en effet posés sur une étagère peu profonde au-dessus de la vasque. Elle en prit un et le regarda fixement pendant plusieurs secondes avant de le reposer, y laissant la trace de ses doigts mouillés.

Chloé revint s'asseoir sur le bord du lit et demanda :

— Qu'est-ce que tu n'étais pas censée entendre ? Autant me le dire, puisqu'on est dans le même bateau.

Nicky se pencha tout près et, en chuchotant, expliqua d'abord dans quelles circonstances elle avait surpris la conversation téléphonique de Jeremy, terminant son récit par les trois mots qui lui avaient glacé le sang.

Tue-les tous.

Environ une heure plus tard, elles entendirent le verrou tourner. La porte s'ouvrit et une femme entra, portant un plateau avec deux assiettes coiffées de cloches en métal.

L'agent de sécurité se tenait dans le couloir, à quelques pas.

La femme posa le plateau sur la commode et s'en alla sans dire un mot. La porte se referma, puis fut verrouillée.

— Le dîner est servi, dit Nicky en soulevant une cloche, puis elle s'exclama : Oh, oh, on mange italien !

Chloé s'approcha et découvrit la seconde assiette, lentement, comme s'il y avait un rat en dessous.

— Linguine au poulet avec une sauce à l'ail et au vin, je pense, annonça Nicky. La bouffe est tellement bonne ici qu'à chaque repas je me dis que ça doit être le dernier, parce qu'on a toujours droit à un truc bon avant de passer sur la chaise électrique. (Elle roula des yeux.) En fait, je ne pense pas qu'ils s'y prendront comme ça.

Chloé attaqua son repas avec appétit. Elle ne s'était pas rendu compte, jusqu'à ce que le plateau arrive, qu'elle était morte de faim. Elle mangea debout près de la commode et engloutit ses pâtes en moins de trois minutes.

— Tu es pressée d'aller quelque part ? demanda Nicky.

Quelques instants après qu'elle eut terminé, la porte s'ouvrit de nouveau. C'était la femme que Chloé avait vue, très brièvement, à l'arrière de la limousine.

— Voici Roberta, déclara Nicky, puis, à Roberta : Je vous présenterais bien, mais j'imagine que vous savez déjà qui c'est.

Roberta, ignorant le sarcasme, s'adressa à Chloé :

— Votre hôte aimerait vous dire un mot. Venez avec moi.

Chloé regarda Nicky avec inquiétude. Est-ce qu'on y était ? Venait-elle de prendre son dernier repas ?

— N'ayez pas peur, dit Roberta. Il est vraiment impatient de vous rencontrer.

Elle sortit dans le couloir et fit signe à Chloé de la suivre. Elles montèrent au deuxième étage, franchirent une double porte ouverte, puis longèrent un couloir bordé de fenêtres côté rue, et de photographies érotiques en noir et blanc de l'autre. Chloé s'arrêta devant un cliché de plus d'un mètre de côté représentant des organes génitaux féminins.

Il y avait une autre double porte à l'extrémité du couloir. Roberta l'ouvrit en la poussant et s'effaça pour la laisser entrer la première.

Punaise, pensa Chloé.

Ce devait être un bureau, ou une bibliothèque, à en juger par tous les bouquins sur les étagères et la grande table de travail au centre, mais la pièce était plus spacieuse que sa propre maison. Pour couronner le tout, un putain de camping-car était garé contre le mur du fond. Comment avait-il pu arriver là ?

Mais elle concentra rapidement son attention sur l'homme assis derrière le bureau. Cinquante-cinq ans, soixante peut-être, des cheveux gris, bien coupés. Mince, bronzé, séduisant. Un visage fin, une mâchoire ciselée. Comme il était assis, elle ne voyait que sa chemise. Bleu poudré, à col boutonné.

Il se leva et contourna le bureau. Il portait un jean, délavé *et* repassé.

— Laisse-moi te regarder, dit-il.

Oh non ! pensa Chloé. On l'avait peut-être bien amenée ici pour participer à un truc sexuel.

— Je t'en prie, assieds-toi, dit l'homme en désignant les fauteuils en cuir face à son bureau.

Chloé obéit.

— Voulez-vous que je reste, Jeremy ? demanda Roberta.

— Si cela ne vous dérange pas d'attendre dans le couloir…

Roberta s'éclipsa, refermant la double porte derrière elle.

— Je suis Jeremy Pritkin, dit-il en s'asseyant dans le fauteuil à côté du sien.

— J'avais compris.

— Tu te plais ici, Chloé ?

— J'ai trouvé les pâtes un poil trop aillées.

Il hocha la tête.

— S'il y a quelque chose d'autre qui te ferait plaisir...

— Je voudrais un ticket pour sortir d'ici.

Jeremy sourit.

— Parle-moi un peu de toi.

— Que voulez-vous savoir ?

— Que fais-tu dans la vie ?

— Je suis serveuse. Dans un restaurant, à Providence.

— Je vois. Tu fais ça depuis un moment, n'est-ce pas ?

Chloé plissa les yeux.

— Pourquoi j'ai l'impression que vous connaissez déjà les réponses aux questions que vous posez ?

— C'est vrai, pour la plupart. Je connais ton histoire. Je suis au courant pour ta mère, et sa compagne. Je sais qu'elle est morte il y a quelques années. Je recevais des rapports de temps à autre.

C'est quoi, ce délire ?

— Ils étaient... décevants, continua-t-il. Tu n'étais pas exactement une élève modèle, n'est-ce pas ?

— Je ne comprends pas.

— Tu n'as jamais eu d'autres ambitions ? Tu vas te contenter de rester serveuse toute ta vie ?

— Non.

442

— Alors quoi ? Vas-y, fais-moi plaisir.

— Le cinéma. Des documentaires, ce genre de trucs. J'aimerais bien faire ça.

Jeremy s'égaya.

— Ça, je l'ignorais. Tu as un quelconque talent en la matière ?

— Je n'en ai aucune idée. Mais ça me plairait.

Il hocha pensivement la tête.

— Eh bien, c'est toujours ça, je suppose.

— Je n'y comprends rien… Ça rime à quoi, tout ça ?

Jeremy baissa les yeux sur ses genoux. Un sentiment de tristesse semblait l'avoir envahi.

— C'est très difficile pour moi de te voir assise là, Chloé. Je ne m'attends pas à ce que tu comprennes, mais il faut me croire. Très difficile.

Jeremy soupira. Puis, sous les yeux de la jeune femme, il sembla se transformer. Son expression mélancolique se mua en quelque chose de plus dur, comme de l'eau chaude qui gèlerait soudainement.

— Il y a certaines choses que je dois savoir.

— Pareil pour moi ! rétorqua-t-elle.

— J'ai besoin que tu me dises tout ce que toi et Miles Cookson avez appris.

— Qu'est-ce que ça peut vous faire ? En quoi ça vous regarde ?

— Ne rends pas les choses plus difficiles que nécessaire. Pour ton propre bien.

— Rien à foutre ! Si vous voulez savoir un truc, alors ce sera vous d'abord. Dites-moi ce que je fais là !

Jeremy soupira. Il dressa la tête et appela :

— Roberta !

La femme reparut. Cette fois, elle avait quelque chose dans la main.

Une ceinture.

Jeremy se leva puis, avec une grande solennité, posa doucement la main sur la tête de Chloé, tâtant la texture de ses cheveux.

Il ferma les yeux.

Chloé se figea, tellement décontenancée par ce geste qu'elle ne savait pas ce qu'elle devait faire.

Après plusieurs secondes, Jeremy rouvrit les yeux et retira sa main. Chloé le regarda marcher jusqu'à la porte, adresser un hochement de tête à Roberta et s'en aller.

Une fois dans le couloir, il ferma les portes derrière lui. Au premier coup de ceinture, le sifflement et le cri simultané de la jeune femme le firent tressaillir, très légèrement.

Mais au deuxième coup, puis au troisième, et au quatrième, c'était comme s'il n'entendait rien du tout.

54

Quelque part au nord
de la Pennsylvanie

Le pauvre Travis était plongé dans une profonde perplexité. Miles ne savait pas vraiment quoi lui dire. Il avait été choqué de découvrir que la « petite amie » du jeune homme était en fait Samantha, tout autant que Travis en apprenant que Sandy n'était pas vraiment Sandy.

Il prit néanmoins le temps de lui prodiguer quelques conseils.

— Quitte la ville. Mets-toi au vert quelques jours et ne dis à personne où tu vas. N'utilise pas ce monospace. Ils savent à quoi il ressemble. Prends un bus ou un train et paie en liquide. Balance ton portable et achète un jetable.

Travis, en état de choc, ne réagissait pas.

— Tu comprends ce que je dis ?

Finalement, le jeune homme hocha la tête.

— Qu'est-ce que je vais raconter à mes parents ?

— Tu devrais peut-être les emmener, répondit Miles après un moment d'hésitation.

Il lui donna un numéro qu'il devrait appeler une semaine plus tard. D'ici là, il espérait pouvoir lui dire s'il pouvait revenir sans risque.

Après quoi, il conduisit Samantha à l'aéroport. Pendant le vol qui les ramenait dans le Connecticut, dans le jet privé qu'il avait loué, Miles obtint la version complète de l'histoire.

Samantha lui raconta qu'elle avait agi sur ordre de sa mère.

Miles écouta son récit dans un état de stupéfaction absolue. C'était le genre d'histoire qu'il aurait crue inventée s'il l'avait lue dans un journal. Elle lui rappela un fait divers vieux de plus de vingt ans. L'histoire de cette femme, au Texas, qui voulait que sa fille soit sélectionnée dans l'équipe des pom-pom girls et qu'on avait arrêtée après qu'elle avait cherché à recruter un tueur à gages. Il s'agissait d'éliminer la mère de la rivale de sa fille, une tragédie censée briser cette dernière et l'empêcher de passer les épreuves de sélection.

C'était inconcevable, mais c'était pourtant arrivé. Ce dont Caroline avait persuadé sa fille n'était pas différent de ce que cette mère texane avait tenté de faire.

Non, c'était pire.

— Elle disait qu'on le ferait pour papa, avoua Samantha, les larmes aux yeux. Maman disait que tu lui avais fait une chose terrible en l'excluant de ton testament. Ce qui, je ne vais pas mentir, me paraissait objectivement assez dégueulasse. Tu allais donner tout ton argent à ces enfants biologiques, des étrangers, disait maman. Pour elle, ce n'était pas normal. Elle avait un plan pour tout arranger, mais elle avait besoin de mon aide.

Caroline avait étudié la liste des héritiers et mené des recherches sur Internet pour choisir la meilleure cible. Elle avait exclu les femmes – rien dans leurs profils en ligne ne laissait entendre que l'une d'elles était lesbienne. Restaient donc les cinq jeunes hommes. Jason Hamlin semblait être en couple. Dixon Hawley retweetait beaucoup d'articles concernant les droits des homosexuels. Il existait peu d'informations sur Colin Neaseman ou Todd Cox, mais Travis Roben cochait toutes les cases. Il n'était pas beau, apparemment engagé dans aucune relation, et ses centres d'intérêt révélaient un vrai geek. Caroline pariait qu'aucune fille ne lui avait jamais prêté la moindre attention.

Il craquerait pour Samantha en un instant.

— Comment savait-elle ? demanda Miles. Comment a-t-elle eu ces noms ?

— Elle avait une photo de la liste, répondit Samantha.

Miles repensa au jour où il avait donné la Porsche à son frère : il l'avait laissé seul quelques instants parce qu'il se sentait mal. Gilbert avait eu le temps de photographier la sortie papier qui se trouvait dans la voiture.

— Donc, ton père était aussi dans le coup ?

Samantha secoua la tête.

— Non. Maman a inventé que j'étais partie à Londres pour voir un tas de pièces dans le West End, parce que j'ai pris théâtre en matière principale.

Miles supposa que, d'une manière ou d'une autre, Caroline avait récupéré la photo dans le téléphone de Gilbert. Elle n'était pas vraiment du genre à respecter la vie privée de son mari.

— Au lieu de quoi, tu es allée à Fort Wayne pour interpréter le rôle de ta vie. Je ne comprends pas l'idée. Tu te débrouillais pour rencontrer Travis, et ensuite ?

Samantha eut du mal à aborder cet aspect des choses. Elle avait honte de ce qu'elle avait fait, honte de ce plan qui lui parut monstrueux quand elle l'exposa à voix haute.

— Je devais faire sa connaissance. Devenir sa petite amie.

— Continue.

— On se serait...

— Bon sang, non. Tu ne l'aurais pas épousé !

— Maman disait que ça n'aurait pas duré longtemps.

— C'est-à-dire ?

— Elle n'est jamais entrée dans les détails. En tout cas, on serait devenus un couple. On aurait vécu ensemble. Et quand Travis aurait touché tout cet argent...

— ... vous auriez trouvé un moyen de le lui soutirer, termina Miles.

— Et on aurait tout arrangé pour papa en lui donnant sa part.

— Comment comptiez-vous amener Travis à vous donner son argent ?

— Maman n'a pas parlé de ça, dit Samantha tout bas. Je ne suis pas sûre que c'était ça, le plan.

Miles attendit.

— Si... si quelque chose arrivait à Travis, l'argent me reviendrait. C'est pour... c'est pour ça que, bégaya-t-elle, quand les deux autres sont venus pour nous tuer, j'ai pensé qu'il y avait eu un malentendu. Que quelqu'un avait été chargé de la mission, mais trop tôt. Et que cette personne pensait devoir s'occuper de nous deux.

Miles dévisagea Samantha plusieurs secondes. Il n'en croyait pas ses oreilles.

— J'ai besoin de me dégourdir les jambes, dit-il.

Il détacha sa ceinture, se leva et gagna le fond de l'appareil, où il se laissa tomber dans un des sièges vides et regarda par le hublot.

Était-ce possible ? Caroline pouvait-elle être derrière tout ça ? Essayait-elle de réduire la liste pour qu'une plus grosse part revienne à Travis et, pour finir, à Samantha et elle ? Même venant de cette femme, cela semblait trop diabolique. Monter un plan de cette envergure – traquer des gens à travers le monde et les faire disparaître – nécessitait le concours d'autres personnes, des *professionnels*. Cela demandait aussi beaucoup d'argent.

Argent qu'elle possédait peut-être.

Peut-être Caroline ne s'était-elle pas contentée d'approcher un cadre de Google. C'était la seule manigance dont il ait eu connaissance, mais si elle avait réussi à arnaquer quelqu'un d'autre – un individu plutôt qu'une entreprise –, elle aurait l'argent nécessaire pour recruter quelqu'un. Avait-elle, en tant que fonctionnaire de justice, croisé la route d'une personne susceptible de l'assister dans son entreprise ?

Il ne pensait pas nécessairement à un criminel. Il se souvenait de cette histoire qui avait eu lieu à New York, au moins quinze ans auparavant, impliquant deux flics qui exécutaient des contrats pour la mafia. Or les deux personnes qui s'en étaient prises à Travis s'étaient présentées comme des policiers, non ?

Il en était à un stade où il pouvait croire tout et n'importe quoi.

Il avait décidé que ramener Samantha chez elle était plus urgent que de continuer ses recherches sur la côte Ouest. Il passa un appel embarrassé à Dorian pour lui demander de reprendre contact avec l'agent du FBI. Il y avait désormais bien assez de preuves pour que les autorités interviennent.

— D'accord, dit Dorian. Je m'en occupe. Autre chose ?

Il réclama que Charise l'attende à son retour. Il voulait faire une dernière tentative avec le Dr Gold, en le bousculant plus fort cette fois, et il considérait désormais l'offre d'assistance de Charise, ancien videur et ex-catcheuse. Il avait dans l'idée qu'elle pouvait se montrer très intimidante si les circonstances l'exigeaient.

— Tout va bien, Miles ? demanda Dorian.

— Vous demandez ça sérieusement ? En sachant par quoi je suis passé ?

— Je sais, mais vous avez l'air... bizarre. Vous me cachez quelque chose ?

Miles aurait pu lui retourner la question, mais ce n'était pas encore le moment. En vérité, il avait encore besoin d'elle.

— Non, dit-il avant de raccrocher.

Puis il appela Chloé.

Il tomba directement sur la messagerie.

— C'est Miles. S'il te plaît, rappelle-moi. Il y a des faits nouveaux... importants. Tu comptes toujours pour moi, Chloé.

Pour faire bonne mesure, il se répéta dans un message écrit et attendit de voir que le message avait bien été transmis.

Ce n'était pas le cas.

Il décida de réessayer plus tard.

Il retourna à sa place, en face de Samantha, et demanda :

— Qu'as-tu fait après l'agression ? Tu l'as dit à ta mère ? Tu as appelé ton père ?

— Non, j'étais censée contacter une autre personne, une sorte d'intermédiaire.

— Tu sais qui ?

Elle secoua la tête.

— Je n'ai pas eu de réponse à mes SMS. Le dernier que j'ai envoyé disait que ça avait mal tourné. Je ne pouvais pas appeler papa, parce qu'il ne savait rien de tout ça, et maman m'avait interdit de la contacter directement. Je savais qu'elle serait furieuse d'apprendre que tout avait capoté.

Miles se demandait quand lui dire que leur combine était parfaitement vaine. Le moment lui parut opportun.

— Il y a une nouvelle preuve, un nouveau test ADN, qui indique que je ne suis pas le père biologique de Travis, annonça-t-il. Il ne peut prétendre à aucun héritage.

Samantha, avec le vrombissement des moteurs, crut avoir mal entendu.

— Quoi ?

— Ça a un rapport avec le médecin du centre de PMA. Pour autant que je sache, je ne suis le père de personne, biologiquement parlant.

Elle était sidérée.

— Ça n'aurait jamais marché.

— Non.

Samantha regarda les nuages.

— Je n'aurais pas pu aller jusqu'au bout. Travis et moi… on était sur la banquette arrière et… je n'ai pas réussi. Pour tout l'argent du monde, je n'aurais jamais pu. Je veux dire, il est sympa, en fait. Je commençais même à l'apprécier, et c'est justement pour ça que je ne *pouvais pas*. Si les tueurs ne s'étaient pas pointés, je pense que j'aurais trouvé un moyen de tout arrêter, de laisser tomber. Maman aurait été folle de rage, mais tant pis.

— Je ne comprends toujours pas pourquoi tu as accepté. Comment ta mère a pu te convaincre.

Samantha regarda son oncle comme s'il était un petit enfant stupide.

— Parce que c'est ma *mère*.

Avant d'arriver à New Haven, Miles persuada Samantha d'appeler son père et de tout lui raconter. Quand leur avion se posa, Gilbert les attendait. Samantha se jeta dans ses bras. Ils passèrent un moment en tête à tête, puis Gilbert s'approcha de son frère.

— Je n'étais au courant de rien. Je n'arrive pas à croire que Caroline ait fait ça à notre fille. C'est impardonnable.

— Samantha va avoir besoin de soutien, dit Miles. Peut-être même d'une thérapie. J'ai l'impression qu'il faut la déprogrammer.

Gilbert avait l'air prêt à se jeter sous le premier bus qui passerait.

— Il n'y a pas que ça, dit-il. Et peut-être que ça a un rapport.

Il raconta à Miles qu'il avait vu Caroline entrer à l'Omni, que quelqu'un avait glissé une carte magnétique dans sa poche et lui avait dit où la trouver. Caroline attendait un autre homme.

— Elle n'est pas rentrée depuis. (Il baissa puis releva la tête.) Après l'appel de Samantha, je lui ai téléphoné pour lui demander des explications. Elle n'a même pas cherché à démentir, ce qu'elle aurait fait en temps normal. J'en savais trop pour qu'elle puisse nier en bloc. Elle a commencé à pleurer, à dire qu'elle n'avait agi que pour moi.

J'ai appelé un avocat et je vais faire changer les serrures.

Miles dit quelque chose que son frère savait déjà :

— On ne sait pas ce qu'elle pourrait faire. Y compris contre elle-même.

Gilbert hocha la tête.

— Va t'occuper de Samantha.

Gilbert parti, Miles tenta une nouvelle fois de joindre Chloé. Elle ne décrochait toujours pas et le nouveau SMS qu'il lui envoya ne fut pas distribué.

Après un effort de concentration pour retrouver le nom du restaurant où elle travaillait, il récupéra un numéro sur Internet.

— Paradise Diner, répondit une femme. Vivian à l'appareil.

— Oui, bonjour. Je me demandais s'il serait possible de parler à Chloé.

— Je me demandais la même chose. Elle n'est pas là.

— À quelle heure prend-elle son service ?

— Là, tout de suite. Sauf qu'elle ne s'est pas présentée, ne répond pas au téléphone, et que je suis en sous-effectif. Il y a toujours quelque chose qui ne va pas avec cette fille. Vous voulez laisser un message ?

55

New York

Nicky avait passé un gant de toilette sous l'eau très froide du lavabo de la salle de bains, l'avait essoré et plié en compresse.

Lorsqu'on avait ramené Chloé de son tête-à-tête à l'étage avec Jeremy, elle pleurait. Elle s'était effondrée à plat ventre sur le lit et Nicky avait vu les marbrures sanguinolentes à travers son chemisier. En le remontant, elle avait découvert les marques de ceinture sur son dos.

Chloé grimaça de douleur quand Nicky appliqua le gant froid, le déplaçant d'une plaie à l'autre. Tout air de bravade ou de désinvolture avait disparu. Chloé paraissait bizarrement plus petite, comme si l'épisode l'avait diminuée, rendue moins humaine.

— Je leur ai dit, sanglota-t-elle. Je leur ai dit tout ce qu'ils voulaient savoir.

Nicky lui tamponna la joue.

— Désolée, je n'ai pas de glace.

— Je pense que Pritkin savait déjà l'essentiel. Quelqu'un lui avait déjà raconté. Il voulait une confirmation.

— Tout doux, dit Nicky. (Elle retira le gant du dos de Chloé.) Il est déjà chaud. Laisse-moi aller le rafraîchir.

Elle retourna dans la salle de bains, refit couler de l'eau dans le lavabo, en laissant son doigt sous le robinet pour tester la température.

— Il était un peu bizarre avec moi, chuchota Chloé quand elle revint.

L'adolescente lui avait dit qu'elle pensait que leurs conversations étaient surveillées, c'est pourquoi elles parlaient le plus doucement possible.

— Bizarre comment ?

— Il a posé sa main sur ma tête et l'a laissée là un long moment. Il a déjà fait ça avec toi ?

— Tu veux dire, comme s'il tenait ta tête sur sa...

— Non, pas comme ça. Il a laissé sa main sur ma tête, comme pour... ça va te paraître complètement dingue... comme pour sentir ma force vitale ou un truc comme ça.

— Franchement, je peux t'assurer qu'il n'a jamais fait ça avec moi.

Chloé s'assit avec difficulté au bord du lit, laissant ses orteils effleurer la moquette.

— Il va vraiment nous tuer, n'est-ce pas ?
Nicky soupira.

— Vu que ce n'est pas encore arrivé, je continue à me dire qu'on a peut-être une chance.

— Imagine qu'il ouvre la porte demain et te demande de partir. Qu'est-ce que tu ferais ? Tu irais voir la police, non ?

— Je suppose, oui.

— Tu supposes ?

— J'en sais rien. Je serais peut-être tellement reconnaissante d'être libre que je ne parlerais pas.

— Il ne peut pas prendre ce genre de risque. Il faut qu'on fasse parvenir un message à quelqu'un, n'importe qui.

Miles, pensa-t-elle.

— J'ai failli y arriver en captant un signal Wi-Fi près de la fenêtre, dit Nicky. Mais ils l'ont découvert avant que j'aie pu l'envoyer.

— Si on pouvait déclencher une alarme ou quelque chose du genre...

— J'ai pensé à mettre le feu, mais je ne savais pas comment m'y prendre.

— Il doit bien y avoir quelque chose à faire.

Nicky resta silencieuse plusieurs secondes et, quand elle prit la parole, son chuchotement était à peine audible.

— J'ai eu une idée, mais je ne sais pas comment la réaliser. Peut-être que, vu que tu es plus âgée que moi, tu sauras mieux.

Chloé se pencha plus près.

— Dis toujours.

Roberta frappa discrètement à la porte du bureau de Jeremy avant d'entrer.

— Il est là, annonça-t-elle.

Jeremy, assis devant l'ordinateur, regarda dans sa direction.

— Faites-le monter dans cinq minutes.

Exactement cinq minutes et demie plus tard, un autre coup léger fut frappé à la porte.

— Entrez, lança Jeremy en fixant son écran.

Un homme pénétra dans la pièce et se planta de l'autre côté du bureau.

— Asseyez-vous, dit Jeremy sans se lever ni lui tendre la main.

L'homme s'assit, se cala dans le fauteuil et croisa les jambes. Jeremy pianota sur le clavier et, de l'index, tapa une dernière fois, de façon ostentatoire, sur la touche Entrée, puis il se tourna et scruta son visiteur.

— Ainsi, vous avez rencontré quelques difficultés.

L'homme hocha la tête.

— Je peux finir le travail, mais j'ai besoin d'un nouveau partenaire. Je vais passer un coup de fil à quelqu'un avec qui j'ai déjà travaillé.

— Que lui est-il arrivé ? demanda Jeremy.

— Vous tenez vraiment à le savoir ?

— Je n'aurais pas demandé sinon.

— Elle a été surprise par la petite amie de la cible. On a merdé.

— Pensez-vous que nous soyons exposés de quelque manière que ce soit ?

— Non.

— Ses empreintes ne sont pas fichées quelque part ?

— Non.

— Elle n'avait pas de casier ?

— Aucun.

— Aucun signe distinctif ? Pas de tatouages ?

Rhys repensa à cette fameuse nuit.

— Non. Quand on finira par retrouver son corps, creuser dans son passé ne fera que mener à une impasse.

Jeremy soupira.

— Il se trouve que nous avons l'un d'eux sous notre toit.

Rhys, qui en temps normal savait rester impassible, ne put dissimuler son étonnement.

— Qui ?

— Chloé Swanson.

La même Chloé que dans le *trailer* de Todd ? Rhys le saurait en entendant sa voix.

— Plus celle dont vous deviez vous occuper à votre retour, dit Jeremy. Roberta a hâte que vous vous en chargiez. Je ne voulais pas faire appel à quelqu'un d'autre.

— Bien sûr.

Jeremy posa les mains à plat sur la table.

— Je ne veux pas que ce soit fait ici. Emmenez-les.

— Compris.

Jeremy sourit.

— Vous pourrez leur dire que vous avez organisé une sortie, pour leur bonne conduite. Une excursion au zoo de Central Park. Les léopards des neiges auront leur festin.

Rhys se leva.

— Je vais me présenter comme un membre de votre équipe de juristes. Je leur expliquerai qu'elles doivent signer des accords de confidentialité, après quoi leur libération sera accélérée.

Jeremy approuva d'un hochement de tête.

— Ça paraît crédible. Ajoutez une compensation financière.

Il se retourna vers son ordinateur. Ils en avaient terminé. Une fois dans le couloir, le dos tourné à une énorme image montrant un homme en train d'en sodomiser un autre, Rhys sortit son téléphone, composa un numéro, attendit. Au bout de douze sonneries, on décrocha, puis rien.

— C'est moi. Il faut qu'on parle, dit Rhys, puis il raccrocha.

Il prit son temps pour longer le couloir, regardant les photos comme s'il était dans un musée.

Tout le monde pense peut-être que Jeremy Pritkin est normal, mais c'est un putain de détraqué.

Son téléphone sonna.

— Salut, dit-il. Comment ça va ?

— Bien.

— Quelles sont tes dispos ?

— Ça dépend. Qu'est-ce que tu as à me proposer ?

— Deux projets. À Manhattan.

— Je suis en ville.

— Qu'est-ce que tu fais dans une heure ? demanda Rhys.

— L'endroit habituel ?

— Ouais.

— J'y serai.

Rhys rangea le téléphone et sourit, satisfait de faire équipe avec Broderick. Le gars était un pro, et il avait une dette envers lui.

Chloé et Nicky regardaient la télé, assises contre la tête de lit, les jambes croisées. Nicky avait la télécommande et zappait. Il n'y avait rien d'autre à faire pour l'instant, mais comme elles étaient incapables de se concentrer, aucun programme n'arrivait à retenir leur attention.

La porte s'ouvrit.

Nicky sursauta la première, habituée qu'elle était à la routine du lieu. Ce n'était pas une heure de visite normale. Trop tôt pour le dîner. Le petit déjeuner arrivait à 8 heures, le déjeuner à midi et demi, le dîner à 19 heures. Tous les lundis, vers 9 heures, la femme de ménage apportait des draps et des serviettes propres.

Rhys entra dans la chambre.

Les deux jeunes filles se redressèrent un peu, mais aucune ne quitta le lit.

— Détendez-vous, dit-il en levant sa main droite en signe d'apaisement. Mon nom est Rhys. Je représente M. Pritkin. Nous sommes tombés d'accord sur la façon de résoudre la présente situation, mesdemoiselles. Nous avons à vous proposer une solution que vous trouverez, je pense, très satisfaisante.

Il eut un sourire rassurant.

— Vous allez venir dans nos bureaux et signer quelques papiers. Des accords de confidentialité. Je suis sûr que vous connaissez bien ce genre de choses. C'est une pratique très courante, de nos jours. Vous allez vous engager à ne jamais divulguer à quiconque ce qui s'est passé ici. Il y aura une compensation financière importante pour le désagrément que nous vous avons causé.

— Combien ? demanda Nicky.

Chloé lui lança un regard qui signifiait : *T'es sérieuse ?*

— Ça reste à déterminer, dit Rhys. Mais vous serez satisfaites du montant. Quoi qu'il en soit, pardonnez cette intrusion. Nous vous reverrons bientôt.

Il recula d'un pas, frappa à la porte, attendit qu'on vienne lui ouvrir. Quand il fut parti, Nicky se tourna vers Chloé.

— C'est bien, non ? Je veux bien signer tout ce qu'ils veulent si ça veut dire que c'est terminé.

Chloé n'avait pas l'air de partager son enthousiasme.

— Tu as vu sa main ? demanda-t-elle.

— Sa main ?

— Son petit doigt. Il en manquait un gros bout.
— Et alors ?

Chloé soupira.

— La crème des avocats ne se cache pas sous les lits.

56

Mount Vernon, État de New York

Martin Gold aimait les ponts.

Cette fascination – il supposait qu'on pouvait à bon droit appeler ça une obsession – remontait à sa plus tendre enfance. Avec des blocs de bois parfaitement rudimentaires, le petit Martin construisait des ponts pour y faire rouler ses voitures et ses camions. Son jouet préféré, sans conteste, était une maquette de pont autoroutier de la marque Kenner. À l'intérieur de cette boîte, des centaines de minuscules poutrelles en plastique rouge et des éléments de chaussée servaient à assembler des structures très élaborées. Il y avait même un moteur pour actionner un pont-levis. En combinant plusieurs boîtes, Martin construisait des ponts avec des tabliers immenses, assez longs pour traverser sa chambre de part en part.

Son père, un chirurgien-dentiste qui partageait cette passion pour les ouvrages d'art et se serait probablement plus épanoui en travaillant comme ingénieur plutôt qu'à farfouiller dans la bouche des gens, aimait faire plaisir à Martin. Chaque fois que c'était possible, lorsqu'ils prenaient la voiture, ils empruntaient un itinéraire incluant un pont. Un jour, son père avait organisé une journée à New York autour de ce thème. Ils étaient passés sur les ponts de Queensboro, Manhattan, Williamsburg, le pont George-Washington. Pour le pont de Brooklyn, le père de Martin lui avait réservé une belle surprise. Ils avaient garé la voiture et l'avaient traversé à pied, en partant de Manhattan, puis ils avaient déjeuné à Brooklyn et parcouru le chemin inverse, admirant la silhouette des gratte-ciel qui se rapprochaient à chaque pas.

Martin Gold s'en souvenait comme du plus beau jour de sa vie.

Au fil des ans, où que sa femme et lui aient passé leurs vacances, il se mettait en quête des ponts les plus intéressants. À San Francisco, il avait traversé le Golden Gate à pied. En Australie, il ne s'était pas contenté d'admirer le pont de Sydney, il l'avait escaladé, accroché à des câbles de sécurité, pour pouvoir traverser la passerelle supérieure. Gold n'avait jamais été aussi proche d'une expérience religieuse.

Il se rappelait avoir pensé : *Maintenant, je peux mourir.*

Mais il n'était pas mort. Il était rentré à New Rochelle et avait continué à diriger sa clinique. (Il n'avait jamais fait carrière de son amour des ponts. C'était très bien comme passe-temps, jugeaient ses parents, mais il était fait pour devenir médecin.) Il était parvenu, du moins pendant son séjour en Australie, à oublier qu'un pont métaphorique était toujours suspendu au-dessus de sa tête, un qui menaçait constamment de s'effondrer.

Ce qu'il avait fait plus de vingt ans auparavant était abominable. Il en était conscient, évidemment. Mais quand quelqu'un exerçait une emprise sur vous, possédait des informations incroyablement compromettantes, vous vous surpreniez à faire des choses inimaginables. Il avait commis une erreur terrible. Il avait essayé de justifier son comportement. Il avait pris ces décisions pour se protéger, lui, mais aussi sa femme et leur jeune fils. S'il devait un jour être déshonoré, ils le seraient aussi. Leurs vies seraient détruites.

Aussi avait-il fait ce qu'il pensait être son devoir.

Il devait exister des photos, peut-être même des vidéos. Si sa femme les découvrait, ce serait déjà dévastateur. Quand elle le verrait prendre son pied avec une fille à peine en âge de voter, elle demanderait peut-être le divorce, et il ne pourrait pas le lui reprocher. Il était en mesure de surmonter un divorce, aussi horrible soit-il. Mais si les enregistrements étaient rendus publics ? Envoyés anonymement au conseil de l'ordre de l'État ? Il serait ruiné professionnellement. On fermerait la clinique. Il y aurait peut-être des poursuites pénales, bon sang. Il pourrait s'estimer heureux de se dégoter un boulot à l'accueil de Walmart une fois que les choses auraient décanté.

Et plus le temps passait, plus il devenait difficile de réagir. Le nœud coulant se resserrait autour de son cou.

Tout avait commencé par une rencontre fortuite. Un couple qu'il avait aidé à concevoir des jumeaux lui avait témoigné sa reconnaissance en l'invitant à dîner au Windows on the World, au sommet de la tour nord du World Trade Center, plus de deux ans avant ce jour qui avait changé le monde. Ces gens avaient des relations et, au cours du repas, ils avaient aperçu une de leurs idoles, à quelques tables de la leur.

« Oh, il faut qu'on vous présente notre ami Jeremy », avaient-ils dit à Gold.

Lorsque Jeremy Pritkin avait appris ce que Gold faisait dans la vie, il avait manifesté un intérêt immédiat.

Gold devait admettre qu'il s'était laissé éblouir. Jeremy était riche, charismatique, et possédait une personnalité écrasante. Être pris sous son aile, considéré comme son ami, admis dans le saint des saints qu'était cette imposante *brownstone* sur la 70e Rue Est... Cela l'avait envoûté.

Quand il se trouvait derrière ces portes, il avait l'impression d'appartenir à un club Playboy privé. Les gens qu'il avait croisés là-bas ! Des maires, des gouverneurs, des stars de cinéma... des membres de la famille royale ! En vingtième position dans l'ordre de succession au trône, mais quand même !

Et bien sûr, il y avait les filles.

Il s'avéra que Martin Gold et Jeremy Pritkin avaient des goûts similaires. Ils aimaient les corps jeunes. Oh, ils n'étaient pas pédophiles, non ! Absolument pas. Il ne s'agissait pas d'*enfants*, mais de jeunes filles en train de devenir femmes. Combien d'hommes respectés et célèbres avaient désiré des femmes beaucoup plus jeunes qu'eux ? Même un président, bon sang ! Pour ce que Gold en savait, ces filles – ces *jeunes femmes*, comme ils les appelaient – étaient bien traitées. Il se disait, et Jeremy l'avait confirmé, que leurs fonctions d'hôtesses étaient largement rémunérées, et qu'on leur garantissait un futur rôle au sein de l'organisation Pritkin.

Pour être honnête, Jeremy était un beau parleur. Il se faisait une très haute idée de lui-même, non sans raison. Il avait déjà gagné des milliards dans les affaires – avant la vente de sa société – et, grâce à ses généreuses donations aux musées, théâtres et autres institutions culturelles, il était la coqueluche du monde des arts. Il soutenait des politiciens. C'était un bon client pour les talk-shows politiques.

Évidemment qu'il avait une haute opinion de lui-même ! En fait, il avait un jour confié à Gold que le patrimoine génétique supérieur dont il avait hérité faisait de lui une sorte de surhomme.

« Comment ça ? avait demandé Gold, croyant d'abord à une boutade.

— Je dois vraiment m'expliquer ? » avait répondu Jeremy.

Puis il avait énuméré les raisons. Physiquement, pour commencer, il était un spécimen supérieur à la moyenne. En pleine forme, il n'avait jamais été malade de sa vie, et il était, selon les critères en vigueur, extrêmement séduisant. Il fallait ajouter à cela sa stupéfiante intelligence, sa capacité à comprendre des problèmes complexes qui plongeaient la plupart des gens dans la perplexité. On disait qu'il avait un QI de 179 et, comme tout le monde le savait, on était considéré comme un génie au-dessus de 160. Jeremy était donc un « génie plus ». Il avait mis à profit ses vastes compétences dans le monde des affaires.

Tout cela mis bout à bout, il était aussi proche que possible d'un Superman sans cape ni collants, s'envolant par la fenêtre et laissant les balles rebondir sur sa poitrine.

Jeremy avait poursuivi en expliquant (« Que ça reste entre nous, hein ? ») que son appétit sexuel vorace et son intérêt pour les femmes – surtout les plus jeunes, qu'il décrivait comme des « reproductrices de premier choix » – étaient la façon dont la nature l'incitait à procréer.

« C'est une force qui échappe à mon contrôle, avait-il dit. Mère Nature *veut* que je répande ma semence. Je fais partie d'une poignée d'élus qui ont été choisis pour améliorer la race humaine. Il est impératif que je me multiplie. »

C'était son destin.

À ce stade, Gold avait compris que son hôte était sérieux. Il croyait aux absurdités qu'il débitait.

« Tu es un type séduisant, il n'y a aucun doute là-dessus, un véritable cow-boy Marlboro, avait commenté le médecin avec un petit rire nerveux.

— Il y a une idée que je caresse depuis longtemps, et tu es justement l'homme qui pourrait m'aider à la concrétiser », avait dit Jeremy en lui passant le bras autour du cou pour l'attirer contre lui.

La proposition qui vint ensuite le sidéra.

L'idée était que Gold, en qualité d'expert en médecine de la reproduction et directeur d'une clinique spécialisée, féconde plusieurs femmes avec le sperme de Pritkin. Les dossiers, bien entendu, devraient être falsifiés et le don attribué à quelqu'un d'autre. Ce serait une expérience à long terme. Les employés de Jeremy garderaient un œil sur cette progéniture au fur et à mesure de son évolution, pour voir si elle avait hérité de son génie. Bien sûr, les femmes qui recevraient son sperme seraient une variable importante et Jeremy insista sur le fait que toutes devaient également être au-dessus de la moyenne. En bonne santé, séduisantes, intelligentes. Il était bien conscient qu'il serait difficile de trouver des candidates à sa hauteur, mais Gold devait faire de son mieux. Pritkin avait tenu à préciser que beaucoup de femmes ne demandaient qu'à coucher avec lui, mais elles n'étaient pas nécessairement partantes pour porter son enfant. Par ailleurs, il ne voulait assumer aucune responsabilité. Son projet devait suivre une méthode scientifique et clinique.

En fin de compte, avait-il fait valoir, quelle différence cela faisait-il que son sperme soit substitué à celui d'un autre ? De toute façon, les femmes ignoraient, dans le détail, ce qu'elles recevaient. Elles choisissaient un profil de donneur mais elles ne connaissaient pas vraiment la personne qui se cachait derrière. Et le profil de Jeremy serait sans aucun doute supérieur à tout autre.

Ce type était dingue.

« Non, avait dit Gold.

— Je te demande pardon ?

— Non. Non. Non. Je ne peux pas être plus clair. Cela viole plus de principes déontologiques que je peux en compter. Je regrette, Jeremy, c'est hors de question. Désolé. Écoute, je t'apprécie, tu es un type sensationnel, et peut-être que tu as raison. En tant qu'être humain, tu es aussi parfait qu'on puisse l'être. Tu es Paul Newman, Albert Einstein et Warren Buffett réunis. Mais ce que tu demandes est tout simplement impossible. »

Jeremy fut incapable de cacher sa déception. Il retira son bras et s'éloigna de Gold.

« Oh, Martin, j'avais tellement confiance en toi ! J'étais sûr que tu pourrais faire ça pour moi.

— Jeremy, ce serait autre chose, crois-moi, je le ferais. Mais pas ça. »

Pritkin avait secoué la tête d'un air navré.

« Ce n'est vraiment pas ce que je voulais entendre de ta part. »

Gold n'avait pas su quoi dire. Il n'allait certainement pas lui suggérer de solliciter un confrère. *Aucun* médecin ne devrait être mêlé à ce genre d'expérience. Mais Jeremy estimait que les règles de base de la vie en société ne s'appliquaient pas à lui. Que pouvait-on dire à une personne comme ça ? Gold était désolé de le décevoir, parce que connaître cet homme, avoir accès à ce monde sélect, était la meilleure chose qui lui soit arrivée depuis sa traversée du pont de Brooklyn.

« Comment s'appelle ta femme, déjà ? avait alors demandé Jeremy.

— Pardon ?

— Ta femme. Son nom ?

— Elspeth. Tu l'as croisée à une réception, l'année dernière. La collecte de fonds pour le musée.

— Une femme charmante. »

Les entrailles de Gold avaient commencé à se liquéfier.

« Pourquoi cette question ?

— Pour rien.

— Jeremy, s'il te plaît.

— J'imagine juste sa réaction quand elle verra une vidéo de toi, la tête entre les jambes de Whitney. »

Et Jeremy avait souri.

C'était donc ça.

Combien avaient été compromis de la même façon ? Le chef de la police ? Le gouverneur ? Des juges et des procureurs ?

Gold n'avait que quelques jours avant de se plier à la volonté de Pritkin. Il détruisit un échantillon fourni par un certain Miles Cookson, mais associa son nom aux dossiers de neuf femmes inséminées avec le sperme de Jeremy.

Qui aurait pu deviner alors que, moins de deux décennies plus tard, des entreprises florissantes se consacreraient à l'analyse génétique et vous mettraient en relation avec des parents dont vous ne soupçonniez pas l'existence ? Que la sœur de Jeremy enverrait son échantillon d'ADN et aurait la surprise d'apprendre qu'elle avait très probablement une nièce quelque part ? Et que cela n'avait aucun sens...

Ce fut à ce moment-là que Jeremy prit conscience de la gravité de sa situation.

À cause de ces neuf enfants devenus adultes. Preuves vivantes de son arrogance et de sa mégalomanie. Un jour, d'autres pourraient envoyer des échantillons à WhatsMyStory ou un autre service d'analyse génétique, un lien serait établi avec sa sœur et, ensuite, avec lui.

Il était fou de rage.

Sa grandiose expérience sur l'inné et l'acquis allait devoir prendre fin prématurément. Toutes les preuves devaient être détruites.

Les preuves étant, bien sûr, ces individus eux-mêmes.

Il ne suffisait pas de les tuer. Il fallait les faire disparaître. On pouvait récupérer de l'ADN sur un cadavre, même au bout de plusieurs années. Un corps pouvait être exhumé, analysé.

Sans compter les traces d'ADN sur les brosses à cheveux, les téléphones, les serviettes, les draps. Deux des méthodes les plus efficaces pour éliminer l'ADN étaient la Javel et le feu. Si les logements de ces gens ne pouvaient pas être réduits en cendres, alors ils devaient être nettoyés à fond.

Cette série de meurtres n'aurait jamais été possible si Gold n'avait pas cédé aux monstrueuses exigences de Jeremy, vingt ans plus tôt.

Gold savait que ses neuf enfants biologiques avaient toujours fait l'objet d'une surveillance. Leurs progrès scolaires, leurs intérêts, puis quelles universités, le cas échéant, ils choisissaient.

Avant de savoir que sa sœur avait envoyé son ADN à WhatsMyStory, Jeremy était essentiellement affligé de constater à quel point ces enfants étaient *normaux*.

Oh, bien sûr, certains avaient montré un semblant de talent dans certains domaines. Celle-ci voulait être actrice, cet autre, auteur de romans graphiques. Celui qui vivait à Portland s'intéressait à la recherche médicale. Mais où étaient les enfants prodiges ? Le gamin capable de jouer Mozart au piano à l'âge de quatre ans ? L'ado qui pouvait reconstituer un Rubik's Cube en quinze secondes ? Le petit génie de l'informatique qui piratait le Pentagone depuis sa chambre avant la puberté ?

Normaux. Ou, pour le dire autrement : *décevants*.

Ce qui lui rendait la tâche un peu moins pénible. D'une certaine façon, éliminer ces enfants de la surface de la Terre était un moyen de cacher ses échecs.

C'était ce que Jeremy avait confié à Gold.

Il y avait un pont, dans la ville toute proche de Mount Vernon, pour lequel ce dernier avait une affection particulière. Ce n'était en aucun cas le plus long du monde, ni le plus haut, et assurément pas le plus beau. Ce n'était pas le Golden Gate, et certainement pas le Sydney Harbour Bridge.

Gold l'aimait parce qu'il lui rappelait les ponts qu'il construisait quand il était enfant.

C'était le pont de South Fulton Avenue, qui enjambait la ligne de chemin de fer du Metro-North.

Un simple pont en treillis type Pratt, à deux voies, d'un peu moins de cinquante mètres de long. De quoi surplomber les quatre quais en dessous, auxquels on accédait par un escalier couvert situé au milieu du tablier. Des panneaux indiquaient : MOUNT VERNON EAST STATION. TO STAMFORD AND NEW HAVEN, TRACK 4.

De l'autre côté du pont, la route devenait North Fulton Avenue. Il traçait la démarcation entre le nord et le sud, un équateur.

Gold connaissait l'histoire et ne demandait qu'à l'expliquer à quiconque voulait bien l'écouter. On devait la conception des ponts Pratt, et leur dissémination à travers le pays, à Caleb et Thomas Pratt qui, en 1844, développèrent un ouvrage fait de bois et de barres diagonales en fer. Il était constitué de sections appelées poutres en treillis.

Enfant, Martin vivait à quelques pâtés de maisons de là, et il avait probablement traversé ce pont, à pied ou à vélo, un millier de fois.

Il lui semblait naturel de sauter de celui-là.

Une barrière bordait les passerelles piétonnes des deux côtés, mais elle n'était pas assez haute pour le décourager. Au cas où, il avait apporté un petit escabeau en plastique qui lui servait dans son box de stockage.

Le train 1349 entrerait en gare à 11 h 12, en provenance de l'est, et passerait sous le pont avant de s'arrêter à quai. Il avait calculé que s'il arrivait à 11 h 10, qu'il garait sa Lexus sur le pont et sautait la barrière assez vite, il tomberait sur les rails quelques secondes avant l'arrivée du train. La chute le tuerait presque à coup sûr mais, dans le cas improbable où il y survivrait, le train l'achèverait.

Gold, toujours prévenant, laisserait la clé de la Lexus sur le tableau de bord. Pas la peine d'obliger la police à appeler une dépanneuse ou, pire, à fouiller dans ses poches après que la chute et le train l'auraient réduit en bouillie. Il se demanda s'il n'aurait pas dû écrire un mot à Elspeth, expliquant la raison de son geste.

Non, pensa-t-il. Il valait mieux qu'elle ne sache jamais.

Il s'arrêta à un pâté de maisons du pont et, quand l'horloge du tableau de bord indiqua 11 h 08, il démarra. Il n'y avait aucun véhicule devant lui, rien qui puisse l'empêcher de croiser son train à l'heure.

La voiture s'engagea sur le pont. Il s'arrêta au milieu et coupa le moteur. Après avoir tiré le frein à main, il jeta les clés sur le tableau de bord, puis saisit le petit escabeau qui se trouvait sur le plancher, devant le siège passager.

Il descendit, fit le tour de la voiture par l'arrière pour atteindre la passerelle piétonne côté est. Il jeta un coup d'œil par-dessus le garde-corps.

Il était là. Le phare du train qui approchait.

Son cœur cognait quand il monta sur le marchepied et agrippa le haut de la rambarde. Tout ce qu'il avait à faire, c'était se hisser en même temps qu'il donnait une bonne impulsion avec ses jambes.

Le train était presque au niveau du pont.

C'était le moment.

— Hé, oh, arrêtez !

Il sentit qu'on lui ceinturait les jambes et, en tournant la tête, vit une femme corpulente qui s'accrochait à lui. Elle était vêtue de manière assez formelle : chemisier bleu pâle, tailleur noir.

— Ne faites pas ça, docteur Gold ! Ne faites pas ça !

Comment connaissait-elle son nom ? Il n'avait jamais vu cette femme de toute sa vie.

— Lâchez-moi !

— Je vous tiens !

La femme devait peser vingt bons kilos de plus que lui et l'avait coupé dans son élan. Impossible de sauter.

Le train gronda sous eux en ralentissant pour entrer en gare. Il était trop tard.

Gold trébucha sur la marche en plastique, perdit l'équilibre et tomba sur la passerelle. La femme se mit aussitôt à cheval au-dessus de lui. Elle n'essayait pas simplement de lui venir en aide : elle l'empêchait de s'enfuir.

— Tout va bien se passer, dit-elle. Charise va bien s'occuper de vous.

C'est à ce moment-là que Gold aperçut quelqu'un d'autre. Qui courait dans leur direction. Une personne qu'il reconnut.

Miles Cookson.

Merde, pensa-t-il. *C'est fini.*

57

New Haven, Connecticut

Gilbert et Samantha se tenaient à la fenêtre de la chambre du premier étage, cachés derrière le rideau, se demandant ce que Caroline allait faire. Elle se tenait devant la maison, les yeux levés, se sachant observée.

— Je suis désolée ! cria-t-elle. Je suis désolée pour tout !

Les sanglots avaient fait place aux simples larmes.

— S'il te plaît, laisse-moi entrer ! J'ai fait tout ça pour toi !

Le serrurier était parti quelques instants seulement avant que Caroline se risque à rentrer chez elle avec une histoire convaincante censée justifier ses actes. Le code de l'alarme montée sur la poignée extérieure de la porte avait également été changé.

— Peut-être qu'on devrait lui ouvrir, suggéra Samantha.

— Non, dit son père.

— On ne peut pas la laisser devant la maison toute la nuit.

— Si. On peut.

Gilbert avait également fait opposition à toutes leurs cartes de crédit, à l'exception de sa propre carte Cookson Tech, à laquelle Caroline n'avait pas accès.

À un moment donné, elle avait fait le tour de la maison pour tenter d'entrer par la baie vitrée de la cuisine, mais Gilbert s'était assuré qu'elle était également fermée. Elle avait pris une des chaises longues en métal et l'avait jetée sur la vitre, mais pas suffisamment fort pour la briser.

Alors, elle était retournée sur le devant de la maison, espérant arriver à ses fins avec des manifestations de contrition.

— Je suis désolée ! cria-t-elle à nouveau, pensant que son mari et sa fille l'entendaient même si elle ne pouvait pas les voir. J'ai cru bien faire ! J'ai fait ça pour nous ! Gil, je t'en prie, viens à la porte ! Tu n'es pas obligé de l'ouvrir. Je veux juste te parler.

Il descendit au rez-de-chaussée et se posta derrière la porte. De l'autre côté, Caroline pleurnichait.

— Je voulais que tu obtiennes justice, dit-elle.

— Non.

— Je t'assure, c'est la vérité. J'ai dit à Samantha que tout ça, c'était pour toi.

— Va-t'en, Caroline. Et ne reviens pas.

— Je vais parler à Miles. Je vais tout arranger.

— Je ne pense pas que ce soit une bonne idée.

Plus un mot. Que des pleurs.

Gilbert, épuisé, appuya le front contre la porte.

— Tu as besoin d'aide, dit-il.

Encore des pleurs, des reniflements.

— Tu as besoin de parler à quelqu'un. Ça t'aiderait peut-être. Tu dois comprendre pourquoi tu fais ces choses. Si tu veux vraiment faire ce qu'il faut pour cette famille, ce serait un bon point de départ.

Toujours rien de l'autre côté de la porte. Les gémissements avaient cessé. Gilbert se demanda si elle était toujours là. Puis il entendit une sorte de fracas. Un bruit de verre brisé. Et le hurlement d'une alarme.

Il courut à la fenêtre du salon.

Le pare-brise de la Porsche était fracassé, enfoncé. Le capot était jonché de ce qui ressemblait à de la terre et des feuilles. Les phares de la voiture clignotaient tandis que l'alarme continuait à hurler. Gilbert remarqua qu'il manquait une des jardinières qui bordaient leur allée.

Debout à côté de la Porsche, Caroline se frottait les mains en admirant son travail. Elle se retourna lentement.

Gilbert se dit qu'elle avait soudain l'air très calme. Peut-être son acte de vandalisme automobile avait-il été un exutoire efficace.

Samantha était descendue.

— Tu as vu ça ?

— Oui.

À cet instant, il se rendit compte à quel point sa femme avait l'air pitoyable avec ses joues sillonnées de larmes, ses coulures de maquillage, ses mains couvertes de terre et ses cheveux en bataille.

Il savait qu'il aurait dû être en colère, et il l'avait certainement été, mais à présent il ne pouvait que la prendre en pitié.

Caroline jeta un dernier coup d'œil à la maison, se retourna et marcha jusqu'au trottoir, où elle avait garé son SUV Volvo, en travers de l'allée.

Elle s'assit au volant et s'en alla. Calmement. Sans faire crisser ses pneus. Elle mit même son clignotant en arrivant au carrefour.

— Où est-ce qu'elle va, tu crois ? demanda Samantha.

Gilbert secoua la tête.

— Tant qu'elle ne revient pas, ça m'est égal.

58

New Haven, Connecticut

— C'est un enlèvement. Vous ne pouvez pas me retenir ici contre ma volonté. Je vais appeler la police.

Miles jeta un téléphone portable au Dr Martin Gold. Celui que Charise lui avait pris.

— Allez-y. Appelez-les tout de suite. On va tout leur raconter.

Gold sembla s'enfoncer dans le canapé en cuir du salon de Miles. Son regard passa de Miles à Charise, laquelle se tenait à proximité, les bras croisés, prête à le repousser sur le canapé s'il tentait de fuir.

De retour à Fort Wayne, Miles avait demandé à Charise de le conduire à la clinique ReproGold. Comme le médecin n'y était pas, ils s'étaient rendus à son domicile, mais quelques centaines de mètres avant d'y arriver ils avaient repéré Gold au volant de sa Lexus, qui se dirigeait dans la direction opposée.

Ils l'avaient suivi.

Ils l'avaient filé jusqu'au pont de Mount Vernon et, s'ils avaient d'abord été déroutés de le voir stopper sa voiture au milieu du pont, ses intentions étaient vite devenues évidentes.

« Oh, mon Dieu ! s'était écrié Miles. Il va sauter. »

Charise n'avait pas attendu ses instructions. Elle avait bondi de la limousine et couru sur le pont, puis elle avait tiré Gold au bas de la balustrade et s'était assise sur lui pour qu'il ne puisse pas s'échapper.

Elle lui avait ensuite chuchoté à l'oreille que s'il ne l'accompagnait pas, elle lui ferait tellement mal qu'il la supplierait pour avoir une nouvelle chance de se suicider.

Une fois Gold dans la voiture et Charise derrière le volant, Miles avait commenté :

« C'était impressionnant.

— Comparé à ce que j'avais l'habitude de faire, monsieur, c'était comme de maîtriser une fillette de cinq ans », avait répliqué Charise.

Miles s'était demandé, brièvement, s'ils ne devaient pas emmener cet homme suicidaire à l'hôpital, mais il avait estimé que sa priorité était d'obtenir des réponses. Ils pourraient lui apporter l'aide dont il avait besoin plus tard. Ils étaient donc rentrés chez lui.

À leur arrivée, Dorian les attendait. Elle avait téléphoné à Lana Murkowski, du FBI, qui jusqu'ici n'avait pas rappelé.

Puisque Gold n'avait pas pris Miles au mot en appelant la police, il lui reprit le téléphone. Il confia le sien à Charise et demanda :

— Pouvez-vous continuer à essayer de joindre Chloé ?

— Je peux le faire, proposa Dorian.

— Non, ça ira, dit Miles, qui n'avait pas regardé Dorian dans les yeux depuis leur retour.

— Chloé devra bien rallumer son téléphone à un moment ou à un autre, indiqua-t-il à Charise.

— Chloé ? intervint Gold. La fille qui était avec vous ?

— Ouais, dit Miles. Donc, vous alliez sauter. Pourquoi ?

Gold prit un moment avant de répondre :

— J'en avais assez.

Miles se pencha sur la table basse en face du médecin.

— Pourquoi envisage-t-on de mettre fin à ses jours ? Parce qu'on est déprimé, sans doute. Ou peut-être pour éviter quelque chose de pire que la mort. Qu'avez-vous fait, docteur Gold ? Dites-moi tout.

Gold était incapable de le regarder.

— Parlez-moi de Caroline Cookson.

Gold releva brusquement la tête.

— Qui ça ?

C'était un coup d'épée dans l'eau. Miles ne savait pas si Caroline avait un lien avec Gold, ou si le tour qu'elle lui avait joué avait un rapport quelconque avec tout ce qui se passait, mais il voulait observer la réaction du médecin quand on lui poserait la question. Miles répéta le nom.

— Qui est-ce ? Quelqu'un de votre famille ?

— Une belle-sœur.

— Est-elle venue à la clinique ? Ce nom ne me dit rien.

Miles le crut et s'y prit autrement. Il raconta ce qui s'était passé à Fort Wayne, la tentative de meurtre sur un jeune homme dont la mère était venue consulter Gold des années auparavant,

avant de déménager dans l'Indiana. Le médecin l'écoutait, de plus en plus fébrile.

— Pourquoi quelqu'un voudrait-il la mort de Travis Roben ? demanda Miles. Ou celle de la fille à Paris ? De l'étudiant dans le Maine ? Ce sont tous les enfants de femmes venues dans votre clinique.

— Ça ne répond toujours pas, monsieur Cookson, dit Charise en agitant le téléphone.

Miles se pencha vers Gold, suffisamment près pour que le médecin sente son souffle sur son visage.

— Vous m'avez dit que je n'avais aucune idée de ce dans quoi je mettais les pieds, ni à qui j'avais affaire. Il est temps que vous vous expliquiez.

Comme Gold restait mutique, il se tourna vers Charise :

— Du temps où vous étiez catcheuse, est-ce que vous aviez une prise favorite ?

Charise réfléchit un moment.

— Il y avait un truc qu'on appelait le marteau-pilon. En fait, cette prise était tellement dangereuse qu'on n'était pas censés l'utiliser. Vous retournez quelqu'un tête en bas, puis vous bloquez sa tête entre...

— Je pense qu'on a compris l'idée, dit Miles.

Il reporta son attention sur Gold et attendit. Le médecin leva la tête et le regarda dans les yeux. On aurait dit un barrage sur le point de rompre.

— Pritkin, dit-il.

— Pritkin ? répéta Miles.

— Jeremy Pritkin.

— *Le* Jeremy Pritkin ?

Gold acquiesça d'un hochement de tête.

— C'est lui.

— Comment ça, « c'est lui » ? Quoi, « lui » ? demanda Miles, effaré. Vous n'êtes pas sérieux !

Gold hocha lentement la tête.

Tout sortit, d'un coup. Un homme qui était prêt quelques heures plus tôt à mettre fin à ses jours ne ressentait manifestement plus le besoin de protéger ses secrets.

Gold raconta que Jeremy, persuadé d'être un être surhumain doté d'un profil génétique hors du commun, avait voulu inséminer des femmes – sortes de cobayes involontaires. L'expérience incluait à l'origine dix femmes, mais l'une d'elles avait fait une fausse couche. Les dons de Miles avaient été détruits, mais son nom était resté sur les dossiers.

Puis les analyses ADN commerciales avaient fait leur apparition.

— Il ne suffisait pas qu'ils meurent, dit Gold. Il fallait les effacer.

— Je cherchais à retrouver des enfants que je pensais être les miens pour les aider, pendant que leur vrai père biologique cherchait à les détruire. (Miles ressentit le besoin de se lever et de marcher. Il fit les cent pas dans la pièce, alla à la fenêtre et contempla une zone boisée toute proche.) C'est impensable, dit-il. Comment peut-on être aussi...

— Il n'est pas celui qu'il semble être. Il faut le connaître autrement pour comprendre ce qu'il est vraiment. À côté de lui, le diable passerait pour un enfant de chœur... et c'est pour ça que j'étais sur ce pont.

Gold demanda à Charise, qui tenait toujours le portable de Miles :

— Vous n'avez pas réussi à la joindre, n'est-ce pas ?

Charise fit non de la tête.

Le médecin regarda Miles.

— Après que vous êtes venus au garde-meubles, je... je l'ai appelé.

— Qu'est-ce que vous avez dit ?

— Que Chloé et vous étiez en train de tout comprendre.

— Vous insinuez quoi ? Vous pensez qu'il l'a enlevée ? Qu'il l'a *tuée* ? s'écria-t-il avant de vaciller sur ses pieds et de se retenir au dossier d'une chaise.

— Je ne sais pas. Je pense qu'il essaierait d'abord de savoir ce qu'elle sait. De savoir s'il est compromis. Exposé.

Dorian se précipita aux côtés de Miles au cas où il perdrait de nouveau l'équilibre ou s'évanouirait, mais il la repoussa. On aurait dit qu'on l'avait frappée.

— Où pourrait-elle être ? Où la détiendrait-il ?

— Probablement chez lui, à Manhattan. C'est gigantesque. Deux ou trois *brownstones* réunies. Il pourrait facilement la cacher là. Il a des protections. Il connaît tout le monde. Les flics, les juges, les politiciens. Personne n'ordonnera une descente chez lui à moins d'être vraiment sûr qu'il a quelque chose à se reprocher. Et encore, qui sait ? Il m'a eu dans sa poche pendant vingt ans. Dieu sait ce qu'il a sur tous les autres.

— Vous voulez dire que si on appelle la police, il sera alerté ?

Le médecin haussa les épaules.

— Possible. Et vous devez comprendre que, quand il en aura fini avec Chloé, il s'occupera de vous.

Miles lui rendit son téléphone.

— Appelez-le.

— Et je lui dis quoi ? demanda le médecin d'une voix qui s'étranglait.

Miles réfléchit à la question.

— Dites-lui... Non, d'abord, tâchez de savoir si elle est avec lui. Si c'est le cas... merde, laissez-moi réfléchir. (Il s'éloigna, recommença à arpenter la pièce.) Il faut trouver un moyen de gagner du temps.

Il se tourna vers Dorian et lui adressa la parole pour la première fois depuis qu'ils étaient tous réunis dans la même pièce :

— Toujours aucune nouvelle de Murkowski ?

— Non, répondit Dorian. Et s'il dit vrai, elle pourrait être également compromise. Ou bien celui ou celle qu'elle mettra sur l'affaire.

Miles porta la main à son front.

— Bon sang.

— J'ai une idée, dit Gold.

Miles attendit.

— Je lui dis que j'ai besoin... d'un échantillon d'ADN.

— Pourquoi ?

— Parce que... parce que... bafouilla Gold qui s'efforçait de trouver une raison. Pour le comparer. Je prétends avoir fait une erreur dans l'archivage des dossiers, qu'il a peut-être inséminé plus de neuf femmes. Qu'il pourrait avoir d'autres enfants dans la nature qu'il doit retrouver.

Miles était sceptique.

— Je ne comprends pas la logique. Pourquoi auriez-vous besoin de l'ADN de Chloé ? Un échantillon de celui de Pritkin ne suffirait-il pas ? Et qu'en est-il de...

— La ferme ! s'emporta Gold. Taisez-vous. Je n'ai pas de meilleure idée pour le moment. Je connais la science mieux que lui. Je vais peut-être y arriver au bluff.

Miles avait l'air d'un homme à court d'options.

— Allez-y.

Gold saisit un numéro sur le téléphone et attendit.

— C'est Martin, finit-il par dire. Je dois parler à Jeremy. J'attends, fit-il ensuite en regardant Miles.

— Mettez le haut-parleur.

Gold tapota l'écran, tint le téléphone à quelques centimètres de sa bouche. L'attente se prolongea pendant près d'une minute avant que quelqu'un se fasse entendre à l'autre bout de la ligne.

— Jeremy ?

— Non, répondit une femme. Docteur Gold ?

— Oui. Qui est à l'appareil ?

— Roberta.

— Roberta, je dois parler à Jeremy.

— Il est occupé.

— C'est urgent.

— De quoi s'agit-il ?

— La fille Swanson.

Il marqua un temps d'arrêt, puis demanda tout bas, sur un ton de conspirateur :

— Elle est chez vous ?

— Qu'est-ce qui vous fait croire ça ?

Les yeux de Gold tressaillaient comme s'il essayait de trouver quelque chose, et Miles frissonna intérieurement. Pourquoi Gold penserait-il cela ? Comment pourrait-il être au courant ?

Pour paraître le plus crédible possible, le médecin décida de présenter une version à peine altérée de la vérité :

— Cookson m'a appelé. La fille a disparu. J'ai juste fait le rapprochement.

— À supposer qu'elle soit ici, dit Roberta, qu'est-ce que ça peut vous faire ?

— Je voulais discuter d'un problème avec Jeremy.

— Discutez-en avec moi.

Gold prit une inspiration et se lança :

— J'ai besoin d'un échantillon d'ADN de la fille. Je dois comparer son profil avec d'autres. C'est un peu compliqué.

— Vous ne me pensez pas capable de comprendre ?

— Non, non, ce n'est pas du tout ça. Mais il est plus logique que je l'explique directement à Jeremy.

Il y eut un silence à l'autre bout du fil. Charise et Miles se regardèrent, se demandant si le signal n'avait pas été perdu.

Mais Roberta reprit la parole :

— Il faudrait que vous veniez ici pour faire le test ?

— Oui, répondit Gold.

— Quand ?

— Demain ?

Un autre blanc, puis Roberta répondit :

— Il sera trop tard. Je regrette, docteur Gold, nous ne serons pas en mesure de satisfaire votre demande.

— Mais vous comprenez...

— Au revoir.

— Allô ? Ne raccrochez pas. Vous êtes toujours là ?

Elle avait coupé la communication.

— Elle est avec lui, conclut Miles.

— Je vais chercher la voiture, dit Charise.

59

New York

Rhys et Broderick avaient chacun commandé une bière. Ils s'étaient attablés dans un box, dans un bar de la Troisième, à quelques rues au nord de Bloomingdale's.

— Ça fait un bail, dit Rhys.

Broderick opina de la tête.

— On ne s'était pas parlé depuis mes ennuis avec la justice.

— Tout semble s'être bien terminé, dit Rhys avec un sourire.

Puis Broderick sourit à son tour.

— Sans toi, ça aurait pu tourner autrement. Je te revaudrai ça.

— C'est un peu pour ça que j'ai repris contact. J'ai eu un petit souci, dernièrement. Tu as entendu parler de Jeremy Pritkin ?

— C'est comme de demander si j'ai déjà entendu le mot « argent ».

— J'ai bossé pour lui. Un gros contrat, pas terminé. Les choses ont dérapé.

— Genre ?

— J'ai perdu une partenaire.

Broderick sourit.

— Alors, c'est quoi, ce boulot ?

— Pritkin a deux filles chez lui. Des boulets. Il ne peut pas les relâcher dans la nature, mais elles croient qu'on va les libérer, qu'elles ont rendez-vous avec un avocat pour signer un accord de confidentialité et partir avec un dédommagement substantiel en échange de leur silence. Elles n'essaieront donc pas de filer en quittant l'immeuble, et ça nous laisse le champ libre pour faire le boulot hors site.

— De quoi s'agit-il ?

— Tu veux vraiment le savoir ?

Broderick haussa les épaules.

— Je suis curieux.

— Même moi, je ne connais pas l'étendue du truc. Pritkin avait besoin de faire disparaître certaines personnes dispersées un peu partout. Entièrement. Sans laisser la moindre trace d'ADN. On est tombés sur un os à Fort Wayne.

— Fort Wayne ?

— Ouais.

Broderick remua la langue, l'enfonça dans sa joue.

— Ça faisait un million d'années que je n'avais pas pensé à Fort Wayne, et voilà que ce nom resurgit deux fois en un laps de temps très court.

Rhys attendit.

— J'ai rencontré cette femme... Elle avait monté un plan pour récupérer une fortune qui aurait dû revenir à son mari. Elle a fait en sorte que sa fille fasse copain-copain avec le petit geek qui allait toucher le pactole à la place du mari.

Rhys plissa les yeux.

— Tu connais le nom du gamin ?

— Travis Roben.

Rhys s'appuya contre le dossier de la banquette et secoua la tête.

— Tu te fous de moi.

— Non.

— C'est le truc qui a dérapé. (Il fournit à Broderick une version abrégée des faits.) Le monde est petit, putain.

— Pas vraiment. On n'est pas nombreux dans notre branche. Il arrive que nos intérêts se recoupent.

— Tu sais quoi ? On devait travailler ensemble sur ce coup-là, c'était écrit. (Il leva sa bouteille et la fit tinter contre celle de Broderick.) Je le sens bien.

60

New York

Chloé et Nicky décidèrent de passer à l'action après le dîner, lequel s'avéra sacrément bon. Lasagnes de veau et mousse au chocolat pour le dessert.

— C'est encore mieux que d'habitude, chuchota Nicky à Chloé. Ils se préparent probablement à nous exécuter.

Leurs tentatives occasionnelles d'humour noir n'arrivaient pas à masquer la terreur qu'elles éprouvaient.

Nicky avait plusieurs fois expliqué, en montant le son de la télévision, la manière dont les choses fonctionnaient. Quand quelqu'un entrait, que ce soit la femme de chambre ou Roberta, il devait attendre pour repartir qu'on lui ouvre de l'extérieur. L'homme qui montait la garde en haut de l'escalier, un peu plus loin dans le couloir, venait ouvrir, puis reprenait son poste. Comme dans les scènes de prison au cinéma, quand l'avocat fait savoir au gardien qu'il a fini de s'entretenir avec son client.

La porte restait toujours ouverte pendant quelques secondes. Maintenant qu'elles étaient deux, elles avaient plus de chances d'arriver à la maintenir ouverte assez longtemps pour s'échapper.

« Et le garde ? » avait demandé Chloé.

Il était grand et corpulent, mais cela signifiait aussi qu'il était plus lent qu'elles. Et il serait surpris.

« Tu as déjà joué au basket ? avait encore voulu savoir Chloé.

— Bien sûr.

— On le feinte. On fait croire qu'on va dans une direction, il bouge pour nous bloquer, et on part de l'autre côté.

— Il pensera qu'on va descendre vers la porte d'entrée.

— Je vais pisser », dit Chloé, assez fort pour être entendue par leurs ravisseurs.

Elle entra dans la salle de bains et referma la porte. Elle attrapa une serviette, l'enroula autour du verre posé sur la tablette au-dessus du lavabo et le cogna légèrement sur le bord de la vasque en porcelaine, jusqu'à ce qu'elle l'entende se briser.

Elle posa ensuite la serviette au fond de la vasque et découvrit les morceaux de verre avec précaution. Après un rapide examen, elle choisit deux grands éclats qui lui semblaient pouvoir convenir à leurs objectifs. Il fallait qu'ils soient suffisamment grands pour être efficaces, mais assez petits pour tenir cachés dans leurs paumes.

Elle posa les deux morceaux incurvés à côté des robinets, puis rassembla le reste des éclats dans la serviette et les jeta à la poubelle. Elle roula en boule quelques mouchoirs en papier qu'elle posa dessus pour les dissimuler. Elle tira la chasse d'eau, à l'attention des mouchards qui se trouvaient dans la chambre, et rejoignit Nicky sur le lit.

Elles étaient assises sur les couvertures, adossées à la tête de lit. Chloé glissa un des deux morceaux de verre sous la jambe gainée de jean de Nicky. Elles étaient prêtes, chaussures aux pieds.

— Fais gaffe, ça coupe, chuchota-t-elle.

— Sans déc', fit Nicky.

Le verre accrocha le dessus-de-lit quand Nicky tendit le bras pour le cacher dans sa paume. Puis, d'une voix normale, elle dit :

— Il faut que je bouge.

Elle sauta du lit et se mit à faire les cent pas dans la pièce, en se rapprochant de la porte à chaque tour. Leur plan était tout simple. Quand on reviendrait prendre leur plateau, Nicky empêcherait la porte de se fermer pendant que Chloé maîtriserait la femme de chambre en menaçant de la taillader.

Simple.

Nicky aurait peut-être tenté ce genre de chose bien avant, mais le reste du plan d'évasion requérait les compétences de Chloé.

Nicky, parlant toujours de manière à être entendue :

— Redis-moi ce que c'est, un accord de confidentialité.

— On signe, ils nous paient et on accepte de ne jamais les balancer.

— Mais si on parle quand même ?

— Ils pourraient nous poursuivre en justice et il faudrait rendre l'argent, peut-être même plus.

On serait obligées d'engager des avocats pour nous défendre et on s'endetterait à mort.

— Même si nous retenir ici est illégal ?

— Tu veux vraiment refuser si ça nous permet de partir ? Ça te dit pas, un paquet de fric assez gros pour ne plus jamais avoir à t'en faire ? Parce que crois-moi, ils vont devoir raquer pour nous faire taire !

Elles pensaient que leur performance était digne d'un oscar.

— Très bien, dit Nicky. S'il n'y a qu'un truc à signer, je le ferai. Ils vont nous donner combien, à ton avis ?

— Des milliers de dollars, je parie. Ce Pritkin est blindé, non ?

— Euh, regarde autour de toi. Il a plus de fric que...

Toc toc.

Chloé se leva du lit et Nicky s'immobilisa à deux pas de la porte.

Chacune d'elles s'assura d'avoir son éclat de verre bien en place dans la paume, tout en faisant attention à ne pas exercer de pression. Elles échangèrent un regard.

C'est parti.

La porte commença à s'ouvrir.

61

New York

Pendant la première partie de leur trajet vers Manhattan, alors que le soleil se couchait, Dorian avait demandé à s'asseoir à l'arrière avec Miles. Gold avait été placé à l'avant, à côté de Charise.

— Qu'est-ce qui ne va pas ? demanda Dorian à voix basse. Vous vous comportez bizarrement. Vous me tenez à l'écart.

— On pourra en parler quand tout ça sera terminé. Ce n'est pas le moment.

— Si. Parlons-en maintenant.

Miles évitait son regard. Il regardait par sa fenêtre. Dorian allait poser la main sur son bras, mais retint son geste. Elle venait de comprendre.

— Je rembourserai, dit-elle.

— Il ne s'agit pas de l'argent, dit Miles en évitant toujours de la regarder. Gardez l'argent. Je m'en moque.

— Depuis combien de temps êtes-vous au courant ?

— Heather m'a appelé, après la réunion avec le FBI.

Dorian s'efforçait de retenir ses larmes.

— Vous pouvez quand même m'expliquer, dit-il.

— Je pensais… que je le méritais.

Miles se tourna lentement pour la regarder.

— C'est vrai. Vous le méritiez, en effet. Vous devez probablement penser que je ne vous estime pas à votre juste valeur, mais vous vous trompez. Je vous ai toujours été reconnaissant pour votre aide. Je n'aurais pas pu avoir de meilleure assistante.

L'emploi du passé n'échappa pas à Dorian.

— Vous auriez dû venir me voir pour plaider votre cause. J'aime à penser que j'aurais écouté. Mais la confiance a disparu.

Elle essuya une larme sur sa joue.

— Je pourrais descendre tout de suite. Rentrer en Uber.

— Non. On va aller jusqu'au bout.

Dorian demanda à Charise de s'arrêter dès qu'elle en aurait l'occasion pour qu'elle puisse échanger sa place avec Gold.

Charise les fit entrer dans Manhattan par le Triborough Bridge. Alors qu'ils franchissaient le pont, Gold oublia pour un bref instant la crise en cours et raconta :

— Officiellement, ce pont porte le nom de Robert F. Kennedy. Il s'agit en fait de trois ponts, dont la construction date de 1936. (Il se tourna pour regarder Miles, assis à côté de lui sur la banquette arrière.) Vous le saviez ?

— Non, répondit mollement Miles. Je ne le savais pas.

— Saviez-vous que, tous les trois jours et demi, quelqu'un essaie de sauter du pont George-Washington ?

Cette fois, Miles se tourna et le regarda.

— Je l'ignorais aussi.

— Peut-être que Charise pourra m'y conduire quand tout sera terminé, dit Gold à voix basse et avec le plus grand sérieux.

— Chaque chose en son temps, dit Miles.

Le trafic commença à devenir plus difficile après qu'ils eurent franchi le pont et pris la direction du sud sur le Franklin Roosevelt Drive. Au moment de passer la 118e Rue, les voitures roulaient au pas.

— Si ça coince toujours au niveau de la 106e, je quitterai la voie rapide, annonça Charise.

Elle jetait des coups d'œil répétés dans son rétroviseur, et Dorian avait remarqué l'expression inquiète sur son visage.

— Tout va bien ?

— Je pense que ce n'est rien, dit Charise, mais j'ai l'impression que la même voiture me colle au train depuis un moment. Je ne sais pas... Il fait nuit. Je peux me tromper.

Dorian se retourna pour essayer de voir par la lunette arrière.

— Comment pouvez-vous le savoir ?

— Il y a différents types de phares. Avant, ils étaient tous ronds. Maintenant, chaque constructeur a son propre style. (Elle regarda de nouveau.) Bon, je ne les vois plus. Je suis peut-être juste parano.

La voiture avança avec une lenteur insupportable jusqu'au moment où Charise réussit à se déporter sur la droite, vers la sortie de la 106e Rue. Mais elle n'était pas la seule à avoir choisi cet itinéraire pour échapper au FDR.

— Merde, fit Dorian en découvrant le nouvel embouteillage.

Charise se mit à klaxonner à tout-va. Cela ne fit bouger personne, mais cela la défoula.

— Rappelez-les, dit Miles à Gold. Dites-leur que vous êtes dans le quartier et que vous devez absolument voir Chloé.

Le médecin protesta.

— J'ai déjà essayé une fois. Roberta…

Miles explosa.

— Essayez encore !

Il tendit le téléphone à Gold, qui s'exécuta.

— Ça sonne dans le vide. Attendez. (Quelqu'un avait décroché.) Bonjour, docteur Gold à l'appareil. Roberta, est-ce que…

Gold baissa le téléphone.

— Elle a raccroché.

— Bon sang.

— Si on appelait les pompiers ? suggéra Dorian en se retournant sur son siège pour leur faire face.

Miles la dévisagea sans rien dire.

— Vous pouvez répéter ? intervint Charise.

— On leur dit qu'on vient de passer devant l'immeuble et qu'on a vu des flammes sortir par la fenêtre. Ça devrait nous faire gagner un peu de temps. Ils ne tenteront rien si les pompiers sont sur le pas de leur porte.

— L'idée me plaît bien, dit Charise.

— À moi aussi, dit Miles avec une certaine réticence, puis il reprit le téléphone des mains de Gold.

— Hé, pas avec mon téléphone ! Ces appels sont enregistrés. Je pourrais être inculpé pour fausse alerte.

— C'est *ça* qui vous inquiète ?

Miles lui jeta un regard incrédule et passa l'appel.

62

New York

La porte s'ouvrit de quelques centimètres, mais pas davantage.

Avant que Nicky saisisse la poignée pour l'ouvrir en grand, elle aperçut un homme dans l'embrasure. Celui qui était venu leur proposer l'accord de confidentialité. Celui à qui il manquait un bout de doigt.

— Reculez, lui dit-il, puis il insista en voyant que Nicky n'avait bougé que d'une trentaine de centimètres.

Nicky adressa à Chloé un regard de capitulation et de désespoir. Elle fit ce qu'on lui demandait. La porte s'ouvrit en grand et Rhys entra, suivi d'un autre homme. Ils refermèrent derrière eux.

Clac.

Merde, pensèrent les jeunes femmes.

Chloé n'avait pas prévu qu'ils seraient deux. Deux *hommes*. Celui avec le petit doigt amputé était déjà assez impressionnant, mais l'autre type était tout aussi costaud et menaçant, même s'il portait un costume-cravate et faisait de son mieux pour avoir l'air d'un avocat.

— Vous êtes prêtes, les filles ? demanda Rhys. Plus vite on y va, plus vite vous aurez votre argent et pourrez reprendre le cours normal de votre vie.

— Qui êtes-vous ? demanda Nicky à l'autre homme.

Rhys fit les présentations.

— C'est mon associé, Broderick. Il a rédigé les documents que vous allez signer.

— Vous auriez dû les apporter. Comme ça, on aurait pu passer la porte et dire adieu à cette cage à lapins.

Rhys hocha la tête d'un air compréhensif.

— Bien sûr, je comprends votre réaction, mais il y a pas mal de paperasse à signer, et les chèques sont au cabinet. C'est comme ça que l'on procède.

— Ah, dit Chloé. Alors, d'accord.

Les éclats de verre devenaient humides dans sa paume moite et celle de Nicky. Si l'un des deux hommes avait remarqué qu'elles gardaient le poing droit serré, ils n'en avaient rien laissé paraître.

— Il faut qu'on emporte quelque chose ? demanda Chloé.

— J'imagine que vous n'avez pas eu l'occasion de faire vos valises avant d'arriver ici, répondit Rhys avec un grand sourire.

— Sans déconner.

— Je pourrai revenir chercher mes affaires plus tard ? demanda Nicky.

— Bien sûr, dit Broderick.

— Vous entendez ça ?

— Quoi ? demanda Rhys.

— Les sirènes.

Rhys haussa les épaules.

— Vous ne devez pas passer beaucoup de temps à New York.

Mais le hurlement s'intensifiait. Les sirènes se rapprochaient. Les deux hommes échangèrent des regards inquiets. Quelqu'un frappa à la porte. Rhys alla l'entrebâiller.

La voix de l'agent de sécurité ordonna :

— Restez où vous êtes. Il se passe quelque chose.

La porte se referma. Rhys se retourna et sourit.

— Nous allons attendre d'avoir le feu vert.

— Qu'est-ce qui se passe ? demanda Chloé.

— Ferme-la.

Roberta avait ouvert la porte de la maison avant que le premier pompier ait gravi les marches du perron. La rue, totalement bloquée par les véhicules d'urgence, était éclairée par les lumières rouges des deux voitures de pompiers et les feux clignotants d'une grande échelle. Pour faire bonne mesure, il y avait aussi deux voitures du NYPD.

— Que se passe-t-il ? demanda-t-elle en descendant les marches pour se porter à la rencontre d'un pompier en tenue et casqué.

— On nous a signalé un incendie à cette adresse.

— C'est ridicule. Il n'y a aucun incendie ici. Pas même un toast brûlé.

Le pompier pencha la tête en arrière, scruta la façade.

— Quelqu'un a appelé en disant qu'on voyait des flammes depuis la rue.

— Vous voyez des flammes, vous ? demanda Roberta.

— Nous devons entrer pour vérifier.

— Ce n'est pas nécessaire.

— Je suis désolé, dit-il en la contournant et en se dirigeant vers la porte.

— Je vous assure ! dit Roberta en le poursuivant. Tout va bien !

Elle avait laissé la porte d'entrée entrouverte, si bien qu'il n'eut qu'à la pousser. Elle le rattrapa dans le hall.

Le pompier fut accueilli par Jeremy Pritkin qui descendait l'escalier. Il lui tendit la main avec un grand sourire.

— Eh bien ! Pour une surprise !

Le pompier s'immobilisa, puis dévisagea Pritkin, qu'il avait manifestement reconnu avec un temps de retard. Son visage était connu dans tout New York.

— Nous avons reçu un appel.

— Je n'en doute pas, dit Jeremy. Il semblerait que nous soyons la cible d'un certain harcèlement. Cela a duré toute la journée. Il y a une heure, on nous a livré vingt pizzas que nous n'avions pas commandées. J'ai reçu une alerte à la bombe sur mon portable, et si vous pensez que cela devrait m'inquiéter, sachez que ce genre de fausses alertes n'est pas inhabituel. Je suppose que c'est en rapport avec ce que j'ai dit sur Anderson Cooper l'autre soir. J'ai excité quelques illuminés. Et maintenant, vous voilà. Je suis vraiment navré que vous fassiez les frais de cette campagne de harcèlement. J'ai déjà appelé le chef de la police pour voir s'il pourrait charger quelqu'un de tirer l'affaire au clair.

Le pompier hocha la tête.

— C'est regrettable, monsieur Pritkin. Normalement, on ferait une inspection, mais on dirait bien que tout est en ordre ici. Bonne soirée.

Comme il tournait les talons, Pritkin l'accompagna, posant une main amicale sur son épaule.

— C'est un scandale que vous perdiez votre temps ici alors qu'il pourrait y avoir un véritable incendie quelque part. Inadmissible.

— Ça arrive tout le temps. Prenez soin de vous, ajouta-t-il encore en saluant Pritkin et Roberta d'un signe de la main.

— Merci ! répondirent-ils à l'unisson.

Une fois de retour dans la maison, Pritkin souffla à Roberta :

— Quelque chose ne va pas.

À l'étage, Rhys avait ceinturé Chloé d'un bras et plaquait son autre main sur sa bouche. Broderick maintenait Nicky de la même façon.

Elles ne pouvaient rien faire des morceaux de verre qu'elles cachaient. Chloé s'efforçait de contenir sa panique. Si ces hommes passaient à l'étape suivante, s'ils les bâillonnaient et leur attachaient les mains, non seulement leurs armes de fortune ne leur serviraient à rien, mais le reste de leur plan tomberait à l'eau.

— Tu vas te tenir très tranquille, lui souffla Rhys à l'oreille. Dès qu'on aura le feu vert, on pourra vaquer à nos petites affaires.

Le doute n'était plus permis : les avocats ne vous malmenaient pas et ne plaquaient pas leurs mains sur votre bouche.

Les tueurs, si.

On frappa de nouveau à la porte. De l'autre côté, la voix de Roberta :

— On est bons. Vous êtes prêts ?

— Une minute ! cria Rhys. (Il relâcha son emprise sur Chloé et libéra sa bouche.) Désolé, on n'a pas envie que quelque chose vienne troubler votre départ. Pas la peine d'avoir à répondre à un tas de questions inutiles.

Fais comme si tu les croyais, se dit Chloé. *Joue le jeu.*

— D'accord, dit-elle. Mais ce n'était pas agréable.

— Ouais, renchérit Nicky une fois que Broderick l'eut relâchée.

Chloé regarda sa partenaire et quelque chose retint son attention.

Du sang.

Du sang coulait de la main droite de Nicky.

63

New York

Charise supposait que l'itinéraire le plus rapide jusqu'au domicile de Pritkin consistait à prendre Park Avenue vers le sud, puis tourner à gauche dans la 70ᵉ, une rue à sens unique allant vers l'est. La *brownstone* se trouvait à l'intérieur du pâté de maisons situé entre Park et Lexington. Elle pariait que, le temps qu'ils arrivent, la rue serait encombrée de camions de pompiers et d'autres véhicules d'urgence, en supposant que l'appel bidon au 911 avait fonctionné comme ils l'espéraient.

— Quoi qu'ils préparent, ils ne pourront rien faire avec le FDNY et le NYPD devant leur porte, dit Miles.

— Et quand on y sera ? demanda Charise.

— On expliquera à tous ces gens que nous avons des raisons de croire que quelqu'un est retenu contre sa volonté à l'intérieur. Il faudra bien qu'on nous écoute. (Il regarda Gold.) Qu'en pensez-vous ?

Le médecin était l'image de la défaite.

— Je ne sais plus, dit-il.

— Bon, plus que quelques pâtés de maisons, indiqua Charise sur un ton encourageant. On passe la 72ᵉ. On a un feu vert devant nous.

Miles regarda par la fenêtre, subjugué par le ballet étourdissant des lumières. Il avait toujours adoré New York et ne s'était jamais lassé du plaisir de parcourir la ville en voiture. Jusqu'à maintenant. Tout ce qu'il éprouvait à présent était un sentiment d'angoisse.

On arrive, Chloé. On y est presque.

— Plus qu'un pâté de maisons, dit Charise. Je... je ne vois aucun camion de pompiers ni rien.

Ils étaient parvenus à la 70ᵉ Rue. Charise vira sur la gauche, attendant une brèche dans la circulation.

— Ça n'a pas marché, dit Gold en regardant dans la rue. Il n'y a personne.

— Merde. On fait quoi maintenant ? demanda Miles.

— Et si on... commença Charise.

À cet instant, un SUV Volvo percuta de plein fouet la limousine, côté conducteur.

64

New York

Caroline Cookson était suffisamment délirante en partant de chez elle pour croire qu'elle pouvait encore arranger les choses.

Bien sûr, c'était très improbable. Son mari avait découvert qu'elle avait une liaison. Et il avait appris de quelle manière elle avait utilisé leur fille dans une combine extravagante visant à accaparer l'argent de son beau-frère. Il ne faisait aucun doute que ces décisions paraissaient difficiles à défendre.

Pourtant, elle n'avait enfreint aucune loi. L'adultère n'était pas illégal. D'accord, comploter pour rafler l'argent de Travis Roben était peut-être répréhensible, mais le plan n'avait pas été mené à bien. Broderick s'était pour ainsi dire volatilisé – elle avait essayé de le joindre, mais tous ses messages, rédigés en majuscules, étaient restés sans réponse et elle n'avait aucune idée de l'endroit où il vivait réellement. Il ne raconterait donc pas à la police ce qu'elle avait fait. Et Samantha n'allait certainement pas témoigner.

Après tout, elle était sa *mère*.

Et quand on y réfléchissait bien, c'était elle, la véritable victime dans cette affaire.

Si Gilbert avait été un meilleur mari, un mari plus *attentif*, un mari plus *imaginatif*, un mari plus *sensible* à ses besoins, elle n'aurait pas eu à chercher l'excitation ailleurs. Et s'il avait été un frère plus persuasif, il ne se serait pas retrouvé privé de la fortune de Miles, à l'exception de cette stupide Porsche.

Elle était persuadée que Miles était la clé pour arranger les choses.

Elle allait lui parler. Elle pourrait confesser ses fautes et s'en remettrait entièrement à lui. *Parle à Gilbert*, dirait-elle. *Fais-lui comprendre que ce que j'ai fait, je l'ai fait autant pour lui que pour moi.*

Elle lui passerait la brosse à reluire, si besoin. Lui dirait que c'était un homme brillant, mais qu'elle le savait aussi plein de compassion, capable d'accorder son pardon.

Oui, ça pourrait marcher.

C'est pourquoi, en quittant son quartier – elle allait revenir, *promis* –, elle se surprit à prendre la direction de la maison de Miles.

Elle était presque arrivée quand elle vit la limousine sortir de la propriété et s'engager sur la route. Son beau-frère était assis à l'arrière, côté conducteur.

Si elle voulait avoir une chance de lui parler, elle allait devoir le suivre. Elle prit la limousine en filature, jusqu'à Manhattan. *Où est-ce qu'il va, bon sang ? Quand est-ce qu'il arrive, à la fin ?* se demandait-elle en chemin.

En entrant dans la ville, la limousine fit un court arrêt inattendu. Le temps que deux passagers échangent leur place. La limousine repartit avant que Caroline se décide à profiter de l'occasion.

Plus d'une fois, elle pensa à renoncer. Prendre la première sortie et retourner à New Haven. Elle commençait à avoir le même sentiment qu'elle éprouvait quand elle téléphonait à une compagnie aérienne et qu'on la mettait en attente.

Votre appel est important pour nous.

Plus on attendait, moins on en était convaincu. Mais on hésitait à raccrocher, au cas où quelqu'un répondrait soudain. On pouvait être le suivant dans la file d'attente. Elle se répétait que Miles devait être proche de sa destination, mais la limousine poursuivait sa route, encore et encore.

Et puis le voyant rouge était apparu sur le tableau de bord, lui indiquant qu'elle n'aurait bientôt plus d'essence.

Elle roulait sur Park Avenue quand la réalité commença à s'imposer.

Miles ne l'écouterait jamais.

Miles ne verrait jamais les choses comme elle les voyait.

Miles lui rirait au nez.

Tout ce trajet jusqu'à New York avait été une perte de temps colossale.

Cela n'avait servi à rien et cela la mettait hors d'elle.

La colère commença à bouillonner. Le monde semblait devenir écarlate, comme si du sang lui brouillait la vue.

Tout cela, c'était la faute de Miles. Sa cupidité, son ingratitude, son manque de respect vis-à-vis de son frère.

Non, non, son manque de respect envers *elle*.

Quand la limousine tourna dans la 70ᵉ et que les phares de son SUV éclairèrent le profil de Miles derrière la vitre arrière, elle fonça.

Ce n'était pas une décision réfléchie. Quelque chose s'était brisé en elle.

Une seconde plus tard, il y eut un choc très violent, l'explosion d'un airbag, le fracas retentissant du métal contre le métal, et un bruit de verre brisé.

Des cris.

À l'intérieur de sa voiture et à l'extérieur.

Et puis tout devint noir.

65

New York

Chloé se força à détourner les yeux de la moquette tachée de sang et des gouttelettes rouges qui tombaient du poing fermé de Nicky. Elle ne voulait pas que Rhys et Broderick suivent son regard. Elle ne savait pas trop si Nicky était consciente de ce qui arrivait.

— On pourrait en finir et aller signer ces papiers ? demanda-t-elle. Je veux vraiment rentrer chez moi.

Et, continuant à jouer la comédie, elle ajouta :

— On peut avoir une idée de la somme qu'on va toucher ?

— Ce que je peux vous dire, répondit Rhys en souriant, c'est que vous ne serez probablement jamais capables de tout dépenser. La voiture est garée derrière, alors on va...

— Qu'est-ce que... ? s'exclama Broderick.

— Quoi ? fit Rhys.

— J'ai du sang sur le pied.

Tous regardèrent les taches sur sa chaussure droite. Le rouge ne ressortait pas bien sur ses chaussures noires. Contrairement aux gouttes sur le tapis gris pâle, juste à côté.

Nicky écarquilla les yeux puis les baissa sur sa main.

— Oh, merde, dit-elle.

— Comment c'est arrivé ? demanda Broderick.

À partir de là, tout alla très vite.

— Probablement comme ça, répondit Chloé, qui recula d'un demi-pas et, tenant fermement son morceau de verre, leva le bras et frappa Rhys au visage.

Le tranchant du verre lui entama la joue en diagonale, juste sous l'œil gauche. Une balafre de près de cinq centimètres, d'où le sang jaillit immédiatement.

— Putain ! cria-t-il.

Il essaya de comprimer la plaie de la main gauche, mais le sang ruisselait déjà sur la moitié de son visage.

Broderick se retourna vers lui et Nicky en profita pour lui planter son tesson dans le cou.

— Salope ! cria-t-il en se retournant, le bras levé en défense.

Elle arriva à le toucher une nouvelle fois, juste sous la mâchoire. Broderick plaqua sa main sur la blessure et commença à émettre des bruits de suffocation.

Rhys voulut attraper Chloé de sa main libre, mais il saisit son bras gauche et elle tenait le bout de verre de l'autre. Elle visa plus haut cette fois.

Et toucha l'œil gauche.

L'homme poussa un cri primitif. Il la relâcha pour plaquer ses deux mains sur son visage, tandis que Broderick continuait à suffoquer, le sang inondant sa trachée.

Échangeant un bref regard, Chloé et Nicky comprirent que c'était le moment.

Ou jamais.

C'était leur seule chance. Mais elles devaient encore sortir de la pièce. Les cris de douleur des deux hommes allaient sûrement attirer quelqu'un. Chloé, se forçant à garder la tête froide au milieu de ce chaos, se posta près de la porte.

Elle n'eut pas à attendre longtemps.

La porte commença à s'ouvrir.

— Que se passe...

Roberta.

Alors qu'elle allait entrer dans la pièce, Chloé fonça, bras tendus et paumes en avant. Elle repoussa la porte de toutes ses forces et celle-ci vint s'écraser sur la jambe de Roberta, qui s'effondra au sol. *Comme le sac à merde qu'elle est*, songea Chloé. Elle ouvrit la porte, se tourna vers Nicky et cria :

— Allez, viens !

Elles enjambèrent Roberta, qui se cramponnait à sa jambe blessée et tenta d'attraper la cheville de Nicky au passage, en vain.

Elles piquèrent un sprint dans le couloir jusqu'au palier. Il n'y avait plus qu'une seule volée de marches à descendre pour atteindre la porte d'entrée. Comme elles s'y attendaient, Boris, l'agent de sécurité, était posté en haut de l'escalier. Alerté par l'agitation, en particulier les cris de douleur de Roberta, il se mit en position pour intercepter Chloé et Nicky qui couraient dans sa direction.

Il sourit même à l'idée que ces deux filles croient pouvoir lui échapper.

Mais elles n'avaient aucunement l'intention de forcer le passage.

Quand elles atteignirent le palier, elles firent un brusque écart et s'élancèrent vers les marches qui menaient à l'étage du dessus.

66

New York

Après la collision fracassante, le silence était assourdissant.

Le flanc gauche de la limousine était sérieusement endommagé. Plusieurs airbags latéraux s'étaient déployés, mais aucun passager n'était sorti de la voiture indemne.

Certains étaient plus mal en point que d'autres.

Sous la force de l'impact, la voiture elle-même avait été projetée sur le côté, et le SUV qui les avait percutés avait rebondi, sa partie avant totalement enfoncée, le capot plié, le pare-brise étoilé. On apercevait un airbag dégonflé et couvert de sang derrière la vitre.

Personne n'avait eu le temps de crier. Personne ne s'attendait à cela. Ils discutaient, attendant de pouvoir tourner dans la 70ᵉ, et soudain ce choc incroyable, la confusion.

Puis, brièvement, le silence.

Ce fut Charise qui parla la première :

— Tout le monde va bien ?

Ce n'était manifestement pas son cas. Le côté gauche de son visage était en sang. Sa portière avait été enfoncée d'une quinzaine de centimètres et elle était visiblement blessée à la jambe, couverte de débris de verre feuilleté.

Gold ne disait rien.

Miles avait entendu Charise, mais il avait l'impression de se trouver sous l'eau.

— Miles, Miles, parlez-moi, lui dit Dorian.

Il s'inspecta rapidement et fut surpris de ne pas voir de sang. Mais son épaule gauche était douloureuse, comme sa tête, et il se demandait s'il ne souffrait pas d'une commotion cérébrale. Il se tourna pour jeter un œil au médecin, dont la tête décrivait un angle bizarre avec sa nuque.

— Gold... dit Miles, sa voix résonnant dans sa propre tête. Il ne bouge pas. Je crois qu'il s'est brisé le cou.

— Ma jambe, gémit Charise.

À l'avant, Dorian ouvrit sa portière – aisément puisque la voiture n'avait pas été touchée de ce côté – et descendit en titubant. Il lui fallut un moment pour retrouver son équilibre. Quand elle ouvrit la portière arrière, Gold s'effondra, la moitié du corps dans le véhicule, l'autre moitié à l'extérieur. Dorian tendit le bras pour défaire sa ceinture de sécurité.

— Merde. Je crois qu'il est mort, Miles.

Mobilisant des forces dont elle ne soupçonnait pas l'existence, elle tira doucement Gold hors de la voiture et le déposa avec précaution sur la chaussée.

Il y avait une odeur d'essence.

La portière de Miles était trop endommagée pour s'ouvrir, mais quand il voulut glisser de l'autre côté de la banquette, il se rendit compte qu'il était incapable de bouger.

— Miles, l'appelait Dorian, allez, venez.

Il était comme paralysé. Il ne pensait pas avoir été blessé, mais son corps ne recevait pas le message qu'il lui envoyait, à savoir : *Sors d'ici !*

Dorian passa la tête dans la voiture et l'attrapa sous les aisselles pour le tirer.

— Quelqu'un d'autre sent ça ? demanda Charise en bataillant avec sa portière.

Dorian avait presque fini de sortir Miles de la voiture quand il dit :

— C'est bon, je peux bouger.

La communication était rétablie. Aussitôt dans la rue, il regarda par terre et vit de l'essence couler sur la chaussée.

— Charise, sortez de là ! cria-t-il.

— La portière est bloquée.

— Sortez de l'autre côté !

— Ma jambe, répéta-t-elle en essayant de se déplacer sur le siège, beaucoup trop lentement.

Dorian se pencha de nouveau à l'intérieur et saisit le bras droit de Charise à deux mains. Elle craignit de lui avoir déboîté l'épaule, mais elle réussit à la tracter jusqu'à l'extérieur. La jambe gauche de son pantalon, sous le genou, était déchirée et pleine de sang.

Un attroupement s'était formé. Des gens couraient à droite et à gauche. Quelqu'un appelait les secours sur son portable. Un autre enregistrait une vidéo, qu'il allait pouvoir vendre aux chaînes locales.

Des sirènes.

Malgré un genou gauche douloureux, Miles aida Dorian à éloigner Charise de la voiture, tout en criant aux badauds de reculer.

— Je n'ai rien vu... elle est sortie de nulle part... dit Charise.

Quand ils se furent éloignés de quelques mètres, Miles demanda à Dorian :

— Vous vous en occupez ?

— Ouais.

Il lâcha Charise et alla inspecter le véhicule qui les avait percutés.

— Je connais cette voiture, dit-il tout bas.

Côté conducteur, la vitre avait volé en éclats, et il vit la femme au volant.

L'airbag, maintenant dégonflé, ressemblait à un énorme chamallow fondu arrosé de sirop de fraise.

— Caroline ! appela-t-il.

Elle ne réagit pas. Sa tête formait avec son cou un angle bizarre. Ses yeux étaient fermés. Miles avança la main avec hésitation, la toucha sous la mâchoire.

— Caroline, répéta-t-il.

Il n'était pas spécialiste, mais à ses yeux il ne faisait guère de doute qu'elle était morte. Il resta un moment encore à la regarder, incrédule, puis il retourna vers la limousine en traînant la jambe.

Une ambulance s'arrêtait déjà sur les lieux de l'accident. Quelques secondes plus tard, une deuxième. Au loin, d'autres sirènes hurlaient.

Une secouriste accourut.

— Monsieur, vous êtes blessé ?

Miles regarda dans la 70e Rue. Ils avaient presque réussi.

— Occupez-vous des autres.

Alors que la limousine commençait à s'embraser, il se dirigea en clopinant vers la *brownstone* de Jeremy Pritkin.

67

New York

Chloé et Nicky avaient réussi à feinter l'agent de sécurité en filant vers le deuxième étage, lui faisant mordre la poussière.

Elles espéraient que ces quelques secondes d'avance leur suffiraient.

Elles sprintèrent, côte à côte, jusqu'à la double porte qui ouvrait sur le large couloir conduisant au bureau de Jeremy. Nicky saisit rapidement le code à quatre chiffres sur le pavé numérique et poussa la porte. Elles passèrent en courant devant les photos érotiques et, quand elles ouvrirent la deuxième double porte au bout du couloir, Nicky fut soulagée de ne pas tomber sur le maître de maison. Cela aurait créé une complication.

Nicky fonça droit sur le bureau de Jeremy pour ouvrir le tiroir où elle l'avait vu récupérer une arme, le soir où il l'avait surprise dans le Winnebago.

— Il est forcément là, dit-elle, hors d'haleine, en déposant le pistolet sur le bureau et en reprenant sa fouille.

— On ne prend pas le flingue ? demanda Chloé.

— Il n'est pas chargé.

Elles entendirent un bruit de course dans le couloir.

— Où est-il ? s'impatienta Nicky.

Elle jetait tout le contenu du tiroir sur le bureau. Stylos, petits carnets Moleskine, clés USB, lunettes de lecture…

— *Yes !* s'exclama-t-elle en exhibant un porte-clés avec un W argenté de cinq centimètres.

Il n'y avait qu'une seule clé sur l'anneau.

Elle se dirigea vers la porte latérale du camping-car et la fit coulisser pour Chloé, qui sauta à l'intérieur la première. Nicky suivit et claqua la portière derrière elle au moment où l'agent de sécurité faisait irruption dans le bureau.

— Verrouille la portière ! cria Chloé.

Nicky tourna le verrou au-dessus de la poignée. L'agent de sécurité traversa la pièce en courant et essaya d'ouvrir la portière. Constatant qu'elle était verrouillée, il tapa du poing sur la tôle.

— Ouvrez !

— Va te faire foutre ! répondit Nicky.

Jeremy arrivait en courant lui aussi.

Chloé s'assit sur le siège conducteur du Winnebago et pressa le centre du volant avec sa paume.

Le klaxon se mit à beugler.

C'était leur plan. Un plan assez rudimentaire. Récupérer les clés du camping-car, s'enfermer à l'intérieur, puis klaxonner jusqu'à l'arrivée de la cavalerie. Aussi simple que fût son idée, Nicky avait pensé qu'elle ne réussirait pas seule. Elle pouvait avoir besoin d'un complice pour gagner du temps pendant qu'elle cherchait la clé. De plus, elle avait dû avouer à Chloé qu'elle ne savait pas exactement où trouver le klaxon…

Une fois l'idée exposée, Chloé avait estimé que cela valait la peine d'être tenté.

Quelqu'un l'entendrait. Quelqu'un allait *forcément* l'entendre. Si elles ne pouvaient pas allumer un incendie et déclencher les détecteurs de fumée, c'était ce qu'il restait de mieux à faire. Aussi épais que soit le vitrage de la fenêtre, le bruit porterait jusque dans la rue. Même dans un endroit comme New York, où les choses les plus étranges pouvaient arriver sans que cela émeuve personne, le bruit d'un klaxon retentissant à l'intérieur d'une *brownstone* devrait faire tourner quelques têtes, non ?

Jeremy tenta d'ouvrir la portière et la frappa deux fois du plat de la main.

— Nicky, dit-il en élevant la voix pour se faire entendre malgré le vacarme du klaxon, arrête ces bêtises. Ouvre la portière.

— Non ! cria-t-elle.

Jeremy regarda l'agent de sécurité et désigna son bureau.

— La clé ! aboya-t-il. Tiroir du haut.

Il remarqua alors le bazar qui jonchait son bureau, y compris l'arme. Après vérification, l'agent de sécurité regarda Jeremy en secouant la tête.

— Ce n'est pas drôle ! Nicky, Chloé, sortez !

Cela faisait maintenant une minute que Chloé pressait le klaxon. Elle commençait à se demander si ce plan était si génial que ça, finalement. Si Jeremy arrivait à forcer cette portière avant qu'on vienne les secourir, eh bien, ça ne faisait pas un pli : elles étaient foutues.

Jeremy cria quelque chose et le vigile vint lui donner son revolver, puis il retourna au bureau, ouvrit un tiroir inférieur et commença à rassembler dans sa paume ce qui ressemblait à des balles.

— Oh, merde, dit Nicky.

— Nicky, cria Jeremy, j'ouvrirai cette portière en tirant dessus s'il le faut !

— Va te faire foutre !

— Tu ne me laisses guère le choix !

Il y eut un bref silence, puis :

— Chloé ! Chloé ! C'est à toi que je veux parler !

Chloé relâcha la pression sur le klaxon.

— Quoi ?

— Tu sais ce que tu es pour moi, n'est-ce pas ?

La jeune femme ne dit rien, mais elle sentit ses entrailles vriller, comme si un virus avait pénétré son organisme.

Cette pensée la taraudait depuis qu'elle avait quitté le bureau de Jeremy. Ça devait être lui. Mais elle n'avait pas voulu formuler la question. Elle ne voulait pas les interroger, ni lui ni Roberta.

Elle ne voulait pas savoir.

— Tu l'as su quand j'ai posé la main sur ta tête, continua Jeremy. Je pense... Je pense que tu es la seule. D'eux tous, tu es la seule qui a du potentiel. Tu es la seule qui soit digne.

— Nicky, chuchota Chloé. File-moi la clé.

— Pour quoi faire ?

— Si tu es prête à mettre tout ça derrière nous, poursuivait Jeremy, nous pouvons avoir un avenir ensemble. C'est possible. Tu es ma fille...

— Ne dites pas ça !

— C'est pourtant la vérité. Maintenant que nous nous sommes rencontrés, que je t'ai touchée, c'est différent.

— La clé, insista Chloé.

Nicky la lui lança et elle l'inséra dans le contact. Puisque le camping-car n'avait été installé que depuis peu, il existait une chance, une toute petite chance, pour qu'il y ait un reliquat d'essence. Sinon dans le réservoir, peut-être dans la durite. Si elle arrivait à démarrer le moteur, elle pourrait foncer dans la baie vitrée et faire tomber un déluge de verre sur le trottoir.

Ça, ça attirerait l'attention.

L'agent de sécurité rapporta les balles à Jeremy et celui-ci commença à les chambrer.

— Chloé, un jour, tout ce que j'ai sera à toi. J'y veillerai.

Tous ces mecs riches qui veulent me donner leur argent...

Les dents serrées, elle marmonna :

— Va brûler en enfer.

Elle tourna la clé.

Le moteur gronda.

— Non ! cria Jeremy.

Il courut se poster devant le Winnebago. Pointa l'arme sur le pare-brise.

Chloé enfonça le frein et enclencha la position Drive.

Elle repensa au voyage qu'elle avait fait avec sa mère. Elle avait déjà conduit ce genre de bahut. Ça ne devait pas être sorcier, si l'on faisait abstraction du fait qu'il n'y avait pas de route, et qu'ils étaient au deuxième étage d'un *immeuble*.

Elle relâcha le frein et positionna son pied sur l'accélérateur. Jeremy n'avait pas bougé.

Était-elle vraiment capable d'écraser quelqu'un ? D'écraser *son père* ?

Instinctivement, elle donna un coup de volant, faisant crisser les pneus sur le plancher. Jeremy disparut de son champ de vision, ayant bondi de côté à la dernière seconde. Le véhicule pointait maintenant vers les portes, et le large couloir au-delà.

Chloé maintint son pied sur l'accélérateur.

— Qu'est-ce que tu fais ? demanda Nicky.

— Tu devrais faire comme moi et mettre ta ceinture, répondit-elle.

Jeremy courait à côté du Winnebago à présent, en frappant sur la tôle sous la fenêtre latérale de Chloé.

— *Arrête !*

Elle donna un brusque coup d'accélérateur, et le camping-car traversa le bureau en trombe. Franchit la double porte en arrachant les gonds. Un coup de feu claqua derrière elles. La lunette arrière du Winnebago vola en éclats.

Dans ce couloir, il y avait moins de dix centimètres de chaque côté du véhicule, c'est-à-dire pas assez pour les rétroviseurs extérieurs surdimensionnés qui furent immédiatement pliés en arrière, raclant les fenêtres côté rue et, de l'autre, faisant tomber les photos encadrées dans un fracas de verre brisé.

Mais le camping-car continuait d'avancer, vaille que vaille.

Vers l'escalier. Maintenant tout proche.

Nicky était trop terrifiée pour crier.

— Ça va passer dans l'escalier ? hurla Chloé pour se faire entendre au milieu de vacarme.

Nicky ne répondit pas. *On va bientôt le savoir.*

Les roues avant basculèrent sur la marche du haut. Depuis les deux sièges de devant, c'était comme de tomber d'une falaise.

Les yeux écarquillés, la bouche ouverte, Nicky cria :

— *Non non non non non !*

Chloé retira son pied de l'accélérateur et effleura la pédale de frein. La pesanteur allait faire l'essentiel du travail.

KATHUMP KATHUMP KATHUMP.

Les pneus arrière étaient maintenant sur les marches, le camping-car entièrement engagé dans son plongeon à quarante-cinq degrés. Chloé crut entendre un autre coup de feu – Jeremy était évidemment à leur poursuite –, mais elle ne pouvait pas en être certaine, avec le bruit du moteur, les hurlements, les chocs répétés du véhicule contre les murs et la rampe.

Il leur restait une demi-douzaine de marches à descendre avant de devoir opérer un virage à gauche, puis un autre pour aborder la deuxième volée de marches.

Chloé braqua.

L'aile avant gauche du Winnebago arracha la rampe, le pneu passant à quelques centimètres du bord et manquant tomber dans l'atrium ouvert. Si cela se produisait, si les roues perdaient leur adhérence, c'en était fini de leur petite virée.

Le véhicule passa le virage, son flanc droit raclant le mur du palier. Chloé continua à braquer à gauche, luttant contre les obstacles qui se dressaient sur son chemin, tenant fermement le volant.

Elle engagea le camping-car dans la dernière partie de l'escalier, qui descendait au rez-de-chaussée.

KATHUMP KATHUMP KATHUMP.

L'agent de sécurité avait réussi on ne sait comment à devancer le véhicule. Il avait dû fuir avant que Chloé s'engage dans le couloir, et il essayait maintenant de ne pas se faire écraser. Derrière lui, une Roberta en piteux état descendait les marches en boitant sur ses imposants talons.

Arrivé à la dernière marche, le vigile fit volte-face. Il était armé, lui aussi, et il s'apprêtait à faire feu.

Le pare-brise du Winnebago explosa et de minuscules éclats de verre s'abattirent sur les filles à l'intérieur de la cabine.

Chloé avait baissé la tête dès qu'elle avait vu l'arme, et conduisait maintenant à l'aveugle. Elle n'avait pas ralenti pour autant, et tout de suite après le tir elle entendit un bruit sourd. L'espace d'une demi-seconde, la tête du vigile apparut dans le bas du pare-brise éclaté.

Pour disparaître aussitôt.

Le Winnebago s'arrêta avec fracas au bas des marches. Le pare-chocs heurta le sol, mais le véhicule parcourut encore quelques dizaines de centimètres sur sa lancée. Les roues n'accrochaient plus. Il tenait en équilibre sur son bas de caisse.

La porte d'entrée de la *brownstone* n'était plus qu'à dix mètres.

— Sors, sors de là ! dit Chloé.

Elles détachèrent leurs ceintures et manquèrent tomber de leurs sièges, car le camping-car piquait du nez. Il aurait été plus rapide de sortir par le pare-brise, mais les rebords étaient hérissés de dents de verre. Elles grimpèrent donc sur un mètre environ pour atteindre la portière latérale du camping-car, qu'il fallut déverrouiller, puis elles sautèrent du véhicule l'une après l'autre.

Une odeur de gaz d'échappement et d'essence flottait dans l'air.

Elles s'avancèrent vers la porte.

Mais entre elles et la liberté se dressait Jeremy, hagard, le regard fou, tenant son arme à deux mains, bras tendus.

Il visait Chloé.

Il était tellement concentré sur la jeune femme qu'il remarqua à peine Roberta qui passait devant lui en courant. Dans sa hâte à fuir le bâtiment avant l'arrivée de la police, elle trébucha sur un coin de tapis et perdit son escarpin gauche. Elle tomba, se releva aussitôt, envoya valser l'autre chaussure, ouvrit la porte d'entrée et disparut dans la nuit.

Sur le seuil, bras levé comme s'il s'apprêtait à frapper à la porte, se tenait Miles.

Il lui fallut environ cinq secondes pour embrasser la scène. Le Winnebago au pied de l'escalier. Des débris partout. Un homme mort sous le véhicule.

Un autre, debout, qui lui tournait le dos, à quelques mètres seulement, braquant une arme sur quelqu'un.

Chloé.

L'homme jeta un coup d'œil par-dessus son épaule, assez longtemps pour que Miles le reconnaisse. Il avait vu les infos. Il avait lu d'innombrables articles en ligne. C'était Jeremy Pritkin.

Un homme déterminé à éliminer ceux que Miles avait entrepris de sauver. Un homme prêt à détruire la chair de sa chair pour sauver sa propre peau.

Et maintenant, il allait tuer Chloé.

Instinctivement, Miles s'élança vers Jeremy pour lui sauter dessus, le plaquer, tenter quelque chose pour l'empêcher de tirer. C'est alors qu'il avisa les escarpins abandonnés par Roberta, avec leur talon de dix centimètres, très pointu.

Il se baissa pour en ramasser un et, le tenant fermement, fonça sur Jeremy.

Celui-ci l'entendit arriver et fit volte-face, juste à temps pour voir Miles brandir la chaussure comme un pic à glace, et frapper.

Il ne put rien faire, ni lever la main à temps ni tirer un coup de feu, pour empêcher Miles de planter le talon aiguille dans son crâne.

UNE SEMAINE PLUS TARD

Épilogue

New Haven, Connecticut

Miles entendit la voiture approcher de la maison avant de la voir. Il descendit du tabouret de l'îlot de cuisine, où il sirotait l'un de ses cafés aromatisés, et alla ouvrir la porte d'entrée.

La Pacer de Chloé descendait l'allée. La voiture faisait déjà un bruit de ferraille quand elle l'avait accompagné à Springfield, mais c'était encore pire maintenant.

Lorsque Chloé s'arrêta près de la porte d'entrée et coupa le moteur, celui-ci continua à toussoter et à crachoter plusieurs fois avant de finalement capituler. Miles s'approcha au moment où elle ouvrait la portière.

— Salut.

— Salut à toi, dit la jeune femme en soulevant légèrement la portière pour pouvoir la refermer correctement. Comment ça va ?

— Ça a été une longue semaine. Mais je n'ai pas besoin de te le dire.

Il jeta un coup d'œil à l'arrière de la Pacer. La banquette était rabattue, et il y avait plusieurs sacs de voyage dans le coffre.

— Tu vas quelque part ? demanda Miles.

— En quelque sorte. J'allais t'en parler.

— Entre. Choisis-toi une capsule.

Elle trouva une variété qui lui convenait – moka –, inséra la capsule dans la machine et, pendant que le café passait, elle se retourna et remarqua sur l'îlot une pile de ce qui ressemblait à des contrats et d'autres documents.

— C'est quoi, ça ?

— De la paperasse juridique.

— Quel genre ?

— Mon testament, mes plans de succession. Les nombreuses choses à régler avant mon retrait de l'entreprise. Je tiens à organiser tout ça dès maintenant, avant que ma santé m'oblige à quitter mes fonctions. Pour assurer une transition ordonnée.

— Tu as choisi quelqu'un pour prendre la relève ?

Miles sourit.

— Gilbert.

— C'est logique. Comment va-t-il ?

— Les funérailles de Caroline ont eu lieu hier. Ça ira pour lui et Samantha. Mieux, en fait. Je pense qu'il fera un bon leader. Il est plus solide que je ne le pensais. Je me suis beaucoup trompé sur lui. Je vais faire en sorte de réparer cette erreur. (Il agita la main au-dessus des documents.) Dorian et moi sommes en train de dresser une liste de bonnes causes. Je veux créer un fonds pour la recherche sur Huntington. C'est là qu'ira une grande partie de l'argent.

— Dorian ? Je pensais qu'elle était partie.

Miles hocha lentement la tête.

— J'ai révisé ma position.

— C'est toi qui vois. Quant à moi et les quatre autres… je suppose qu'on va devoir se démerder tout seuls, hein ?

— Votre santé n'est pas menacée. Aucun de vous ne partage mes gènes. Mais si tu as besoin de quelque chose…

— Écoute, je n'ai pas besoin de ton argent. Donne-le à la recherche. De toute façon, moi et les autres, on espère obtenir un gros paquet de fric de l'organisation de Pritkin. Cet avocat que tu m'as conseillé, il met sur pied une procédure d'action collective. On est ses héritiers, non ? Et on peut le prouver. Le mec est peut-être dans le coma, mais on peut toujours prélever son ADN.

Le visage de Miles s'assombrit.

— Je devais l'arrêter.

— Et je te remercie pour ça. Écoute, quand tout sera terminé, j'aurai les moyens de m'acheter une deuxième Pacer.

Cela fit rire Miles, mais il reprit vite son sérieux.

— Comment tu gères ça ?

— Quoi ? Que la plus grosse ordure du monde soit mon père biologique ?

— Ouais, ça.

Elle haussa les épaules, mais c'était un haussement fragile, exempt de sa désinvolture habituelle.

— Je refoule. Je vais m'imaginer que c'est quelqu'un d'autre.

Ses paroles restèrent suspendues un moment, avant que Miles demande :

— Comment va Nicky ?

— Bien. Sa mère est stupide, mais elle a de la famille du côté d'Albany et elle est partie vivre avec eux pour le moment. Pendant un temps, il a été question de l'inculper pour le meurtre de ce

Broderick, mais tout le monde est revenu à la raison. Mon avocat dit que je n'ai pas à m'inquiéter à propos du type qu'on a renversé, ni pour celui dont j'ai crevé l'œil.

— Personne ne devrait avoir à traverser ce que tu as traversé, dit Miles.

Cette fois, son haussement d'épaules sembla plus insouciant.

— Et cette salope de Roberta ! Elle est prête à tout déballer si elle arrive à négocier un arrangement qui lui épargnera de passer le restant de ses jours en prison.

Même après la mort de Martin Gold, tout ce que lui et Jeremy avaient fait sortait au grand jour. Entre ce qu'il avait confié à Miles, les informations que son assistante, Julie, pouvait fournir, et la bonne volonté de Roberta, les autorités étaient en train de reconstituer les faits.

— Les autres sur la liste, ceux que tu n'as pas contactés, dit Chloé, ils vont découvrir qui est leur père ?

— Oui, je crois, mais ça ne dépend plus de moi. Tout le monde, du FBI à CNN, va les contacter. (Il s'égaya en se rappelant quelque chose.) J'ai eu des nouvelles de Charise hier. Elle marche avec des béquilles, mais d'ici deux semaines elle ne devrait plus en avoir besoin.

Chloé sourit.

— Alors dis-moi, on dirait que tu as mis toutes tes affaires dans la voiture. Où est-ce que tu vas ?

— Je suis arrivée.

Miles cligna des yeux.

— Répète ça !

— Je reste ici. J'emménage. Je sais que tu as de la place. (Elle fit le tour de l'îlot et s'assit sur le tabouret à côté de lui.) Je vais peut-être juste relooker un peu ma chambre. Là, c'est carrément minimaliste. Elle aurait besoin de quelques coussins, quelques affiches de film...

— Chloé...

— Tu savais qu'il y a une école de cinéma à New Haven ? Je suis en train de me renseigner. J'aurais le temps de caser ça entre d'autres trucs.

— Je ne comprends pas.

— Tu veux dire que je ne suis pas la bienvenue ?

— Non, mais même si je ne vais pas trop mal en ce moment, mon état ne va faire qu'empirer. Je vais arriver à un stade où j'aurai besoin de soins constants, d'une attention permanente.

— Pourquoi crois-tu que j'emménage, imbécile ?

— Chloé...

— J'ai beaucoup réfléchi à tout ça. Ce n'est pas la peine d'essayer de me faire changer d'avis. Je reste. (Elle marqua une pause.) Aussi longtemps que je pourrai être utile.

Elle dut détourner le regard une seconde, pour se maîtriser.

— Chloé, vraiment, ce sera dur. Tu es jeune. Tu as une vie. Je ne veux pas être un boulet pour toi.

— Un boulet ? C'est quoi, ces conneries ?

— Ce n'est pas ce que j'ai voulu dire. Je ne veux pas te voir faire ce genre de sacrifice. (Il prit une profonde inspiration.) Le fait est que je ne suis pas ton père et que tu n'es pas ma fille.

— Moi, je pense que cette histoire de paternité, c'est plus qu'un truc génétique.

Il repensa à ce qu'elle avait dit quand elle s'était enfuie de la voiture.

— Mais… je ne suis rien pour toi, dit-il.

Chloé glissa le bras sous le sien et leva les yeux au ciel.

— Gros débile, dit-elle. Tu es tout pour moi.

Remerciements

Aucun auteur ne travaille tout seul.

Je suis immensément reconnaissant aux gens dévoués de chez HarperCollins, aux États-Unis, au Royaume-Uni et au Canada, pour m'avoir aidé à donner forme à ce livre et à le mettre entre vos mains.

Aux États-Unis, mes remerciements vont à Liate Stehlik, Nate Lanman, Jennifer Hart, Ryan Shepherd, Bianca Flores, Andrea Molitor, Andrew DiCecco, Christine Edwards, Andy LeCount, Mary Beth Thomas, Virginia Stanley, Chris Connolly et Lainey Mays.

Au Canada, je tiens à remercier Leo MacDonald, Sandra Leef, Cory Beatty et Lauren Morocco.

Et au Royaume-Uni, je ne serais arrivé à rien sans l'aide de Charlie Redmayne, Lisa Milton, Claire Brett, Joe Thomas, Rebecca Fortuin, Fliss Porter, Anna Derkacz et Alvar Jover.

Je remercie tout particulièrement mes éditrices chez HarperCollins, Jennifer Brehl (New York) et Kate Mills (Londres), et mon extraordinaire agent, Helen Heller.

Pour son aide sur les questions relatives à l'ADN, je remercie Barb Reid, biologiste légiste en chef au Centre of Forensic Sciences de Toronto. Il va sans dire que toutes les erreurs sont de mon fait.

Enfin, et surtout, je ne saurais dire à quel point je suis redevable aux lecteurs et aux libraires. Les livres existent pour vous et par vous.